KB153569

생의 이면

문 학 동 네
한국문학전집
0 3 2

이승우
장편소설

생의 이면

문학동네

그를 이해하기 위하여

1

편집자에게 이미 밝힌 바대로, 나는 이 글의 필자로 적합하지 않다. 나는 망설였다. 이유는 명확하다. 나는 박부길씨를 잘 모른다. 잘 모르는 사람에 대해 이러쿵저러쿵 이야기하는 것은 온당한 일이 아니다. 그럴 경우 불가피하게 끼어들 수밖에 없는 뜬구름 잡는 식의 변죽이나 애매모호한 수사들은 대개 진실을 왜곡하게 마련이다. 그런 일은 작가를 위해서나 그 작가를 좋아하는 독자들을 위해서나 하면 안 된다.

사실 나는 지금까지 그와 특별한 관계를 맺어본 적이 없거니와 친분이란 게 아예 없는 터였다. 상기컨대 친분은커녕 그와 대화를 나눠본 기억조차 없다. 무슨 문학상 시상식장에선가 유난히 길고 턱이 뾰족한 그의 얼굴을 한 번 훔쳐본 것이 고작일 뿐이다. 소설을 쓰기 시작한 이후 일관된 개성으로 우리 문학 안에 독특한 자기 자리를 확보하고 있는 박부길씨의 소설을 아주 안 읽은 것은 아니지만, 그 독서 행위에 남다른 애정이 끼어들었던 기억도 없다. 건성으로 그의 소설을 몇 편 읽은 것만으로 무슨 글을 쓸 수 있단 말인가. 더구나 내게 부여된 글쓰기의 대상은 그 작가의 '소설'이 아니라, '그 작가'였고, 그 작가의 삶의 과정이었고, 그것과 그의 문학이 맺고 있는 연관성에 대한 것이었다. 그런 글을 꼭 내가 써야할까. 아니, 내가 쓸 수 있을까. 나는 고개를 저었다. 이것은 내 몫의 일이 아니다.

요컨대, 박부길씨가 살아온 삶의 이력을 그의 소설들과 관련지어 추적해보라는 편집자의 주문을 받고 내가 그 일의 적자適者일 수 없는 까닭으로 제시한 구실이 그런 것이었다. 혹시 그 편집자가 오해할지 모른다는 우려가 들어서, 나는 한 작가의 문학과 삶을 집중 조명해 한 권의 책으로 묶어내는 『작가탐구』의 기획에 썩 좋은 인상을 가지고 있다는 의견을 첨부했다. 그것은 물론 빈말이 아니었다. 작품 뒤에 숨어 있기만 하던 작가를 앞으로 빼내 독자들로 하여금 보다 친밀하고 치밀하게 작가의 내면과 외면을 들여다보도록 함으로써 그 기획은 자꾸만 멀어져가는 문학과 일상의 거리를 좁히려는 노력을 경주해왔다. 그런 노력이 거둬들인 열매들을 제시할 수 없는 점이 유감스럽긴 해도.

그동안 이 출판사의 『작가탐구』 시리즈에 선정된 작가들의 면면으로 보건대 편집자들의 안목도 신뢰할 만했다. 이번의 박부길씨에 대해서도 별 이견이 있을 리 없었다. 그는 화려하게 각광을 받거나 베스트셀러를 만들어낸 작가는 아니었지만, 소설을 좋아하는 독자들로부터 상당한 호감을 꾸준히 받아오고 있는 터였다. 내가 그 청탁을 거절한 이유는 『작가탐구』의 기획이나 박부길씨에 대해 내가 무슨 좋지 않은 감정을 가지고 있어서가 아니라, 나 자신이 그 필자로 나서는 게 적절하지 않다고 판단되어서였던 것이다.

그런데 지금 나는 이 글을 쓰고 있지 않은가. 결국, 그렇게 되고 말았다. 서너 차례에 걸쳐 전화를 걸어온 편집부 직원이 워낙 끈질긴 탓도 있었지만, 그녀에 대해 지고 있던 나의 부채감이 더 큰 작용을 했다. 그녀는 지난번 다른 작가의 책을 꾸리면서 부탁했을 때도 동일한 대답을 했으며, 다음번에는 꼭 응하겠노라고 약속까지 했다는 사실을 내게 상기시켰다.

"그래도, 나는 아직……"

그런 식의 얼버무림성 변명은 나의 게으름 내지는 불성실을 환기시키는 그녀의 또다른 기억에 의해 여지없이 엎어지고 말았다.

"제가 백제출판사에 있을 때, 제게 빚진 것 생각나세요?"

"백제출판사에 있었어요?"

나는 그녀가 백제출판사에서 일한 사실을 알지 못했다.

몇 년 전 백제출판사에 중편 원고를 하나 넘기기로 한 적이 있었다. 나이가 엇비슷한 네 사람의 작품을 묶는 기획이었는데, 글도 뜻대로 되지 않고, 다른 일도 겹치는 바람에 도저히 안 되겠다고 사정을 해서 빠져나온 적이 있었다. 그 책은 결국 세 편만을 묶어서 예정보다 반년이나 늦게 출간되었다.

그때 전화로만 밀고 당기고 신경전을 벌였던 사람이 바로 자신이라는 것이었다. 그 빚을 이제라도 갚아야 하지 않겠느냐는 요구였다.

"선생님 때문에, 그때 얼마나 애먹었는지 아세요?"

거기서 나는 마음이 움직였고 그녀가, 그리고 박선생님하고는 같은 잡지 출신이잖아요? 하고 어이없는 구실을 들어 한 차례 더 흔들어대자 그만 웃음이 나와버렸는데, 그것이 곧 항복의 표시가 되고 말았다.

"박부길 선생님을 만나기 전에 우선 저희랑 의논할 것도 있고, 또 자료도 드릴 테니 저희 사무실로 한번 나오세요. 언제 나오시겠어요? 내일 오후, 어떠세요?"

『작가탐구』의 편집자는 이 기세를 놓치면 안 된다는 듯 나의 응낙을 기정사실화한 채 단단히 고삐를 틀어쥐고 늘어졌다.

썩 내키지 않아하면서도 얼마간의 망설임 끝에 결국 이 글을 쓰기로 작정하고 만 사정이라는 게 그처럼 어처구니없는 것이었다. 나는 매사가 그렇게 흐물흐물한 편이다.

2

박부길씨를 만나러 가기 전에, 나는 출판사에서 제공해준 자료들(그에 대한 신문 기사와 그의 작품집 말미에서 복사해낸 연보 따위들이었는데, 그중에는 작가 자신이 직접 고향 마을을 회상한 한 월간지의 기사와 여러 편의 신문 인터뷰가 섞여 있었다)을 꼼꼼히 읽고 그의 소설도 찾아 읽었다.

그는 십오 년 동안 열 권의 장편소설과 일곱 권의 중·단편집, 그리고 세 권의 산문집을 냈다. 일 년에 평균 한 권 이상의 책을 냈으므로 과작이라고 할 수는 없었다. 그러나 그가 젊은 시절부터 다른 직장을 가지지 않고 글만 써온 사실을 염두에 둔다면, 그리고 문단에 얼굴을 내민 지 불과 몇 년 만에 십수 권의 저작들을 왕성하게 생산해내는 요즘의 풍토와 견주어본다면, 썩 많은 양이랄 수는 없었다.

그가 쓴 모든 책들을 내게 주어진 짧은 시간 안에 읽어낸다는 것은 불가능한 일이었다. 그래서 나는 우선 자전적인 요소가 강한 작품을 추려내어서 그것들부터 읽기로 했다. 내게 주어진 과제는 세련된 작품론이나 작가론이 아니었다. 그런 글은 평론을 업으로 하는 사람들이 맡을 것이고, 나는 그의 문학을 둘러싸고 있거나 그 안에 틀고 앉아 있는 삶의 궤적들을 소상하고 진솔하게, 편집자의 언설에 따르면, 알기 쉽게 연대기적으로 재구성함으로써 한 작가의 삶이 그의 문학에 어떻게 반영되었는지, 또는 반영되지 않았는지를 보여주는 글을 쓰면 되었다. 박부길씨의 작품들 가운데 비교적 육질肉質에 가깝다고 여겨지는 것부터 골라 독서를 한 까닭이 거기 있었다. 전에 한 번 읽은 것도 있었고, 처음 대하는 것도 있었다.

박부길씨는 두 번 만났는데, 처음 그를 만나러 가던 날은 아침부터 비가 내렸다. 그날 그는 나를 위해 세 시간을 내주었고, 손수 끓인 커피를 두 잔 대접했다. 두번째 만남은 첫번째 만남으로부터 열흘이 지난 후에 이루어졌는데, 그 열흘 동안 나는 그가 유년 시절을 보낸 남도의 조그만 벽촌을 둘러보고 왔다. 처음에는 그와 동행할 계획이었으나 어쩐 일인지 그는 고향행을 몹시 꺼렸다. 일이 밀려서라고 말했지만, 꼭 그 때문만은 아닌 듯했다. 그의 표정에서 내가 읽은 것은 기피자의 뒷걸음질 같은 것이었다. 그 두번째 만남은 그가 사는 집 근처의 한 식당에서 이루어졌는데, 그는 그날 못 마시는 술을 제법 마시고, 자정이 다 되어서야 내 어깨의 도움을 받아 집으로 돌아갔다.

지금 나는 좀 심란한 상태다. 도대체 어떤 형식으로 이 글이 풀려나갈지 통 감이 오지 않는다. 소설가는 소설을 쓰기 전에 이미 한 편의 소설을 가지고 있었다고 시작하면 어떨까. 애초의 망설임과는 달리, 그의 과거를 재구성해가는 과정에서 은근한 호기심에 사로잡힌 까닭이 거기 있었음을 고백해야 할 것 같다. 그 호기심은 거의 직업적인 관심에 가까운 것이었는데, 말하자면 어느새 나는 나도 모르는 사이에 박부길씨를 '소설적으로' 바라보고 있었다. 다시 덧붙이자면, 한 작가의 성장 배경을 꼼꼼하게 살피는 일이 그의 문학과 삶에 대해 깊은 이해를 확보하고자 하는 독자들에게 썩 유익한 일일 수 있음을 깨닫게 되었다는 뜻이기도 하다.

나는 내가 읽은 그의 소설들과 그에 대한 기사들과 두 번의 인터뷰 내용을 두루 섭렵해가면서, 가장 자유로운 방식으로 우선 그의 유년기를 재구성해볼 생각이다. 형식에 구애받지 않을 것이며, 충실한 연대기를 만들지도 않을 것이다. 작가의 의식 안쪽에 단단하게 붙어 그의 삶과 문학을 지배해온 질기고 억센 몇 개의 큰 흉터가 내게 발견되었고, 나는 어쩔 수 없이 그것들에 매달리게 될 것이다. 어차피 지금의 그는 자신이 살아낸 이제까지의 삶의 흔적들을 끌어안고 있는 하나의 표정이다. 표정에는 층이 있지만, 흔적들은 질서를 알지 못한다. 그것들은 서로 몸을 섞고 있다.

되도록 나의 개인적인 느낌이나 섣부른 판단은 자제할 생각이지만, 혹시 사소하고 어쭙잖은 감상이 섞여들더라도 너그럽게 이해해주기를 바란다.

3

'박부길은 촌놈이다'라고 그의 친구 가운데 한 사람인 소설가 권해성씨는 몇 년 전에 어떤 지면엔가 썼었다. 그 글을 쓴 권해성씨는 자신이 말하는 '촌놈'을 주석하면서, 순진성과 고집스러움이라고 덧붙였다.

순진한 고집쟁이. 그러나 그런 주석과 상관없이, 실제로 그는 촌놈이다. 그는 대한민국 지도가 태평양 한쪽에 발을 담그고 있는 남해의 외지고 작고 가난한 바닷가에서 태어났다. 열네 살이 되어 고향을 떠나기까지 그곳에는 버스가 다니지 않았으며, 전기도 물론 들어오지 않았다. 그는 『작가의 고향』이라는 한 종합 교양지의 지면에 그 고향을 가리켜 '고여 있는 마을'이라는 표현을 썼다.

읍내로 나가자면 가파른 고개를 두 개나 넘어야 했다. 하나는 솔매재였고, 다른 하나는 삼산재였다. 둘 가운데 악명이 높은 것은 솔매재 쪽이었다. 맨몸으로 오르더라도 땀이 뻘뻘 나는 그 고갯길을 어른들은 서대며 전어 같은 생선을 등과 머리에 가득 지거나 이고 넘어 다녔다. 이른 새벽 공급받은 물고기를 장터에 내다팔기 위해서였다. 아이들은 책보를 허리에 두르고 겨울에도 땀을 흘리면서 그 두 개의 재를 넘어 학교에 다녔다. 솔매재 꼭대기에 올라섰을 때, 하늘 끝에서부터 불어와 이마의 땀을 시원하게 식혀주던 그 얼음손 같은 바람을 잊을 수가 없다. 마을로 길이 뚫린다는 소리는 선거철이 되어도 들려오지 않았고, 아무도 그런 희망을 품지 않았다. 불행에 익숙해진 사람은 쉽게 운명의 무게를 받아들인다. 그런 점에서 내 고향 마을 사람들은 모두들 운명론자였다. 그들은 도대체 진보라고 하는 것을 믿지 않았다. 내 유년의 고향 마을은 물처럼 고여 있었다. 운명은 방죽에 고인 물과 같은 것이었다.

　누구에게나 있게 마련인 고향에 대한 애틋한 향수 같은 것이, 안타깝게도 내게는 없다. 이 나이가 되도록 소설을 쓰고 결혼을 하고 아이를 낳으며 살아오는 동안 다시는 그 흐리고 탁한 물속으로 되돌아가고 싶지 않다고, 나는 수없이 많은 다짐을 스스로에게 하곤 했다. 지금까지의 나의 삶은 그곳으로부터의 필사적인 탈주였다.
(「고향으로부터의 도피」, 『앎과 삶』 87호, 196쪽)

　'고향 마을로부터의 필사적인 탈주'라는 그의 고백은 퍽 시사적이다. 차차 밝혀지겠지만, 내게 노출된 그의 지난 시간들은 그 슬픈 고향과, 고향에서의 참혹한 기억들로부터 되도록 멀리 떨어지려는 필사적인 안간힘의 나날로 읽혔다.

　그 고인 물과 같은 벽촌에서 그는 십사 년을 살았다. 그 기간은 그의 유년기와 초등학교 육 년과 중학교 일 년을 포함한다. 그는 옆 마을에 세워진 읍내 초등학교 분교에, 이웃해 있는 네 개의 마을 아이들과 함께 다녔는데, 한 학년이 서른 명도 채 되지 않던 것으로 기억한다. 그 학교에서 그는 반장 아니면 학생회장을 했고, 졸업할 때는 문교부장관의 이름이 씌어진 상을 받았다.

　어렸을 때부터 특출났던 것 아니냐는 나의 물음에, 박부길씨는 입을 비틀어서 웃었다.

"그래 봤자 서른 명 중에 한 명이었는걸요. 사과의 눈으로 보면 아무리 큰 딸기도 딸기들 가운데 하나일 뿐이지요. 다르면 얼마나 다르겠어요?"

그러나 그는 실제로 얼마간 달랐다. 예컨대 바닷가에서 유년기를 보냈으면서도 그는 희귀하게 수영을 할 줄 모른다. 아이들이 틈만 나면 발가벗고 물속으로 뛰어들어가 물장구를 치며 하루 온종일을 다 써버리던 한여름에도 그는 옷을 벗지 못했고, 물속으로 뛰어들지도 못했다. 부끄러움 때문이었든, 무서움 때문이었든, 자발적이었든, 타인에 의해 그렇게 된 것이었든, 그는 그런 식으로 다른 아이들과 구별되었다.

그 나이의 아이들에게는 어울리지 않는 말이지만, 그는 다른 아이들과 좀처럼 잘 어울리지 않았다. 대개 그는 외톨이였다. 그 시절 함께 공부했던 친구들의 이름을 하나도 기억하지 못하겠다고 그는 내게 말했다. 그가 동화를 쓰지 못하는 이유는 자신에게 동심에 대한 기억이 전혀 없기 때문이라는 말도 했다.

"슬픈 일이지만, 내게는 동심이라는 단어에 대한 개념이 아예 없어요. 내가 혹시 그 단어를 사용한다면, 그것은 어디까지나 후에 관념적으로 학습된 것이지, 경험을 통해 얻은 것은 아니에요."

다른 아이들이 물속에 들어가 수영을 즐기고 있을 때, 그는 무엇을 하고 있었던가. 낫을 들고 뒷산에 올라가 풀을 베거나 밭에 나가 괭이질을 하는 거야 그 마을 어린이라면 누구나 하는 일이었고, 그도 예외가 아니었다. 일을 하지 않을 때는 수평선을 바라보며 상념에 잠겨 있거나 책을 읽었다. 그는 4학년이 되었을 때, 코넌 도일의 추리소설을 읽었고, 헤르만 헤세와 앙드레 지드와 『삼국지』를 읽었다. 6학년이 되기 전에 집에 뒹굴어 다니던 거의 모든 책을 읽었다. 그가 손대지 못한 책은 한자가 많이 섞인 딱딱한 법률 서적과 꼬부랑글씨로 된 외국 서적들이었다. 그의 집에 그가 읽을 만한 책은 많지 않았다.

그가 6학년이 되었을 무렵 동네 형들 사이에 무협지를 돌려보는 붐이 일었는데, 그는 마을에 나돌던 무협지들을 빠짐없이 읽어 치운 유일한 사람이었다. 손바닥으로 바람을 일으키고 하늘을 날아다니기도 하는 무협지의 세계는 그의 상상력을 한없이 자극했고, 그 때문에 그는 점점 더 또래의 아이들로부터 멀어져갔다.

그는 이렇게 술회했다.

"소나 양들이 풀을 뜯어먹듯이 나는 책을 뜯어먹었던 거지요. 닥치는 대로 우선 집어삼키고, 나중에 되새김질을 하는 그 짐승들처럼 나 역시 허겁지겁 속에 집어넣고 보자는 식이었던가봐요. 체계적인 독서가 이루어질 수 있는 상황이 아니었지요. 먹을 게 웬만해야 영양 따지고 칼로리 따지고 그러는 거 아닙니까? 책들요? 한쪽 방에 오래 묵은 책들이 제법 있었어요. 대부분 표지가 두껍고 종이 색이 누렇게 바랜 그 책들은, 나중에 알게 되었지만, 아버지의 것이었어요."

그의 아버지는 동네 사람들이 틀림없이 한자리할 거라고 크게 기대를 걸고 있던 수재였다. 친척들만이 아니라 동네 사람들까지 모두 나서서 그의 고시 합격을 예견하고 기대했다. 그러니까 박부길이 그때 읽었다는 책들은 그 시절의 그 마을 수준으로는 매우 드물게 대학 공부를 한 아버지의 것으로 교양물이 반, 전공 서적이 반쯤 되었다. 그 책들을 어린 박부길은 뜻도 파악하지 못하면서 무작정 읽어치운 것이다. 그것은 물론 무의지적인 것이었고, 책을 읽는다는 분명한 자각도 없는 상태에서 말미암은 것이었다.

어린 나이였지만, 한 번도 어린아이다운 적이 없었던 그는 자신의 지긋지긋한(그는 내게 그 표현을 썼다. 그 나이에 벌써 자신의 현실에 대해 엄청나게 비극적인 상상을 했다는 것이다) 현실을 자신의 것으로 받아들일 수가 없었고, 그러나 받아들이지 않을 무슨 방도가 있는 것도 아니었고, 그리하여 상처받은 그의 자존심은 현실로부터 자신을 유폐시키기를 꿈꿨다. 예컨대 그의 독서에의 몰두는, 책 속에서 낙원을 발견해서가 아니었다. 그는 그저 자신의 현실에 눈감고 싶었을 뿐이었다. 그런 점에서 그의 책들은 일찍부터 마취제였다. 그러므로 성인이 되어 책을 쓰고 있는 지금은 자신의 글 만들기가 마취제인 셈이라고, 그는 약간 어색한 미소를 띠며 나지막하게 고백했다.

사람이 표현 본능 때문에 글을 쓴다는 말은 거짓이다. 더 정확하게는 위장이다. 사람은 반사가 아니라 굴절, 노출이 아니라 왜곡하기 위해서 글을 쓴다. 현실이 행복해 죽겠다는 사람은 한 줄의 글을 쓰고 싶은 충동도 느끼지 않는다. 오직 불행을 자각하고 있는 사람만이 글을 쓰고 싶은 충동에 사로잡힌다. 그때 그는 펜을 들어 자신의 불행한 현실에 마취제를 주사한다. 독자들 또한 그 마취제를 얻기 위해 책을 읽는다. 그뿐이다.(「마취제와 진통제」, 산문집 『이정표』, 156쪽)

4

어떤 현실? 우리는 마침내 좀더 직접적이고 분명한 화법으로 그의 유년을 이야기할 시점에 이르렀다.

'박부길씨의 유년은 불행했다'라는 식으로 곧바로 판단의 자를 들이미는 것은 적절하지 않을 뿐 아니라 가능한 일도 아니다. 행복하다거나 불행하다는 언설이 객관적인 척도의 세계로부터 너무 멀리 비껴나 있는 까닭이다. 행복과 불행은 하나의 관념이다. 관념은 육체가 없는 것이다. 또는 육체와 상관이 없는 것이다. 행복은 불행의 관념이 부재한 관념이며, 불행은 행복의 관념이 부재한 관념이다.

이렇게 이야기를 시작하면 어떨까. 다른 작가들과는 달리 박부길씨의 작품에는 자전적인 소설이라는 이름을 붙일 만한 것이 별로 없었고, 군데군데 잠깐씩 비치는 유년의 기억들도 간접적이고 암시적이어서 그가 자신의 유년을 자물쇠로 튼튼하게 잠가버린 이유를 궁금하게 했다. 그런 인상이 혹시 그의 유년을 불행과 친근한 것으로 단정하게 했는지 모르겠다.

그의 가장 오래된 기억의 층에는, 사람의 가슴을 서늘하게 만들 정도로 쓸쓸하고 깊고 어두운 얼굴이 화석처럼 단단하게 들러붙어 있다. 유년의 기억 속으로 들어가는 길을 수문장처럼 가로막고 서 있는 것이 그 얼굴이고, 따라서 그에게 유년기를 기억해낸다는 것은 그 화석을 들춰내어 거기 박힌 얼굴을 마주하는 경험과 한가지이다. 내가 쓰는 이 글 역시 그 얼굴과의 대면 없이는 아예 불가능하다는 걸 나는 예감한다.

5

담을 짚고 집 뒤로 돌아가면 감나무가 한 그루 서 있었다. 크고 오래된 나무였다. 감나무는 6월이 되면 담황색의 꽃을 낸다. 아이들은 아침 일찍 일어나 이슬을 맞고 떨어진 감꽃을 주워먹었다. 가을이 되면 꽃 대신 열매가 떨어졌다. 아직 푸른빛이 남아 있는 떫은 감을 물에 우리면 맛있는 감이 되었다. 다른 군것질거리가 없었던 시골 아이들에게 저절로 땅바닥에 떨어진 감만큼 고마운 것도 없었다.

그러나 그곳 출입은 그에게 허용되지 않았다. 어른들은 그가 뒤란으로 돌아가는 것을 막았다. 오랫동안 그는 자신에게 내려진 그 금령이 감나무 때문이라고 생각했다. 감나무가 그곳에 서 있었다. 그리고 그것은 금지된 나무였다. 그는 그렇게 이해했다. 하지만, 사실은 그렇지 않았다. 나중에 그가 깨달은 바에 의하면, 금지된 것은 그 땅이었다. 그 땅에 감나무가 있었을 뿐이다.

이 단순해 보이는 차이는 하늘에서 땅까지의 거리만큼 멀고도 가깝다. 하늘은 어디 있는가. 하늘은 땅 위에 있다. 하늘은 땅에서 가장 가깝고, 또 가장 멀다. 가장 가까운 것도 하늘이고, 가장 먼 것도 하늘이다. '금지된 것은 땅이었는가, 나무였는가'라고 물을 때, 땅과 나무의 거리가 그러하다. 그것들은 가장 가까우면서 또 가장 멀다. 어린 박부길이 그때 자신에게 금지된 것이 땅이 아니라 나무라고 생각한 것은 감나무의 꽃과 열매에 마음이 팔려 있었기 때문일 것이다. 그는 순전히 감나무의 꽃과 열매를 줍기 위해 때때로 금령을 범했다. 대개 이른 아침이었지만, 어른들이 집을 비운 한낮이나 저녁 무렵일 때도 있었다. 만일 발각이라도 되는 날에는 호되게 야단맞을 각오를 해야 했다.

"뒤란으로 돌아가지 말라고 했지? 그랬어, 안 그랬어?"

"감을 주우려고……"

큰아버지는(그 연유는 나중에 밝혀지겠지만, 박부길씨는 아주 오래전부터 큰댁에 살았다. 큰댁의 가족 구성원은 큰아버지와 큰어머니, 그리고 그 둘 사이에서 태어난 아들과 딸이 있었다. 아들은 그보다 나이가 훨씬 많았고, 딸은 오빠와 나이 차이가 많이 져서 그와 동갑이었다) 당시로서는 이해할 수 없을 정도로 엄하게 꾸짖으며 금령을 범한 어린 그를 체벌했다. 야단을 맞고 나면 큰어머니는 그의 손에 달게 우린 감을 안기곤 했다. 그런 어른들을 그는 또 이해하기가 힘들었다. 범했다고 야단쳤으면서, 그 열매를 왜 주는가? 못하게 하고서 주는 것은 무엇인가. 금지해놓고 어째서 푸는가. 납득할 만한 기준을 그는 도대체 찾을 수 없었고, 납득되지 않은 것은 받아들여지지가 않았다. 그래서 그는 뒤란 출입을 되풀이했다.

　그가 자신에게 가해진 금기와 체벌의 기준을 용납할 수 있었다면, 뒤란에 가지 않았을 것이란 뜻인가? 물론 그렇다. 그는 일찍부터 합리주의자였다. 합당한 논리가 결여된 믿음과 말과 글과 생각과 행동에 대해 회의적인 그의 태도는 아주 어릴 때부터 싹튼 것이다. 합리 부재, 이성 실종의 현상을 그는 광범위한 신비주의로 해석하고, 신비주의는 인간의 이성에 대한 눈속임을 통해 인간의 정신을 황폐화시키고, 비인간화의 함정에 빠뜨린다고 그는 역설한다. 인간 이상을 지향하는 것처럼 흔히 말해지는 비논리는 실상 광기이며, 그것은 인간 이하, 곧 짐승의 세계로 떨어뜨릴 뿐이라는 생각이다.

뒤란으로 돌아가는 길은 비좁다. 담벼락에 바짝 몸을 붙이고 감나무 한 그루가 금단의 나무처럼 서 있는 뒤란으로 돌아가면, 뒤채가 나온다. 뒤채라고 할 만한 것도 아니다. 헛간처럼 생긴 작고 어두운 방이 하나 부엌에 면해 붙어 있다. 대개 하루 중 아주 잠깐 인색한 햇빛이 손바닥만큼 얼굴을 보이고 이내 사라져버린다. 그 짧은 순간이 햇빛의 혜택을 받을 수 있는 유일한 시간이다. 문은 그럴 경우에 아주 조금 열린다.

그 방에는 물론 사람이 있다. 그 방의 주인은 박부길이 이 집에 옮겨와 살기 전부터 그곳에 있었다. 그가 뒤란으로 가서 감꽃이나 풋감을 주울 때, 몇 번 그 문이 열리고, 그 방의 주인과 눈길이 마주친 적이 있었다. 간혹 말을 걸어오기도 했다. 그러나 그는 대개 말대꾸를 하지 않았다. 그는 헛간 같은 그 어두운 방 안의 남자가 무서웠다. 금단의 나무를 지키라고 큰아버지가 보낸 파수꾼처럼 여겨져서 되도록 그 남자와 부딪치지 않으려고 했다.

자세히 보지 않았는데도, 남자는 몰골이 흉측했다. 뼈만 남은 앙상한 몸에 얼굴이 온통 털투성이였다. 더 무섭고 흉측한 것은 그 남자의 가늘고 앙상한 다리에 매달린 거대한 나무였다. 반쪽으로 쪼갠 기다란 두 개의 나무를 마치 하나처럼 묶어 자물쇠를 채웠는데, 거기에 두 개의 홈이 가로로 파여 있었다. 남자의 다리는 그 두 개의 구멍에 각각 하나씩 들어가 있었다. 그것이 옛날에 죄수들을 가둘 때 쓰던 차꼬라는 걸 박부길은 알고 있었다. 그러니까 차꼬를 찬 남자는 죄인이었다. 남자는 방안에서 나올 수 없었고, 제 뜻대로 움직일 수도 없었다. 차꼬를 끌고 겨우 엉덩이걸음을 할 수 있을 뿐이었다.

그 사람이 무서워서 그는 가능한 한 뒤란에 숨어들 때 발소리를 죽였다. 그는 차꼬를 차고 있다. 차꼬는 무겁기 때문에 그것을 차고 있는 사람을 움직이지 못하게 한다. 그는 그 남자가 자기를 쫓아올 수 없다는 것을 알고 있었기 때문에 뒤란 출입을 아주 중단하지는 않았다.

박부길이 그렇게 발소리를 죽이고 조심스럽게 스며드는데도 어떻게 아는지, 스르르 문이 열리는 경우가 많았다. 문이 열리고, 차꼬를 찬 남자는 털투성이 얼굴 사이로 깊고 어두운 눈을 들어 그를 쳐다보았다. 쓸쓸하고 서늘한 눈빛—박부길씨는 그 눈빛을 떨쳐버릴 수가 없다. 그 눈빛이 바로 그의 기억의 문을 지키는 수문장인 것이다.

그는 자신의 소설 속에 몇 차례, 이때의 기억을 연상시키는 장면을 형상화한 적이 있다. 그중에 어떤 것은 흐릿하지만, 어떤 것은 비교적 선명하다. 예컨대 『순례자』라는 장편소설과 「나그네의 집」이라는 단편(소설집 『유형지 일기』에 수록) 속에 그의 유년에 대한 기억과 맞물리는 부분이 나온다.

무슨 이유 때문인지 분명하게 밝혀지지 않은 채로 소년은 친척 집에서 길러진다. 소년은 몸이 약하고, 친구도 없다. 그에게 유일한 즐거움은 바닷가 모래밭을 한참 걸어서 외딴 바위 그늘을 찾아가는 것이다. 사람들은 여간해서 그곳까지 오지 않는다. 그렇기 때문에 그는 그곳에 간다. 이유가 한 가지 더 있다. 바위 그늘에 다 쓰러져가는 집이 한 채 있다. 그는 그 집에 간다.(『순례자』, 32쪽)

성인이 된 작품 속의 화자는 소년 시절의 그 바위 그늘의 초라한 집과 그 집의 주인에 대해 이렇게 회상한다.

  그 집에는 아무도 살지 않았다. 물론 누군가가 그곳에 있긴 했다. 하지만 그는 살고 있는 것이 아니었다. 나는 그렇게 생각했다. 그는 그냥 있을 뿐이다. 아니, 그는 그냥 있는 것이 아니었다. 그는 '감금되어' 있었다. 그의 가느다란 발목에는 내 머리통만한 쇠뭉치가 매달려 있었다. 그는 쇠뭉치를 질질 끌고 힘겹게 한 걸음씩 엉덩이걸음으로 옮기곤 했다. 나에게 감금의 이유를 묻지 마라. 나는 모른다. 나는 왜 사람이 짐승처럼 묶여 있어야 하는지 알지 못했고 지금도 그러하다.
  그 집 안에서라면 그는 자유롭다. 그러나 그런 자유도 자유라고 할 수 있는가. 욕된 목숨. 그 집은 폐가였고, 그는 폐인이었다. 버려진 인간이었다. 그런데도 나는 어째서 마을 사람들의 눈을 피해가며 그렇게 자주 그를 만나러 다녔는지…… 이해하지 못할지 모르지만, 그는 내게 다정했다. 그가 어떻게 그럴 수 있었을까. 난폭하고 위험하기 때문에 아무도 가까이 접근하려 하지 않는 그가 내게는 어떻게 그렇게 부드러울 수 있었을까. 나는 아무런 위협도 느끼지 않았을 뿐 아니라, 얼굴도 기억나지 않는, 언제나 그리운 내 아버지처럼 느껴지기까지 했다. 실제로 몇 차례 내 꿈속으로 아버지가 찾아온 적이 있었는데, 그때마다 아버지는 그 사람의 얼굴을 하고 있었다. 음식을 날라다주는 친척 여자를 제외하면, 그를 만나러 가는 유일한 사람이 나였고, 그를 사람으로 대해주는 유일한 사람이 나였다. 그것이 이유였을까. 그는 외톨이였고, 나도 그랬다.

그가 감금되어야 했던 이유를 내게 묻지 마라. 몰라서가 아니다. 나는 안다. 잘 안다. 그는 미쳤다. 그는 미쳤다고 선고되었다. 미친 사람은 위험하다. 그는 미쳤기 때문에 위험한 인물로 선언되었다. 그래서 그는 고립된 채 혼자 지내야 했다. 그런데 미치지도 않은 나는 왜 고립되었던가.(같은 책, 56쪽)

"이리 오너라, 애야."

방문이 벌컥 열리고, 남자가 그를 불렀다. 남자는 온몸이 털로 뒤덮여 있어 흡사 무슨 야생 동물 같다. 소년은 쭈뼛쭈뼛 눈치를 살폈다. 접근하면 혼날 것이라고 한 삼촌의 말을 떠올렸다. 삼촌은 말했다. 뒤쪽으로 가지 마라. 뒷방 가까이 가지 마라. 혹시 뒤란으로 갔거든 방문이 열리고 무슨 말을 걸더라도 대꾸하지 마라. 황급히 도망쳐라. 그러지 않으면 큰 봉변을 당할 것이다.

소년은 두려웠다. 그는 도망쳐야 했다. 그리고 실제로 그러려고 했다. 그러나 그 순간에 그는, 그러지 않았어야 했는데, 남자의 눈을 마주보고 말았다. 남자의 눈은 너무 많은 감정을 복잡하게 담고 있었다. 그 눈은 몹시 슬퍼 보였고, 안타깝게 무언가를 호소하고 있는 것 같았다. 강력한 밧줄 같은 것이 그 눈에서 나와 자신을 옭아매고 있는 것처럼 느껴졌다. 소년은 그 밧줄에 묶여서 끌려갔다. 삼촌의 경고가 뒤에서 잡아당겼지만, 남자의 밧줄을 능가할 만한 힘은 아니었다.

"네가 창구냐? 창구구나."

소년이 자신의 이름을 밝히지 않았는데도, 남자는 그렇게 단정하고 고개를 끄덕인 다음, 한동안 그의 얼굴을 빤히 들여다보았다. 의아스럽다는 느낌도 잠시, 소년의 마음은 걷잡을 수 없는 회오리 속에 휘둘리고 말았다. 소년을 더욱 혼란스럽게 만든 것은 남자의 눈에 비친, 이해할 수 없는 눈물방울이었다. 잘못 보았는지 모른다는 생각이 들어서—예컨대 자신의 눈에 이슬이 맺힌 때문인지 모른다는—소년은 자신의 눈을 몇 번이나 끔벅여보았다. 그의 눈은 말라 있었다. 습기는 남자의 눈에 있는 것이었다. 소년은 두려움에 사로잡혀 떨면서도 물어보려 했다. 우는가요? 왜 우는가요? 나는 이유를 모르겠어요. 내게 말해주세요.

"목이 마르구나. 애야, 물 좀 떠다주겠느냐?"

남자가 하늘을 향해 얼굴을 들어올리면서 그런 요청을 하고 나
선 것은 한참 동안의 복잡한 대치로 소년이 거의 탈진 지경에 빠졌
을 때였다. 소년은 대답도 하지 못하고, 뒤란을 빠져나와 우물가로
갔다. 그는 그곳에서 숨을 크게 한 번 내쉰 다음 자신이 먼저 물을
벌컥벌컥 들이켰다. 계속 목이 탔다. 그는 계속 마셨다. 그러고는
다시 망설이기 시작했다. 돌아갈 것인가, 말 것인가. 돌아가라고 종
용하는 목소리는 호기심이었고, 그렇지만 단지 호기심이라고만 단
정하기에는 어딘지 아쉬운, 무언가가 또 있었다. 그것은 보다 은밀
하고 유혹적인, 예컨대 남자의 눈이 발산하고 있는 것과 같은 종류
의, 설명이 불가능한 난해한 감정이었다. 돌아가지 말라고 종용하
는 목소리는 내부의 두려움이었다. 그 두려움은 이중적이었다. 하
나는 뒤란 골방의 남자에 대한 것이었고, 다른 하나는 삼촌에 대한
것이었다. 삼촌의 말처럼 무슨 일을 당할지 모른다. 남자는 정상이
아니다. 그는 정상이 아니다, 정상이…… 그러나 이내 싸움의 결말
이 났다. 소년은 남자의 깊고 슬프고 그윽한 눈에 이끌렸다.

소년이 물을 떠서 뒤란으로 돌아갔을 때, 남자는 아직 그곳에 그
대로 있었다. 방문도 열린 채였다. 그러나 아까와는 어딘지 달랐다.
잠깐 사이였지만, 아까와는 영 다른 분위기가 흐르고 있었다. 소년
은 온몸으로 그걸 느꼈다. 그는 그러잖아도 굳어 있던 자신의 몸이
잔뜩 긴장하는 걸 알았다.

"물……"

남자는 물을 받는 대신 무슨 일엔가 열중해 있었다. 소년은 어찌해야 할지 모른 채 그대로 서서 남자가 열중해 있는 일이 무엇인가를 보았다. 남자는 자신의 속옷을 뒤져 이를 잡고 있었다. 이를 잡아서는 양쪽 엄지손가락을 이용해 죽이고 있었다. 귀를 기울이자, 톡 하고 그의 손톱 위에서 이의 몸통이 부서지는 소리가 들렸다. 소년은 눈살을 찌푸렸다.

"물 떠왔어요."

소년은 다시 한번, 이번엔 아까보다 조금 소리를 높여서 말했다. 그제야 남자가 눈을 들어 그를 보았다. 푸른 햇살이 화살처럼 날카롭게 그의 얼굴 위로 쏟아졌다. 조금 얼굴을 찡그렸던가. 아마도 그랬을 것이다. 어쩌면 그러지 않았는지 모른다. 그런 것은 중요하지 않다. 순식간에 폭포처럼 거세게 터져나온 남자의 엉뚱한 요설이 소년으로 하여금 뒷걸음질을 치게 했다.

"이 개만도 못한 것들. 너희들이 천당을 가봤어? 가보지 못한 것들이 뭔 잔소리야, 잔소리가. 뭐? 『팡세』를 읽어? 『팡세』, 좋아하네. 『팡세』가 무슨 피앙세인 줄 아냐? 엿 먹어라, 잡놈들아…… 너 이놈 잘 만났다. 니가 내 허파 빼돌린 놈이지? 내가 모를 줄 알고? 허파 없어진 것도 모르고 사는 줄 알아? 내가 누군지 알기나 해? 내가 허수아비야? 이 썩을 인간들아…… 책은 다 불질러버려. 내 말 안 들려? 불질러버리라고. 법은 뭐고, 철학은 뭐 말라비틀어진 개뼈다귀야. 아무짝에도 쓸모없는 것들. 물개 좆이 얼마나 큰지 모르지? 병신 육갑 떨지 말어……"(「나그네의 집」, 『유형지 일기』, 172~174쪽)

위에 인용된 대목은 박부길씨가 조심스럽게 내비친 유년기의 기억과 흡사하게 겹친다. 인물의 유사함과 배경까지가 그러하다. 그 소년이 곧 어린 시절의 박부길이었을 가능성을 상정하는 것은 따라서 전혀 무리한 발상이 아니다. 그는 단지 감나무 때문이었다고 말하려 하지만, 소설 속의 화자가 회상하는 것처럼, 그 역시 뒤채에 감금되어 있는 남자의 서늘한 눈빛을 너무나 선명하게 기억하고 있지 않은가. 소설 속의 소년이 그랬던 것처럼 그를 뒤란으로 이끈 것 또한 실상은 그 눈빛이 아니었을까. 애초부터 감나무는 구실에 불과한 것이 아니었을까.

그렇다면, 감나무는 그저 우연히 그곳에 있었을 따름이다. 그의 영악함이 감나무에 연연한 것처럼 위장한 것이다. 하긴, 나의 가정이 너무 멀리 나아간 것인지 모른다. 그가 아무리 어린아이답지 않았다고 해도, 그래도 어린아이는 어린아이이다. 중요한 것은 동기일 텐데, 처음에 그를 부른 것은 뒤란의 감나무였을 개연성이 아무래도 높다. 그 '눈빛'은 나중이었을 것이다. 나중에 혹시 그 차꼬를 찬 남자의 눈빛에 홀려서 뒤란으로 돌아갔을지라도, '감나무'의 비중은 줄지 않는다. 왜냐하면 큰아버지의 금령은 그 감나무를 지칭했기 때문이다. 감을 따먹지 마라. 감꽃을 줍지 마라. 감나무를 만지지도 마라. 감나무가 있는 곳에는 가지도 마라……

금령이 신성한 것은, 그것들이 징벌의 공포로 포장되어 있기 때문이다. 두려움을 유발하지 않는 법은 신성으로부터 멀다. 신성은 어디에 있는가. 두려움 속에 있다. 아니, 두려움에 대한 예감 속에 있다. 그런데 그것은 왜 두려운가. 금지된 것은 사람을 끈다. 그것이 이유이다. 금령은 권고가 아니라 유혹이다. 사람들이 범죄를 저지르기 때문에 금령이 생긴 것이 아니다. 금령이 먼저 있었다. "동산 한가운데 나무의 열매는 따먹지 마라." 사람들은 금령이 있기 때문에 범죄를 저지른다. 사람이 선악과를 따먹었기 때문에 야훼가 금령을 준 것이 아니다. 야훼가 금령을 주었기 때문에 사람이 그것을 따먹었다. 금령이 없으면 범함도 없다.

큰아버지가 뒤채의 '차꼬를 찬 남자' 대신 '감나무'를 금기의 대상으로 삼은 것은 그런 성찰 때문은 물론 아니었을 것이다. 그의 금령은 포괄적인 것이었다. 감을 따먹지 말라는 명령은, 감나무가 서 있는 곳에 출입하지 말라는 경고를 포함하고 있었다. 아니, 그 곳을 가리키고 있었다. 이제 분명해진 셈인데, 금지된 것은 감나무가 아니라 감나무가 서 있는 땅이었다. 감나무는 단지 하나의 표지에 불과했다.

그의 소설 속 주인공이 그런 것처럼 그 역시 법을 범한다. 범죄는 달콤하다. 그 달콤함은 범죄행위의 결과로서의 급부給付 때문이 아니라, 금지된 법을 범하고 있다는 순간의 팽만한 긴장에서 온다. 익히 알려진 것처럼, 원죄는 재물의 획득과는 아무런 상관이 없는 것이었다. 야훼가 진노한 것은 사람이 먹어치운 과일 하나의 손실 때문이 아니었다. 하지 말라고 명령한 것을 했다는 것이 참된 이유였다. 세상의 모든 형벌도 태초의 야훼를 닮는다. 어떤 법도 재물의 손실을 이유로 극형에 처하지는 않는다. 모든 극형의 대상은 정신적인 것이다. 요컨대 금지된 법을 범함으로써 누리는 정신의 오락성이 언제나 법 집행자의 진노를 불러일으키는 것이다.

박부길씨는 그 골방 남자에 대해 이중적인 인상을 동시에 간직하고 있었다. 하나는 비교적 의식의 표층에 있는 것으로 두려움이었고, 다른 하나는 의식의 심층에 자리하고 있는 것으로, 겉으로 드러난 두려움에도 불구하고 묘한 힘으로 그를 끌어당기는 신비스러운 친밀감이었다. 두려움이 뒤란으로 돌아갈 때마다 그의 발걸음을 조심하게 했다. 그러나 또 그의 내면 깊숙한 곳의 설명할 수 없는 친밀감이 방문 쪽으로 자꾸 눈을 돌리게 하고, 안에서 인기척이 없을 때에는 부러 방문 가까이 귀와 눈을 대고 안쪽의 거동을 엿보게까지 했다.

소년 박부길에게 알려진 바로는, 그 남자는 큰댁의 머슴이었다. 그의 아버지도 머슴이었다. 그는 태어날 때부터 머슴이었다. 하긴 머슴이라고는 해도, 가족 같은 머슴이었다. 제법 큰 배를 세 척이나 띄우고, 산비탈 밭을 개간하여 수십 마지기의 밭을 경작하던 시절에 그들 가족은 큰댁의 뒤채 한 칸을 얻어 살면서 집안일을 도맡아 했다.

부모가 세상을 뜨자, 마침 달라진 세상의 바람을 타고 그도 마을을 떠나 도회로 나갔다고 했다. 그러나 그는 삼 년을 채 못 채우고 다시 돌아왔는데, 거지꼴에 쉴새없이 기침을 해대는 병자가 되어서였다. 큰아버지는 전에 그들 가족이 쓰던 방을 내주고 그를 몇 달 쉬게 한 후, 다시 머슴으로 일하게 했다.

일이 년 그렇게 일을 했을까, 한 계절을 내리 열병을 심하게 앓으며 누워지내더니, 이번에는 아주 이상한 행동을 하기 시작했다. 처음엔 밤만 되면 산으로 올라가서 아무데나 쏘다니다 새벽녘이 다 되어서 돌아오곤 했다. 그다음에는 걸핏하면 아무데나 불을 지르려고 했다. 실제로 그가 지른 불로 보관중이던 그물이 여러 동 타버렸고, 배도 그을렸다. 어떤 날 밤에는 아예 집이 날아가버릴 뻔했다. 사람들이 어르고 타이르면 욕설을 퍼부으며 흉기를 들고 설치기 시작했다. 이야기를 잘 하다가도 뜬금없이 칼을 들고 대드는 바람에 그를 상대하려는 사람이 없었다. 실제로 그에게 칼을 맞아 읍내 병원으로 업혀간 사람까지 생겨났다. 이웃에 사는 쌍둥이 엄마였는데, 그녀는 우물에서 발을 씻고 있는 그에게 물을 퍼주다가 봉변을 당했다. 박부길도 그녀의 목 부위에 난 상처를 보았다. 그렇게 하여 그는 아주 위험한 인물이 되어버렸다. 마을 사람들은 모여서 회의를 했고, 그에게 차꼬를 채우기로 결정했다.

그 결정은 어린 박부길이 큰댁으로 옮겨오기 전에 이루어졌으므로, 그가 직접 목격한 것은 아니었다. 그 이야기를 해준 사람은 누구였을까. 큰댁 식구 가운데 한 사람이었을 것이다. 큰아버지거나 큰어머니, 아니면 그와는 너무 나이 차이가 많이 나서 차라리 아버지같이 여겨졌던 사촌형이었는지 모른다. 그와는 동갑이지만, 생일이 육 개월쯤 빠르다는 이유로 줄곧 누나라고 부를 것을 강요했던 큰아버지의 막내딸 미순이는 아니었던 것 같다.

박부길은 그를 볼 때마다 그 이야기를 떠올렸고, 이웃집 쌍둥이 엄마의 얼굴에서 목까지 그어진 흉측한 칼자국을 상기했다. 저렇게 어둡고 슬픈 눈을 한 사람이 어떻게 그런 끔찍한 행동을 할 수 있었다는 것인지 도무지 이해가 되지 않았다.

하긴, 특히 밤시간에 그런 일이 많았는데, 뒤란으로부터 짐승이 울부짖는 듯한 괴성과 함께 벽을 때리고 방바닥을 치는 요란한 쿵쾅거림이 한동안 들려온 적이 있긴 했다. 식구들은 그 남자의 발광을 못 들은 척 그냥 잠만 잤다. 그러나 그는 어째서인지 그러지를 못했다. 가슴이 몹시 두근거리고 조마조마해서 좀처럼 잠을 이루기가 어려웠다. 그런 날 아침은 뒤란으로 돌아가기가 더 두려웠지만, 또 그만큼 유혹적이기도 했다. 그런 날도 예외 없이 남자의 눈은 쓸쓸하고 깊고 어둡고 서늘했다. 그러면서도 또 그를 얼마나 다정하고 친밀하게 바라보던지. 실상 그의 기억으로 가는 길을 막고 서 있는 그 남자의 눈이라는 것이 그를 바라보는 그 순간의, 축축하게 젖어서 무슨 말인가를 가득 담고 있는, 한없이 그윽하고 슬픈 그 눈길이라고 그는 나중에 고백했다.

"부길이냐? 네가 부길이냐?"

그가 쓴 소설 「나그네의 집」에서처럼 그 남자는 자주 그를 불렀다. 금방이라도 그에게 달려올 것 같은 속도감과 움직임이 느껴지는 목소리였다. 남자의 목소리가 왜 떨리는지 그는 전혀 짐작할 수 없었다. 그가 내 이름을 어떻게 알고 있을까…… 처음에 그는 그 사실만이 의아했고, 또 그런 만큼 두려웠다.

"이리 가까이 와보거라. 얼굴을 좀 자세히 보자."

남자가 다시 그렇게 말했을 때, 그는 고개를 세차게 저어버렸다.

"아녜요, 나는 부길이가 아녜요."

그는 슬금슬금 뒷걸음질을 쳐서 뒤란을 빠져나와버렸다. 그러나 그럴 때마다 어린 그의 마음은 편하지가 않았다. 무언지 분명하지 않은 채로, 그 남자에게 큰 죄를 짓고 있는 것 같은 기분이 들었고, 그래서 마음이 아주 찜찜하고 무거웠다.

저 사람은 하루종일 저렇게 깜깜한 골방에 갇혀 지낸다. 그러니 얼마나 외롭겠는가. 얼마나 사람이 그립겠는가. 나 같은 꼬마에게라도 말을 걸어보고 싶어지지 않겠는가. 그렇게 매몰차게 도망쳐 나올 것이 무엇인가…… 그런 생각도 들었다. 다시 돌아가서 용서를 구하고, 그의 말동무가 되어줄까 고려해보았지만, 번번이 실천에 옮기지는 못했다.

"그때 나는 왜 그렇게 나를 부정했는지 모르겠어요. 그 사실이 오랫동안 나를 괴롭혔습니다. 거짓말을 했다는 단순한 사실 때문이 아니라, 나의 존재를 나 스스로 부정했다는 것, 더구나 '그에게' 그렇게 했다는 사실 때문에 나는 마음이 몹시 불편했더랬습니다. 그래선 안 되는 일이었는데, 나는 그러고 말았어요. 그에게 친밀감을 느끼면서도 그와 친밀해지는 걸 두려워했던 거예요. 아, 이런 게 변명이 될 수 있을까요?"

그 말을 할 때 박부길씨는 조금 울먹이는 것 같았고, 창밖을 바라보는 눈길에는 초점이 없었다. 그 순간 내게 어떤 느낌이 왔다. 그의 기억을 장악하고 있는 그 남자의 깊고 어둡고 쓸쓸한 눈빛이 저렸으려니 싶게 그의 눈은 깊고 어둡고 쓸쓸했다. 나는 그 눈을 통해 그 '차꼬 찬 남자'의 눈을 보고 있는 것처럼 느꼈다. 창밖에는 가을비가 부슬부슬 내리고 있었다.

6

당신이 어린 시절을 큰댁에서 보낸 까닭이 무엇이냐는 나의 질문은, 당신이 당신의 아버지와 어머니에 대해 아무 이야기도 하지 않고 있다는 지적 뒤에 이어졌고, 나로서는 당연히 물어야 할 걸 물은 셈이었다. 그는 자리에서 일어나 부엌으로 갔고, 커피를 마시겠느냐고 물었다. 나는 좋다고 대답했다. 그는 찬장에서 커피잔을 꺼내고 커피병을 꺼내고 크림통을 꺼냈다. 식탁 앞에 선 채로 그는 커피병 속에 스푼을 넣어 커피를 퍼냈다. 딸그락거리는 소리가 들렸다. 그는 내게로 돌아서서 손에 들고 있던 커피병의 상표를 손가락으로 가리키면서, 엄지손가락을 펴 보였다.

"난 이 커피맛이 좋아요."

그러고는 쑥스러운 듯 웃어 보였다. 나도 덩달아 웃었다. 가스레인지에 올려진 물은 금방 끓었다. 그는 커피잔에 물을 붓고 쟁반에 크림과 설탕을 함께 얹어서 자리로 가져왔다. 나는 두 스푼의 크림과 한 스푼의 설탕을 넣고 커피를 마셨다. 그는 아무것도 넣지 않았다. 창밖에는 계속 비가 내렸다. 그의 손바닥에는 따뜻한 커피잔이 올려지고, 그의 시선은 다시 창밖으로 옮겨갔다. 그는 커피잔만 만지작거릴 뿐 말을 하지 않았다. 나는 오래 기다렸다. 그의 입이 열리기를.

"혹시 「내 속의 타인」을 읽어보셨나요?"

「내 속의 타인」은 그가 오래전에 쓴 중편소설이었다. 유감스럽게도 나는 그 작품을 읽어보지 못했다. 반드시 내 책임만도 아닌 것이, 비교적 상세히 기록된 그의 연보에는 「내 속의 타인」이 들어 있었지만, 정작 작품집 어디에도 실려 있지는 않았다. 나도 아주 치밀한 성격이 아닌 터라 시간을 내서 꼼꼼히 살펴보지는 않았지만, 적어도 이제까지의 그의 일곱 권에 이르는 작품집 목차에서 발견되지 않은 것은 확실했다. 나는 그 사정을 이야기했고, 그는 아

무 설명도 보태지 않았다. 그 소설을 찾아 읽어보라, 그러면 의문
이 풀릴 것이라는 암시로 들렸다.

그와의 인터뷰가 끝난 후 나는 곧바로 그 작품을 찾아보았는데,
지금은 폐간된 한 계간 문학잡지에 실린 것으로, 역시 작품집에는
들어 있지 않았다. 잡지는 폐간되어버렸고, 나는 그 잡지를 가지고
있지 않았기 때문에 사방으로 수소문해야 했다. 헌책방에도 가보
고, 글을 쓰는 친구들한테도 부탁했지만, 도움이 되지 않았다.

나는 할 수 없이 졸업 후 거의 발길을 끊고 있던 대학 도서관으
로 가서 열람하는 데 성공했다. 「내 속의 타인」은 그 잡지의 신인
특집으로 맨 앞에 실려 있었는데, '촉망받는 젊은 작가 박부길씨
가 피로 쓴 우리 시대의 설화. 결코 돌아서고 싶지 않은 유년을 향
한 고통스러운 여행. 부끄러움과 그리움의 이율배반적인 존재로
서의 모성. 추방의 모티프를 통한 인간의 운명에 대한 깊고 어두운
탐구' 운운하는 다소 허장성세가 느껴지는 문구가 발문으로 뽑혀
나와 있었다.

그는 작품집에 이 소설이 빠져 있는 이유를 묻는 내 질문에 시
원스러운 답변을 하지 않았다. '내키지 않아서'라는 그의 대답은
뜻이 모호했다. 무엇 때문인지, 작품의 완성도에 신뢰가 가지 않아
서라는 뜻으로는 들리지 않았다. 다른 종류의 내키지 않음. 그것이
무엇인지를 나는 그 소설을 다 읽고서야 겨우 짐작할 수 있었다.
나는 그 소설이 지나치게 자기 노출적이라는 걸 금방 알아차렸다.

그가 이 소설을 발표한 후 깊은 회한에 빠져들었으리라는 짐작이
쉽게 갔다. 소설이 하나의 고백 형식일 수 있음을 그 소설은 내게
알게 했다.

　나는 아버지의 얼굴을 모른다. 아니다. 아버지는, 내게, 없다. 아
버지는 풍문으로만 떠돌아다닌다. 그는 실체가 없다. 그는 없다.
　나는 물었다.
　"아버지가 누구입니까?"
　내 물음은 이렇게 생긴 사람과 저렇게 생긴 사람, 또 여기 있는
사람과 저기 있는 사람 가운데 누가 내 아버지냐는 뜻이 아니었다.
내 말을 들은 사람들은 모두들 그렇게 받아들였지만, 아니었다. 나
는 진정으로 아버지가 어떤 존재인지를 몰랐다. 열대 지방의 아이
들이 얼음의 존재를 모르듯이, 네안데르탈인이 컴퓨터의 존재를
알 까닭이 없듯이, 그렇게 나는 아버지가 무엇인지를 알지 못했다.
　그리고 나는 들었다. 어머니는 종종 아버지에 대해 이야기하면
서 옷고름으로 눈물을 훔쳤다. 너의 아버지는 먼 곳에 계신단다. 나
는 또 들었다. 너의 아버지는 세상이 다 아는 천재란다. 너의 아버
지는 조용한 곳에서 공부를 하고 있단다. 너의 아버지는 높은 사람
이 되어서 돌아올 거란다. 내 키가 조금 더 컸을 때, 그래서 아버지
라는 단어가 가리키는 뜻을 모를 수 없게 되었을 무렵에, 나는 또
들었다. 너의 아버지는 고등고시 공부를 하고 있단다. 그 공부는 하

늘의 별을 따는 일만큼 어려운 일이란다. 그래서 오랫동안 집을 나가 있는 거란다. 고등고시에 붙으면 너의 아버지는 판사가 된단다. 판사는 대통령 말고는 세상에서 제일 높은 사람이란다.

고등고시라는 제도에 대해 어렴풋하게나마 알게 된 것은 그로부터 얼마 지나지 않아서였다. 그것은 배경 없고 돈 없는 가문의 머리깨나 쓴다는 수재들이 신분의 변화를 꿈꿔볼 수 있는 유일한, 그러나 꿈같은 제도였다. 인근 마을 어떤 가문의 누구누구가 십 년간의 필사의 노력 끝에 마침내 무슨무슨 고시에 붙었다는 소문이 전설처럼 퍼져나가곤 하던 기억이 난다.

아버지가 진남에 있는 무극사에서 공부를 하고 있다는 사실을 알게 된 날, 나는 학교에 다니는 사촌들에게 진남이 어디에 있고, 무극사는 또 어디에 있는지를 물었다. 그들은 한결같이 입을 다물었다. 읍으로 나가 버스를 타면 그렇게 멀지 않은 곳에 진남이 있다는 사실을 내게 알려준 사람은 걸어서 읍내까지 중학교에 다니던 이웃집 형이었다. 나는 무극사에 대해서도 물었는데 그 형은 내 머리에 알밤을 한 방 먹이며, 쬐그만 게 별걸 다 묻네, 하면서도 친절하게 알려주었다.

"무극사, 기가 막히지. 물 좋고 나무 좋고……"

"거기서 공부하는 사람도 있어?"

내 질문은 그의 기분을 상하게 했다.

"인마, 공부는 학교에서 하지, 무슨 절간에서 공부야? 거긴 공부가 지긋지긋해진 놈들이 가는 데야."

"그럼, 형도 거기 가겠네?"

"뭐야, 이 쬐그만한 게…… 하기사 스님이 되려면 거기서 공부를 안 할 수는 없겠지. 여기 가나 저기 가나 그놈의 공부……"

"그러니까, 거기선 스님 되는 공부 하는 거야?"

"얀마, 그럼 중들이 대학 가려고 공부하겠냐?"

나는 혼란에 빠져들었다. 아버지가 스님이 되려 한다는 말인가. 그렇지 않으면 무엇 때문에 절간에서 공부를 한다는 말인가. 어머니도 그랬고, 큰아버지와 사촌들도 아버지는 판사 공부를 한다고 했다. 판사는 세상에서 대통령 다음으로 높은 사람이라고 했다. 판사가 스님이란 말인가. 사촌들은, 절간이라고 무조건 스님들만 있는 것은 아니고, 조용히 공부하려는 사람이 기거할 수 있는 방이 있다고 설명을 보탰지만, 한번 찾아온 혼란은 오랫동안 사라지지 않았다.

그때 나는 결심했다. 무극사에 가서 아버지를 만나겠다고. 그래서 할 수만 있다면, 아버지를 집으로 모시고 오겠다고. 나는 어머니에게 내 결심을 말했다. 어머니는 한없이 안타까운 눈빛으로 한동안 나를 쳐다보더니 무엇이 복받쳐오른 사람처럼 갑자기 나를 와락 끌어안았다.

"얘야, 그러면 안 된다."

어머니는 내 팔뚝에 얼굴을 감추고 말했다. 나는 왜 안 되느냐고 물었다.

"아직, 아버지는 너를 만날 수 없단다."

어머니의 말을 나는 이해할 수가 없었다. 이해할 수가 없었으므로 나의 결심에도 변화가 생기지 않았다. 어머니는 방심했다. 마을 밖으로 한 번도 나가보지 않은 다섯 살짜리 꼬마가, 어른도 힘에 부쳐 하는 험한 고개를 두 개나 넘어 읍내에 나갈 수 있겠으며, 설령 거기까지 간다 해도 진남이 어딘지 알아서 찾아가겠느냐는 판단을 했을 것이다.

내가 종아리에 시뻘건 핏발이 서도록 회초리질을 당하고 옷이 벗겨져서 비 오는 길거리로 내쫓김을 당한 것은 그 무작정의 무극사행의 결과였다. 나는 내가 무극사를 향해 떠난 것이 그렇게 큰 형벌의 이유가 되어야 하는 까닭을 진정으로 알지 못했다. 어떻게 알 수 있었겠는가. 나는 읍내 정류장에서 공교롭게도 장을 보러 온 친척 어른에게 발견되고 말았다. 그 어른은 눈이 동그래져가지고, 어쩐 일이냐고 물었다. 그는 내 주변을 두리번거리면서 누군가를 찾는 시늉을 했다.

"엄마는 어디 계시냐?"

나는 고개를 저었다.

"그럼, 너 혼자서 왔단 말이냐?"

나는 고개를 끄덕였다. 그는 다시 한번 주변을 살폈다.

"정말이냐? 정말로 여길, 너 혼자 왔단 말이냐?"

나는 다시 고개를 끄덕였다.

"그래, 무슨 일로 여기까지 혼자 왔느냐?"

나는 조금 망설였다. 어째서인지 바른대로 말해선 안 될 것 같은 생각이 들었다. 그러나 달리 준비된 대답이 없었기 때문에 솔직히 말하지 않을 수 없었다.

"아버지를 찾아가는 거예요."

그는 나의 손을 잡았다. 그의 목소리가 갑자기 은밀해진 까닭을 나는 알지 못했다.

"아버지를, 어디로 찾으러 가느냐?"

나는 이제 망설이지 않았다. 망설일 이유가 없어져버렸기 때문이었다.

"무극사요. 진남요."

"누가 너더러 거기 가서 아버지를 만나라고 하더냐? 어머니냐? 큰아버지냐?"

"아니요, 내가 혼자 왔어요."

"얘야, 내 말을 좀 들어라. 오늘은 너무 늦었다. 진남은 여기서 한참을 더 가야 한다. 그리고 무극사는 험하고 무서운 데라 너 같은 어린아이 혼자서는 갈 수가 없단다. 나중에 엄마랑 함께 가도록 해라."

나는 동네 형한테서 들은 사실을 내세워 무극사가 그렇게 멀지 않은 거리에 있다는 걸 알고 있다고 말했지만, 그는 고개를 설레설레 흔들었다.

"그놈이 잘못 알았거나, 가보지도 않았으면서 너한테 허풍을 떤 거다. 자, 아저씨랑 같이 집으로 가자."

그는 나를 번쩍 들어 등에 업었다.

그것이 전부였다. 그런데 큰아버지는 어째서 그렇게 무섭게 화를 내었을까. 우리가 사는 집에서 고개를 하나 넘어야 하는 마을에 살고 있던 큰아버지는 어떻게 알았는지, 아침이 되자마자 빗속을 뚫고 달려와서는 호통을 치고 회초리를 들었다.

"이놈, 누가 너더러 그런 짓을 하라고 했느냐? 이 발칙한 놈."

아이들은 대부분 자신에게 가해지는 체벌의 정당한 까닭을 전혀 알지 못한 채로, 또는 어렴풋하게 짐작만 한 채로 억울하게 당한다는 걸 어른들은 모를 것이다. 나는 진정으로 내가 왜 맞는지 알지 못했다. 아버지를 찾으려는 시도가 불순한 것이 될 수 있다는 특별한 사연을 인식하기에는 너무 어린 나이였다.

완고하고 엄한 큰아버지는, 특히 화가 났을 때는 말대꾸하는 걸 용서하지 않았다. 나는 크게 울지도 못하고 고통을 참아내야 했다. 어머니의 눈치를 살폈지만, 어머니는 이미 구원자가 아니었다. 더구나 심판자가 큰아버지였다. 그런 상황에서 어머니의 도움을 기대한다는 것은 불가능했다. 내가 옷이 벗겨진 채 빗속으로 쫓김을 당할 때 큰아버지의 등 뒤쪽에서 얼굴을 가리고 흐느끼던 어머니의 울음만이 선명하게 기억에 남아 있다. 어머니도 나처럼 형벌을 받고 있었더란 말인가. 서러운 어머니. 내게 어머니의 영상은 그날처럼 언제나 눈물에 엉겨 있다. 버거운 숙명의 짐을 아슬아슬하게라도 버텨내게 한 것이 바로 그 눈물이 아니었던가 싶다.

(……)

어머니는 없다. 아니, 아버지가 없는 것처럼 그렇게 없지는 않다. 어머니는, 모든 있는 것들은 없어지게 마련이라는 뜻에서 없다. 그녀는 이제 흔적 속에만 존재한다.

아들을 버리고 제 살길을 찾아간 여자에 대한 소문을 나는 들었다. 영화롭던 시절의 허례만 남은 완고한 집안의 며느리가 어느 날 문득 마을을 떠나버린 사건은 파문을 일으키기에 족했다. 그러나 그 파문은 수상했다. 사람들은 어쩐 일인지 몹시 몸들을 사렸다. 추문의 확산을 즐기려 하는 대신에 오히려 그 이면의 다른 추문, 또는 내밀한 곡절을 은밀하게 나누는 데 더 신경을 쓰는 듯한 형국이었다.

들판 한가운데서 길이 세 방향으로 갈라져 나갔다. 그것들은 각각 세 개의 마을로 가는 길이었다. 그 삼각지에 집이 두 채 있었다. 하나는 과자 나부랭이와 공책, 연필, 술, 비누, 성냥 따위를 파는 상점이었고, 그것과 마주보고 있는 다른 하나의 집은 양철 지붕에 종탑이 달린 교회당이었다. 처음부터 거기에 교회당이 있었던 것은 아니다. 어느 날, 오래전에 떠났던 한 젊은이가 성경책과 찬송가와 전도지가 든 가방을 들고 불쑥 마을로 돌아왔다. 양복 차림에 구두를 신고 있었고 안경도 끼고 있었다. 상점 맞은편의 집은 주인이 도회지로 떠난 이후 이 년째 버려져 있었는데, 그는 고향에 돌아오자마자 그 집을 고치기 시작했다. 지붕에 양철이 얹히고, 뒷산에서 베어 십자 모양으로 깎은 나무가 지붕 위로 솟아올랐다. 그는 마을을 돌아다니면서 전도지를 나눠주고, 두 사람만 모여 있으면 연설을 하려 했다. 밤이면 종을 쳤다. 예수의 도는 그렇게 해서 이 마을에 소개되었다.

처음엔 그 젊은이의 어머니와 누이가 나가기 시작하고, 그다음에는 인근 도시의 공장에 다니면서 그 종교에 조금 익숙해진 처녀가 그것도 내세울 거리가 된다고 조금은 으쓱한 기분으로 나가고, 그러고는 동네 조무래기들이 반은 거기서 나눠주는 사탕에 홀려서, 그리고 나머지 반은 호기심에 이끌려서 우르르 몰려갔다.

여자가 어떻게 그 교회당에 나가기 시작했는지는 잘 알려져 있지 않다. 잘 알려져 있는 것은 한밤중에 들판길을 걸어 교회당을 오간 그 여자의 지나친 열심에 대한 동네 사람들의 수군거림이다. 새롭고 낯선 풍조에 대해 완고하기만 한 어른들의 눈에 교회당에서 유포하는 자유분방한 공기는 불순하기 그지없는 것이었다. 그들은 특히 남녀유별의 강령이 허물어지는 사태를 경계했다.

교회당의 일을 보는 젊은이가 아직 결혼 전의 총각이라는 사실도 허물이 되었고, 그가 농사일이나 바닷일은 아주 하지 않고, 늘상 교회당만 지킨다는 것도 수군거림의 구실이 되었다. 더욱이 마을에서 교회까지 상당한 거리를 걸어서 오가는 동안의 그 밤길에 대한 우려와 추측이 난무했다. 아닌 게 아니라, 젊은 남녀 가운데는 교회당을 핑계삼아 은밀히 밤마실을 도는 경우가 없지 않았다.

여자에게 씌워진 그 수상한 혐의는 그와 같은 배경 위에 그녀를 둘러싸고 있는 독특한 상황이 가세하여 이루어졌다. 그녀 말고는 가정을 가진 젊은 여자의 교회당 출입이 거의 없었던데다가 그녀의 열심이 유다른 바 있었다는 의견도 그 풍문을 만드는 데 일조를 했다. 무엇보다 결정적인 구설수는 그 젊은이(비교적 교회당 출입의 횟수가 많았던 우리들 사이에서 그는 전도사님이라고 불렸다)가 돌연 떠나간 날과 여자가 마을에서 사라져버린 날이 일치한다는 것이었다. 아, 그리고 나 역시 그 추문에 어느만큼 관련되어 있다는 사실을 밝히지 않을 수 없다. 그 소문 속의 여자가 나의 어머니였기 때문이다.

어느 날, 나는 전도사의 손에 이끌려 인근 도시까지 따라가지 않으면 안 되었다. 그는 아침 일찍 나를 자전거 뒤에 태우고 읍내로 갔다. 나는 처음으로 공중목욕탕에 들어가 목욕을 했다. 그는 나를 시장으로 데려가서 옷도 한 벌 사 입혔다. 나는 어쩐 일이냐고 묻지 않았다. 점심으로 짜장면을 먹고(그것 역시 처음 먹어보는 음식이었다) 버스에 올라타고서야 그는 말했다.

"너, 주기도문 외울 줄 알지?"

물론 나는 그쯤은 달달 외울 수 있었다. 나는 고개를 끄덕였다.

"사도신경도 알지?"

사도신경 역시 달달 외울 수 있었다. 교회당에서는 모일 때마다 그것을 큰 소리로 외웠기 때문에, 달리 신경을 쓰지 않아도 자연스럽게 암기가 되었다. 나는 다시 고개를 끄덕였다.

"이따가 그걸 잘 외워야 한다. 알았지?"

나는 대답 대신 도대체 무슨 일이며 어디를 가느냐고 물었다.

"큰 교회 목사님을 만나러 간다. 그 교회는 우리 동네에 있는 학교보다 더 크고, 신자들도 천 명이 넘는단다."

그런데, 그런데 내가 그런 걸 왜 외워야 한다는 건지 나는 이해가 되지 않았고, 그래서 다시 이유를 물었다.

"너는 내가 시키는 대로 하면 된다. 첫번째 계명이 무엇이지?"

나는 대답했다.

"나 외에 다른 신을 위하지 말라."

"됐어. 다섯번째 계명이 뭐지?"

다섯번째? 잘 생각나지 않았다. 나는 더듬거렸다. 그가 말했다.

"십계명을 잘 모르는구나. 만약을 위해서, 그것도 익혀두기로 하자. 자, 나를 따라 해라. 이계명은 우상을 만들지 말라. 삼계명은 여호와의 이름을 망령되게 일컫지 말라. 사계명은 안식일을 기억하여 거룩하게 지키라. 오계명은 네 부모를 공경하라……"

나는 그를 따라 했다. 그는 몇 번이나 반복해서 십계명을 들려주었고, 나는 어렵지 않게 암기했다. 그는 내가 그것들을 글자 하나틀리지 않게 외우자 기특하다는 듯 내 머리를 쓰다듬었다.

"그래, 이따가도 이렇게 하는 거야. 할 수 있지?"

나는 여전히 영문을 알지 못한 채로 고개를 끄덕였다.

도시는 화려하고 번잡했다. 내가 살고 있던 시골 마을과는 비교가 불가능했다. 그 도시의 한복판에 세워진 커다란 교회당도 그랬다. 우리 마을의 허름한 교회당과는 너무나 달랐다. 우리를 맞은 그 교회 목사의 풍채는 또 얼마나 근엄하고 위엄이 있어 보이던지. 항상 뒷짐을 지고 다니며 마을 사람들의 인사를 받는 큰아버지보다 훨씬 위엄이 넘쳐 보였다.

그리고 그 앞에서 우리 전도사의 왜소함이라니. 그는 목사 앞에서 너무나 자주 너무나 깊이 고개를 숙였다. 그리고 내가 그 당장은 이해할 수 없었던 한 가지는, 목사가 우리 전도사에게 '전도사'라는 호칭을 사용하지 않았다는 점이다. 그는 줄곧 '김군'이라고 불렀다. 거기다가 내가 잘 알아들을 수 없는 이야기를 나누는 시종 '김군'은 몹시 비굴한 모습이었다.

"이 아이가 십계명까지 외우고 있다고? 기특하구먼. 얘야, 한번 외워볼래?"

그들의 화제가 어느새 내게로 돌아와 있었던가. 나는 차를 타고 오는 동안 암기했던 십계명을 줄줄 외웠다. 무거운 분위기에 조금 주눅이 들긴 했지만, 그래서 칠계명과 팔계명을 잠시 혼동하고 더 듬거리긴 했지만, 글자 하나 놓치지 않고 완벽하게 말하는 데 성공했다. 목사는 내 머리를 쓰다듬었고, 전도사는 연방 고개를 주억거렸다.

"제가 가르치는 주일학교 어린이들은 십계명을 모두 외울 줄 압니다."

"그래, 지금 교세가 어떻소?"

"제가 맡은 지 일 년이 조금 넘었는데, 어른 신자가 쉰 명을 넘었습니다. 시골 마을로서는 놀라운 수확입니다. 마을 인구의 거의 절반 정도는 신자라고 할 수 있으니까요. 어린이들까지 합하면 백 명을 넘을 겁니다."

"허허, 대단한 일을 했소, 김군."

"제가 뭐…… 하나님이 하신 일이지요. 목사님께서 도와주시고, 기도해주신 덕택인 줄 알고 있습니다."

나는 전도사의 보고가 허위라는 걸 지적하지 않았다. 쉰 명이라니, 마을 인구의 절반이라니, 백 명이라니…… 우리 교회당은 언제나 썰렁했다. 손을 꼽아도 손가락이 남을 정도의 숫자가 띄엄띄엄 앉아서 예배를 드릴 뿐이었다. 우리 같은 조무래기마저 없다면, 얼마나 더 초라할지…… 그러나 나는 굳이 그 점을 밝히지는 않았다.

"매달 보내주신 선교비, 정말 유익하게 쓰고 있습니다."

"그야 우리가 마땅히 해야 할 일이지요…… 그건 그렇고, 김군이 그곳을 떠나면 그 교회로서는 여간 큰 손실이 아닐 텐데."

"저도 몹시 마음이 아픕니다만, 일은 제가 하는 것이 아니고, 저는 그저 도구에 지나지 않다는 것을 알고 있습니다. 그리고 또 일을 제대로 하자면 공부를 제대로 해야겠고, 목사님께서 더 도움을 주신다면 이곳으로 나오고 싶습니다."

전도사의 조심스러움과는 딴판으로 목사는 별로 망설이는 것 같지 않았다. 우리가 도착하기 전에 미리 어떤 결정을 내려놓은 것처럼 보였다.

"그럽시다. 우리에게는 하나님의 일을 하려는 김군 같은 젊은이들을 지원하고 격려할 사명이 있으니까. 그럼, 다음주부터라도 나오도록 하세요. 우선 교회에서 기거를 하시면서, 새 학기가 되면 신학교에 등록을 하도록 합시다."

"고맙습니다. 은혜는 잊지 않겠습니다."

전도사는 몇 번이고 고개를 주억거렸고, 목사는 미리 준비해두었던 듯 서랍에서 흰 봉투를 꺼내 '김군'에게 내밀었다.

교회 문을 나오면서 전도사는 나의 머리를 열 번은 더 쓰다듬었다.

"잘했다, 정말 잘했다."

그는 또 비실비실 웃으면서 이렇게 중얼거렸다.

"해냈다, 나는 해냈다."

버스를 타기 전에 그는 다방으로 나를 데리고 들어가 우유를 시켜주고, 자신은 유자차를 마셨다. 목사에게 받은 봉투에서 돈을 꺼내 헤아려보고, 그중에서 반들반들 윤기가 나는 지폐로 계산을 했다.

배고프냐, 하고 그가 물었다. 나는 그렇다고 말했다. 그는 시계를 보더니, 근처 빵집으로 들어가서 빵과 마실 것을 한아름 사들고 왔다.

"막차를 놓치면 안 된다. 차 안에서 먹자."

막차를 타고 돌아오는 차 안에서, 빵을 사이다와 함께 먹으면서 나는 비로소 돌아갈 일을 걱정했다. 나는 아무에게도 말을 하지 않고 전도사를 따라나섰었다. 엄마는 나를 얼마나 찾고 있을까. 어른들의 허락도 없이, 전도사를 따라 도시까지 나갔다 온 걸 알면 큰아버지는 또 얼마나 야단을 칠까. 나는 두려웠다. 차라리 이 길로 그냥 집에 들어가지 말았으면 하는 생각이 들 정도였다.

전도사가 그런 나를 안심시켰다.

"걱정하지 않아도 된다. 내가 말했다. 어머니가 승낙했다."

읍내에서 맡겨놓았던 자전거로 바꿔 타고 돌아왔을 때는 온 마을이 잠들어 있었다. 집에는 불이 꺼져 있고, 어머니는 보이지 않았다. 나는 무서운 줄도 모르고, 어둠 속을 달려 교회로 향했다. 가끔씩 어머니는 교회당에 엎드려 밤을 새우곤 했다. 어머니가 교회당의 마룻바닥에 엎드려 우는 소리를 나는 가끔 들었다. 어머니는 눈물이 많았다. 걸핏하면 나를 붙잡고 눈물을 짓곤 했다. 불쌍한 내 새끼…… 그럴 때면 어머니는 내 얼굴을 마구 헤집으며 그렇게 말하곤 했다. 부끄러운 일이지만, 진정으로 말하건대, 나는 그때 어머니의 슬픔을 전혀 헤아릴 수 없었다.

교회당 맞은편의 상점에서 술을 마시고 있던 동네 어른 가운데 한 사람이 나를 부르더니 사탕을 손에 쥐어주었다. 그런 일은 지극히 이례적이었기 때문에 나는 쉽사리 그 사탕을 받지 못했다.

"받아, 이놈아."

내 얼굴을 바라보는 그들의 눈빛이 심상치 않았다. 그 정도는 느낄 수 있었다. 나는 무언지 좋지 않은 예감에 사로잡혀서 교회당으로 달려갔다. 내 뒤에다 대고 누군가 끌끌 혀를 찼다.

"네 팔자도 참…… 애비 에미가 죽기라도 했으면 차라리 낫지……"

어머니는 교회당에도 없었다. 전도사는 내 사정을 가만히 듣고 있더니 교회당에 딸린 자기 방에서 자게 해주었다. 그는 이부자리를 깔아준 다음 잠깐 나갔다 오겠노라고 말하고 밖으로 나갔다. 나는 그가 돌아오기를 기다리다가 잠이 들었다.

아침이 되었을 때, 전도사는 내게 밥을 해주었다. 내가 집에 가보겠다고, 엄마를 찾아야 한다고 했지만, 그는 아무 대꾸도 하지 않았다. 나는 그냥 나가려고 했다. 그제야 그가 말했다.

"밥을 먹고 있으면, 너를 데리러 올 거다."

나는 그의 말을 믿기로 했다. 밥을 먹고 나서, 그는 나를 예배당 안으로 데리고 들어갔다.

"나랑 찬송가를 하나 부를까?"

그는 오르간의 건반을 눌렀다. 익숙한 멜로디가 나왔다. 그가 먼저 노래를 부르고, 나도 작은 소리로 따라 했다.

"믿는 사람들은 주의 군대니, 대장 되신 주를 따라갈지라⋯⋯"

"내 말을 잘 들어라."

찬송가가 끝났는데도 오르간 앞에 그대로 앉은 채 그가 착 가라앉은 목소리로 말을 시작했다. 나는 아무 말도 하지 않고 있었다. 무엇인가가 교회당의 공기를 잔뜩 찍어 누르고 있는 것 같았다. 숨이 막힐 지경이었다. 나는 나를 둘러싸고 있는 공기가 펑 소리를 내며 터져버렸으면 하고 바랐다.

"너의 어머니는⋯⋯ 너를 떠난 것이 아니다. 너의 어머니에 대한 어떤 소문이 나돌든지 너는 그것을 믿으면 안 된다. 나는 알고 있다. 너의 어머니는 자신에게 닥치고 있는 피할 수 없는 운명에 대해 내게 말했었다. 어머니는 끝까지 너를 염려했다. 그분의 숱한 눈물은 아마도 절반 이상이 너를 향해 뿌려진 것이라고 나는 믿는다. 내가 어제 너를 데리고 도시로 나간 것은 잘못이었다. 진정으로 이 일이 이렇게 빨리 들이닥칠지 알지 못했다. 너는 지금은 내 말을 잘 이해하지 못할 것이다. 세계는 반드시 선한 의지의 작용만을 받고 있는 것은 아니다. 아, 내가 무슨 말을 하는 거지. 이런 이야긴 부질없다. 종종 어른들의 세계는 터무니없는 법칙에 의해 움직인다고 말해도 이해하지 못하는 건 마찬가지겠지. 그렇지 않으냐? 그러나 분명히 명심할 한 가지 사실은, 이것이다. 어머니에 대해 무슨 나쁜 이야기가 떠돌든 너는 그것을 믿지 마라. 너의 어머니는 너를 버리고 떠난 것이 아니다. 그럴 사람이 아니라는 것쯤은 너도 잘 알 것이다. 어머니는, 말하자면 추방된 것이다. 어머니 역시 희생자다. 아, 이런 이야기를 하고 말았구나..어머니를 욕해선 안 된다. 어머니는 죄가 없다. 머지않아 어머니를 만날 수 있을 거라고 생각해라. 그렇게 믿고 기도해라. 어머니도 너를 위해 늘 기도할 것이다."

전도사의 그 장황한 이야기를 나는 다 들었다. 아무것도 분명하지는 않았지만, 그가 그 말을 할 때 우리 주위를 두르고 있던 무겁고 답답한 공기가 대강의 내용을 눈치채게 했다. 나는 나뭇바닥에 쓰러졌고, 전도사는 한동안 나를 부축해 안고 있었다. 조금 후에 교회 문이 열리고, 사촌형이 나타났다. 한길 쪽에는 큰아버지가 이쪽을 외면하고 서 있었다. 전도사가 한없이 슬픈 눈으로 이윽고 말했다.

"가거라, 이제 너는 큰어머니와 큰아버지와 사촌들과 살아야 한다."

그 순간 나는 모든 걸 알아버린 것 같은 기분을 느꼈다. 나는 아무 말도 하지 않고, 그냥 울었다. 세상이 갑자기 너무 넓고 황량해 보여서 나는 마구 울었다.

그렇게 어머니는 내게서 떨어져나갔다. 그렇게 나는 어머니를 잃었다. 어머니는 사라졌다. 아버지가 일찍이 자신의 존재를 내게서 거두어갔던 것처럼, 이제 어머니도 내게서 자신의 존재를 지우기 시작했다. 그것은 실로 엄청난 일이었음에도 불구하고 나는 그렇게 느끼지 못했다. 삶은 오리무중이었고, 모든 것이 심드렁했다. 아무것도 분명하지 않았다. 나에게는 신비롭거나 감격스러운 것이 아무것도 없었다.

큰아버지는 내게 말했다.

"너의 어머니는 자기 갈 길을 갔다. 이제 너는 어머니를 생각하면 안 된다. 큰어머니가 이제부턴 너의 어머니다. 큰어머니에게 어머니라고 부르고, 나에게 아버지라고 불러라. 너는 우리와 함께 여기서 산다."

나는 그날부터 큰댁 식구가 되었다. 그러나 나는 그 이후 여태 한 번도 큰어머니를 어머니라고 부르지 않았다. 큰아버지를 아버지라고 부르지도 않았다.

어머니가 집을 나갔다는 말을 아무도 직접 하지 않았다. 나를 만나면 사람들이 다른 때보다 훨씬 과장된 표정과 제스처를 써가면서 혀를 끌끌 차거나 손을 어루만지거나 할 뿐이었다. 그런 것들이 나를 불편하게 했다.

삼일이 지나 일요일이 되어 교회당에 갔을 때 전도사의 모습은 보이지 않았다. 그는 이 마을을 찾아올 때처럼 불현듯 떠나버렸다. 나는 그가 어디로 갔는지 짐작할 수 있었다. 그는 도시로 나갔을 것이고, 그곳의 큰 교회에서 일을 할 것이고, 또 새 학기가 되면 신학교에 입학할 것이다. 그러나 나는 누구에게도 말하지 않았다.

그날 이후 소문은 갑자기 굴절되어 나의 어머니와 교회 전도사가 어쩌고저쩌고하는 식으로 발전해갔고 교회당은 폐허가 되어갔다.

나는 자주 교회당에 들어가 놀았다. 먼지를 뒤집어쓰고 있는 오르간의 건반을 누르며 하루종일 그곳에서 시간을 보낸 날도 있었다. 전도사와 어머니가 함께 도망쳐서 도시 어느 곳에서 살림을 차렸다는 따위의 소문이 내 귀에도 들어왔지만, 왜 그랬을까, 나는 아무 감정의 동요도 느끼지 못했다. 현실에 대해 내 감정은 전혀 반응할 줄 몰랐다. 세상이 닫힌 것 같았다. 무엇 하나 호기심의 대상이 되지 못하던 백치의 나날이었다. 그 시절에 내가 진정으로 현실을 살았다고 말할 수 있을까. 슬프게도 아무것으로도 증명할 수가 없다⋯⋯ (「내 속의 타인」)

7

⋯⋯큰아버지는 자주 술을 마셨고, 술을 마시면 공연히 고래고래 악을 썼다.

"내 종놈의 발가락에 낀 때만도 못한 놈들아, 쌍놈들 세상이 되었다고, 그렇게 함부로 사람 괄시하지 마. 나 아직 안 죽었다. 그러면 못써. 너희 놈들이 부쳐 먹는 논밭 죄다 내 것이었어. 알어? 내 밑에서 다 빌붙어먹던 놈들이야. 그런데 세상이 좀 바뀌었다고, 그러지들 마. 그러면 못써⋯⋯"

마을 사람들은 몰락한 귀족의 뼈대만 남은 앙상한 허세에 관대했다. 사촌과 함께 자주 등불을 들고 큰아버지가 술에 취해 난리를 피우고 있는 곳으로 모시러 가야 했는데, 그럴 때면 주변 사람들이 허허 웃으며 큰아버지의 비위를 맞추는 모습을 볼 수 있었다.

"왔구나. 과음을 좀 하셨다. 잘 모시고 조심해서 넘어가거라."

큰아버지를 우리에게 인계하면서까지 술시중을 들던 마을 어른들은 정중했다.

아들과 조카에게 양팔을 맡기고 휘청휘청 걸어 고개를 넘으면서 큰아버지는 갑자기 말이 없어지곤 했다. 물론 어떤 날은 몸을 가누지 못하게 취해서 언덕 밑으로 굴러떨어진 적도 있었다. 그런 날은 여전히 인사불성인 채 세상을 향해 얼토당토않은 욕설을 내질러대긴 했지만, 정신을 못 가눌 정도의 취기만은 한사코 피하려 하셨던 것이 아닐까 생각하게 된다. 큰아버지가 한숨을 푹푹 내쉴 때는 조금도 취한 사람 같아 보이지가 않았다. 그렇다면 술자리에서의 그 난폭한 언변은 무엇이란 말인가. 내면에 감추어진 저렇듯 심약한 한숨을 들키지 않기 위한 위악적인 제스처려니 생각하면 더할 수 없이 안쓰러워진다. 그런 순간에 내 손을 꼭 쥐던 큰아버지의 그 큰 손의 뜻밖의 온기가 나를 얼마나 당황하게 하던지. 그리고 천편일률적으로 반복되던 그분의 충고.

"너는 반드시 고등고시에 패스해서 판사가 되어야 한다. 너는 할 수 있을 것이다. 이를 악물어라. 네가 네 아버지의 자식이라면 충분히 해낼 것이다. 내 말 알아들었느냐?"

그렇게 말할 때의 그의 음성은 너무 부드럽고 다정하기까지 해서 평소의 그 엄격한 큰아버지와 동일시하기가 힘들었다. 그럴 때 나는, 용기를 내서 아버지에 대해 묻곤 했다. 아버지는 언제 판사가 되는가. 나는 언제 아버지를 만날 수 있는가. 대답은 한결같았다. 아버지는 틀림없이 판사가 될 것이고, 판사가 되면 나타날 것이다. 그러나 그 일은 하늘의 별을 따는 일만큼 힘들고 어렵다. 그래서 더딘 것이다. 금의환향이라는 단어의 뜻을 친절하게 설명하면서 큰아버지는 그렇게 말하고 또 덧붙였다.

"열심히 해서 너는 꼭 고시에 패스해야 한다. 그래서……"

어떤 때는 좀더 분명하게 이렇게 말하기도 했다.

"아버지가 못다 한 일을 아들이 이루어내는 것, 그것이 최고의 효도다. 너는 박태성의 자식이라는 걸 명심해야 한다."

그럴 경우 혼란은 가중되었다. 나는 나의 아버지가 정말로 판사가 될 것이고, 그러면 그를 만날 수 있다는 뜻인지, 판사가 되어야 할 사람은 나이고 아버지는 실패했다는 뜻인지 잘 분별할 수 없었다. 물론 나는 의문을 표시했다. 그러나 큰아버지의 말은 거기서 한 치도 더 앞으로 나가려 하지 않았다. 하던 말만을 반복하든가, 다른 쪽으로 화제를 돌려버리든가, 그것도 아니면 아예 입을 다물어버렸다. 그런 순간이면 문득 큰아버지 본래의 엄격함이 상기되어 그만 입을 다물지 않을 수 없었다.(「회고—가족에 대한 기억」, 산문

집 『행복한 마네킹』, 198쪽)

　박부길씨의 전 생生은 그의 유년으로부터 자유롭지 못하다는 인상을 나는 강하게 받았다. 그의 삶의 시계는 유년의 시간을 중심으로 돈다. 그 기억들로부터 도망치려는 끈질긴 욕구에 지배된 이제까지의 그의 삶의 이력은 따라서 자신의 시계 밖으로 뛰쳐나가려는 무분별한 열정에 다름 아니라고 할 수 있다.

　그 시간을 장악하고 있는 가장 인상적인 인물은 그의 큰아버지다. 큰아버지는 그에게 무엇이었을까. 모든 것을 알고 있으면서 아무것도 할 줄 모르는, 이율배반의 독재자가 아니었을까. 그에게 큰아버지라는 존재는 폭군이지만, 이상스럽게 측은한 폭군이다. 그에 대한 회상은 그래서 쓸쓸하다.

　내가 새로 살기 시작한 마을에서 다른 마을로 나오려면 야트막한 고개를 하나 넘어야 했다. 예배당도 학교도 그 고개 너머에 있었다. 큰아버지는 가끔씩 나를 데리고 그 고개를 넘어 나들이를 가곤했다. 큰아버지는 천천히 걸었고, 나는 빨리 걸었다. 고갯마루에 먼저 도착한 사람은 언제나 나였다. 큰아버지는 고갯마루에 올라서면 옷매무새를 가다듬고 항상 쓰고 다니던 중절모자를 벗어 손에 들었다. 그러고는 저만치 먼 곳을 향해 시선을 들었다가 고개를 숙였다. 깊이 숙여진 고개는 한동안 들릴 줄을 모르고 그대로 있었다.

큰아버지의 입술이 눈치채기 힘들 정도로 조그맣게 달싹이는 모습을 본 듯싶기도 하다. 그 순간의 범접할 수 없는 숙연함이라니. 나 역시 그에게 압도되어 고개를 숙이고 있어야 했다.

큰아버지의 눈길이 가닿는 곳에 선산이 있었다. 고갯마루에 올라서서 얼굴을 들면 그곳이 정면으로 보였다. 할아버지와 할머니와 증조할아버지와 증조할머니와 고조할아버지와 고조할머니가 그곳에 누워 계셨다. 추석이 가까워지면, 사촌들과 함께 큰아버지에게 이끌려 가서 벌초를 했던 곳이었다. 큰아버지는 그때마다 무덤들을 하나하나 가리키며 설명하곤 했다.

"이것은 할아버지, 그러니까 너희들의 증조할아버지가 되시는 분의 묘다. 내가 아주 어렸을 때 내게 천자문을 가르쳐주신 어른이시다…… 그리고 이건……"

선산을 향한, 선산에 누워 있는 조상들을 향한 큰아버지의 그 깍듯한 경배가 주변의 공기를 무겁게 가라앉히곤 했다. 공간의 돌연한 이월을 경험하게 되는 경우가 그런 순간이었다. 나는, 충분히 나이가 든 것은 아니었지만, 그런 큰아버지에게서 설명하기 힘든 회한의 정서를 읽어낼 만큼은 성장해 있었다.

살아온 시간들이 흡사 폭포처럼 한꺼번에 쏟아져 그의 가슴을 답답하게 짓눌렀던 것이리라. 화려하던 가문의 역사를 몰락으로 몰고 간 후손의 깊은 자괴감이 조상들이 누워 있는 선산을 향해 고개를 숙이게 했던 것이리라. 큰아버지가 사법고시에 대해 그처럼 강한 집착을 드러내 보인 것도, 따지고 보면 그런 맥락에서였을 것이다. 어떻게 해서든 자기 대에 쓰러진 가문의 화려한 역사를 다시 부활시켜보겠다는 그의 욕망은 죽음을 준비하는 마음의 다른 쪽 얼굴일 터였다. 조상들을 뵐 날이 머지않았다는…… 그는 알고 있었던 것이다. 이제 자신은 기력이 쇠했다는 것을, 더이상 자기 힘으로 무엇을 실현하기는 어렵다는 것을. 그리고 그는 또 시대의 흐름을 눈치채고 있었다. 시대가 바뀌는 과도기였고, 과도기는 여기저기에 틈이 벌어져 있게 마련이었다. 그 틈은 신분의 변동을 꾀할 수 있는 틈이기도 했다. 어느 날 일어나보았더니 갑자기 유명해져 있더라는 고백이야말로 그런 시대에 있을 수 있는 것이다.

큰아버지는, 이 시대에는 가문의 몰락이 잦은 만큼 가문을 부흥시킬 수 있는 길도 흔하고 수월할 수 있다는 계산을 했다. 그것은 후대의 출세를 통한 길이었는데, 일순간에 일족을 끌어올릴 수 있는 가장 확실한 방법으로 고등고시 패스를 꼽았다. 고등고시는 머리깨나 쓴다는 수재를 아들로 둔 몰락한 가문들이 목매달고 고대하던, 참으로 간절한 꿈이었다. 그리고 그것은 참으로 멀고 아득한 꿈이었다…… (같은 글, 213쪽)

인용한 글은 박부길씨가 자신의 큰아버지에 대해 회상한 것으로 사 년 전에 나온 그의 산문집에 실려 있었다. 그의 다른 글에는 큰아버지가 매우 엄격한 독재자로 묘사된 경우가 많은데, 이 글은 큰아버지의 다른 면, 보다 내밀한 부분에 조명을 비추고 있어서 인상적이다.

독재자의 내면에 도사린 따뜻함이나 의기소침함을 발견하는 것은 조금 언짢은 경험이긴 해도, 아주 놀랄 일은 아니다. 우리 아버지들은 그렇게 두 개의 얼굴을 가지고 살아왔고 지금도 그렇게 살아가고 있다. 아버지라고? 아버지였단 말인가? 그렇다. 박부길씨에게 큰아버지는 아버지나 마찬가지였다. 그는 한 번도 그렇게 부르지 않았지만, 그 어른은 아버지의 역할을 맡아 했다.

이것은 무슨 말인가? 어른이 그만큼 아버지 노릇에 충실했다는 뜻 이상의 것이 담겨 있다. 제 할 노릇을 충실히 하는 아비가 어디 있겠는가. 그렇다. 여기엔 다른 뜻이 있다. 박부길씨의 아버지는 끝내 나타나지 않았던 것이다.

그의 기억 속에는 그래서 아버지가 자리하지 않는다. 아버지는 그리움의 이미지로만 기억된다. 더 정확하게는 기다림의 이미지로. 젊은 문학평론가인 김달식씨는 박부길씨의 작품론을 쓰면서, "그에게 아버지는 모두 똑같다. 아버지는 치욕이다. 아니, 아버지는 한 번도 아들의 삶에 참여하지 않는다. '아버지는 없다'가 아니라, 아버지란 있든 없든 상관되지 않는다"(「부성 부재의 문학」, 『문학지평』 124호, 391쪽)라고 썼다. 그의 지적은 박부길씨의 문학에 대해서만이 아니라 그의 삶에 대해서도 전적으로 옳다. 그는 아버지를 용서할 수 없다. "아버지는 내 부끄러움의 뿌리이고, 내

치욕과 증오의 원천이다."(「이카루스의 꿈」, 『사람들』, 47쪽)

어머니는 달랐다. 어머니가 마을을 떠난 이후, 그리하여 갑작스레 큰댁으로 옮겨와 살기 시작한 이래로 그는 늘 어머니를 생각했다. 어머니가 자신에게 한마디 말도 하지 않고 떠났다는 사실을 인정하기가 쉽지 않았다. 그는 그 문제에 오래 매달려 지냈다. 어떻게 그럴 수 있단 말인가, 내 어머니가.

큰아버지나 사촌들의 설명은 그를 만족시키지 못했다. 그들의 설명에 의하면 어머니는 아버지를 돌보기 위해 아버지 곁으로 떠났다고 했다. 그렇다면 더욱 이상한 일이 아닐 수 없었다. 그 말이 맞다면 더욱 자신에게 아무 말도 없이 떠날 수는 없는 일이었다. 그 말이 맞다면 한 번도 모습을 보이지 않을 리가 없었다. 정말로 어머니는 자기를 버리고 도망가버렸는지 모른다는 쪽으로 마음이 기운 적이 한두 번이 아니었다. 그럴 때면 그는 고개를 저으며 크게 소리질렀다. 그럴 리가 없어, 그럴 리가 없어.

그는 마음이 울적하거나 괴로울 때마다 교회당으로 달려갔다. 이제 교회당은 텅 비어 있었다. 찾아오는 사람도 없었다. 아이들도 떠났고, 어른들도 거의 오지 않았다. 먼지가 자욱했고, 깨진 유리창 사이로는 바람이 숭숭 불어왔다.

그는 아무도 없는 교회당 바닥에 누워 전에 전도사 아저씨한테서 배웠던 찬송가를 부르다가 어머니 생각을 하다가 깜박 잠이 들기도 했다. 이상하게도 교회당 바닥에 누워 천장을 바라보고 있으면 마음속이 고요해지는 기분이 들었다. 어머니는 더 보고 싶어졌지만, 그래서 자기도 모르게 눈물을 주르르 흘리기도 했지만, 한편으로는 이상하게 마음속이 평화로워지기도 했다.

그러던 어느 날 그가 교회당에 누워 천장을 보며 찬송가를 부르고 있는데, 유리 창문이 덜컹 소리를 내며 깨지더니 돌멩이가 날아들어왔다. 돌멩이는 그가 누워 있는 바닥에서 한 뼘쯤 떨어진 곳에 쿵 소리를 내며 떨어졌다. 그는 벌떡 일어났고, 본능적으로 몸을 웅크렸다. 유리 창문 위로 여러 개의 얼굴이 떠올랐다. 주인이 누구인지 짐작될 것 같은 여러 개의 눈들이 안쪽을 향해 나란히 서 있고, 그리고 그들의 목소리가 들렸다.

"부길이 니네 엄마는 도망갔다며?"

"교회당에 부지런히 다니더니, 그게 다 딴맘이 있어서 그랬다던데?"

"그 전도사랑 뺑소니를 쳤다며? 남편 버리고 자식 버리고, 독종이라고 그러더라."

"부길이 엄마는 화냥년이래."

그는 창문을 향해 냅다 몸을 날렸다. 유리창에 머리를 들이밀었다. 수없이 많은 크고 작은 유리 파편이 그의 머리에 박히고, 피가 뚝뚝 떨어지는데도 그는 통증을 느끼지 않았다. 놀란 것은 오히려 놀린 쪽 아이들이었다. 그들은 예상 밖의 돌진에 놀라서 어찌할 줄을 모르고 서 있다가 그가 피를 흘리자 무서워서 도망가버렸다.

"아니야, 거짓말하지 마. 거짓말하지 마. 우리 엄만 아빠한테 갔어. 아빠하고 같이 올 거야."

고함을 지르면서, 피투성이가 된 그는 엉엉 울었다. 자신도 믿지 않았지만, 그 순간에는 정말로 어머니가 아버지를 찾아간 것이었으면 하는 생각이 간절했다. 그렇다면, 최소한 아이들의 놀림에 대한 확실한 반증을 내세울 수는 있을 터이므로. 그때 거기 있었던 한 아이는 나중에 술회하기를, 그때 그가 꼭 미친 것 같았다고 했다.

자전거 뒤에 실려 읍내 의원에 가서 치료를 받고 온 날 저녁에 큰아버지는 그를 야단치지 않았다. 그것은 매우 이례적인 일이었다. 이제까지의 경험에 비추어보자면, 당연히 크게 야단을 맞아야할 일이었다. 그런데 어쩐 일인지 큰아버지는 머리에 붕대를 감고 방바닥에 이불을 깔고 누워 있는 그를 가만히 내려다보기만 했다. 측은하다는 듯한 눈빛까지 보이면서. 그런 큰아버지의 태도가 또 그를 의아스럽게 했다.

그날 이후 그는 교회당 출입을 그만두었다. 그리고 그의 입은 더욱 무거워져서 좀처럼 그에게서 무슨 말을 듣기가 어려웠다. 그가 어떤 생각을 하고 있는지도 알 수가 없었다.

그러나 그는 무슨 생각인가를 아주 깊이, 계속해서 하고 있었다. 생각이 오래 묵으면 계획으로 이어진다. 그리고 자연스러운 결행. 그것이 순서다. 그때 그는 진남의 무극사까지 가보기로 결심했다. 가서 판사 공부를 하고 있다는, 그 얼굴도 모르는 잘난 아버지와 그 잘난 아버지를 돕는다고 아들을 내팽개친 잘난 어머니를 만나볼 생각이었다. 아, 그는 진정으로 그곳에서 그들을 만나볼 수 있기를 바랐다. 그래서 아이들의 놀림이 거짓이라는 것을 분명히 확인할 수 있게 되기를.

그러나 그 여행은 무위로 끝났다. 그 내막은 앞에서 말한 그의 소설 「내 속의 타인」에 들어 있는 대로이다. 차이가 있다면, 소설에서는 어머니가 마을을 떠나기 전의 사건으로 기록되어 있다는 정도일 것이다. 그 소설에 그려진 대로 그날 그는 몹시 노한 큰아버지에게 간신히 죽지 않을 만큼만 얻어맞고, 옷이 벗겨진 채 비가 오는 바깥으로 쫓겨났다. 찬비를 맞으면서 그는 담장 밑에 쭈그리고 앉아 하염없이 울었다. 사람의 몸속에는 얼마나 많은 눈물이 들어 있는 것인지, 쏟고 또 쏟았지만 그치지 않았다. 그 눈물은 물론 아픔 때문이 아니었다. 그것은 전혀 다른 슬픔이었다. 아니, 그것은 슬픔이 아니었다. 뼛속을 시리게 하는 외로움이었고, 혈육에의 사무치는 그리움이었다. 또 그것은 무정형의 세상, 온통 비밀투성이고 규명되지 않은 수수께끼들과 모순들을 끌어안은 채 살아야 하는 용납할 수 없는 삶에 대한 울분이기도 했다.

도대체 그가 잘못한 것이 무엇이란 말인가. 그는 납득할 수가 없었다. 삶은, 그에게, 훨씬 전부터 혼란이었다. 해독 불가였다.

8

죽음은 너무 흔하고 친근했다. 어느 집에서 초상이 나면 마을 전체가 떠들썩했다. 따라 죽지 못한 후손들의 육체에 씌워진 성긴 의상과 그들의 곡소리만 아니라면, 분주하고 왁자지껄한 모습이 흡사 잔칫집이나 한가지였다. 실제로 어린아이들 눈에는 혼인집과 초상집이 잘 구별되지 않았다. 상여가 마을을 빠져나갈 때 그 긴 만장과 사람의 행렬은 아이들을 매혹시켰다. 아이들은 어른들에게 야단맞으면서도 그 상여의 행렬을 따라가곤 했다. 죽음은 어떤 걱정도 주지 않았다. 어린 박부길에겐 더욱 그랬다. 삶이 그런 것처럼 죽음도 그를 자극하지 않았다.

뒤란의 남자가 마침내 죽었다. 감나무가 밤새 내린 서리를 맞고 빨갛게 익은 감을 서너 개씩 떨어뜨리던 가을날 아침이었다. 어느 날 아침에 눈을 뜨고 일어난 박부길이 가만가만 뒤뜰로 돌아갈 때만 해도, 그는 떨어진 감을 주울 생각만 했고, 뒤란에 무슨 일이 벌어져 있으리라는 상상 같은 것은 할 수가 없었다. 박부길씨는 그날의 기억을 더듬는 대목에서 또 몹시 망설였다.

"무슨 야릇한 운명인지, 그 장면을 맨 처음 목격한 사람이 저였어요. 그날따라 눈이 좀 일찍 떠졌던가봅니다. 막 동이 터오고 있었던가 그랬을 겁니다. 나는 다른 식구들이 아직 일어나지 않은 것을 확인하고는 별생각 없이, 습관적으로 뒤뜰로 향했습니다. 물론 잘 익은 감을 주우려고 그랬지요. 그리고 그 모습을 본 겁니다. 뒤채의 방문이 열려 있고, 몸이 반쯤 문지방을 넘어온 채로 그가, 쓰러져 있었습니다. 그에게서 흘러나온 피가 땅을 흥건히 적시고 있었습니다. 피는 땅속으로 스며들지 못하고 서로 엉겨붙어 웅크리고 있었지요. 나는 보았습니다. 피는 그의 오른쪽 손목에서 나오고 있었습니다. 그의 다른 쪽 손에 들린 것은 어이없게도 손톱깎이였습니다. 그리고 그것이 나를 숨막히게 했습니다. 왜냐하면 그 손톱깎이는……"

왜냐하면 그 손톱깎이는 큰아버지의 책상서랍에 넣어져 있었는데, 그가 그 전날 가져다주었기 때문이다.

"부길이는 참 착하구나."

그가 그 남자에게 빨갛게 익은 감을 하나 건네준 것은, 고개를 내밀고 자신을 빤히 주시하고 있는 남자에게 갑자기 미안한 생각이 들어서였다. 혼자서만 맛난 감을 먹는다는 게 어쩐지 떳떳하지 못한 행동인 것 같아서(그날은 가지에 아직 매달려 있는 감도 두 개 땄고, 그 때문에 마음이 더 찜찜했다) 그는 자신의 수확물 가운데 하나를 그에게 건넸다. 그러고는 그냥 얼른 뒤란을 빠져나올 작정이었다. 뒤란에 오래 머무르는 것은 현명한 일이 아니었다. 그곳은 출입이 금지된 구역이었다. 그곳에 있는 걸 어른들에게 발각당하기라도 하면 무슨 변을 당하게 될지 그는 모르지 않았다. 그의 몸이 가장 잘 기억하고 있었다. 되도록 신속하게 뒤란을 빠져나와 자신이 그곳에 갔다 왔다는 흔적을 지워야 했다. 그러나 그럴 수가 없었다. 남자는 감을 받을 생각은 하지 않고 그를 빤히 쳐다보기만 했다. 그가 그의 손에 감을 떨어뜨리고 나가려는데, 이윽고 남자가 말을 꺼냈다.

"부길이……"

처음에는 그렇게 그의 이름을 가만히 부른 것이 전부였다. 그다음에는 "부길이는 참 착하구나"였다. 그 말을 하면서 남자는 공중으로 손을 들어올렸다. 마치 거기에 부길의 머리통이 있기라도 한 것처럼 쓰다듬는 동작을 여러 번 반복했다. 그는 왜 그런지 그곳에서 그냥 나올 수가 없었다. 그래서 멈칫거리며 서 있는데, 남자가 다시 그 이상야릇한 눈빛을 거두지 않은 채 말했다.

"집에 누구누구 있느냐, 지금."

그는 고개를 절레절레 흔듦으로써 집에 아무도 없다는 표시를 했다. 사촌들은 학교에서 아직 돌아오지 않았고, 큰어머니는 밭에 나갔고, 큰아버지는 이웃 마을로 나들이를 가고 없었다.

그는 다시금 빠져나가려고 몸을 틀었다. 그러나 그러지 못했다. 남자가 다시 그를 붙들었다.

"부길아, 부탁을 하나 들어주겠느냐?"

그는 대답을 하지 않은 채 가만히 서 있기만 했다. 어떤 대답을 해야 할지 알 수 없었기 때문이었다. 그러나 그것으로 그는 대답을 한 것이나 마찬가지였다. 그의 침묵은 응낙으로 받아들여졌다.

"보이느냐. 내 손톱이 너무 터무니없이 많이 자랐구나. 너도 보다시피 보기가 몹시 흉하지 않니? 나는 몸이 부자유하고, 손톱깎이가 있는 곳을 모른다. 내가 손톱을 깎을 수 있도록 해주겠니?"

그는 그 말의 뜻을 알아들었다. 그는 손톱깎이가 어디 있는지 잘 알고 있었다. 손톱깎이는 큰아버지의 낡아빠진 좌식 책상의 오른쪽 서랍 속에 있었다. 언제나 그곳에 있었다. 큰아버지는 물건들이 자기가 정리해둔 대로 있지 않으면 몹시 싫어하고 화를 냈다. 가족들의 손톱이나 발톱이 많이 자라 있을 때는 서랍을 열고 손톱깎이를 건네면서 말했다. 쓰고 제자리에 두어야 한다. 그러므로 큰아버지의 물건을 허락 없이 만진다는 것은 하나의 모험이었다.

"발톱도 형편없이 많이 자라서 때가 끼고, 아프고 답답하구나. 자, 보아라. 보기가 흉하지?"

그는 보지 않았다. 보지 않고도 얼마나 보기 흉할지, 얼마나 답답할지 충분히 짐작할 수 있었다.

그렇다고 하더라도 그것이 그가 그 남자의 부탁을 들어주어야 할 이유는 되지 않는다. 손톱깎이는 큰아버지의 물건이었다. 그는 큰아버지의 물건을 허락 없이 만질 생각을 해본 적이 없었다. 무엇이 그의 마음을 움직였을까. 아마 그는 남자가 손톱 깎는 걸 옆에서 지켜보고 서 있다가 큰아버지가 돌아오기 전에 제자리에 갖다두면 되리라고 계산했던 것 같다. 그러지 않았다면, 차마 그런 용기를 내지는 못했을 것이다.

그는 큰아버지의 책상 서랍에서 손톱깎이를 꺼내 남자의 손에 쥐여주었다. 그러나 상황은 그의 계산에 충실하지 않았다. 그가 막 뒤란으로 돌아가서 손톱깎이를 건넸을 때, 인기척이 들렸다. 이것은 정확한 진술이 아니다. 실은 누군가 오고 있다는 사실을 먼저 안 것은 그가 아니었다. 그 남자였다.

"누가 오고 있다. 큰아버질 것 같은데, 숨어야지?"

물론 그것 또한 이례적인 일이었다. 남자가 자신의 안위를 염려해주다니…… 그러나 그런 걸 따지고 생각할 여유가 없었다. 우선 몸부터 피하고 봐야 했다. 그는 재빨리 뒷담을 넘어가 옥수수밭에 납작 엎드렸다. 아닌 게 아니라 안쪽에서 헛기침 소리가 났다. 안도의 한숨이 저절로 나왔다. 그렇게 한동안 숨어 있다가 기회를 봐서 뒤쪽 언덕을 통해 바닷가로 빠져나가 해가 지도록 모래밭에서 놀았다.

그러고는 그만 그 일을 까맣게 잊어버렸다. 어두워질 무렵에 집에 들어와서도, 늦도록 놀러만 다녔다고 야단을 맞으면서도, 저녁밥을 먹으면서도, 잠을 자기 위해 누우면서도, 잠자리에 들어 꿈을 꾸면서도 그는 어쩐 일인지 좌식 책상 서랍의 손톱깎이와 그 손톱깎이를 요구한 뒤란의 남자에 대해 기억하지 못했다. 하물며 신새벽의 그 뜻밖의 참상을 상상이나 할 수 있었겠는가.

놀라고 당황한 그는 어떻게 해야 좋을지 몰라 잠시 망연한 자세로 서 있었다. 그 순간에도 그의 마음을 강하게 사로잡은 것은, 간단한 일일 수 없는 이 사태에 대해 자신이 큰 책망을 받게 될 거라는 판단이었다. 절대로 그냥 넘어갈 일이 아니었다. 눈앞에 큰아버지의 노한 얼굴이 어른거렸다. 그의 연약한 육체 위로 사정없이 내리쳐질 회초리, 그리고 지난번처럼 발가벗겨진 채 밖으로 쫓겨날지도 모른다는 두려움이 그의 호흡을 가쁘게 했다.

그는 황급히 달려들어 죽은 남자의 손에서 손톱깎이를 빼앗았다. 어찌나 꽉 쥐고 있었던지 손톱깎이는 좀처럼 빠져나오지 않았다. 남자가 아직 살아 있는 게 아닌가 의심스러워질 정도였다. 그의 이마에서는 땀이 났고, 그의 손에는 붉은 피가 묻어났다. 그는 손톱깎이를 접어서 호주머니에 넣고 뒤란을 빠져나와 살금살금 방으로 들어갔다. 아직 아무도 일어나지 않은 상태였다. 그의 심장은 걷잡을 수 없게 뛰었다.

공교롭게도 책상 바로 옆이 큰아버지 자리였다. 그러나 어쩔 도리가 없었다. 그는 조심스럽게 좌식 책상으로 다가갔다. 그는 서랍 문을 열고 눈짐작으로 처음에 있던 자리를 찾아 손톱깎이를 놓았다. 손톱깎이에 핏자국이 묻어 있는 게 보였다. 그는 다시 꺼내어 그 피를 바지에 문질러 닦았다. 그러고는 다시 제자리에 두었다. 이제 서랍을 닫기만 하면 된다고 생각하는 참인데, 갑자기 서랍이 삑 소리를 냈다. 그의 심장이 덜컥 떨어져내리고, 그리고 큰아버지가 잠에서 깨어났다.

"뭐냐? 뭐하는 거냐?"

큰아버지는 책상 앞에 앉아 쩔쩔매며 땀을 비 오듯 쏟고 있는 그를 보았다. 큰 아버지는 또 그의 손과 옷에 묻은 피를 보았다. 일어나 앉은 큰아버지는 그를 붙잡고 무슨 일인지 따져 물었다.

"뒤란, 뒤란에……"

그는 더듬거렸다. 큰아버지는 급히 뒤란으로 달려갔고, 부스스 눈들을 비비며 일어난 식구들도 모두 사태의 심각함을 눈치채고 밖으로 나갔다. 그리고 그 끔찍한 장면을 모두들 보고야 말았다.

"처음에 나는 오해를 받았어요. 그것은 물론 당연히 있을 수 있는 오해였습니다. 나는 현장에 있었고, 흉기를 가지고 있었고, 몹시 당황하며 떨고 있었으니까, 수상해하지 않을 수 없었을 겁니다. 큰아버지가 나만 데리고 방으로 들어가서 문을 닫더니 조용히 물었어요. 어떻게 된 영문이냐는 것이었는데, 나는 너무 놀라고 두려워서 그만 소리 내어 울기만 했습니다. 큰아버지가, 울지 말고 자기에게 사정을 이야기해보라고 타이르더군요. 그러나 잘되지 않았어요. 시간이 제법 많이 필요하더군요. 나는 한참 만에 사실대로 이야기를 했고, 이제 실컷 얻어맞고 발가벗겨져 빗속으로 쫓겨난다고 해도 어쩔 수 없다는 각오를 했습니다. 다른 무슨 방도가 있었겠어요? 물론 아주 절망적인 기분이었지요. 그런데 큰아버지의 태도가 이상했습니다. 내게 아무런 체벌도 가하지 않았거든요. 그 대신 한참 동안 눈을 감고 앉아 무언가 마음의 동요를 가라앉히는 눈치더니 아주 은밀한 목소리로 이렇게 말하더군요. 누가 묻거든 모른다고 해라. 지금 나에게 한 말은 하지 마라. 절대로 하면 안된다. 알아들었느냐? 손톱깎이 어쩌고저쩌고하는 말을 할 필요가 없다는 말이다. 알겠느냐? ……물론 내가 그 말을 하고 다닐 이유가 없었지요. 나는 그저 큰아버지의 진노를 면하게 된 사실만이 기쁘고 고마울 뿐이었거든요."

그 죽음의 행사는 이제까지 그가 본 다른 죽음과는 달리 아주 은밀하고 소박하게 이루어졌다. 천막이 처지긴 했지만, 다른 때처럼 사람들이 그렇게 많이 들끓지 않았고, 음식 장만도 별로 하는 것 같지 않았다. 먼 곳에 사는 친척이 몇 분 찾아오긴 했지만, 며칠씩 떠들썩하던 잔칫집 분위기는 아니었다. 이상했다. 모두들 말들이 없었고, 특히 어린 박부길 앞에서는 더 그랬다.

큰아버지는 이상스럽게 관대했고, 다른 식구들 역시 그랬다. 그는 종일 모래밭에서 뒹구느라 옷을 다 버렸지만, 큰어머니는 두말하지 않고 새 옷을 갈아입혀서 다시 모래밭으로 내몰았다. 사촌형은 그런 그의 손에 감과 대추를 들려주었다.

그런 순간에 그에게 쏟아지던 주변 사람들의 특별한 눈빛에 대해서 그는 별로 주의를 기울이지 않았다. 그는 다만 이례적으로 우호적인 집안 분위기를 의아해하면서도 흡족해하고 있었을 뿐이다. 맨 처음 그 죽음의 현장을 목격한 장본인이었는데도 그랬다. 그는 너무 쉽게 그 현장으로부터 벗어났다. 한 사람의 죽음의 충격조차 어린아이의 감정을 오래 장악하고 있을 수는 없었던 거라고 해야 할지.

상여가 나가기 전날 저녁, 담장 아래에서 구슬을 만지고 있던 박부길의 모습을 한동안이나 쳐다보고 있던 친척 어른이(부음을 듣고 외지에서 온 사람으로, 그에게는 고모가 된다고 했다) 갑자기 그에게 달려들더니 와락 끌어안고 눈물을 쏟았다. 당연히 그는 어쩐 일인지 영문을 알 수 없었다. 그녀는 그의 손을 마구 쓰다듬으면서 눈물에 젖어 훌쩍이는 음성으로 말했는데, 그녀의 태도가 너무 갑작스러운 것이어서 박부길은 잠깐 동안 정신을 차릴 수가 없었다.

"죽은 사람이 누군지 아느냐?"

그는 물론 알고 있었다. 그러나 그가 알고 있는 것은 정답이 아니었다. 그는 틀리게 알고 있었다. 어렴풋한 깨우침이 그의 입을 막았다. 그는 입을 열지 않았다.

"불쌍한 것, 그것도 모르고, 그것도 모르고……"

그녀는 더욱 힘있게 그의 몸을 끌어안았다. 숨이 막힐 지경이 되어서 그는 빠져나오려고 몸부림을 쳐야 했다.

그때 큰아버지가 그들에게 다가온 것은 다행이었을까. 아니면? 큰아버지는 큰기침을 두어 차례 했고, 고모의 이름을 불러 안으로 들어가보라고 했다. 고모가 나쁜 일을 하다 들킨 사람처럼 황급히 몸을 일으키고 눈물을 훔치는 동안 큰아버지는 그들을 외면했다. 이윽고 고모가 집안으로 사라져버리자 큰아버지는 그의 손을 잡고 바닷가 쪽으로 데리고 갔다. 걷는 동안 한마디 말도 하지 않았다. 그 역시 할말이 없었다.

큰아버지는 바위 위에 걸터앉아 잠시 동안 바다를 내려다보고 있었다. 바다 위로 햇살이 부서져내렸다. 파도가 밀려와 발밑을 때렸다. 시간도 파도를 따라 그들의 발밑을 때렸다. 얼마나 시간이 흘렀을까. 큰아버지의 계산된 것 같은 침묵에 불안을 느낀 그는 엉덩이를 들썩이며 큰아버지의 눈치를 살폈다.

"아버지는 어디 있느냐?"

여전히 시선을 바다로 둔 채 큰아버지가 그에게 물었다. 엉뚱하기 짝이 없는 물음이었다. 그는 대답하지 않았다. 큰아버지가 곧바로 직접 대답을 만들었다.

"아버지는 너의 가슴속에 있다. 아버지는 너의 정신 속에 있다. 너는 아버지가 하려던 일을 함으로써 아버지를 스스로 찾아낼 수 있을 것이다. 네 속에 있는 아버지가 너에게 힘을 줄 것이다. 너에 의해서, 너의 아버지는 완성되어갈 것이다."

그는 큰아버지의 말을 다 알아듣지 못했다. 그러나 그 말을 듣는 순간, 막연하지만 슬픔을 느꼈다. 무언지 분명하게 알 수 없었지만 이 큰 우주 속에 혼자 남겨진 것 같은 느낌이 그를 사로잡았다. 큰아버지는 시선을 바다에서 거두지 않았다. 햇살을 반사한 바다의 푸른 광채가 눈부셨다.

밤이 되었을 때, 그는 낮에 자기 앞에서 눈물을 보였던 고모가 뒤란에서 울고 있는 모습을 보았다. 그녀는 뒤채의 골방 문턱에 주저앉아 훌쩍이고 있었다. 그녀의 입에서 무슨 소리인가가 발음되긴 했지만, 정확하지 않았다. 그는 알아들을 수 없었다. 그는 그녀가 눈치챌 때까지 곁에 가만히 서 있었다. 고모는 한참 후에 눈을 들고 그를 보았다. 그녀는 어쩐 일이냐는 듯한 표정을 지어 보였다.

"나는 다 알아요. 엄마한테 나를 데려다주세요."

갑자기 그런 말이 나왔다. 자신도 예상하지 못한 말이었다. 그리고 그는 정말로 자신이 어머니를 보고 싶어하는지 알 수가 없어서 혼란스러워졌다.

"무엇을 안다는 거냐?"

"다요, 전부 다 알아요."

그는 자신이 무엇을 알고 있다는 것인지 분명하게 인식하지 못한 채로 그렇게 서둘러 둘러댔다.

"어머니는…… 어머니는 오지 않는다. 너는 어머니를 만날 수 없다."

"왜요? 엄마가 화냥년이기 때문인가요? 엄마가 그 사람과 도망갔기 때문인가요?"

"소문은, 사실과 다르다. 아주 다르다. 소문을 믿지 마라. 어머니는 제 발로 간 것이 아니라, 어쩔 수 없이 떠난 것이다. 어머니는 도망간 것이 아니라 쫓겨난 것이다."

"왜요?"

그녀는 다시 옷소매로 눈에서 눈물을 찍어냈다. 코를 힝 하고 풀어낸 다음 한숨을 몰아쉬고 말했다.

"그것은…… 쫓아냈기 때문이다. 지금 이야기해줘도 너는 이해하지 못한다. 그러나 이것 한 가지는 기억해둬라. 너의 어머니에게는 허물이 없다. 허물이 있어서 쫓겨난 것이 아니다. 그렇다고 쫓아낸 쪽에 허물이 있다고도 생각하지 마라. 허물은 다른 데 있었다……"

허물은 다른 데 있었다. 굳이 누군가의 허물을 찾아야 한다면, 그것은 다른 사람의 허물이었다. 박부길씨는 긴 침묵 끝에 그 말을 했다.

"허물은 아버지의 병에 있었던 겁니다. 아버지는 아팠어요. 아버지는 실제로 무극사에 들어가 고시 공부를 했었는데, 우연인지 결혼을 하고 나서 곧바로 정신이 이상해졌다고 합니다. 이상스럽게도 어머니만 보면 걷잡을 수 없이 난폭해졌던 모양이에요. 그것이 다는 아니었지만, 도를 넘는 의처증을 동반한 심각한 정신장애에 시달리게 된 겁니다. 아버지는 자주 발작을 일으켰는데, 그런 순간에 어머니가 곁에 있는 것은 불 곁에 화약을 두는 것만큼 위험한 일이었던 거지요. 그 때문에 아버지는 사람들로부터, 특별히 어머니로부터 격리되어야 했던 거고요. 그것이 나와 어머니가 오래 전부터 아버지와 떨어져 살아야 했던 이유이기도 합니다. 어머니가 그 집안에서 추방당한 까닭이기도 하고요. 집안 어른들의 어머니에 대한 추방 결정은, 겉으로는 아버지의 발병 책임이 어머니에게 있음을 선고한 결과이지만, 그 이면에는 다른 뜻이 숨겨져 있었습니다. 어머니의 인생에 대한 배려가 그것입니다. 어머니는 누구랑 같이 도망쳐 간 것이 아니라, 집안 어른들에 의해 친정으로 돌려보내졌던 겁니다. 그 모든 사실을 내가 알게 되기까지는 꽤 시간이 걸렸습니다……"

상여가 나가던 날, 큰아버지는 그를 앞장세웠다. 그는 다른 친척들과 함께 상여 뒤를 따라 장지까지 갔다. 모두들 숙연한 얼굴이었고, 이상스럽게 조용했다. 곡을 하는 사람도 없었고, 슬픈 노래를 부르는 사람도 없었다.

큰아버지가 그의 손에 삽을 쥐여주었다. 그는 처음 겪는 일이었고, 당연히 어떻게 해야 할지 알지 못했다. 흙을 퍼서 관 위에 뿌리라는 주문을 받고 나서 그는 조금 멈칫거렸다. 사람들은 삥 둘러서서 그가 행동하기만을 주시하고 있었다. 그 야릇한 눈길들 속에서 그는 무엇인가를 깨달았다. 자신이, 적어도 그 순간, 거기 모인 사람들에 의해서, 매우 특별한 존재로 구별되고 있다는 인식이 그것이었다. 그는 그들과 달랐다. 그들은 그와 달랐다. 적어도 그들의 표정은 그렇게 선언하고 있었다. 너는 우리가 아니다. 우리는 네가 아니다…… 살아가면서 그가 종종 경험하곤 했던, 세계로부터 이탈되어 나가는 듯한 걷잡을 길 없는 소외감이 그때 처음으로 그를 찾아왔다.

그는 온몸을 빠르게 관통하는 전율에 사로잡혀 한동안 몸을 움직이지 못했는데, 그것은 세계를 상대로 맞서 있는 한 왜소한 개체의 외로움이 그를 덮쳤기 때문이었다. 그 순간에 그의 눈에서 눈물 한 방울이 조용히 떨어졌다. 그 한 방울의 눈물을 타고 몸속의 기가 모조리, 순식간에 빠져나가버렸다. 그는 맥없이 자리에 쓰러졌다. 필시 사람들은 오해했다. 쯧쯧, 혀를 차는 소리가 들렸고, 감정을 누르며 코를 훌쩍이는 소리도 들렸다. 그리고 또 애써 소리 죽인 이런 말도 들렸다.

"불쌍한 것…… 다 알고 있었던가보지……"

"그러게나. 이제 저 아이를 어쩔꼬……"

9

그는 누구와도 사귀지 않고 자신의 시간을 혼자서 다 사용했다. 언제나 말이 없었고, 어른들에게 인사할 줄도 몰랐다. 그가 제일 싫어한 것은, 그와 마주치면 손을 붙잡고 짠한 눈빛을 노골적으로 보내오는 친척 어른들이나 동네 여자들이었다. 그는 알 것은 다 안다고 자부했다. 그의 앎에 의하면, 세상은 그의 편이 아니었다. 그는 되도록 사람들이 모이는 곳에 가지 않으려 했고, 그 스스로 먼저 누군가를 불러본 적도 없었다. 어른이 된 그는 아직도 대인관계가 서

투른 편인데, 사람을 만날 때마다 그 사람을 어떻게 불러야 할지 몰라 대화하는 시종 몹시 신경을 쓴다고 털어놓은 적이 있다.(「작가와의 대화」, 『사는 이야기』 12호)

초등학교를 졸업할 때까지 그는 많은 책을 읽었다. 그의 방에 갑자기 책장이 두 개 들어서고, 색이 바래고 두꺼운 책들이 꽂혔다. 그로서는 범접할 수 없는 한자투성이의 법률 서적도 있었지만, 문학 서적이나 교양서적도 섞여 있었다. 그는 뜻도 제대로 이해하지 못한 채 무작정 그 책들을 읽었다. 세계문학전집을 읽고 『삼국지』를 읽고 세계사상문고를 읽었다. 그뿐만이 아니었다. 학교에 보관되어 있는 모든 동화책과 만화책은 물론, 동네 형들 사이에 회람되던 조잡한 지질의 무협지도 읽었다. 그는 읽을 수 있는 것은 모두 읽었다. 길을 가면서도 읽었고, 모래밭에 뒹굴면서도 읽었고, 밥을 먹으면서도 읽었다. 그것 말고는 달리 하고 싶은 것이 없었기 때문이기도 했지만, 그는 자신의 세계―고향으로부터 피난하고 싶었고, 책들은 그가 알고 있는 유일한 피난처였다.

뒤란의 출입은 이제 그에게 무한정으로 허용되었지만, 따라서 원하면 언제든지 감꽃이나 감 열매를 주우러 갈 수 있었지만, 그는 고향을 떠날 때까지 한 번도 그곳에 들어가지 않았다. 주인이 떠나간 후 골방은 폐쇄된 채로 버려져 있었다.

그가 초등학교를 졸업하고 중학생이 되었는데도 어머니는 나타나지 않았다. 그 이후 어머니에 대한 소식은 어디서도 들을 수 없었다. 그는 묻지 않았고, 아무도 그에게 알려주지 않았다. 세상은 철저하게 그를 가로막고 서 있었다. 그는 종종 아버지가 그런 것처럼 자신 역시 세상으로부터, 세상에 의해 격리되어 있다는 날 선 의식에 사로잡히곤 했다.

　'세상은 그의 것이 아니었다. 세상은 그가 아닌 모든 사람의 편이었다.'(『생의 이면』, 99쪽)

10

초등학교를 졸업하고, 읍내까지 이십 리 길을 걸어서 중학교에 다니기 시작하면서 그는 현실 속에 다른 피난처를 설계했다. 그것은 이제까지 그가 몰두해온 독서 행위와 같은 소극적이고 비유적인 의미로서의 피난처가 아니었다. 그는 실제로 자신의 세계―고향으로부터 도망가기 위해 진지하게 계획을 꾸미고 준비에 착수했다. 그는 돈을 모으고, 지도를 구하고, 버스 정류장에 들러 갈 수 있는 곳의 지명을 확인했다. 그 일은 뜻밖으로 간단했다. 언제든지 차만 타면 떠날 수 있었다. 차만 타면 어디든 갈 수 있었다. 그리고 그곳이 어디든 이곳보다는 나을 것이라는 희망이 있었다. 이곳보다는, 어쨌든……

그날, 그는 읍내를 배회하다가 자전거를 타고 귀가하는 담임선생을 만났다. 선생은 잠깐 동안 자전거를 멈춰 세우고 무얼 하느라 여태 집에 가지 않았느냐고 물었다. 그는 대답할 말이 없었다. 그는 자신이 무얼 하느라 여태 집에 돌아가지 않았는지를 알지 못했다. 마침 장이 서는 날이었으므로 볼거리가 많긴 했다. 그러나 그것은 답이 아니었다. 그는 그런 것에는 별로 흥미를 느끼지 않는 아이였다. 당연히 그는 어물거렸다. 선생은 짐짓 무서운 얼굴을 해 보이며, 빨리 집으로 돌아가라고 충고했다. 그러고는 다시 자전거에 올라 페달을 밟아 멀어져갔다. 선생은 집으로 돌아가는 길이었다.

그는, 자신에게는 돌아갈 집이 없다는 생각을 했다. 물론 그 생각은 그때 처음 떠오른 것이 아니었다. 그에게는 오래전부터 익숙한 생각이었다. 회고컨대 학교가 파하고 두 개나 되는 재를 넘어 마을로 돌아가는 일이 즐거움이었던 적은 한 번도 없었다. 집은 그런 곳이어선 안 될 것이다. 아니, 그런 곳일 수가 없을 것이다.

그는 두 개나 되는 재를 터벅터벅 걸어서 넘었다. 집에 이르기 위해서는 그가 지나온 두 개의 재에 비하면 언덕이라고나 해야 할 야트막한 고개를 하나 더 넘어야 했다. 그러나 그는 그렇게 하지 않았다. 그는 그 대신 오랫동안 버려진 채로 있는 교회당으로 갔다. 어둠이 매우 느리게, 그러나 아주 체계적으로 땅을 점령해 들어오고 있는 시간이었다.

교회당은 훨씬 전부터 문짝이 달아나고 없었다. 창문도 반 이상은 깨진 채로 방치되어 있었다. 안으로 들어가면 더 난장판이었다. 거기에는 깨진 유리 파편들과 크고 작은 돌맹이들과 나무 판때기들과 흙먼지로 어수선했다. 건물 안쪽 벽에 똑바로 걸려, 실내에 들어선 사람들을 굽어보던 나무 십자가도 바닥에 떨어져 있었다. 폐허에 다름 아니었다. 그는 좀 허망한 기분이 들었다. 무언지 안타깝고 울적했다.

  그는 십자가를 본래 자리에 똑바로 세웠다. 뒷산의 참나무를 베어다가 만들었다는 십자가는 꽤 무거워서 혼자서 들기가 힘들었다. 그는 가방을 내려놓고 두 손에 힘을 주었다. 간신히 벽에 세워 놓고 그것을 한동안 바라보다가 그 자리에 벌렁 누워버렸다. 그가 누운 자리에서 먼지들이 풀썩 솟아올랐다. 눈을 감았다. 아무 생각도 떠오르지 않았다. 어디선가 종소리가 아련하게 들려오는 듯했다. 그것은 먼 기억 속에서 들려오는 소리였다. 기억 속에서는 아직도 교회당의 종탑에서 종을 치고 있었다. 그는 그렇게 누워 잠이 들어버렸다.

  그가 눈을 떴을 때, 교회당의 창문을 뚫고 하늘의 별들이 와르르 쏟아져내리고 있었다. 입을 벌리고 있으면 별들이 무더기로 떨어져내릴 것 같았다. 별은 엄청나게 많아서 그는 그것들을 다 받을 수 없었다. 시간이 얼마나 되었는지 그는 알지 못했고 알려고도 하지 않았다. 눈을 뜬 채로 그는 조금 더 그렇게 누워 있었다.

이상하게도 배가 고프지 않았다. 밤이 늦도록 집에 돌아가지 않은 사실이 아무런 두려움의 구실도 되지 않았다. 그의 머릿속으로 생각들이 출몰했다. 그 생각들을 다스리기가 수월하지 않았다. 그는 자신이 짐작한 것보다 훨씬 오래 꼼짝 않고 누워 있었다.

이윽고 몸을 일으켜세웠을 때 그는 다른 사람이 된 것 같았다. 옷에 묻은 흙을 털어내고 그는 밖으로 나왔다. 그의 표정은 전쟁터에 나가는 병사처럼 결연해 보였다. 그는 실제로 그처럼 비장한 어떤 결심인가를 했다.

그는 마을 복판을 피해 둑길을 택했다. 어느만큼 걸어가자 산으로 이어지는 길이 나왔다. 그는 지체 없이 그 길로 접어들었다. 산길은 비좁았고, 발길에는 이슬 같은 것이 묻어났다. 그의 손은 바지 주머니 속에서 휴대용 성냥갑을 만지작거렸다. 캐러멜만한 크기의 작은 성냥갑에는 성냥이 서른 개쯤 들어 있었다. 낮에 읍내에서 배회할 때 사둔 것이었다. 아마도 담임선생과 헤어진 후가 아니었던가 싶다.

목적지에 이르러서 그는 발걸음을 멈추었다. 무덤 앞이었다. 그는 무서움을 느끼지 않았다. 그는 망설이지 않았다. 그는 가방에서 책과 노트를 꺼내 무덤 앞에 두고 호주머니에서 성냥을 꺼냈다. 시간을 끌지 않았다. 그는 곧장 성냥을 켜서 책과 노트에 불을 붙였다. 불길은, 처음에는 수줍은 듯 쭈뼛거리는 눈치더니 얼마 지나지 않아 흰 연기들 사이로 활활 타오르기 시작했다. 3월이었고, 해를 넘긴 마른 나뭇잎들은 불을 보자 반갑다고 아우성을 쳤다. 그는 그 자리에 서서 가만히 불길을 바라보았다. 그의 내면으로 무언가 뜨거운 것이 치받아오르는 듯했다. 알 수 없는 충만감이 그를 휩쌌다. 코끝이 매워지고 눈앞이 흐려지려 했다. 그는 그 사태를 용납하고 싶지 않았다. 그래서 몸을 돌려 뛰었다. 산속으로 마구 내달렸다. 발길에 차이는 풀뿌리가 자꾸만 그를 넘어뜨렸다. 몇 번이고 쓰러지면서, 그는 무작정 내달렸다.

고갯마루에 당도했을 때, 그의 숨은 턱에 차 있었고, 그래서 더 이상 달릴 수가 없었다. 그가 달려온 산 아래쪽에서는 뻘건 불길이 영역을 크게 확대하면서 내달려 오르고 있었다. 그리고 곧이어서 마을로부터 술렁거림이 일기 시작했다. 불이야, 불, 뒷산에 불이 났어요…… 그런 소리들이 들리고, 횃불이 만들어져 이리저리 우왕좌왕 오가는 듯하더니 산을 향해 급히 올라오는 사람들이 보였다. 남자도 있고, 여자도 있었으리라. 젊은이도 있고, 늙은이도 있었으리라. 어쩌면 마을 전체가 잠에서 깨어나 산으로 달려올지 몰랐다. 그의 입가에 스멀스멀 웃음이 고였다. 마을을 굽어보면서 그는 몸의 민감한 부분을 간지럽히는 듯한, 야릇한 쾌감에 사로잡혔다. 그는 소리질렀다. 타올라라, 타올라라…… 가속도가 붙은 불길은 더 빠르고 더 세차게 달음질쳐 올라왔다.

그는 한번 더 불이 붙은 선산과 우왕좌왕 소란스러운 마을을 내려다보고 나서 조용히 몸을 돌려세웠다. 그의 표정은 비장했다. 그는 더이상 웃고 있지 않았다. 그의 눈에서는 눈물이 나왔다. 그는 가만히 입술을 움직여서 중얼거렸다.

"그러면 이제 안녕, 내 치욕의 시간들아. 다시는 너에게 돌아가지 않으리."

연보年譜를 완성하기 위하여 1

1965년 3월(14세)

'세상은 그가 아닌 모든 사람의 편'이라고 믿고 있던 이 조숙하고 극도로 폐쇄적인 소년은 마침내 고향을 떠난다. 그가 떠나던 날, 마을의 뒷산에서는 큰불이 나서 거기 심어져 있던 아까시나무와 소나무와 상수리나무 등을 모두 태운다. 마을 사람들이 달려들어 진화 작업을 펼쳤지만, 마른 나뭇잎들과 풀잎들에 붙은 불길은 쉽게 잡히지 않았다.

물론 그 불을 지른 사람은 박부길이다. 그는 아버지의 무덤에 불을 지르는 것을 고향을 버리는 의식으로 삼았다. 배수의 진을 치는 장수의 비장함을 모방하고 있었을 것이라는 추측을 해봄 직하다.

돌이킬 수 없는 상황을 전략적으로 자초함. 이로써 그의 '고향마을로부터의 필사적인 탈주'가 시작된다. 이 말은 전적으로 옳지는 않다. 그는 그전부터, 적어도 의식 속에서는, 그 '탈주'를 쉼없이 감행했다. 이것이 시작이라면, 그 시작은 '시작의 현실화', 더 분명하게는 '현실화된 시작'이라는 의미로서이다.

이 방화의 경험이 그의 작품 속에 직접적으로 재현되지는 않는다. 그 대신 보다 내밀한 형태로, 말하자면 비유의 옷을 입고 몇 번 노출된다(『황혼의 우상』에서 화자의 목소리를 빌려서 작가는 말한다. '제 아비의 무덤에 제 손으로 불을 지른 경험을 한 사람이 아니면 우상의 파괴에 대해 말할 수 없다. 그 경우 아비를 우상이라고 말한다는 것도 공허한 수사에 그칠 가능성이 높다. 은유로서의 아비라면, 그 우상파괴도 결국 은유일 뿐이다.' 「사막의 밤」에도 이와 유사한 표현이 나온다).

무덤의 방화에 덧붙여야 할 한 가지 사실이 있다. 그가 자신의 책과 노트를 불쏘시개로 삼았다는 점이다. 그가 불을 지른 것은 아버지의 무덤만이 아니라 책과 노트이기도 했다. 그는 아버지(아버지가 가리키는 모든 숙명의, 초대하지 않은 구조)로부터 자신의 해방을 선언한 것처럼 책과 노트(그것들이 지시하는 학문과 출세의 중압감)로부터도 벗어나고자 했던 것이 아닐까. 말하자면 가문을 일으킬 수단으로 고등고시를 세뇌하던 큰아버지에 대한 단절 의지를 이 대목에서 읽을 수 있지 않을까.

아버지와 큰아버지는, 그에게는 곧 고향이었고(기억하거니와 고향이란 산천山川이 아니라 사람들이다. 사람들이 만들어낸 관계이다. 인연이다. 그것이 고향으로부터 벗어나기가 쉽지 않은 이유이다), 그는 그 둘에 대한 절연의 의식을 그처럼 파격적으로 치름으로써 고향으로부터 탈출하고자 했다.

고향, 곧 관계의 늪. 그 파리지옥 같은 인정의 끈끈함. 늪에서 빠져나오지 않은 사람은 세상을 보지 못한다.

그만한 매정함, 그만한 모욕을 감당할 체질을 익히지 못해서 대개의 사람은 고향(의 인정)을 끌어안고 산다. 늪에서 허우적거리며 밖으로 나오지 못한다.(「신화의 표정」)

그리고 그는 자신의 시도가 성공했다고 믿었다. 적어도 그 시점에서는. 그래서 그는 중얼거렸다.

"그러면 이제 안녕, 내 치욕의 시간들아. 다시는 너에게 돌아가지 않으리."

1965년 4월(14세)

집을 떠날 때 그가 목표한 곳이 아예 없었던 것은 아니다. 글쎄, 그런 것도 목표라고 할 수 있을는지…… 거기에 가서 무얼 어떻게 한다든지, 그다음에는 어디로 움직인다든지 하는 계획 같은 것도 없이 무조건 가고 보자는 식의 막연한 행선지. 그곳은 진남의 무극사였다. 보다 어렸을 때 그는 한 번 그곳에 가려고 시도했었다. 물론 혼자였고, 읍내에서 장을 보고 돌아가는 친척 어른의 눈에 띄어 포기해야 했다. 그때 이후 꾸준히, 막연하게 무극사행을 꿈꾸어왔 었다. 무극사에 대한 그처럼 오래되고 근거 없는 동경이 없었다면 그의 가출은 더 늦어졌거나 아예 시도되지 않았을지 모른다. 그에게 그곳은, 그가 태어나기 전부터 아버지가 고등고시 공부를 하고 있는 곳이었다.

고등고시에 합격하여 판사가 되기 전에는 돌아오지 않는다는 아버지. 그러나 그 아버지는 골방에 갇혀 지내고 있었고, 몇 해 전에 죽었다. 따라서 그는 이미 무극사에서 공부를 하고 있는 아버지란 없고, 그 아버지는 그에게 들려주기 위해 지어진 신화에 불과하다는 사실을 충분히 알고 있었다. 어쩌면 무극사라는 절조차 허구일지 모르는 일이었다. 그는 그 점까지도 의심하고 있었다.

그렇다면 무극사에 대한 그의 오래고 끈질긴 동경은 무엇이란 말인가. 더구나 아버지의 무덤에 불을 지름으로써 아버지와 아버지가 상기시키는 모든 심리적 부담으로부터 절연코자 했던 그가 아닌가. 그런 터에 부재하는—부재가 확실하게 증명된—아버지에 대한 가짜 신화를 추적하는 심리를 어떻게 이해해야 할까.

이런 추정이 가능하다. 사람은 현실에 절망하면 신화에 기대고 싶어한다. 신화는 현실의 반영이 아니라 현실의 부드러운 왜곡이니까. 반영이라면 왜곡의 반영이다. 개별적인 무의식의 꿈을 공식화함으로써 현실을 넘어가려는 욕망, 그것이 신화를 탄생시키고,

신화를 받아들이게 만든다. 현실 속의 아버지를 부정한 박부길이 아버지를 찾아가는 과정을 이렇게 이해하면 모순되지 않는다. 요컨대 현실 속의 아버지를 부정했기 때문에 그는 무극사로 향할 수 있는 것이다. 그에게는 다른 아버지가 필요하다. 그는 무극사행에 나섬으로써 신화 속의 아버지를 완성하려고 한다. 신화는 사실의 영역이 아니라 믿음의 영역에 있다. 여기서는 진짜냐, 가짜냐 하는 논쟁은 의미를 잃는다.

그러나 이 여행은 모험이 뒤따른다. 잘못하다가는 사실의 영역으로 발이 빠질 수 있고, 그렇게 되면 신화를 망치게 되기 때문이다. 그래서 그는 무극사를 '신화적'으로 가려고 했다. 그가 자신의 행선지로 무극사를 '막연하게' 상정하고 있었던 것도 이런 맥락에서 이해가 가능하다. 예컨대 그에게 무극사는 구체적인 어떤 장소가 아니라 '막연한' 어떤 곳인 것이다. 이럴 때, 그가 무극사를 향해 가는 것은 무슨 뜻인가? 그것은 그가 고향(현실)을 떠난다는 것과 뜻이 같다. 그 이상도 그 이하도 아니다. 여기서 무극사는 고향과 대극의 자리에 있다. 그가 고향(현실)을 떠난다는 것은 곧 무극사(신화) 속으로 들어간다는 뜻이다.

따라서 그는 굳이 사실의 세계 속에 있는 무극사까지 갈 필요는 없었다. 아니다. 그가 실제로 사실의 세계 속에 있는 무극사에 간다고 하더라도, 이미 그는 사실의 세계를 초월해 있으므로 상관없어지는 셈이다. 그 무극사는 사실 속의 무극사가 아니고, 신화 속의 무극사이기 때문이다.

그래서 어쨌다는 것인가. 무극사에 갔다는 말인가, 가지 않았다는 말인가. 그는 갔다. 무극사는 진남에 실재하는 절이었고, 그는 실제로 그곳에 갔다. 제법 이름이 있는 절인 듯 입구까지 도로가 포장되어 있었고, 울긋불긋한 모자를 쓰고 어깨에 카메라를 둘러멘 단체 관광객 복장의 남자와 여자들 모습도 보였다. 절까지 걸어가는 꽤 넓은 길의 양옆으로는 여러 명의 어른이 둘러서야 감싸안을 정도로 큰 몸통을 가진 나무들이 모여 숲을 이루고 있었다. 그 한편으로는 낮은 개울도 있어서 물이 흐르고 있었는데, 그는 그곳에서 세수를 했다. 물은 투명하게 맑았고 얼음처럼 차가웠다.

절은 바깥에서 보기에도 결코 작지 않았다. 그러나 그에게는 그런 것이 중요하지 않았다. 그는 절을 다 둘러보지 않았다. 그럴 생각은 애초부터 없었다. 그는 관광객으로 온 것이 아니었다. 무극사에 왔다는 사실만이 중요했다. 무극사의 '사실'은 초극해야 할 대상이었다. 그의 관심은 무극사의 '신화'였던 것이다. 신화 속의 '무극사'에 아버지를 되살리는 일이 급했고, 그것으로 족했다.

하지만 애써 그런 수고를 할 필요조차 없었다. 그는 뜻밖에도 '사실' 속의 무극사에서 '아버지의 흔적'을 만났기 때문이다.

뭐라고 말해야 하나. 나는 혼란 속으로 빠져들었다. 오랫동안 다듬지 않아 지저분한 털이 얼굴 전체를 덮고 있는 이 산적처럼 생긴 남자(아, 그는 오랫동안 골방에 갇혀 있어야 했던 나의 아버지와 얼마나 닮았는지)의 말을 믿을 수가 없었다. 믿어지지 않아서 나는 말을 하지 못했다.

"이걸 좀더 먹어라. 이것도…… 그리고 자세히 말해봐라. 그 친구가 어떻게 죽었단 말이냐?"

나는 그가 내 앞으로 밀어주는 도토리묵에 손을 가져갈 수가 없었다. 현실 속에서 부정해버린 아버지를 신화 속에서 되살려내려는 나의 무의식적인 기도를 아버지는 허용하지 않았다. 신화 속에 자리를 잡는 것으로 만족할 수가 없었던 것일까. 내가 지워버린 현실 속으로 불쑥 얼굴을 내미는, 아버지의 뜻하지 않은 출현에 나는 몹시 당황했다.

어쩌자고 나는 나의 존재를 인정해버리고 만 것인가. 나는 손쉬운 대로 자신을 책망했다. 하필이면 그 음식점일 필요가 무어란 말인가. 공교롭게도 그 식당을 찾아 들어간 나를 허물해야 할지 모르겠다. 아니면 참을 수 없게 보채던 나의 가난한 위장을? 아니다. 그런 것을 탓하고 있을 계제가 아니다. 이 낯선 땅에서 나를(좀더 분명하게는 나의 아버지를) 알아보는 사람이 있으리라는 상상을 내가 어떻게 할 수 있었겠는가. 사내는 식당 문을 열고 들어서는 나를 보자 대뜸 나의 아버지 이름을 불렀고, 나는 뜻밖의 기습을 받고는 놀랄 틈도 없이 그만 엉겁결에 수긍의 고갯짓을 해버렸다. 그것이 전부이다. 그러자 그 사내는 한쪽 탁자로 나를 밀고 가 앉히고는 질문 공세를 시작한 것이다.

"그런 몹쓸 병에 걸리지만 않았어도 그 친구 벌써 한자리하고 있을 텐데…… 애초부터 머리도 없고 의욕도 신통찮던 나 같은 놈하고는 달라도 한참 달랐는데…… 그래, 네가 참말로 그 아들이란 말이지…… "

사내는 연방 고개를 끄덕이며, 똑같은 말을 몇 번이고 되풀이했다. 그 시절을 회상하는 듯 시선이 자주 허공으로 향했다. 그의 설명에 의하면, 그와 아버지는 무극사에 방 한 칸씩을 빌려서 고시 공부를 했었다. 물론 그곳에는 그들 말고도 같은 목적으로 방을 빌려 쓰고 있는 젊은이들이 더 있었다.

그는 말했다. 아버지는 그들 가운데 단연 돋보였다고. 아버지는 일찌감치 사법고시의 첫번째 관문을 통과했으며, 적어도 그곳에서 함께 공부를 하던 고시생들 가운데서 가장 먼저, 그리고 가장 확실하게 합격의 영예를 안으리라는 걸 의심하는 사람은 아무도 없었다. 아버지는 그런 기대를 받기에 족할 만큼 충분히 영민했고, 의욕이 컸으며, 누구보다 열심이었다. 그리고 어쩌면 그것이 화근이었는지 모른다. 그의 남다른 총명과 의욕이 운명의 신의 시샘을 샀는지 모른다. 처음에 그는 자주 머리가 아프다고 했고, 그러면서도 병원에 가서 치료받을 생각을 하지 않았다. 나중에 그는 펜을 쥔 손을 떨었고, 두통이 너무 심해서 자기 머리카락을 뽑았고, 가끔 괴성을 질렀다. 그러다가 잠깐씩 정신을 잃고 쓰러지곤 했다.

소식을 전해듣고 집에서 사람이 왔다. 아버지는 고집을 부렸지만, 그리고 집안에서도 공부를 그 상태로 중단하게 하는 것이 못내 아쉬워서 그 고집대로 며칠 더 두고 보기로 했지만, 상태는 악화되어갔다. 결국 붙들려가지 않겠다고 소리소리 지르는 그를 큰아버지가 붙들고 산을 내려갔다.

"그 친구 내려가고 나니까 나도 영 공부할 맛이 안 나는 거야. 나야 집안에서 하도 성화를 부려 붙들려 있었던 거지. 나 자신은 전부터 고시 따위에 별 관심도 없었거든. 사실 나는 그전에도 자주 산을 내려갔다 한참 만에 올라오곤 했지. 그때 나를 산에서 못 끌어내려서 안달인 여자도 있었고…… 될 대로 되라는 심보가 되어서 그만…… 결국 그 여자하고 살림 차리고 여기 이렇게 눌러앉아버린 거란다. 이것을 좀 먹어라…… 그래, 어쩌면 그렇게 아버지를 닮았니?"

아버지처럼 얼굴이 수염투성이인 사내는 과거와 현재(아버지와 나)를 왔다갔다하며, 같은 말을 몇 번이고 되풀이했다. 나는 그가 나의 아버지를 빌려 자신의 현재를 자탄하고 있다고 생각했다. 말하는 사이사이 부엌 쪽을 건너다보며 언뜻언뜻 내비치는 어두운 그늘이 순전히 아버지에 대한 연민만은 아닌 듯했다.

나는 이미 그의 말을 듣고 있지 않았다. 현실 속에서 부정해버린 아버지의 자리를 내 신화 속에 만들어 넣으려고 찾아온 무극사에서, 미리 와서 나를 기다리고 있는 현실의 아버지를 만난 충격이

하도 커서 나는 정신을 가누기가 어려울 지경이었다.(「아버지의 흔적」, 『생의 이면』, 198~200쪽)

1966년 2월(15세)

이 세계가 나의 집이 아니라는 막막함, 그러나 이 세계를 뛰어넘을 수 없다는 절망감. 길은 어디에나 있었지만, 그 어느 것도 나를 위한 길은 아니었다. 집을 갖지 못한 자의 구름 같은 떠돎에 자유라는 이름을 부여하는 것은 한낱 위안일 뿐이다. 나는 내가 이 세계의 변두리를 한없이 배회하기만 할 것이라는 불온한 예감에 일찌감치 사로잡혀버렸다.(「벌거벗은 젊음」, 산문집 『행복한 마네킹』, 79쪽)

열다섯 살의 어린아이가 견뎌내기에 목적 없는 떠돌이 생활은 너무 힘들고 가혹했다. 그는 석 달이 되기 전에 벌써 자신의 가출을 후회했다. 그리고 다섯 달이 되었을 때 그의 몸과 정신은 극도로 피폐해져 있었다. 그때쯤에 그는 오일마다 장이 서는, 어딘지도 모르는 동네를 배회하고 있었다.

그동안 그는 낮에는 이곳저곳 돌아다니고, 저녁이 되면 만홧가게에 들어가 무협지와 추리소설 따위를 밤새워 읽다가 기회를 봐서 웅크려 자곤 했는데, 그것이 가장 싸고 안전한 숙박법이었다. 물론 그 방법을 알고 있는 사람은 그 말고도 많았다. 그는 자기보다 나이가 많은 어른들 틈에 끼여 하룻밤을 때웠다.

그런 식의 생활도 호주머니에 돈이 있을 때에 가능한 일이었다. 오래지 않아 그의 호주머니는 텅 비어버렸고, 세상은 가진 것 없고 연고도 없으며 행색이 지저분하기만 한, 불만투성이의 소년에게 전혀 관대하지 않았다. 거의 항상 배가 고팠고, 다리가 아팠으며, 쓸쓸했다. 가장 나쁜 경우로 깡패들에게 붙들려 매를 맞은 적도 있었고, 두 주일가량은 강제로 붙잡혀 구두를 닦기도 했다. 그는 필사적으로 도망쳐 나와 그 도시를 떴다. 도처에 위험이 깔려 있었다. 어디서도 아무도 우호적이지 않았다.

그래도 도시가 시골보다는 나았다. 그는 그렇게 생각했다. 길이 좁아지고 차가 없어지고 건물이 낮아지고 사람이 뜸해지면 그는 갑자기 불안해져서 도회지 쪽으로 급히 발길을 되돌리곤 했다. 시골은 너무 적막하고 막막했다. 그것이 이유의 전부였을까. 꼭 그렇지는 않다. 그는 혹시 그 길이 고향 마을을 향해 열려 있지 않은가 뜨끔해지곤 했다. 그것이 바로 시외버스 정류장이나 길모퉁이에 신문을 깔고 잠을 자면서도 그가 한사코 도회지 주변을 어슬렁거리고자 했던 진짜 이유였다.(「쓸쓸한 정오」)

하지만, 그런 이야기는 그만. 이 정도로 만족하기로 하자. 가난과 외로움은, 어떤 뜻에서 보면 계절에 상관없이 늘 입고 다니던 한 벌의 유일한 속옷처럼 친숙했다. 그러므로 구차하고 구질구질한 이야기는 더이상 들추지 말기로 하자.

곧 찬바람이 불었고, 거리를 무작정 배회하는 것도 곤란해졌다. 그해 겨울에 그는 만화방 점원을 거쳐서 중국 음식점 배달 일을 하며 숙식을 해결했다. 그 경험을 통해 빈약한 노동력이나마 제공하면 최소한도의 잠자리와 먹을거리를 얻을 수 있다는 도시의 생리를 익히게 되었고, 그는 그것으로 만족했다.

밤늦은 시간에 일을 끝내고 돌아와 피곤에 지친 몸을 눕히던 '내실'의 뜨거운 아랫목이 그 시절의 기억으로 남아 있다. 또하나의 비교적 선명한 기억은 같은 방에서 함께 잠을 자던 주방장 김씨에 대한 것이다. 그는 농사일이 싫어 삼 년 전에 집을 뛰쳐나왔는데, 허장강처럼 생긴 용모를 믿고 영화배우가 되겠다고 밤마다 거울을 바라보며 오만 가지 인상을 써 보이는 스물일곱의 총각이었다.

문을 일찍 닫은 날엔 그를 따라 근처 극장에 가서 장동휘나 박노식이 뒷골목을 누비며 마구 주먹을 휘두르고 다니는 국산 영화를 보기도 했다. 그런 날 밤에 주방장은 더 오랫동안 거울 앞을 떠나지 않았고, 그 역시 공짜로 영화를 얻어 본 대가로 별 신통치 않은 주방장의 연기를 감상해주는 곤혹을 치러야 했다.

겨울이 지나고 그가 중국집을 떠나기 전에 주방장 김씨는 연기

학원에 들어가야 배우가 될 수 있다며(그는 주간지의 정기 구독자였고, 그곳에는 김씨 같은 사람의 허영심을 부추기는 사설 연기 학원의 광고 기사가 가끔씩 실렸다. 그 광고는 누구나 유능한 연기자가 될 수 있다고 속삭인 다음, 단 그러기 위해서는 자기 학원에서 지도를 받아야 한다고 꼬드겼다) 서울로 올라갔다.

그 이후 김씨를 다시는 보지 못했다. 물론 영화에 출연했다는 소식은 들리지 않았고, 스크린 속에서도 그 길쭉한 얼굴을 볼 수 없었다. 동네마다 간판을 걸고 있게 마련인 그렇고 그런 중국집에서 주방장으로 일할 거라는, 그러다가 혹 잘 풀렸다면 살림 잘하는 여자를 만나 어느 허름한 골목길에다가 열댓 평짜리 중국집이나 냈을 거라는 생각을 박부길씨는 하고 있다.

이제 와 생각해보면, 애초에 영화배우가 될 만한 싹은 보이지 않은 인물이었다. 허장강을 닮았다는 것도 그랬다. 설혹 그것이 사실일지라도 그것만으로 영화배우가 될 만한 '싹'이 보인다고 말할 수 없는 노릇이며, 얼굴이 길다는 점 한 가지를 빼면 도대체 닮은 데를 집어내기가 어려울 정도였다.

중국 음식점에서 밥을 얻어먹고 있던 그 겨울의 어느 한 밤에 그는 처음으로 꿈속에서 아버지를 보았다. 평생을 끌고 다니며 그의 의식을 불편하게 옥죄는 꿈속의 아버지. 아버지에 대한 꿈. 꿈속에 나타난 남자는 몸이 부자유스럽다. 손과 발이 무엇엔가 묶여 있다. 그것이 무엇인지는 분명하게 보이지 않는다. 깊고 짙은 암

흑, 그뿐이다. 그리고 참을 수 없이 덥다. 우물처럼 깊숙이 파인 눈이 애원하듯 그를 쳐다보며 물을 청한다. 입은 열리지만 '물'이라는 말은 되어 나오지 않는다. 입속에는 침이 한 방울도 고여 있지 않다. 그 표정이 얼마나 간절한지 보는 사람의 가슴이 그만 녹아버릴 지경이다. 그러나 그는 물을 바가지째로 벌컥벌컥 마시면서도 남자에게는 건네주지 않는다. 남자가 그에게 손을 뻗친다. 그 간절한 욕망의 발현인 긴 손이 바가지에 거의 닿으려고 한다. 그는 이상하게 격렬한 적의를 드러내며(이해할 수 없는 일이지만, 그 생생한 적의의 이유는 분명하게 드러나지 않는다) 남자를 노려보고는 바가지를 던져버린다. 바가지는 깨진다.

남자는 한없이 원망스럽고 몹시 낙망한 눈빛으로 잠깐 그를 바라보다 그 자리에 힘없이 쓰러진다. 뜨겁고 딱딱한 바닥이 남자의 몸을 받는다. 그리고 남자는 움직이지 않는다. 숨도 쉬지 않는다. 그가 다가가서 심장에 손을 대본다. 심장이 뛰지 않는다. 손을 뗀다. 아까의 원망과 낙망을 그대로 각인해서 가지고 있는 남자의 얼굴이 그를 노려보고 있다. 그냥 돌아서려다 불쑥 치미는 섬뜩한 한기 때문에 고개를 돌려본다. 바닥에 누워 있는 남자는 그의 아버지다. 부정할 수 없다. 그는 뒷걸음질친다. 아버지의 얼굴이 클로즈업되어 눈앞으로 다가온다. 그는 앞만 보고 정신없이 뛴다. 아무리 뛰어도 제자리이다. 원망과 낙망이 함께 섞인 아버지의 표정이 눈앞에서 떠나지 않는다. 엉겁결에 소리를 지르고 눈을 떴을 때 그의 몸은 땀으로 흥건히 젖어 있었다. 꿈은 금방 실제로 일어난 것처럼 생생했다.

그것이 시작이었다. 그날 이후 그의 아버지는 자주 그의 꿈을 방문했다. 꿈들은 대개 어슷비슷했다. 하나같이 그가 아버지를 살해하는 꿈이다. 그가 사용하는 살해의 도구나 사건이 벌어지는 정황은 조금씩 다르다. 어떤 때는 칼이고, 어떤 때는 손톱깎이다. 어떤 때는 권투를 하다가이고, 어떤 때는 사냥을 하다가이다. 그런 차이는 강조할 사항이 아니다. 그 모든 꿈들은 현실보다 훨씬 생생하고 정교하다. 그래서 무시할 수가 없다. 나중에 그는 그런 유의 악몽에 너무 시달린 나머지 잠드는 것이 두려워지기까지 했다.

아버지를 살해하는 꿈의 모티프가 그의 작품 속에 빈번하게 등장하는 것은 이상한 일이 아니다(『황혼의 우상』과 『익숙한 관계』를 볼 것. 그리고『페스트의 경우』와 『생의 이면』을 참고할 것). 그에게 오이디푸스는 일찍부터 매우 친숙한 인물이었다. 그것의 깊은 내면 심리는 역설적 애정이다. 요컨대 살해할 만큼 극도로 사랑하는 것이다. 신화에 등장하는 고대인들의 의식 속에서는 사랑하기 때문에 '먹는다'는 개념이 지극히 자연스러웠다. 문제가 되는 것은 사랑의 정도, 또는 있고 없음이 아니라 그 방향이다.

1966년 5월(15세)

그가 중국집을 떠난 것은 중국집 주인이 그를 쫓아냈기 때문이다. 지독한 구두쇠에다가 얼굴도 몸도 둥글넓적했던 사십대 중반의 '북경반점' 주인 부부는 붙임성 없고 사근사근하지 않은 박부길을 마음에 들어하지 않았다. 불편해했다는 쪽이 더 적합할지 모르겠다. 결정적으로 종업원인 그의 불친절을 구실 삼아 시비를 걸어온 한 손님과의 어이없는 주먹다짐이 생기고 나서 주인은 그를 내쫓았다. 주먹다짐이라고 하지만, 실제로는 박부길이 일방적으로 얻어맞은 사건이었다. 손님은 이제 갓 스물이 될까 말까 한 남자였는데, 평소에도 박부길을 공연히 괴롭히곤 했다.

그날도 물컵 속에 손가락이 들어갔다는 괜한 트집을 내세워 박부길에게 수작을 걸더니 이내 주먹을 날렸다. 박부길이 참지 못하고 따졌지만, 막무가내인 손님의 상대가 될 수는 없었다. 코피가 터지고 이가 흔들렸다. 그러나 주인은 잘잘못을 따질 생각을 하지 않았다. '손님은 왕'이라는 흔해 빠진 경구야 그 집 주방 입구에도 붙어 있긴 했지만, 그 때문은 아니었다. 문제의 손님은 그 동네 뒷골목을 휘어잡고 다니는 무슨 쌍칼판가 하는 조직의 조무래기였고, 그것이 주인이 그 앞에서 쩔쩔매는 진짜 이유였다.

얼마간의 돈이 손에 쥐어졌고, 너는 이런 데 어울리지 않는다는 평가가 덧붙여졌다. 그 말은, 이유는 분명치 않지만, 박부길이 그곳에서 일하는 동안 주인이 줄곧 그를 불편해했다는 간접적인 고백이기도 했다. 그는 별 미련 같은 걸 두지 않고 북경반점을 나왔다.

그 도시를 떠날 생각으로 버스를 탔다. 아무데나 마음 내키는 곳에서 내려 걷다가 다시 버스를 타고, 더러는 양곡을 싣고 가는 트럭 꽁무니에 매달리기도 하면서 이곳저곳을 떠돌아다녔다. 그러다 마침내 보다 크고 요란해 보이는 도시에 이르렀는데, 먹고 자는 문제를 해결할 곳을 찾아야겠다고 생각하면서도 북경반점 주인의 충고를 받아들여 중국집에는 들어가지 않기로 마음먹었다. 그 사람의 충고가 아니라도 그곳은 자기와 어울리지 않는다고 느꼈기 때문이다. 그러나 자신과 어울리는 곳은 또 어디란 말인가. 그는 한동안 그런 곳을 찾지 못했다.

노동력을 제공하면 언제든 숙식을 해결할 수 있을 거라는 도시에 대한 믿음에도 조금씩 회의가 생기기 시작했다. 정체를 알 수 없는 열다섯 살의, 거기다가 힘도 별로 쓸 것 같지 않은 미성년자를 선뜻 채용하겠다고 나서는 사람은 거의 없었다. 그는, 오래지 않아 자신의 노동을 제공할 자리를 스스로 가려 택할 수 있는 입장이 아니라는 사실을 깨달았다. 그리고 또 그는 깨달았다. 어울림의 유무와 상관없이 그가 손쉽게 먹고 자는 문제를 해결할 수 있는 거의 유일한 취직자리가 중국 음식점이라는 사실을.

그가 새로 일을 시작한 중국집은 '중국관'이었다. 북경반점보다는 규모가 컸고 일도 더 많았다. 일하는 사람도 더 있었다. 주방일은 주인 남자가 한 명의 아주머니와 함께 맡아 했고, 박부길 말고도 자전거를 타고 다니는 배달 사원이 한 명 더 있었다. 이름이 임

뭐라는 사람이었는데, 말수가 적고 틈만 나면 영어 문법책 따위를 끼고 사는 위인이었다. 독학으로 고입 검정고시를 준비하고 있다고 했다. 카운터를 지키는 젊은 여자가 또 있었는데, 그녀는 주방장 겸 주인의 결혼하지 않은 처제라고 했다. 그녀는 카운터 옆에 세워둔 둥근 거울을 시도 때도 없이 들여다보며 유행가를 흥얼거리거나 껌을 질겅거렸다. 박부길은 그곳에서도 역시 음식 배달을 주로 했고, 바닥 청소와 시장 보기 따위 부수적인 일도 거들어야 했다.

인상에 남을 만한 기억은 없다. 늘 거울을 들여다보며 유행가를 흥얼거리던 주인집 처제가 배달원 임씨에게 은근히 속마음을 내보이며 유혹하던 것 정도? 그러나 임씨는 뜻밖에도 한눈팔지 않고 검정고시 공부에만 매진하던 샌님이었다. 그런 뜻에서 그 역시 중국집에는 잘 어울리지 않는 사람이었다. 여자의 적극적인 공세에도 불구하고 그가 그곳을 그만둘 때까지 두 남녀 사이에는 기억할 만한 일이 발생하지 않았다.

북경반점을 거쳐 중국관에서 끼니마다 먹어댄 짜장면과 짬뽕의 느끼함이 그 이후 박부길로 하여금 중국 음식점 근처에도 가지 못하게 만들었다.

그의 아버지의 꿈속 방문은 여전히 빈번했다. 그리고 매사가 그러하듯, 그 일 또한 횟수가 잦아지면서 충격의 예봉이 점차 둔화되었다. 충격이나 통증은 빈도와 반비례한다. 처음이 가장 아프다.

익숙해지는 단계를 거치면서 충격이나 통증은 저절로 내면화된다. 일상화된 충격은 더이상 충격이 아니다. 그런 과정이 그의 내면에서 일어났다. 그는 꿈속에서 자주 아버지를 살해한다. 그렇지만 이제 더이상 '아버지 살해'는 그를 충격하지 않는다. 적어도 그전과 같은 강도로는. 물론 이 사태는 더 나쁘다.

1966년 9월(15세)

그 사람을 우연히 만나기까지 박부길은 자신이 이 도시에 전에 한 번 온 적이 있다는 사실을 알지 못했다.

예정표에 들어 있는 만남이 얼마나 있을까보냐. 사람은 우연히 만났다가 뜻밖에 헤어진다. 그것이 인생이다. 그렇긴 해도 그 만남은 너무나 예기치 않은 것이었다. 점심시간이었고, 하루 중 가장 바빴다. 그는 옆 건물에 세 들어 있는 복덕방에 짜장면과 볶음밥을 배달해주고 막 문을 닫고 들어서던 참이었다. 그때 마침 조그맣게 열린 문틈으로 얼굴을 내밀고 주방장이 그를 불렀다.

"또 갔다 와야겠다. 형조 너, 민들레 다방 알지? 우동 두 그릇이다."

그 순간 방에서 식사를 하고 있던 단체 손님들 가운데 누군가가 목을 길게 빼서 밖을 쳐다보았다. 그 사람의 얼굴 위로 잠깐 동안 놀람과 이해할 수 없다는 표정이 스쳐갔다. 이윽고 그는 음식 그릇

에 젓가락을 내려놓고 일어서서 손짓을 하며 문가로 다가왔다. 형
조도 그때 그 남자를 보았다. 고향 마을의 빈한한 교회를 고집으로
지키던 전도사. 한 퇴락한 가문의 며느리를 꿰차고 야반도주했다
는 따가운 소문의 주인공. 그러나 그에게는 다른, 보다 선명한 인상
을 남기고 사라져버렸던 남자.

그런데도 그와의 만남은 어쩐 일인지 반갑다기보다 어색했다.
흔해빠진 비유대로 무슨 운명의 장난인가 싶었다.

"형조가 아니냐. 형조구나. 네가 여기 웬일이냐?"

전도사는 그의 손을 덥석 잡았다.(『내 속의 나』, 192쪽)

그렇게 전도사와 재회했다. 그는 전도사에게 손목이 잡혀 어떤
도시의 제법 큰 교회로 따라가 사도신경을 외우고 십계명을 외우
던 일을 떠올렸다. 그때까지도 그는 자기가 그 도시에 와 있다는
걸 깨닫지 못했다. 전도사는 이전에 비해 몸이 좀 불어 있었고, 얼
굴이나 머리 모양이 더 깔끔해 보였다. 신학 공부를 마치고 상당히
큰 교회에서 일하고 있다고 했다.

전도사는 박부길이 말하기도 전에(그는 말하려고 하지 않았다.
어쩐 일인지 그러기가 싫었다), 그가 집을 나왔다는 사실을 눈치
챘다. 그러고는 알 만하다는 듯한 표정까지 지어 보였다. 아비 어
미 없는 어린아이가 받아내야 했을 눈치와 구박…… 하는 식으
로. 그는 오해했다. 그러나 박부길은 상대의 재빠른 오해를 교정해

줄 마음이 들지 않았다. 결과적으로 전도사의 오해가, 그 오해가 아니었다면 꽤 망설였을 결단을 쉽게 하게 했다.

경찰공무원의 아내가 된 지 채 육 개월도 지나지 않은 어머니를 전도사를 통해 만났다. 그녀는 전도사가 일하는 교회에 출석하고 있었다.

어머니와의 재회는 그에게 아무런 감동도 주지 않았다. 주변 사람들을 아랑곳하지 않고 울음을 토해내며 자기를 책망하고, 운명을 저주하는 말만 되풀이하는 어머니의 모습이 신경 쓰여서 몹시 불편했던 기억만 선명하게 남아 있다. 그는 어머니가 펑펑 우는 동안 고개를 숙이고 아무 말도 하지 않았다. 이해할 수 없는 감정의 황폐함과 메마름. 그것은 그 자신만 빼고 다른 모든 이를 놀라게 했다. 특히 그의 어머니를 실망시켰다. 그녀는 아들의 무덤덤함에 놀랐고 두려워했다. 그 때문에 그녀는 더욱 심한 자책감에 빠졌다.

어울리지 않는 재회를 지켜보면서 전도사는 몇 차례 어험어험, 마른기침을 했고, 나중에는 울 만큼 울고 나서 눈물을 닦으며 훌쩍거리는 어머니와 나지막하게 무슨 말인가를 주고받았다. 어머니는 그때까지도 감정을 잘 정리하지 못하고 훌쩍이느라 말을 잘 하지 못했지만, 박부길은 그들이 자기 이야기를 하고 있다는 사실을 어렵지 않게 눈치챌 수 있었다.

1967년(16세)

서울로 이주함과 동시에 문강중학교 2학년에 편입.

어머니는 남편인 경찰공무원을 설득하지 못했다. 그의 남편은
제 부인의 전남편 소생을 받아들일 준비가 되어 있지 않았고, 그
럴 아량이라고는 눈곱만큼도 없는 위인이었다. 그는 성질이 급했
고, 매사에 신경질적이었으며, 가정에서 때때로 폭력을 행사하기
도 했다. 전도사의 개입도 그의 마음을 돌리지 못했다. 딱한 마음
에 전도사는 자기가 박부길을 데리고 있겠다는 의견을 내보였지
만, 그때 이미 그 또한 가정이 있었으므로 가능한 일이 아니었다.
그녀는 고심을 했고, 서울에 있는 먼 친척을 떠올렸다.

그 친척이, 매달 먹을 쌀을 꼬박꼬박 부쳐주겠다는 조건 때문에
박부길을 받아들였다고 생각되지는 않는다. 그보다는 그 딱한 모
자에 대한 안쓰러움 때문이었을 것이다. 정확한 족보는 알지 못한
채 그가 삼촌이라고 부른(아마도 외종 오촌이나 칠촌쯤 되지 않
았을까) 친척 어른 부부는 새벽같이 나가서 밤늦게 돌아왔다. 그
들 부부는 하루종일 근처 시장에서 배추나 무, 시금치 따위를 팔았
다. 열심히 일해도 서울 생활은 고단해서 그들은 언덕배기 위에 지
어진 판잣집에서 십이 년째 살고 있었다. 사정이 그렇고 보니 군식
구에게 따로 마음을 써줄 여유가 있을 리 없었다. 애초부터 그런
기대는 불가능했다. 여러 날 그들의 얼굴을 보지 못한 적도 많았
다. 그 정도는 아무것도 아니었다. 친척 형과 교대로 밥을 지어야

했고, 자기 빨래는 당연히 자기가 해 입어야 했다.

그 집에서 생활하는 동안 어른들로부터 단 한마디의 충고도 들어보지 못했다. 비단 그에게만 그런 것은 아니었다. 이 어른들은 자기 아들에 대해서도 마찬가지로 방임주의를 고수했다. 무슨 신념에 의해서가 아니라 상황에 밀려 몸에 붙은 어쩔 수 없는 방임. 친척집에서 얹혀살았다고는 하지만, 실제로는 자취나 마찬가지인 생활이었다.

어머니는 거의 오지 않았다. 가끔 편지를 보내왔고, 그 편지에 적힌 기가 막히게 간절한 사연들이 박부길을 자주 참담하게 했다. 그는 어머니와 아들 사이가 이렇게 기구한 사연으로 점철되어야 하는 현실에 울화가 치밀었다. 그에게 바람이 있다면, 비극의 주인공이 되어 있는 어머니의 눈물샘을 잠그는 것이었다.

현실이 평범하지 않으면, 의식도 평범해지지 않는다. 그러나 그는 평범하지 않은 현실을 의식의 겉면에 그대로 노출해 보이는 평범함을 극도로 증오했다.

학교생활은 만족스럽지가 않았다. 이 년을 쉰데다가 학교 공부를 하는 일에 정나미가 떨어진 후라 서울 아이들을 따라가기가 쉽지 않았다. 건전한 사회의 구성원이 되기 위해 공부를 하고 학교를 다녀야 한다는 데 대한 회의가 그를 사로잡고 있었다. 학습의 문제만 있었던 것은 아니었다. 우선 그는 자기가 쓰고 있는 고향 사투리에 대해 내비치는 반 아이들의 근거 없는 편견과 과도한 호기심에 속이 상했다(이 주제와 관련해서 쓴 짧은 산문이 한 편 있다. 『행복한 마네킹』에 실려 있는 「촌놈의 사상」이 그것이다). 그가 자기 반 아이들에 비해 두 살 더 먹었다는 사실이 아무 영향도 미치지 않았다고 할 수는 없을 것 같다. 기왕의 폐쇄적인 성격이 더욱 심해졌고, 그는 한층 비사교적인 아이가 되어갔다.

그는 아무와도 사귀지 않았다. 습관처럼 학교를 다녔지만, 그리고 적어도 외견상으로는 말썽 부리지 않는 얌전한 학생이었지만, 그것은 그의 본래 모습이 아니었다. 그의 내면에서는 용암이 끓고 있었다. 그 용암은 터질 시점과 장소를 선택하지 못하고 무의미한 장파열만을 거듭하고 있었다. 그는 이미 세상에 대해 알 것을 알아버린, 그래서 불행한 애어른이었다.

공업고등학교를 다니던 친척 형은 일찌감치 담배를 배웠고, 학교에서 돌아오면 나팔바지로 갈아입고 여자를 만나러 다녔다. 그는 부모의 체질화된 무관심을 이용하여 시간을 제멋대로 썼다. 그 형으로부터 아마도 과장기만은 아닌 듯싶은 '여성' 체험담을 수도 없이 들었다. 대부분 역겨운 이야기들이었지만, 박부길이 그런 이야기에 아무런 호기심도 느끼지 않았다고 단정하지는 말기로 하자. 그 형은 『플레이보이』라는 외국의 희한한 잡지를 집으로 들고 와서 그에게 보여주기도 했는데, 박부길은 거기에 실린 벌거벗은 여자들의 사진들을 보고 나서 며칠 동안 야릇한 기분에 사로잡혀 지내기도 했다. 꿈속으로 그 사진 속의 여자가 찾아왔다. 그가 몽정을 한 것은 그 무렵이었다. 이 기억은 「꿈속의 낙원」에 비교적 상세하게 묘사되어 있다.

그 형에 대한 도덕적인 나무람이 아니라 자기 자신에 대한 수치심이 그로 하여금 그 형과 거리를 두게 했다. 그는 그 집을 나오기까지 그 형과 거의 말을 하지 않고 지냈다.

그는 이 무렵에 일기를 쓰기 시작했다. 일기라고 하지만, 성실함의 징표 같은 매일매일의 글쓰기는 아니었다. 기분이 내키는 대로, 어떤 때는 하루에 두 번도 썼지만, 한 달 동안 한 번도 쓰지 않은 적도 있었다. 거기 적은 내용도 그날 있었던 일을 사실적으로 기록한 것은 아니고(그에게는 어떤 하루도 새롭거나 특별하지 않았다. 따라서 그가 사실을 기록하고자 했다면 그는 단 하루의 일기 말고는 더 쓰지 못했을 것이다), 대부분 내면의 수상한 움직임들을 정교하게(그 때문에 어쩔 수 없이 여과되지 않은 감정의 과장에도 빠지고) 포착한 것들이었다. 그 내용만으로는 도대체 그날이 사람이 무얼 했다는 것인지 잘 알 수 없는, 도무지 일기 같지 않은 일기를 썼다. 자기도 의식하지 못하는 사이에 그런 식으로 나름대로의 문학 수업을 시작한 셈이다. 결과적으로 그렇다는 뜻이다.

1968년(17세)

그의 어머니는 서른여덟의 나이에 아들을 낳았다. 그 소식을 그는 친척 형으로부터 들었다. 어머니는 직접 이야기해주지 않았고,

그 형의 부모인 삼촌 내외도 어쩐 일인지 그 소식을 전해주지 않았다. 그는 이 기대하지 않은 동생의 출현에 별 감흥을 표시하지 않았다. 물론 그 아이는 그와 다른 성을 갖고 태어났다. 이 나라는 아버지의 성을 물려받도록 되어 있는데, 그 아이의 아버지는 박씨가 아니었다.

이해에 그는 두 개의 조그만 필화 사건을 일으켰다. 그 하나는 날씨가 쌀쌀해지면 연중행사식으로 강요하던 '국군 장병'에 대한 위문편지였다. 그는, 다른 아이들이 그러하듯이 관용화된 상투적인 위문 문구를 쓰는 것으로 자기에게 부과된, 서푼어치의 가치도 없는 편지 쓰기의 짐을 덜었어야 했다. 가령 "쌀쌀한 날씨에 철조망을 지키느라 얼마나 수고가 많으십니까? 저희들은 전방에서 수고하시는 국군 장병 아저씨들의 희생 덕택으로" 운운하는 식으로. 모든 국군 장병 아저씨들이 전방에서 철조망만 지키고 있을 까닭이 있느냐든지, 또 그런 식의 판에 박힌 한결같은 편지들을 무슨 정성으로 그들이 읽어보기나 하겠느냐는 따위의 염려는 위문편지를 의무로 써야 하는 학생들이 할 필요가 없는 것이었다. 그런데 그는 그 룰을 범했다.

그는 상투적인 위문 문구를 쓰는 대신에, 상투적인 위문편지 쓰기의 지겨움에 대해 썼다. 아무런 감동도 없이 씌어진 이따위 무미건조한 편지를 읽고 감동할 군인이 한 명이나 있겠느냐는, 이것은 위문편지가 아니라 의무 편지라는, 따라서 전국의 초·중·고등학생을 모조리 동원하는 이런 위문편지 쓰기의 강요는 여러 가지 측면에서 부질없는 낭비이며 그야말로 당장 없어져야 할, 하등 불필요한 관행이라는 그의 글은, 국사 과목을 가르치던 담임선생의 눈에 띄어 '전방에 계시는 국군 장병 아저씨께' 배달되지 않았다.

그 사태를 다행이라고 해야 할지 불행이라고 해야 할지 모르겠다. 그는 교무실로 끌려가 호된 질책을 받아야 했고, 뺨도 두어 대 얻어맞았다. 마침 교무실에 앉아 있던 다른 선생들도 그 편지를 돌려 읽었는데, 그들의 반응은 하나같이 맹랑하고 시건방지며 어이없다는 것이었다. "생각이 과격하긴 해도, 틀린 말은 아니네. 문장도 수준급이고"라고 호의적인 코멘트를 보탠 사람은 국어 과목을 담당하는 젊은 선생이었다. 그는 흥미 있다는 듯 빙글빙글 웃으며 박부길의 얼굴을 빤히 쳐다보았다.

또하나의 필화 사건은 개교기념일 행사의 하나로 열린 글짓기 대회에서 일어났다. 위문편지 사건이 있고 두 달 만의 일이었다. 이 행사는 전교생이 참가하여 시와 산문과 붓글씨 가운데 어느 하나를 쓰도록 되어 있었는데, 박부길은 산문을 지어 냈다. '바다' '나의 소망' '아버지'가 그날 산문의 제재였다. 그는 '아버지'라는 제목으로 글을 썼다. 꼭 그 제목이 마음에 들어서는 아니었다. 그보다 다른 두 개의 제목으로 글을 지을 수 있을 것 같지 않았기 때문이다. 하나는 너무 서정적이었고, 다른 하나는 너무 추상적이었다. 그리고 둘 다 너무 상투적이었다. 지난번에도 그랬던 것처럼,

이번에도 그는 자신의 글이 사람들의 주목―다분히 비호의적인 사시斜視의―을 받게 되리라는 생각을 전혀 하지 못했다. 그는 사흘 후에 또 교무실로 불려갔다. 이번에 그를 부른 사람은 젊은 국어 선생이었는데, 그 옆에는 학생 생활지도를 맡고 있는 윤리과 담당 교사도 있었다.

"글은, 물론 일차적으로 상상력의 산물이지만, 그 상상력은 현실과 맞물려야 한다. 무슨 말이냐 하면, 우리는 상상력을 가지고 현실을 초월하고 현실을 비틀기도 하지만, 그러나 객관적인 현실 자체의 부정은 위험하다는 뜻이다. 상상력을 통해 현실은 승화되어야 하지, 그 반대여서는 안 된다. 내가 말하는 것은 상상력의 한계가 아니라, 그러니까 상상력의 방향이다. 그러니까……"

나는 그가 무슨 말을 하고 있는지 통 알아들을 수 없었다. 알아듣지 못하기는 옆에서 지휘봉을 자기 손바닥에 탁탁 두드리고 있는 윤리 선생 역시 마찬가지인 모양이었다. 그는 어이없다는 표정으로 자기 아들뻘은 되어 보이는 국어과 담당 선생을 내려다보며 헛웃음을 지었다. 국어 선생은 앉아 있고, 그는 서 있었는데도 키차이가 별로 나지 않았다. 이윽고 윤리 선생이 지휘봉을 들어 내 어깻죽지를 가볍게 내리치면서, 국어 선생의 그 길고 복잡하고 애매한 말들을 간단하게 압축했다.

"그러니까 거짓말로 글을 쓰지 말라는 말이다."

"아니, 내 이야기는……"

국어 선생이 다급하게 정정하고 나섰다. 그는 무언가를 몹시 우려하고 있는 것처럼 보였다. 그는 무엇을 우려하는 걸까? 나의 신상? 나의 신상이 위태로운 지경에 빠졌단 말인가? 무엇 때문에? 나는 아무것도 생각해낼 수 없었다.

그가 창작 행위에 있어서의 표현의 문제라든지 상상력의 제한과 같은 민감한 주제를 놓고 나름대로 고심하고 있다는 사실을 그때 내가 어떻게 눈치챌 수 있었겠는가. 그것은 나의 능력 밖의 일이었다.

"내 말은 이야기를 지어내는 것이 나쁘다는 게 아니고, 그 지어낸 이야기가 위험할 수 있다는 것이지. 머릿속에서는 모든 상상이 가능하겠지만, 그것이 구체적으로 글로 형상화되고, 또 더구나 그것이 사실에 기초한 자기 고백적인 글일 때는……"

"김선생은 또 무슨 사설을…… 자기 아버지를 그런 식으로 함부로 써대는 자식이 어딨나?"

윤리 선생은 지휘봉으로 장난스럽게 내 머리통을 톡톡 때렸고, 국어 선생은, 자기 아버지뻘은 되어 보이는 윤리 선생과 엉뚱한 두 선생의 미묘한 신경전 앞에서 어떻게 처신해야 좋을지 몰라 눈치만 살피고 있는 나를 번갈아 바라보며 난감한 표정을 짓고 있었다.
(「문제아」, 『생의 이면』, 310쪽)

자신의 아버지에 대한 지극히 사실적인 진술이 사람들의 정신에 충격을 안기고, 상상력의 폐해를 우려하게 한다는 깨달음은 자신의 환경 또는 운명의 남다름을 재삼 확인하게 했다. 그것은 '그들'의 넓고 당당한 세계와 자신의 좁고 허름한 세계 사이에 견고한 담쌓기를 촉발시켰다.

그 백일장에서 그는 당연히 아무 상도 받지 못했다. 국어 선생의 아쉬움과 격려가 있긴 했지만, 그러나 그것이 그를 위로한 것은 아니었다. 왜냐하면 그는 자기가 위로를 받을 필요가 있다고 생각하지 않았기 때문이다. 그 이후 그는 아무데도 자신의 글을 내보이지 않았다. 학창시절부터 각종 문학상들을 섭렵하고 다녔다는 화려한 경력의 다른 작가와는 달리, 소설가로 문단에 등장하는 스물여섯까지 그에게는 어떤 시시한 수상 경력도 붙지 않았다.

1969년(18세)

중학교를 졸업할 때 그는 반에서 다섯 명 정도가 받는 우등상을 받았다. 그러나 그가 상 받는 모습을 보러 온 사람은 없었다. 아무도 그의 졸업식장을 찾아오지 않았다. 그래서 그는, 졸업 앨범에 박힌 단체사진 말고는 중학교 졸업을 기억할 사진이 한 장도 없다. 그가 슬퍼했다거나 아쉬워했다는 뜻은 아니다. 그는 오히려 누군가 자기 졸업을 축하해주기 위해서 꽃이라도 들고 찾아왔다면, 그 사태를 더 신기해하고 불편해했을 것이다. 다시 말하지만, 익숙해지면 어떤 자극도 자극이 되지 않는다.

그리고 같은 해에 그는 고등학생이 되었다. 한강 변에 있는 명석고등학교. 그의 고등학교 진학은 순전히 그의 어머니가 자체 생산하고 과대포장하여 둘러쓰고 있는 자책감의 부산물이다. 그녀는 이미 학교생활에 별 흥미를 느끼지 않던 그를 눈물로 회유하고 윽박질러서 입학시험을 치르게 했다. 어쨌든 남자가 고등학교는 나와야 사람 노릇 할 수 있다는 것이 그녀의 한결같은 논리였고, 그 말 속에서 박부길은 어머니의 재정적 지원이 고등학교까지라는 암시를 받았다. 돌봐줄 사람이 없는 고아나 마찬가지인, 아내의 전남편의 소생을 자기 집에 들이지 못하게 했던 경찰공무원의 알량한 체면도 한몫을 했다. 그 남자를 설득시키기 위해서 어머니는 갓 낳은 아들을 무기로 삼았다.

고등학생이 되면서 그는 친척집에서 나와 학교 근처에 방을 얻어 자취를 시작했다. 세를 주려고 본채의 뒤편에 날림으로 이어붙인 작고 초라한, 그래서 한낮에도 빛 한 조각 스며들지 않는 어둡고 눅눅한 방에서 그는 이때부터 삼 년, 그리고 나중에 다시 와서 십 개월을 살았다. 아무도 들어오려고 하지 않는 이 질 나쁜 방에 대한 그의 특이한 친화의 감정은 각별했다. 이는 일차적으로 그 방과 자아의 동일시로부터 비롯한 것인바, 이에 대한 내면 심리의 미세한 움직임은 그의 미발표 미완성 소설인 「지상의 양식」에 정교하게 묘사되어 있다.

이 방에서 그가 한 일은 주로 아무것도 하지 않는 것이었다. 그 다음은 무작정의 책 읽기. 동네 헌책방에는 별의별 책들이 다 나와 있었다. 그는 학교 가는 걸 제외하고는 거의 외출을 하지 않았는데, 유일한 외출이 헌책방 나들이였다. 일주일에 한 번 이상씩 그곳에 들렀다. 다 읽은 책을 돌려주는 조건으로 그는 돈을 적게 주고 많은 책을 읽을 수 있었다. 독서도 취미냐는 별 신통치도 않은 반문이 퍽 재치 있는 화술인 것처럼 한때 통용된 적이 있지만, 그에게 독서는 취미가 아니라 일종의 습관이라는 사실이 여러 군데서 진술되었다. 예컨대 그의 독서는, 아파트 안에 하루종일 갇혀 지내는 할머니가 딱히 할일이 없어서 한 통의 차를 다 마셔버렸다는 경우와 유사하다. 목표도 체계도 반추도 없는 맹목의 게걸스러움. 그것은 그가 세상에 대해 문을 닫은 결과였고, 또 문을 닫게 한 동인이기도 했다. 세상은 그가 눌러앉은 방만큼 작아졌고, 그보다 더 큰 문밖의 세상은 거짓이 되었다.

이때 읽은 책들을 일일이 열거하는 것은 불가능하다. 그 목록이 너무 무질서하기 때문이지만, 몇 권을 제외하고는 그 책들의 고유성을 구분하지 못하는 까닭도 있다. 한꺼번에 들은 여러 가지의 유사한 이야기들이 뒤죽박죽 섞이는 것과 같은 혼란이 그의 머릿속에서 일어났다. 그 독서의 체계 없음은, 예컨대 그가 제임스 조이스의 『율리시스』는 읽었으면서 카뮈의 『이방인』은 읽지 않은 것과 같은 예에서 분명하게 드러난다. 『채털리 부인의 사랑』은 일찌감치 읽어치웠지만, 『허클베리 핀의 모험』은 여태 읽지 못했다. 그 결과는 선택적인 것이 아니다. 그가 어떤 책을 읽거나 읽지 않을 가능성은 그 책이 그가 즐겨 다니는 헌책방에 꽂혀 있느냐 없느냐에 의해 좌우되었다. 그뿐이다.

학교는 그에게 아무 희망도 선물하지 않았다. 그의 학교 출석은 기계적이었다. 그러나 그의 성적은 평균 이하로 떨어지지 않았다. 숱하게 많은 서클 가운데 그 어느 하나에도 가입하지 않았고, 단 한 명의 친구도 사귀지 못했다. 그를 동정할 필요는 없다. 그는 외톨이 상태를 전혀 불편하게 여기지 않았으므로. 오히려 그는 혼자 있을 때 가장 편안한 기분을 느꼈다. 누군가 다가가면 그는 잔뜩 긴장하고 뻣뻣해졌다.

나를 두렵게 하는 것은 사람이다. 사람에게 나는 가장 서툴다. 서툰 것을 사람들은 용납하지 않는다. 때문에 나는 빈번하게 상처를 입는다. 궁색한 선택이지만, 그래서 유일한 대안은 사람 곁에 다가가지 않는 것이다. 그러나 이 참혹하고 질긴 생래적인 외로움은 어쩔 것인가. 하여 나는 나의 물색없는 외로움을 가장 위험한 것으로 경계하지 않을 수 없다.(『그대 또한 삶을 속인다』, 182쪽)

어머니는 한 달에 한 번씩 서울로 올라왔다. 그가 그녀에 대해 기억하는 것은 한 달 생활비와 볶은 돼지고기 요리. 그러나 그는 그녀를 만나지 못했다. 새벽같이 서울행 고속버스를 타고 올라온 그녀는 남편이 귀가하기 전에 집에 돌아가 있어야 했고, 당연히 아들이 학교를 파하기 전에 다시 고속버스를 타야 했다.

그는 거의 항상 가난했다. 어머니가 주고 간 돈은 언제나 턱없이 모자랐다. 그는 그 때문에도 밖으로 나가기가 어려웠다. 예나 지금이나 움직이면 돈이 든다. 가난한 사람의 집은 그래서 거의 대부분 비지 않는다. 그렇다고 책을 빌려 보지 못하는 사태가 생긴 것은 아니었다. 고맙게도 단골이 되고 나서 헌책방 주인은 돈을 내지 않아도 책을 마음대로 빌려 보게 했다. 그 대신 깨끗하게 보아야 했고, 단 이틀 밤이라는 단서가 붙었다. 그는 빌려온 책은 하룻밤을 넘기지 않았다.

떠오르는 것은 참혹한 가난과 그보다 배는 참혹한 외로움, 그리고 돌이키기 힘든 이 세상에 대한 가시 돋친 불만과 적의…… 그런 것들로 점철된 나날이었다.(미발표 중편 「지상의 양식」)

그러나 그는 자신의 그 참혹한 가난과 외로움을 극복해보려는 어떠한 시도도 해보지 않았다. 그러므로 그는 세상에 대해 비난할 권리가 없다. 그래서 그는 비난하는 대신(비난하는 것은 참여한다는 뜻이다) 혐오하거나 기피했다. 말하자면 초월하려고 했다.

1970년(19세)

그는 이해에 교회에 출석하기 시작했다. 그리고 그 교회에서 한 여자를 만난다. 아니다. 여자를 만난 것이 먼저다. 그 여자와의 만남이 그를 종교로 이끌었다. 그의 내부에 있었으리라고 생각되지 않았던 뜻밖의 열정의 분출. 그보다 나이 많은 이 여자(교회학교 학생)와의 만남은 그의 인생에 새로운 길을 연다.

그 사건의 전말은 「지상의 양식」에 비교적 상세히 재현되어 있다. 「지상의 양식」은 이제까지 아무 지면에도 발표된 적이 없는 미완성 원고인데, 그가 처음 쓴 소설 형식의 자기 고백이다. 씌어진 분량만 200자 원고지 삼백 장이 넘는다.

지상의 양식

*『작가탐구』를 준비하면서 우리는 대상 작가의 자전적인 작품 한 편을 받아 싣기로 했다. 그러나 마감이 지나도록 작가는 새로운 소설을 집필하지 못했다. 우리는 이번 취재 과정에서 발견하게 된 그의 첫 소설에 관심을 보였고, 비록 미완성이긴 하지만 그의 젊은 시절의 사유의 치열함을 가장 잘 들여다볼 수 있으리라고 판단하여 작가의 동의를 얻어 싣기로 했다. 물론 작가는 처음에 조금 머뭇거렸지만, 우리들의 끈질긴 설득에 승낙하고 말았다. 「지상의 양식」이 그 작품이다.(편집자 주)

일찍부터 나는 나보다 나이가 많은 어떤 여자와의 사랑을 꿈꾸곤 했다. 꿈꾸었다는 표현은 적절하지 않다. 이 단어 속에는 꿈꾸는 행위자의 능동성이 몸을 웅크린 채 숨어 있다. 그것은 내가 말하려고 하는 뜻이 아니다. 여기서 주어는 '나'가 아니다. 나는 첫 문장을 고쳐 써야 한다. 나보다 나이 많은 한 여자와의 사랑은, 그렇다, 나에게 예감된 것이다.

모든 예감에 비극의 냄새가 묻어 있다는 것을 나는 오랫동안 이해하지 못했다. 이제는 말할 수 있을 것 같다. 그것은 숙명의 울림 때문이다. 예감은 열람이 금지된 숙명의 세계를 부지불식간에 엿보고 만 자의 머리 위에 그 부정에 대한 징벌로 떨어지는 벼락, 그 벼락같은 천재지변의 떨림이다. 그래서 숙명은 예감될 수밖에 없는 것이고, 모든 숙명은 비극의 광배光背를 두르고 있게 마련이다. 숙명적이라는 말이 비극적이라는 말과 동의어로 쓰이는 까닭도 이와 무관하지 않다.

그 예감—나이 많은 여자와의 사랑—에는 물론 근거가 없었다. 예감의 영험靈驗에 대한 기대는 출처가 불분명하고 대상이 모호할수록 증대한다. 그리하여 예감은 이내 사람을 휘감는 굵고 단단한 밧줄이 된다. 사로잡힌 자는 사로잡은 자의 관용 없이는 쉽게 풀려나지 못하는 법. 나는 사로잡혔고(어쩌면 기꺼이), 예감은 성취되게 마련이다.

1-1

나는 낭만주의자가 아니다. 나는 한 번도 낭만이라는 것의 실체(아니, 그것의 그림자조차)를 만져본 적이 없다. 나는 내 손으로 만져보지 않은 것은 그 무엇도 신뢰하지 않는다. '보지 않고도 믿는 자는 복되도다'라고 바이블의 주인공은 말한다. 나는 그런 이유 때문에도 복과는 거리가 멀다. 나는 도마Thomas의 편이다.

낭만주의자가 될 수 있는 기반이라는 것을 나는 갖지 못했다. 그런 기반이 따로 있다는 말인가. 나는 그렇게 생각한다. 그 어느 것도 허공에 뿌리를 내리지는 않는다. 요컨대 낭만주의자는 낭만주의라는 일정한 묘상苗床에서 키워져 모종된 자이다. 내가 생각하기에 그 묘상의 모종은 적어도 두 가지의 기관을 몸에 품고 있어야 한다. 하나는 아름다움을 취하는 기능이고, 다른 하나는 자유로움을 수용하는 기능이다. 내가 낭만주의자가 될 수 있는 기반의 부재를 말하는 것은 그 두 가지의 감각을 몸에 익힐 기회를 갖지 못했다는 뜻이기도 하다.

우선 내게는 유년기가 없었다. 무슨 뜻이냐고 의아해할 필요는 없다. 나는 아주 어렸을 때도 진정으로 어린아이가 아니었다. 나의 기억은 아버지의 매를 불러내지 못한다. 어머니의 품도 마찬가지로 증거하지 못한다. 그들은 내 기억의 가장 오래된 층에서부터 부재한다. 내가 그 뜻을 정통으로 이해하지 못하고 있는 몇 개의 단어 가운데 대표적인 것이 동심이다. 내가 지금보다 조금 더 젊었을 때, 아마도 내 알량한 글재주를 치하한다는 뜻으로 동화를 한번 써 보라고 권한 사람이 있었다. 나는 그 요청이 너무나 낯설고 믿어지지 않아서 한참 동안 그 사람의 얼굴을 바라보았다. 이 사람이 나를 놀리는가, 그런 생각까지 했다. 나는 그 사람에게 내가 한 권의 동화책도 읽지 못하고 자랐다는 말을 차마 하지 못했다.

한 가지 더 이야기할 게 있다. 설마, 하겠지만, 어이없게도 나는 자연을 즐길 줄 모른다. 나는 자연 속으로 들어가지 않고, 자연은 내 속으로 들어오지 않는다. 그곳으로 가는 길을 나는 알지 못한다. 자연은, 내게는, 언제나 아득한 타자이다. 자연 앞에서 감탄사를 발해본 기억이 없다. 이상하다고 생각할지 모르겠는데, 당연하다. 감탄사는 합일의 경지에서 튀어나오는 신음이 아닌가. 아름다움에 대한 반응이 전적으로 인간 종족의 본능이며 따라서 선천적이라는 생각에 나는 동조하지 않는다. 그 감각 역시 길러지는 것이다.

풍경화는 나를 질리게 한다. 서정시들은 나를 불편하게 한다. 그것들은 나의 심상에 아무런 흔적도 남기지 않는다. 나는 많은 사람이 침을 튀겨가며 감탄해 마지않는 소위 명작들 앞에서 한없이 밋밋하기만 한 내 멀뚱한 심장을 노려보며 절망적인 열등감에 사로잡히곤 했다. 다른 정상인들처럼 색을 식별하지 못하는 색맹임을 알게 된 충격이 가세하여 한동안 기형 콤플렉스에 시달리기도 했다는 사실을 고백할 필요가 있을지.

1-2

    열다섯 살부터 살아낸 서울 생활은, 조금 엄살을 섞어서 말하면, 끔찍하다. 떠오르는 것은 참혹한 가난과 그보다 배는 참혹한 외로움, 그리고 돌이키기 힘든 이 세상에 대한 불만과 가시 돋친 적의…… 그런 것들로 점철된 나날이었다. 하기야 그전부터 삶은 화해하기 힘든 대상이었다. 나는 세상을 요리하는 데 서툴렀다. 아니, 세상이 요리의 대상이라는 사실을 깨닫지도 못했다. 그 때문에 나의 삶은 한 번도 가벼워본 적이 없었다.

    그러나 그런 유의 지리멸렬한 이야기를 시시콜콜 늘어놓는 것이 온당하지 않다는 것을 나는 안다. 옛날에 나는…… 어쩌고 하는 투의 자기과시를 곁들인 감상적인 회상이, 다른 사람들에게 무슨 의미를 주겠는가. 모든 과거는 기억된 과거일 뿐이며, 모든 기억은 검열된, 또는 취사선택된 기억일 뿐이다. 시간은 독하고, 나의 자아는 너무 많은 층으로 둘러싸인 거대한―작은 우주다. 층마다 진실이 있고, 그 진실은 그 층에서만 진실이다. 그 모든 층을 관통하는 작살과 같은 하나의 진실은 없을까? 있다면, 그것은 무엇일까? 가장 깊거나 가장 높은 층에 도달하지 않고는 그 진실이 무엇인지 말할 수 없을 것이다. 가장 깊은 층이나 가장 높은 층에 그것이 도사리고 있다는 뜻은 아니다. 그런 뜻이 아니다. 그곳까지 이르러야 발견할 수 있다는 것이지 그곳에 있다는 것은 아니다.

내가 취사선택되고 검열된 기억 속의 과거를 들고나온다고 하자. 그것들은 거짓이거나 꾸며진 이야기는 아닐 것이다. 그것들은 내 자아의 어느 층에 있다가 어떤 충동질을 받고 튀어나온 것이라고 할 수 있다. 그렇다면 적어도 그 층의 진실을 담당할 수 있지 않을까. 그것이 층들을 관통하는 '작살'의 진실을 대변한다고 할 수 있을까. 대답을 하기 위해서 질문을 던진다. 그 여러 개의 층들은 왜 있는가. 자아를 형성하고 있는 그 수많은 층들이 맡은 역役은 무엇인가. 대답은 너무 뻔해서 싱겁다. 그것은 왜곡하거나 감추기 위해서이다. 19층은 18층을 감춘다. 20의 층은 19의 층을 왜곡한다. 그것들은 서로를 감추고 왜곡하기 위해서 존재하는 복잡한 기계이다.

나는 취사선택되고 검열된 내 기억 속의 과거로 들어가는 일의 무의미함을 안다. 과거란 희미한 밑그림, 그 위에 어떤 색칠을 하고 어떤 형태를 그려내는 것은 현재의 나이다. 과거가 결국 인상印象일 수밖에 없는 이유가 여기에 있다. 인상은 실체가 아니다. 그렇지만 그것은 실체에서 나온 것이다. 그렇기 때문에 용납되지 않지만, 그렇기 때문에 용납되기도 한다.

왜곡된 진실이라 하더라도 진실일 수 있을까? 물에 비친 찌그러진 달, 색안경을 쓰고 보는 푸른 달, 그리고 암스트롱이 찍어 보낸 필름 속의 달, 그것들을 달이 아니면 무어라고 말할 것인가. 해라고 말할 것인가, 꽃이라고 부를 것인가. 그것들은 달이 아니지만 달이다. 그런 것이 있을 수 있다. 진실이 아니지만 진실인 것. 검열

받은 기억 속의 과거가 그러하다. 그것들은 한낱 인상에 불과하지만, 그 인상을 조작된 것이라고 매도할 수는 없다.

자, 그러면 어떤 길이 있는가. 나는 망설이고 있다. 길을 못 찾아서? 그건 아니다. 나는 내 자아를 형성하고 있는, 수많은, 서로 대립하는 층들의 싸움을 견딜 수가 없는 것이다. 나는 느낀다. 내 버림받은 시절에 대한 회상은 결국 나의 글을 심하게 쿨럭거리게 만들 것이다. 그래서 나는 그것들을 쓰지 않을 것이다. 그 대신 내 기억의 정수리에 깊숙이 박힌, 아마도 두껍고 엷은 내 복잡한 심리 기제의 층들을 작살처럼 관통하고 있을 결정적인 단 하나의 인상만을 기록하는 것으로 만족할 작정이다. 그것은 한 여자에 대한 인상이고, 또 십대 후반의 한 남자(청소년? 그 단어는 낯간지럽다. 낯간지러운 것은 내 취향이 아니다)가 만난 한 여자에 대한 인상이다.

이 글은 그러므로 한 여자에 대한 기록이고, 또 십대 후반의 신경증적인 한 남자(청소년? 그 단어는 너무 가볍고 무구無垢하다. 내가 기억하는 한 그 시절은 결코 그런 시절이 아니었다)가 자기 삶의 운명으로 인식한 한 여자를 만나 겪어낸 성장의 기록이다. 그때 그 남자는 자취를 하면서 혼자 살고 있었다. 서울, 욕망이 미로처럼 꾸불꾸불 헝클어진, 아무리 오래 얼굴을 맞대고 살아도 낯설기는 매한가지인 뜨악한 도시의 한 귀퉁이에서.

그때 나는 열여덟 살, 참으로 어중간한 나이였다. 굳이 제도적인 학령으로 따지자면 고등학교 2학년, 그러나 학교 공부도, 다른 것과 마찬가지로 시들하고 재미없던 시절이었다. 현실도 이상도 너무 멀리 있었다. 현실은 발붙이기를 허락하지 않고, 이상은 꿈꾸기를 용납하지 않았다. 아득한 이상이었고, 비틀거리는 현실이었다.

나는 그때 너무 커버렸던가. 적어도 생각은 그렇게 했었다. 어쩌면 생각뿐이었는지 모른다. 나는 생각이 많은 편이었고, 그래서 늘 행복하지 않았다. 생각이 많은 것은 무언가가 모자라기 때문이다. 그 모자라는 부분을 보충하려는 욕망이 많은 생각을 만든다. 하지만 생각은 생산 능력이 없다. 그래서 결핍의 정도는 더욱 심해지고, 세상과의 불화는 더욱 증폭된다. 그 증폭된 불화감은 또 더 복잡한 생각의 밑천이 된다. 끝도 없는 악순환. 생각이 많은 사람은 세상을 쉽게 믿지 않고, 세상은 그 사람을 신뢰하지 않는다. 따돌림의 대상이 된(되었다고 느끼는) 생각이 많은 사람은, 복수하듯 세상을 따돌릴 채비를 한다. 거기서 다른 사람에 비해 자기가 너무 크다는 생각이 돌출한다.

물론 오만이다. 모든 오만의 기본적인 정서는 슬픔과 울분, 또는 슬픈 울분이고 그 뿌리는 좌절감임을 나는 안다. 키가 작아 포도를 따먹을 수 없을 때 어떤 여우는 '저 포도는 시다'라고 말하며 돌아선다. 다른 여우는 '포도 따위는 저열한 족속들이나 따먹는 것이다'라고 말하며 돌아선다. 돌아서는 행위는 같지만, 두 경우의 동기는 미묘하게 다르다.

아마도 나는 후자의 여우 편이었으리라. 세상과 나는 맞지 않다. 그것은 내가 세상에 미치지 못하기 때문이 아니라 내가 세상을 너무 추월해버렸기 때문이라는 편집증적인 생각의 한가운데서, 좌절감과 울분이 뒤섞인 오만의 안쓰러운 흔적을 발견하는 것은 전혀 어려운 일이 아니다. 증거도 있다. 가난과 외로움과 근거 없는 적대감의 나날. 그것들은 그 시절 내 삶의 목록이었다. 내 삶의 전부였다. 그것 말고는 달리 가진 것이 없었다. 아, 빚도 재산이라고 한다면 그런 뜻에서 그것들은 나의 재산이었다.

1-4

하긴 굳이 더듬자면, 이것저것 가리지 않은 게걸스러운 독서가 있었다. 그러나 고백하지 않아도 짐작할 수 있는 대로, 나의 독서는 진지하지 않았고, 나에게 독서 자체가 목적이었던 적도 없었다. 나는 내가 읽을 책을 고르지 않았고, 무슨 책을 읽고 싶어 안달한 적도 없었다. 곁에 있는 것은 열 번도 읽었지만, 곁에 없는 것을 일부러 찾아 읽지는 않았다. 이해할 수 없는 책도 읽었고, 이해해서는 안 되는 책도 읽었다. 이해의 가능성이나 이해의 계단 같은 감각은 내게 없었다.

좀더 직접적인 표현으로 말하자면, 이렇다. 내게는 추동성의 만화책이나 제임스 조이스의 『젊은 예술가의 초상』이나 섹스와 간계로 얼룩진 『인간경영』이라는 일본의 통속소설이나 무슨 신문사에서 펴낸 시사용어사전이 구분되지 않았다. 한동안 그랬다. 더 심각한 것도 없었고, 더 재미있는 것도 없었다. 이런 독서는 책에 대한 모독이 아닐까. 진지하지도, 목적이 되지도 않은 탐욕스러운 남독의 버릇을 재산의 목록에 끼워넣는 것은 오래 입어 닳아빠진 남루한 속옷을 얼굴도 붉히지 않고 사람들 앞에 내놓는 것만큼이나 민망한 노릇이 아닐까. 그렇다. 그것은 한낱 버릇에 지나지 않았다. 나는 연필이 손에 쥐여 있을 때는 손가락으로 그것을 돌린다. 책상 앞에 앉으면 오른쪽 손바닥으로 턱을 괸다. 무의식중에 그렇게 한다. 책들이 눈에 띄면 무조건 그것을 읽는다.

누군가 이렇게 말할 것이다. 아무리 무의미하고 무의식적으로 보이는 사소한 버릇에도 의식 깊이 잠재된 어떤 동기인가가 숨어 있게 마련이라고. 어찌 젊은 시절의 독서 행위를 그렇게 매도하는가. 자학인가? 위악? 그런 주장이 물론 있을 수 있다. 그리고 굳이 찾자면, 그런 질문에 대한 대답도 물론 없지 않다. 내 게걸스러운 남독의 버릇에 숨은 동기가 있다면 그것은 둘 중 하나일 것이다. 그 하나는 피난이고, 다른 하나는 은밀한 수련이다.

피난-동기는, 금방 짐작할 수 있는 대로, 가난과 외로움과 적대감의 그 화해할 수 없는 치욕의 세계로부터 되도록 멀리 달아나 몸을 감추고자 하는 심리상태를 이른다. 수련-동기는 피난의 공격적인 측면이다. 되도록 멀리 달아나 몸을 숨기되 언젠가 도망 온 곳으로 되돌아가는 경우를 상정하고 그때 보복하기 위해 '은밀하게' 무기를 다듬고 무예를 익히려는 마음가짐이다. 그러나 진지하지 않은 책 읽기를 수련의 과정으로 이해하는 것은, 내가 생각하기에는 난센스다. 그것이 수련이 되기 위해서는 계획적이고 진지한 책 읽기여야 한다. 그러나 나는 추동성과 제임스 조이스가 구별되지 않았음을 이미 고백했다.

진지성이 결여된 책 읽기는 무기를 다듬는 대신 비생산적인 울분만을 키울 뿐이며, 무예를 익히는 대신 부질없는 적대감만 부글부글 끓게 만들 뿐이다. 그 동기들은 외면상 그럴듯하게 구분되는 듯 보이지만, 그러나 결국 하나의 동기일 뿐이다. 동전은 앞과 뒤로 나뉘어 있다. 하지만 아무도 그것을 두 개의 동전이라고 말하지 않는다. 그것은 하나의 동전인 것이다.

1-5

나는 기억한다. 세상은 나를 힘들어했다. 내가 세상에 대해 그런 것처럼. 그것은 내가 세상 속으로 들어가지 않았기 때문이다.

나는 세상을 잘 이해할 수가 없었다. 그 때문에 세상 속으로 들어가지 않으려 했다. 그러나 세상은 그렇게 생각하지 않았다. 세상을 이해하기 위해서는 세상 속에 들어와야 한다고 세상은 내게 말했다. 세상 속으로 들어오지 않기 때문에 세상을 이해하지 못한다는 것이었다. 세상은 자기 품으로 들어오지 않은 자는 받아들일 수 없다는 입장이었고, 나는 사전에 이해를 확보하지 않고는 들어갈 수 없다는 입장을 견지했다.

이해한다는 것은 열쇠를 가지고 문을 따는 행위와 같다. 그것이 시작이다. 시작 없는 일의 진행은 있을 수 없다. 문을 열지 않고는 누구도 안으로 들어갈 수가 없기 때문이다…… 나의 그런 생각을 세상은 이해하지 못했고, 이해하려고 하지도 않았다. 말하자면 그와 같은 입장의 차이가 불화의 원인을 제공한 셈이다.

"대인공포증이라고 들어봤나?"

어느 날 담임선생이 내게 물었다. 책상이 하나 놓여 있고, 두 개의 긴 의자가 직각으로 붙어 있는 비좁은 상담실 안에는 그와 나 말고는 아무도 없었다. 무엇 때문에 내가 거기 있었는지는 분명치 않다. 확신을 가지고 말할 수 있는 한 가지 사실은, 나 스스로 상담실을 찾아가지는 않았다는 것이다. 담임이 나를 불렀을 것이고, 길고 지루한 훈계로 학교생활에의 적응, 성실한 학생의 자세 같은 걸 주입하려 했을 것이다. 그 말미쯤에서 그는 대인공포증이라는 희한한 증세를 내 이름표 위에 붙였다.

"……젊을 때 사람을 두려워하고, 친구 사귀기를 무서워하다가는 나중에 사회생활에 적응하지 못하게 된다. 인생의 낙오자가 되기 쉽다고…… 우리가 사는 세상은 서로 어울려 지내게 되어 있거든. 너는 너무 폐쇄적이야. 친구가 없지? 네가 먼저 마음을 열지 않기 때문에 그래. 그래선 아무것도 못하게 된다. 마음을 열고 친구를 사귀도록 해라. 사람과 이야기하는 걸 피하지 말고, 자연스럽게 어울려……"

그는 대인공포증이라고 했다. 사람들 앞에만 나서면 가슴이 콩닥콩닥 뛰고, 얼굴이 붉어지고, 말을 더듬게 되고, 급기야는 사람과 사귀는 것이 무서워진다는 그 희귀한 병은, 의외로 치명적일 수 있다고 했다. 인생을 망칠 수도 있다고 말할 때 그의 표정은 정말로 망가진 인생을 눈앞에 보고 있는 것처럼 비감했다. 그날 밤에 나는 일기장에 이렇게 썼다.

—그의 진단은 절반 정도만 맞다. 나의 증세는 대인공포증이 아니라, 대인 혐오증 내지는 대인 기피증이라고 불러야 한다. 사람은 내게 공포의 대상이 아니라, 혐오와 기피의 대상일 뿐이다.

1-6

내가 살던 자취방은 한낮에도 이상스레 어두웠다. 세를 주려고 본채의 뒤편에 날림으로 이어붙인 작고 초라한 방이었다. 금방이라도 폭삭 주저앉을 듯 낮은 천장, 하루종일 햇빛이 들어오지 않도록 북향으로, 그나마도 벽에 맞대어 뚫린 손바닥만한 창문, 언제나 습기가 배어 눅눅한 느낌을 주는 방바닥…… 그곳에 들어가면 낮에도 전깃불을 켜야 했다. 그러나 나는 거의 대부분의 시간을 불을 켜지 않고 살았다. 심지어는 밤에도 불을 잘 켜지 않았다. 나는 어둠 속에 가만히 웅크리고 앉아 어둠의 넓고 깊은 품에 푹 잠기기를 좋아했다. 어둠은 얼마나 아늑한지, 얼마나 아늑하고 편안한지, 꼭 가슴까지 잠기는 푹신한 소파 같았다. 나는 자주 그 소파에 파묻혀 오랫동안 아무 일도 하지 않고 빈둥거리며 지냈다. 시원始原을 알 수 없는 곳에서 솟아나오는 이런저런 생각들의 수림 속을 헤쳐다니기도 하고, 그런 채로 그냥 잠에 빠져들기도 하고, 그러다가 심란스러운 꿈을 꾸기도 했다.

무슨 할말이 있어서(가령 내 몫의 전기요금이나 수도요금 따위를 독촉한다든지 하는) 뒤편으로 돌아온 주인아주머니는 내가 방에 없는 줄 알고 그냥 돌아가는 경우가 허다했다. 아직 안 왔나? 어쩌고 혼잣말로 중얼거리며 잠시 어슬렁대거나, 더러는 내 방문을 흔들어보기까지 하고도 그냥 돌아가게 마련이었다. 그 경우에도 나는 알은체를 하지 않았다. 그럴 수가 없었다. 내가 조금이라도 움직이면 이 깊고 아늑한 어둠이 균형을 잃고 흩어질 것만 같아서였다.

나는 그때 어둠을 입자로 인식하고 있었던가. 아마도 그랬던 것 같다. 아주 섬세하고 미세한 어둠의 입자들 속에 둘러싸여, 나는 자주 숨소리조차 죽이고 있었다. 어둠이 해체되는 것은 내가 원하는 바가 아니었으므로. 그렇게 오랫동안 어둠의 입자들 속에 웅크리고 있다보면 어느새 나 자신도 어둠의 일부가 되어버린 듯했다. 그런 상태가 되면 외부의 움직임을 감지할 수 있는 눈과 귀는 저절로 닫히게 마련이었다. 어둠은 내 속으로 들어오고, 나는 어둠 속으로 들어가 섞였다. 신비스러운 합일의 체험, 그 한복판에 들어가 있는 사람에게 세상은 더이상 존재하지 않는다.

그렇다. 이제 고백하거니와 참된 세상은 깜깜한 내 방의 어둠 속에 있었다. 방문만 열고 나가면 금세 사라지고 말 위태로운 나의 세상, 그러나 내게는 외부의 밝고 큰 세상보다 더 친숙했고 또 소중했다. 아니, 참세상은 방의 어둠 속에만 있었고, 밖의 밝음 속에 있는 세상은 가짜였다. 그림자 세상이었다. 환각이고, 꿈이었다. 그것은 그곳이 나의 세상이 아니기 때문이다. 그에 비해 어둠으로 둘러싸인 이 세상은 얼마나 아늑하고 평화로운가. 보라, 무엇보다도 여기에는 사람이 없다. 이 세상의 평화는 거기서 말미암은 것이다.

사람이야말로 모든 불화의 주체이고 조건이다. 사람에게는 사람만이 천적이다. 그러나 나의 참세상은 또 얼마나 작고 위태롭고 엉성한지. 모든 소중한 것들이 그러한 것처럼, 아주 조그만 자극에도 흔들리고 상처받지 않겠는가. 그것까지도 나는 알고 있었고, 그 때문에 외부로 향한 감각을 최대한 잠재우지 않으면 안 되었다.

쉽게 추측할 수 있는 대로, 그 어두운 방은, 말하자면 내 자아의 투사에 다름 아니었다. 내가 웅크리고 앉아 지낸 그 어두운 공간은 나의 자폐적인 내부였던 것이다. 병적인 자의식과잉, 세상과의 불화, 그리고 그 결과로서, 또는 원인으로서 자아의 지하 굴 속에 칩거하는 행위. 도스토옙스키는 그곳을 '지하의 세계'라고 불렀다. 여기서 지하는, 그곳이 지상이 아니라는 뜻이므로 하늘이라고 해도 무방하다. 아, 적은 아무데도 없는데 고통은 도처에 널려 있다. 나는 그 책을 내 방에 깔린 어둠의 눈을 빌려 아주 조금씩 읽었다. 지금도 가지고 있는 그 조그만 문고판 책의 행간에 무수히 그려진 붉은 줄들은 공감의 표시였을 것이다. 공감이라는 말로는 충분하지 않다. 내가 받은 인상은 그보다 강렬한 것이었다. 예컨대 동지의식과 같은 것이 아니었을까. 아무로부터도 지지받지 못하는 이단의 내가 여기에 또 있구나, 하는 그런 느낌.

1-7

그 시절, 나는 아주 간절하게 동지를 찾고 있었다. 그 욕망은, 모든 다른 욕망이 그런 것처럼, 결핍에서 말미암은 것이었다. 결핍이 큰 만큼 욕망도 컸지만, 동시에 그만큼 두렵기도 했다. 큰 욕망은 큰 결핍, 욕망이 곧 결핍의 다른 쪽 얼굴임을 모르는 사람이 어디 있으랴.

나는 아무와도 마음을 주고받으며 사귀지 못했다. 누구에게서도 동질성을 발견할 수가 없었기 때문이다. 내가 특별했기 때문이라는 말을 하려는 것이 아니다. 오히려 그 반대다. 사람들은 나와 너무나 특별하게 달랐다. 물론 사람들은 나를 향해 특별하다고 말했다. 특별한 쪽은 우리가 아니라 너다…… 그것이 이단자를 칭하는 그들의 어법임을 나는 모르지 않았다. 내가 특별하다면, 그들의 의도에 충실하자면, 그것은 특별한 지진아라는 뜻이었을 것이다. 그런 판단의 빌미가 아주 없는 것은 아니다. 나는 그들이 하는 말을 잘 이해하지 못하는 경우가 흔했다. 자주 있는 일은 아니었지만, 그들과 어울려 무슨 화제인가로 대화를 나누다가 어떤 질문이 내게 향했을 때, 대답을 못하거나 상황에 전혀 어울리지 않는 엉뚱한 말을 해서 반 아이들로부터 핀잔을 맞는 경우가 허다했다. 그리고 그런 것들이 그들로부터 따돌림을 받는 이유가 되었다. 처음부터 그들로부터 소외되기를 원했던 것은 아니었으므로 되도록 그들의 대화 속에 진지하게 참여하려고 했다. 사실이다. 그래서 정신을 모으고 열중해보지만, 그것도 잠시, 어느 사이엔가 흥미가 사라졌다. 처음에는 시들해지고, 나중에는 도대체 저런 이야기를 해서 무얼 하나 싶어지고, 마지막에는 그들이 무슨 말을 하는지 알 수가 없어졌다. 언젠가는 여럿이서 한 주제를 놓고 열띤 공방을 하고 있는데, 줄곧 다른 생각에 골몰해 있던 내가 주제와 상관없는 말을 꺼내 모여 있던 사람들의 야유를 불러내기도 했다. 그들은 대통령 선거와 관련된 이야기를 주고받고 있었는데, 나는 그 전날 밤에 읽었던 번역판 대중소설의 작중인물을 머릿속에 그리고 있었던 모양이다. 우리 사회가 물신화 경향에 가속도가 붙었음을 여실히 증명해준 작품으로 기억될 만하겠지. 그런 인간형을 우리는 미래의 텔레비전에서 자주 보게 될 거야, 운운했던 것이다. 그것도 턱없이 심각한 어투로. 그들은 이내 더러운 오물을 피하듯 옆으로 자리를 옮겨 하던 토론을 계속했다. 말을 끝맺기 전에 나는 내가 실수하고 있다는 걸 깨닫지만, 그들이 나의 실수를 용납하는 일은 일어나지 않는다. 그야말로 엎질러진 물이고, 내뱉은 말인 것이다. 그런 순간의 참기 힘든 소외감이 나를 낭패의 수렁으로 몰아넣었다.

그런 일이 반복되면서 나는 자연스럽게 그들과 대화하는 기회를 피하게 되었다. 어쩌면 그들이 내게 말 걸기를 멈춘 것이 먼저인지 모르겠다. 나는 그들의 말을 이해하지 못했고, 그들은 나의 말을 이해하려 하지 않았다. 내가 애써 큰마음을 먹고 고심 끝에 무언가 중대하고 심각한 사실을 말할라치면 그들은 미리부터 절레절레 고개를 젓거나 픽, 이상스러운 웃음을 지어 보이며 자기네들끼리 눈길을 주고받고는 자리를 떠버렸다. 그들은 그런 식으로 나에게 그들이 나와 전혀 다른 세계에 살고 있다는 사실을 끊임없이 환기시켰다.

그리하여 나는 마침내 그들을 원하지 않게 되었다. 그들은 나와 같은 세계에 살고 있는 사람들이 아니었으므로. 내가 원하는 것은 나와 같은 세계에 살고 있는 사람을 만나는 일이었다. 나는 그 미지의 사람을 향해 동지라고 불렀다. 나는 나와 원형질이 같은 한 사람의 동지를, 참으로 간절하게 만나고 싶었다. 저들의 세상은 아무래도 상관없었다.

나는 도스토옙스키로부터 다음과 같은 문장을 읽었다. "세계가 파멸하는 것과 내가 차를 마시지 못하게 되는 것, 어느 쪽이 큰일인가! 설사 온 세계가 파멸해버린다고 해도 상관없지만, 나는 차를 마시고 싶을 때는 언제나 마셔야 한다." 도스토옙스키가 파멸되는 하나의 크고 피상적인 외부의 세계와 차를 마시는 또하나의 작고 깊은 내면의 세계를 구별하고 있는 것이라면, 그는 옳다, 라고 나는 그 글이 적힌 페이지 위에 붉은 볼펜으로 썼다.

이런 식의 의도적인 오독은, 그 시절 나의 정신이 얼마나 심각하게 외로움을 타고 있었으며, 얼마나 간절하게 후원자를 얻고 싶어했는가를 증거한다. 내 이단의 정신은 누군가에 의해 승인받고 그 정신과 은밀하게 교감하고 싶어했다. 막스 데미안을 만나는 젊은 시절의 에밀 싱클레어가 내 꿈속에 자주 나타나곤 했다.

거듭 말하지만, 내가 참으로 원한 것은 나와 같은 세계에 사는 동질의 원형질을 가진 단 한 사람의 동료를 만나는 것이었다. 내가 발견하고 우리가 공유하고 있는 내밀한 지하의 세계를 대화로, 마음으로 누리는 것이었다. 그를 만날 수만 있다면, 아, 그럴 수만 있다면 모든 것이 가능할 것 같았다.

그러나 나는 나와 같은 표적을 가진 사람을 만나지 못했고, 따라서 아무것도 가능하지 않았다. 누구의 어떤 지원도 받지 않고 혼자서 거대한 하나의 적대적인 세계에 대항하는 일은 나를 탈진시켰다. 나는 언제나 지쳐 있었고, 사소한 일로도 쉽게 상처를 받았다. 사람들에게 나는 신경질적이고 폐쇄적이며 종잡을 수 없는 위인으로 비쳤다. 나의 작고 어두운 방은 나의 유일한 도피처였다. 나는 내 자아의 지하방 속으로 자꾸만 숨어들었고, 그곳의 어둠 속에서만 평화를 느꼈다.

그리고 그 때문에, 혹은 그럼에도 불구하고, 나는 질감이 매우 깊고 끈적끈적한 외로움에 시달리곤 했다. 그 외로움은 동형의 형질을 가진 누군가를 갈구하는 내 욕망의 안쪽에, 또는 그 변두리에 몸을 웅크리고 있었다. 방안의 어둠 속에 몸을 감추고 있을 때 불쑥 쳐들어온 그 외로움에서는 이상하게 성욕의 냄새가 났다. 감상이 아니라 육체가 외로움을 타고 있다고 느꼈을 때의 그 난감함을 나는 잊지 못한다. 감상은 언제든지 사치스러울 수 있다. 감상으로라면 얼마든지 외로울 수 있다. 그러나 육체는 징그럽다. 육체적 외로움은 슬프고 욕스럽다. 그것은 성인의 외로움이었고, 그것이 내 몸에서 발산되고 있었기 때문에 나는 나에게 끔찍했다.

어떤 밤에 나는 내 어두운 '지하'의 방을 나와 가까운 강가로 나 갔다. 안다. 그 밤에 나는 유독 치욕스러운 육체의 외로움에 시달 렸다. 그 외로움을 어떻게 풀어야 할지 몰라 뒤척거리다가 나도 모르게 집을 나서곤 했다. 자취방을 나와 느릿느릿한 내 게으른 발 걸음으로 십 분쯤 걸으면 한강이 나타났다. 그리고 그곳에서 다시 십 분쯤 걷다보면 제1한강교 입구에 이를 수 있었다. 만들어진 지 가 꽤 오래된 투박한 아치형의 낡은 다리를, 역시 느릿느릿 걸어 십오 분쯤 가다보면 낮은 키의 초목이 우거진 아주 작은 섬이 나왔 다. 제1한강교로 연결된 손바닥만한 섬, 사람들은 그곳을 중지도 라고 불렀다. 다리를 건너 지나가는 사람들이 잠시 쉬어갈 수 있도 록 중간쯤에 만들어놓은 공간이었다. 하지만 그 짧지 않은 다리를 건너 지나가는 사람들은 어떤 사람들이었을까. 혼자서 그곳을 건 너가는 사람은 흔하지 않았다. 대부분 둘이거나 여럿이었다. 둘일 때는 젊은 남녀 한 쌍이었고, 여럿일 때는 아직 교복 차림이거나 교련복 바지를 입고 있는 남학생들이 대부분이었다.

중지도의 한가운데쯤에 파병 나온 전투경찰대의 검문소가 있었 고, 그 주변에 두어 개의 가로등이 세워져 있었지만, 그것으로 섬 전체를 밝히기에는 역부족이었다. 내 기억 속의 중지도가 대체로 어두운 것은 꼭 그 때문만은 아니다.

해가 아직 있을 때도 마찬가지지만, 해가 지기 시작하면 그 섬은 태초의 정원, 에덴으로 바뀐다. 금지되어 있기 때문에 더욱 유혹적인 금단의 열매를 만지는 남자와 여자들의 밀림. 그곳에 가면 되도록 불빛이 쳐들어오지 않는 풀밭이나 나무 그늘에 몸을 붙이고 앉아 있는 남자와 여자를 얼마든지 볼 수 있었다. 그리고 놀랍게도 그들 가운데 태반이 책가방을 옆에 낀 까까머리와 단발머리의 학생들이었다. 극장 출입은 말할 것도 없고 남녀 학생이 함께 분식점이나 제과점에 앉아 있는 것만으로도 정학 처분과 같은 중징계를 받아야 하던 상황을 감안하면, 이성 간의 접촉이 자유롭고 빈번하게 이루어질 수 있었던 중지도의 그와 같은 풍경이야말로 파격이고 유혹이었다. 그곳은, 사실은 데이트 장소라기보다는 헌팅 장소로 더 유명한 곳이었다고 나의 기억은 회상한다. 어둠이 내리기 전에 그곳에 몰려간 남학생들은 마찬가지로 둘씩 셋씩 무리 지어 나타난 여학생들과 짝을 맞춘다. 어둠이 상대방의 얼굴을 확인하지 못할 정도로 짙어지기 전에. 헌팅에 실패한 사람들은 밤이 더 깊어지기 전에 그곳을 떠난다. 물론 개중에는 그와 같은 상도常道를 저버리는 망나니들도 없지는 않았다. 망나니들은 밤늦게까지 섬을 휘젓고 다니며 고성방가를 하는가 하면, 데이트중인 아담과 하와를 괴롭히거나 더 나쁘게는 그들에게 봉변을 주기도 했다. 중지도가 크고 작은 불미스러운 사건의 흔적을 많이 지니고 있는 까닭도 이와 무관하지 않다.

밤이 깊은 시간의 중지도를 어슬렁거리면서, 서로의 몸을 밀착시키고 앉아 있는 남자와 여자의 희미한 실루엣을 훔쳐보면서, 그들이 주고받는, 무슨 뜻인지 잘 들리지 않는 나지막한 말소리에 애써 귀기울이면서, 나는 무슨 생각을 했던가. 간절하게 나와 동질의 표적을 가진 한 사람의 동지를 그리워했다. 그런 시간에는 이상하게 그 동지의 모습이 여성으로 그려졌다. 아마도 외로움 때문이었으리라. 열여덟의 몸에 달라붙은 질긴 외로움이 대극의 성을 그리워하게 한 것이리라. 저 어둠 가운데서 그녀가 아주 천천히 모습을 드러내며 내 앞에 나타날 것 같은 기대로 숨이 턱 막히는 경험을 하곤 했다.

그처럼 외로움을 주체하기 어려워질 때, 나는 가끔 풀밭에 벌렁 드러누운 채 하늘을 보곤 했다. 밤에 하늘을 보면 슬프다. 희뿌연 하늘의 한 지점에 필사적으로 들러붙어 있는 별들의 모습이 안쓰러워서 견딜 수가 없었다. 우주의 한복판을 빠르게 유영하다가 어느 순간엔가 갑자기 모습을 감춰버리는 유성 또한 슬프기는 매한가지였다. 그것들을 보면서 눈물을 흘리기도 했다. 하늘에 붙어 있거나 붙어 있다가 떨어지는 별들은 이 세상이 아닌 다른 세계의 존재를 상기시킨다. 나는 그 미지의 세계에 더 마음이 끌렸다. 그 세계에 거주하는 것들이 내 그리움의 대상이 되었다. 그러다가 나도 몰래 잠 속으로 빠지기도 했다. 그러다가 다리를 가로질러가며 질러대는 젊은이들의 노랫소리에 깨어 일어나기도 했다. 그러다가

터벅터벅, 다시 한강 다리를 십오 분, 강 입구까지 십 분, 집까지 십 분을 걸어서 돌아가기도 했다.

2-2

때로는 여자들이 내게로 다가오기도 했다. 마음의 심란스러운 기류를 견디지 못하고 학교가 끝나자마자 책가방을 든 채 곧장 그 곳으로 달려간 적도 있었는데, 책가방을 베고 풀밭에 누워 있을라 치면 사냥꾼들이 접근해 오는 것이었다. 여자 사냥꾼들, 그들은 특별하지 않았다. 남자 사냥꾼들이 특별하지 않았던 것처럼, 단지 금지된 열매의 향기에 매혹되어 사냥을 나온 호기심 많은 하와들에 다름 아니었다. 적어도 그때 나는 그렇게 생각했다.

그들 가운데 어떤 이들과 제법 긴 시간 동안 이야기를 나누기도 했다. 열여덟의 구체적인 외로움 때문이라고 하면 이해받을 수 있을까. 거기에 '동지'에 대한 일말의 기대심이 작용했을 수도 있다. 우리는 희미한 불빛에 서로의 얼굴을 반쯤 가리고, 밤바람을 맞아 가며 대화에 참여했다. 여러 가지 이야기들, 지금은 기억나지 않지만, 그 당시로서는 나름대로 심각하고 절실한 화제들이었을 것이다. 그러나 내 기억은 주장한다. 그들 가운데 어느 누구도 내 마음 속에 인상을 남기지 않았다. 동지는커녕 그들과의 대화에서 정신적인 만족을 느껴본 적이 없었다. 그들은 나와 너무 달랐다. 그들은 너무 잘 웃었고, 너무 말들이 많고 빨랐으며, 표정 또한 분방했다. 그런 모습에 나는 익숙하지 않았다. 익숙하지 않은 것들은 나를 두렵게 한다. 대화를 나누면서도 나의 정신은 그들을 완강하게 거부하고 있었다.

대화가 시작되고 얼마 지나지 않아 싫증을 느낀 나는 나를 밤의 중지도로 불러낸 몸의 외로움을 저주하고는 했다. 차라리 외로우라. 차라리 너의 지하의 방에 더 깊은 굴을 파고들어가 누우라⋯⋯ 속으로 그렇게 외치곤 했다. 그러고는 자리를 털고 서둘러 일어날 기회만을 노렸다. 고양될 대로 고양된 나의 오만한 자의식은 그들을 천박한 통속주의자로 매도하는 데 망설임이 없었다.

그들이 텔레비전 화면에 자주 얼굴을 비치는 무슨 가수의 이름을 대거나 영화배우의 사생활을 화제에 올릴 때, 텔레비전을 볼 기회가 없었던 나는 '텔레비전을 다 보느냐'는 식의 돌려차기로 상대방을 궁지로 몰아넣었고, 취미나 좋아하는 음식 이름 따위를 묻는 판에 박은 질문이 나올 때는 피식 어른스러운 미소를 지어 붙이고 말을 버림으로써 위상의 우위를 확보했다. 그러려고 했다. 그런 식의 대화중에 불쑥 내 게걸스러운 독서 버릇의 산물인 니체나 몽테스키외의 한 구절을 그럴듯하게 인용하여 상대방을 낭떠러지로 몰아붙이기도 했는데, 그것은 대화에 마침표를 찍는 내 나름의 방식이었다.

중지도의 첫번째 저녁 이후로도 몇 주일이나 몇 달쯤 관계가 지

속되는 경우가 없지는 않았다. 그러나 그 경우라도 여자에게 무슨 남다른 동질감을 느껴서는 아니었다. 단지 상대방 여자의 극성스러운 돌진이 그 이유일 뿐이었다.

2-3

이상할 것도 없는 일이지만, 내게 접근한 여자들은 동질성에 대해서가 아니라 이질적인 것에 더 많은 관심을 표명하고 나서는 성향을 보였다. 사람이 사람에게 유인되는 요인은 예나 지금이나 둘 중 하나이다. 나를 끌어당기는 상대는 나와 같거나 나와 다르다. 제3의 유인력을 나는 알지 못한다.

그녀들은 '나와 다르기 때문'에 이끌린다는 쪽이었다. 그것은 내가 그들에게 접근하는 것과 전혀 다른 길이었다. 내가 기대한 것은 동형질의 동지였다. 그런데 그들은 나의 이질성에 이끌린다고 말했다. 동질성 때문이 아니라 이질성 때문에 접근하는 그들을 내가 용납할 수 없었던 것은 너무 당연하다. 나는 그들이 너무 쉽게 달려드는 그 '이질적인 존재'를 향해서는 도대체 돌진하지 못한다. 두려움 때문이다. 나와 같지 않은 모든 이질적인 것들은 나를 두렵게 한다. 나는 그녀들로부터 동질성을 찾지 못해 피하기도 했지만, 또한 그들의 이질성과 친해지는 것이 두려워서 더욱 도망을 쳤다.

그럴 때면 생각은 한 가지로 몰렸다. 그들은 내 상대가 아니다. 내 상대는 따로 있다. 나는 단순한 말동무나 길동무가 아니라 정신의 동반자, 영혼의 동지를 기다리고 있다. 왜 그런지 모르겠지만, 나보다 나이든 여자와의 사랑을 숙명적인 것으로 예감하곤 하는 때가 바로 그런 순간이었다. 그렇다. 그 예감은 그렇게 내 속에서 오랫동안 숙성되어온 것이었다.

2-4

다감하고 부드러운 것들은 나를 떨게 한다. 나는 부드러움과 다감함 같은, 이를테면 여성적인 것을 감당할 자신이 없다. 감당할 자신이 없는 것은 그것이 내 속에 없기 때문이다. 그것이 내가 느끼는 나의 가장 큰 결핍이다. 큰 결핍은 큰 욕망의 산실이며 큰 욕망은 큰 두려움의 미끼이다. 내 또래의 여자아이들에 대한 나의 이율배반적 심리에 반영되어 있는 대로, 결핍 때문에 욕망하면서도, 그 욕망이 이루어져 내 속에 결핍이 채워질까봐 또 두려워했다.

전부는 아니라 하더라도, 어머니는 이 점에 책임을 져야 한다. 여성적인 것의 원형은 모성이기 때문이다. 모성이야말로 내가 오랫동안 체득하지 못한 나의 결핍의 핵심이며, 지금까지 내 사유와 행동을 실제적으로 지배하고 조종해온 동인 가운데 하나였음을 밝힐 필요가 있을 듯하다. 예컨대 이 기록의 첫 문장에서 일찌감치 드러낸 바 있는, '나보다 나이 많은 여자와의 사랑'이라는 그 이상한 예감이라는 것도 실은 그와 같은 모성 콤플렉스에 물꼬 하나를 대고 있다고 할 수 있겠다.

나는 한 달에 한 번, 고추장에 설탕을 넣어 볶은 돼지고기를 먹을 수 있었다. 어머니는 한 달에 한 번씩 내 자취방을 찾아왔다. 내가 학교에서 돌아와보면 내 방에 상이 차려져 있고, 볶은 돼지고기가 프라이팬째 상 위에 올려져 있고는 했다. 그리고 상다리에 허리가 눌려 달아나지 못하고 있는, 그러나 얼마 있지 않아 곧 제 길을 찾아 날아가버릴 몇 장의 지폐. 그것이 내 한 달 동안의 생활비였다. 그 두 가지, 상다리에 눌린 채 놓여 있는 얼마간의 돈과 프라이팬에 담겨 있는 달착지근한 돼지고기볶음이 어머니가 내 방에 다녀갔다는 흔적이었다. 무엇보다도 그 돼지고기볶음의 독특한 맛은 내 기억 속에 독특한 자리를 차지하고 있다. 지금도 나는 그 냄새에서 어머니를, 그리고 어머니에게서 그 냄새를 연상할 정도이다.

어머니는, 그런데도 만나기가 어려웠다. 학교에서 돌아와보면 어머니는 언제나 가고 없었다. 어머니는 내가 학교에서 돌아오기 전에 떠났다. 나는, 왜 그럴까? 하는 식의 의문을 한 번도 품지 않았다. 그것은 기차가 레일 위를 달리는 것처럼, 사과나무에 사과 꽃이 피는 것처럼 당연하게 여겨졌다. 어머니는 바빴고, 하루하루의 생활이 고달팠다. 하루 시간을 내서 서울에 올라오는 것도 쉬운 일이 아니었다. 더구나 어머니는 고속버스를 타고 두 시간이 넘는 ㅈ시까지 저녁 전에 돌아가야 했다. 일찍 떠나지 않으면 차를 탈 수 없었을 것이다. 아들이 학교가 파하고 돌아오는 시간까지 머무를 수 있는 시간도 여유도 없었을 것이다.

불쌍한 어머니. 우리는 이 땅에 잘못 내려진 겁니다. 불시착한 겁니다. 이곳은 나의 땅이 아니고, 당신의 땅도 아닙니다. 나는 어머니의 얼굴을 떠올려보려고 했다. 어이없게도 잘 되지 않았다. 어머니의 얼굴이 까마득했다. 볶은 돼지고기 냄새만이 머릿속을 가득 채울 뿐이었다. 어머니의 얼굴을 본 지가 너무 오래되었다. 그 사실이 나를 쓸쓸하게 만들었다. 어머니, 당신은 당신이 경작한 땅에 머무르셔야 합니다. 그것이 옳고 좋은 일입니다. 그러나 나는 아닙니다. 그 땅은 내가 머무를 곳이 아닙니다. 그 점은 나도 알고 당신도 압니다. 나의 땅은 다른 데 있습니다. 나는 당신에게로 가지 않을 것입니다.

3-1

그날 밤을 어떻게 잊을 수 있을까. 하늘은 시종 가느다란 비를 뿌리고 있었다. 국어 담당 선생은 안개보다는 굵고 이슬보다는 가는 비를 는개라고 분류했다. 그 분류에 따르자면 아마 는개비였을 것이다. 아침부터 그렇게 고운 결의 비가 흩뿌리더니 밤늦게까지 그치지 않았다. 무엇 때문이었는지, 나는 그 비를 맞으며 한강 다리를 건너갔었다.

밤늦은 시간이었다. 거리는 벌써 한산했고, 상가의 불빛들도 숨을 죽인 곳이 많았다. 아침부터 쉬지 않고 뿌려댄 빗줄기가 사람들을 일찌감치 방안으로 밀어넣은 것일까. 내가 찾아간 섬에도 다른 때와는 달리 사람들의 모습이 보이지 않았다. 총을 어깨에 메고 우의를 머리까지 뒤집어쓴 전투경찰 요원이 이따금씩 유행가를 흥얼거리며 지나다닐 뿐이었다. 나는 머릿속에 여러 가지 생각들을 굴리며 중지도를 한 바퀴 빙 돌았다.

에덴은 좁았다. 내 게으른 걸음걸이로도 섬을 한 바퀴 도는 데 이십 분이 걸리지 않았다. 그곳은 섬이라기보다는 정원이었다. 에덴이 실제로 그렇지 않았을까. 아무리 크다고 해도 그곳은 두 사람이 관리할 수 있는 크기 이상은 되지 않았을 것이다.

섬을 한 바퀴 돌았을 때 나는 총을 든 남자에게 검문을 받았고, 시간이 늦었으니 어서 빨리 집으로 돌아가라는 충고를 들었다. 한 바퀴 더 돌아보겠다는 나의 의견을 검문관은 묵살했다. 그는, 비도 오고 앉을 곳도 없는데 여기서 무얼 하겠다는 거냐고 나무랐다. 그래도 말을 들을 것 같지 않자 그는 잠시 이상한 눈빛으로 나를 쳐다보더니 허허 웃음보를 터뜨렸다. 어쩐지 그 웃음소리에서는 일부러 만들어낸 것 같은 가성이 느껴졌다.

나는 그렇게 웃는 사람을 하나 알고 있는데, 그자는 내가 다니고 있는 학교의 반장이었다. 상대방이 무슨 말만 하면 그저 허허 껄껄하고 웃음을 만들어 보이는 위인이었다. 특별히 반 아이들을 상대로 무슨 토론회를 이끌 때 그가 강단에 올라서서 시종일관 지어 보이던 그 웃음의 가면은 나를 몹시 역겹게 했다. 안된 말이지만, 나는 마음속으로 그의 얼굴을 향해 여러 차례 침을 뱉었었다.

그 웃음은 그의 단순성이나 쾌활한 성품 같은 걸 대변하는 대신 작자의 교묘하고 음침한 욕망을 시위하는 것처럼 보였다. 나는 이미, '저건 가짜다'라는 단정을 내리고 있었던 것이다. 적어도 나의 눈에는 그렇게 보였다. 그는, 내가 경계하고 경멸해 마지않는 저 뻔뻔스러운 '지상의 세계'를 대표하는 자였다. 그런 웃음을 만들어 보이는 쪽이 아니라 그 웃음을 그렇게 해석하는 내 쪽에 잘못이 있을지도 모른다. 그런 의견을 내놓을 사람이 아마 많을 것이다. 의심과 불신, 열등감, 그리고 시기와 질투…… 그 경우 나는 더없이 순진하지 못한 쪽에 서게 된다. 그리고 내가 순진하지 못하다는 것은 어느 정도 사실이기도 하다. 나는 순진성의 세계를 의식이 생기기도 전에 통과해버렸다, 라고 생각한다. 하지만 어쩔 것인가. 그와 같은 억지웃음이 나로 하여금 그 웃음을 짓기 위해 구겨졌던 뒷면의 표정을 자꾸 상기하게 하는 것을.

반장의 얼굴을 보면서 나는, 제 감정과는 상관없이 겉 표정을 저렇게 만들 수 있는 위인의 내면에는 무엇이 들어 있을까 궁금해하곤 했다. 그래서 나는 그런 웃음을 짓는 사람을 신뢰하지 않았다. 그런데 이 총을 든 검문관의 뜻밖의 웃음은 뭔가. 나는 솔직히 조금 당황했다. 왜냐하면 나는 그렇게 웃는 사람을 반장밖에 알지 못했는데, 그는 반장이 아니었기 때문이다.

"이런, 맨몸으로 다니니까 이렇게 젖잖니?"

작자는 내 머리 위에 손을 얹어 물기를 털어주기까지 했다. 나는 무의식중에 그의 손길을 피했다. 그가 다시 웃었다. 나는 한 발짝 뒤로 물러났다.

"허허, 그 자식, 생긴 건 안 그런데 의심이 꽤 많구나."

이번에는 나의 연약한 어깨를 짚고 옷에 묻은 물기를 쓸어내면서 작자가 말했다.

"가자, 불이 있는 곳으로. 가서 몸을 좀 녹이는 게 좋겠다."

나는 몸을 빼내려고 했다. 왜 그런지 그를 따라가고 싶지 않았다. 나는 고개를 저었다. 그러나 작자의 손이 나의 어깨를 꽉 잡고 있었다. 작자는 오른쪽에 메고 있던 총을 다른 쪽 어깨로 바꿔 걸고 오른쪽 팔을 내 어깨 위에 둘렀다. 작자가 뒤집어쓰고 있는 우의의 껄끄러운 감촉이 몸속까지 전해오는 듯했다. 작자의 팔에 장악된 어깨의 통증과 피부 속으로 그대로 전해지는 차가운 습기가 불쾌감을 더해주었다. 나는 그의 팔에 붙들려 따라가면서 뒤로 몸을 빼내려고 애써보았지만 잘 되지 않았다. 그는 힘이 셌고, 나는 힘이 없었다. 그리고 그 섬에는 인기척이 없었다.

작자가 나를 데리고 간 곳은 불이 있는 곳이 아니었다. 몸을 녹일 수 있는 곳이 아니었다. 그는 초소와는 정반대되는 방향으로 나를 이끌고 갔다. 나는 사태가 매우 바람직하지 않은 쪽을 향해 나아가고 있음을 직감했다. 나는 발을 멈추고 눈을 들어 작자를 쳐다보았고, 작자가 나를 내려다보며 슬며시 웃고 있는 것을 확인하고는 시선을 피했다. 나는 다시 팔을 빼내려 하면서 발에 힘을 주고 버텨보았다.

"허허, 그만 가고 싶은가보구나. 그러면 그렇게 하지 뭐."

작자는 그렇게 말하며 멈춰 섰다. 제법 크고 우람한 나무 밑이었다. 나뭇잎이나 가지에 맺혀 있던 큰 물방울들이 가끔씩 머리와 겉옷 위로 뚝뚝 떨어져내렸다. 여전히 어깨 위에는 그의 팔이 둘러져 있었고, 작자의 반대편 어깨에서는 총이 덜렁거리고 있었다.

"이거 먹을래?"

작자는 우의 속을 뒤적이더니 무언가를 꺼내 앞으로 내밀었다. 비닐봉지에 싸인 빵이었다. 나는 고개를 크게 저었다. 그는 허허, 한번 더 크게 소리를 내어 웃더니 덥석 깨물어 입에 넣었다. 그는 굉장히 빨리 먹었다. 두세 번 씹고는 곧바로 삼키는 모양이었다. 작지 않은 크기의 빵이 순식간에 사라져버렸다. 나는 그만 집으로 돌아가겠다고 말했다. 약간 더듬거렸을까. 아마 그랬을 것이다. 나는 내가 긴장하고 있다는 사실을 알아차렸다.

"암, 가야 하고말고. 내가 아까 그랬잖니? 너무 늦은 시간이니까 빨리 돌아가야 한다고."

작자는 그렇게 말하며 그때까지 어깨에 걸치고 있던 총을 나뭇가지에 걸어놓고 나를 마주보고 섰다. 그러고는 양쪽 손을 내 어깨 위에 얹었다. 그의 한쪽 손이 내 얼굴을 조심스럽게 만졌다. 그 손은 천천히 볼을 만지고 코를 만지고 귀를 만졌다. 나는 덜덜 떨면서, 의미 전달이 되지 않는 단속음만을 내고 있었다. 그가 내 입술에 손가락을 대고 조용히 하라고 했다. 나는 최면에라도 걸린 사람처럼 작자의 지시를 따랐다. 이윽고 작자는 내 얼굴 가까이 자신의 입을 가져왔다. 팥고물 냄새가 풍겨나왔다. 사람의 입에서 이렇게 악취가 날 수도 있는 것일까. 팥고물이 이렇게 역겨운 냄새를 풍길 수도 있는 것일까. 그 와중에서도 그 점이 궁금했다.

나는 그에게서 빠져나가기 위해 몸을 뒤틀었다. 꼼짝할 수가 없었다. 작자는 나를 붙잡고 있는 팔에 더 힘을 주면서 다른 쪽 손을 내 바지 속으로 집어넣었다. 나는 필사적으로 소리를 지르고 몸을 뒤틀었다. 그러나 작자의 힘을 감당할 힘이 내게는 없었다. 나는 굴욕과 수치심으로 견딜 수 없는 심정이 되어버렸다. 이렇게 되고 말 것이라는 불안이 늘 나를 따라다녔었다. 저들 세계의 이와 같은 폭력을 나는 언제나 두려워하였다. 나는 알고 있었다. 저들의 세계를 지배하고 통제하는 원리는 힘, 그것도 가시적이고 물리적이며 폭력적인 힘이다. 그 힘은 바깥의 사람, 예컨대 이방인을 향해 공격적으로 행사된다. 나는 그 힘의 세계에 나를 내밀 수 없었다. 나의 세계는, 적어도 그와 같은 힘의 원리를 신봉하지는 않기 때문이다.

사실은, 그렇다, 나는 그들의 세계를 경멸한 것이 아니라, 경멸 때문에 피한 것이 아니라, 두려워한 것이다. 두려워서 도망친 것이다. 그들과 가까워졌을 경우 예상되는 상처에 대한 두려움 때문에 되도록 접근조차 하지 않으려 한 것이다. 그것이 이유이다. 나는 이 '지상의 세계'의 공격성을 늘 가능성의 페이지에 적어두고 있었다. 따지고 보면, 무서워하면서도 역설적으로 기대했다. 그러나 내가 예감한 것이 이런 것이었던가. 아니었다. 나는 그 공격성이 어떤 형태를 가지고 들이닥칠는지 짐작하지 못했다. 막연하나마 이런 식은 아니었다.

나는 이 파격적으로 낯선 경험을 감당할 준비가 되어 있지 못했다. 나는 충격 때문에 신체가 빳빳하게 굳어지는 것을 느꼈다. 얼굴이 벌겋게 달아오르고, 눈동자가 금방이라도 튀어나올 것처럼 붉거져나오는 게 느껴졌다. 한꺼번에 버무려진 수치와 분노와 울분과 슬픔과 굴욕과 절망감이 그런 식의 신체 반응을 유도해냈다. 그리고 마침내 작자가 괴상한 신음소리를 내며 내 입술 사이로 냄새나는 혀를 들이밀었을 때, 굴욕감은 절정에 이르렀고, 나의 몸은 더이상 압박과 긴장을 견딜 수 없는 상태에 빠지고 말았다. 의식은 신체로 이어지는 끈을 스스로 끊었다. 몸이 허물어졌다. 작자가 놀라며 막대기처럼 빳빳해진 내 몸에서 황급히 손을 놓았다. 나는 빗물이 질퍽하게 고인 풀밭 위에 첨버덩 소리를 내며 떨어졌다.

어떤 책에서 나는 이 세상에서의 삶을 우리가 빠져나오려고 발버둥치는 악몽이라고 비유한 글을 읽었다. 제임스 조이스였을까. 어쩌면 아닐지도 모르고, 그일지라도 본래의 뜻에 왜곡이 가해졌을지 모른다. 기억은 사실의 편이 아니라 편들고 싶은 자의 편이다. 그러나 우리는 우리가 기억하는 것을 사실이 아니라는 이유로, 편들고 싶은 자를 편들고 있다는 이유로 거부해서는 안 된다.

진실은 사실보다 훨씬 포괄적이다. 내가 어떤 글을 읽다가 붉은 볼펜으로 줄을 그었으며, 그 붉은 줄을 여태 머릿속에 가지고 있다는 사실이 중요하다. 무슨 뜻이냐 하면, 그 책의 저자가 조이스라고 할 때, 제임스 조이스를 빌려서 내가 발언한다는 뜻이다. 조이스를 읽음으로써 비로소 세상이 악몽임을 깨달은 것이 아니다. 나는 붉은 볼펜으로 줄을 그었다. 그것은, 그를 알기 전부터 이 세상에서의 나의 삶이 바둥거리는 악몽에 다름 아님을 의식하고 있었다는 의미이다. 그러니까 실은 제임스 조이스를 빌려 내 말을 하고 있는 것이 아니라, 제임스 조이스에게서 내 말을 발견한 것이다. 그가 내 말을 먼저, 대신 해버린 것이다.

그 말들은, '내 말'의 대언일 때만, 진실로 의미를 가진다. 그 밖에 다른 글들은 쓰레기거나 허수아비이다. 쓰레기는 용도가 폐기되어 버려진 것이고, 허수아비에게는 아무도 말을 걸지 않는다.

삶, 곧 악몽, 눈뜨고 꾸는, 그래서 더 끔찍한.

3-3

나는 왔던 길을 돌이켜 한강 다리를 아주 느리게 걸어갔다. 옷은 엉망으로 젖어 있었다. 군데군데 흙탕물도 묻어 있었다. 그러나 나는 개의치 않았다. 그런 것 따위에 관심을 기울일 기분이 아니었다.

도대체 그곳에 얼마나 오래 누워 있었을까. 알 수 없었다. 나는 시계를 가지고 있지 않았고, 주변은 그저 깜깜하기만 했다. 낮잠을 자다가 악몽을 꾸고 난 것처럼 머릿속이 무거웠다. 깨고 나서도 나는 내가 어디에 어떤 모양으로 어째서 쓰러져 있는지 곧바로 깨달을 수 없었다. 주변을 둘러보았고, 크고 우람한 나뭇가지 사이로 펼쳐진 검은 하늘을 올려다보았다. 당연히 별은 보이지 않았다. 온몸이 축축했다. 나는 손바닥으로 얼굴을 쓸어보았다. 물방울들이 후드득 소리를 내며 떨어져내렸다. 이곳이 어디인가. 나는 어디에 있는 것인가……

나는 문득 공기가 잘 통하지 않는 습기 찬 무덤 속에 갇혀 있는 자신을 상상했다. 비좁고 축축하고 깜깜한 이 무덤 속에 갇힌 나는 그러면 시체인가. 확인이라도 하려는 것처럼, 천천히 몸을 일으켜보았다. 등줄기를 타고 물이 주르륵 흘러내렸다. 나는 추위 때문에 몸을 부르르 떨고 재채기를 했다. 그제야 사태의 윤곽이 서서히 떠올랐다. 새삼스럽게 치미는 치욕과 분노로 얼굴이 붉어졌다.

나는 다시금 주변을 둘러보았다. 나를 굴욕의 구렁텅이로 몰아넣었던 작자는 보이지 않았다. 그는 충격을 받고 의식을 잃은 나를 비가 내리는 풀밭에 그대로 방치하고 달아나버렸다. 그는, 내가 죽은 것으로 단정한 것일까. 그래서 겁을 집어먹고 몸을 피해버린 것일까. 그렇게 생각되면 그렇게 해야 하는 것일까. 그래도 되는 것일까. 작자의 행동은 어떤 이유로도 정당화되지 않는다. 그러나 나는 그런 문제를 심각하게 고려하고 있지 않았고, 그러고 싶지도 않았다.

그 상황에서 내가 취할 수 있는 유일한 방법은 현장으로부터 도망치는 것이었다. 이 벌거벗은 폭력의 세계로부터 벗어나, 어떻게 해서든 빨리 안온한 내 방의 세계로 들어가는 것이었다. 나의 어두운 방 안에 몸을 눕히고 할 수 있는 한 깊이 침잠하는 것이었다. 그것만이 내가 원하고 잘할 수 있는 유일한 길이었다. 나는 부들부들 떨리는 몸을 잔뜩 웅크리고, 약간 비틀거리기까지 하면서 굴욕의 섬을 가로질러 건너갔다.

차도가 텅 비어 있었다. 도대체 시간이 어떻게 되었을까. 지나가는 자동차들이 전혀 보이지 않는 차도는 생각보다 밤이 많이 깊었다는 것을 알려주었다. 다리 난간에 몸을 기대고 걸으면서, 어쩌면 벌써 통금 시간이 지나버렸을지 모른다는 생각을 했다. 그때까지 나는 통금 이후의 시간에 거리를 배회해본 적이 없었다. 통금 이후 시간의 통행은 금지된 사항이었지만 나는 밤늦은 시간의 거리에 유혹을 느낀 적이 없었다. 그 생각지 못한 통금 위반을, 어쩌면 오늘, 드디어 내가 감행하고 있는지도 모른다는 생각 속에는 야릇한 기분이 숨어 있었다. 법을 범하는 일은 얼마나 감미로운가. 길이 아닌 곳에 길을 내며 걸어가는 자는 얼마나 숨이 가쁘겠는가.

나는 서서히 몰려오는 추위 때문에 몸을 덜덜 떨면서 파랗게 언 입술로 중얼거렸다.

"나는 이 세상에 잘못 보내졌다. 나는, 지금, 너무 외롭다."

그렇게 신파조로 발음하는 순간, 나는 정말로 걷잡을 수 없는 외로움이 거대한 물결이 되어 전신을 감싸는 느낌에 사로잡혔다. 나는 다시 한번 그 문장을 입속에서 굴려보았다. 나는, 너무, 외롭다. 그러자 왈칵 눈물이 쏟아져나오려고 했다. 나처럼 이 세상에 잘못 보내진 나의 형제, 나와 동일한 표적을 소유한 나의 동지, 나와 원형질이 같은 단 한 사람에 대한 그리움으로 가슴이 미어지는 듯했다. 그 미지의 대상을 향한 그리움에 떠밀려, 턱도 없는 기대를 품고 이 치욕의 섬으로 기어들곤 했었다. 그 그리움이 지울 수 없는 굴욕을 체험하게 했다는 사실을 인정하기가 어려웠다. 너무 부끄럽고 안타까워서 견딜 수가 없었다. 나는 다리 난간을 붙잡고 서서 출렁이는 검은 강물을 향해 마구 소리질렀다. 슬프고 외로운 짐승의 외마디 울부짖음이 길게 꼬리를 늘이며 수면 위를 달려갔다.

3-4

그것은 예정된 일이 아니었다. 세상에 예정된 일이 어디 하나나 있을 것인가. 내 삶에 관심을 기울이고 있는, 나보다 큰 어떤 존재를 상정하지 않고는 예정표를 이야기할 수 없다. 그런데 나는 그런 존재를 알지 못했다.

거듭 말하지만, 그것은 전혀 예정된 일이 아니었다. 언제나 상황이 더 힘이 세다. 어떤 일은 예정 없이 일어나지만, 그러나 그 일이 일어날 만한 상황은 있게 마련이다. 특정한 상황이 특정한 목적지를 향해 사람을 내모는 것이다. 굳이 말하자면 내게도 상황은 있었다. 중지도에서의 어처구니없는 사고, 빗길의 배회, 그리고 무엇보다 통금 시간의 쫓김.

다리를 다 건너기도 전에 나는 내가 금지된 시간 속을 걸어가고 있다는 걸 깨달았다. 차도에는 차가 없었고, 인도에는 사람이 없었다. 맹랑한 호루라기 소리만 밤하늘에 요란한 선을 그으며 재빠르게 날아가곤 했다. 호루라기 소리만이 홀로 당당했다. 통금은 그런 시간이었다. 몸도 머리도 엉망이었다. 몸은 추위 때문에 덜덜 떨렸고, 머리는 수치심과 울분으로 형편없이 헝클어져 있었다. 나는 이제 막 물속에서 건져져올려진 꼴을 하고 있었다. 발은 걷고 있었지만, 의식은 제자리걸음을 되풀이하고 있었다.

내가 처한 상황을 일깨워준 것은 그 당당한 호루라기 소리였다.

호루라기 소리는 현실의 소리였다. 그 소리가 나로 하여금 현실의 상황에 대처하라고 지시했다. 하지만 어떻게? 나는 통금 이후의 호루라기 소리를 그때 처음 들었는데, 그것은 공포를 동반하고 있었다. 그 소리는 내게 무서움의 전령처럼 들렸다. 예측할 수 없었던 무서움. 나는 그 즉시 내가 느끼는 무서움의 근원을 이해하고 말았다.

그 호루라기 소리는 이 세계의 법을 대변하고 있었다. 내가 알고 있는 한 법은 모든 공포의 출처였다. 왜 그런가. 법의 배경에 폭력이 둘러서 있기 때문이다. 그 순간 내 눈앞으로 중지도의 총을 든 군인이 불쑥 뛰쳐나왔다. 그자는 한쪽 어깨에 걸친 총을 철커덩거리면서 호루라기를 불고 있었다. 작자가 여기까지 나를 쫓아온 것일까. 그럴 리 없는데도 나는 눈앞에서 호루라기를 부는 그자를 보고 있었다. 욕심껏 불어대느라 보기 흉하게 불룩해진 그 남자의 볼이 혐오스러웠다. 그 혐오스러운 볼, 그 냄새나는 입으로 힘껏 불어대는 호루라기 소리가 나를 견딜 수 없게 했다.

나는 앞만 보고 마구 뛰었다. 잡히면 안 된다는 강박감이 나를 앞으로 내몰았다. 차도도 인도도 따로 없었다. 겉옷에 배어 있던 빗물이 뚝뚝 떨어져내렸다. 어쩐 일인지 한쪽 다리가 말을 잘 듣지 않아 비틀거렸고, 숨이 턱에 차서 헉헉거렸다. 금방이라도 쓰러질 것 같았지만 나는 필사적으로 내달렸다. 나는 알지 못했다. 그와 같은 필사적인 내달리기가 화근일 수 있음을. 멀리서 들리던 호루라기 소리가 아주 가까이에서 들려왔다. 다급한 발소리도 가세했다. 내 발소리가 아니었다. 그러나 그것은 어쩌면 내가 부른 것이었다. 통금 시간에 거리를 내달리는, 이 비에 흠뻑 젖은 남자를 수상하게 생각하지 않을 사람이 어디 있겠는가. 나는 겁에 질려 내달렸다.

나를 뒤쫓는 호루라기 소리가 아주 가까이까지 접근했을 때, 나는 제법 큰 건물의 담을 막 돌아가고 있었는데, 숨이 너무 차서 더 이상 달리기 어려운 상태가 되어 있었다. 당장이라도 아무데나 쓰러져버리고 싶었다. 나는 본능적으로 주변을 두리번거렸다. 그 건물 한쪽에 붙은 조그만 쪽문이 눈에 들어왔다. 나는 거의 무의식적으로 몸을 부딪쳐보았다. 운좋게도 문은 잠겨 있지 않았다. 나는 탄환처럼 문안으로 쏠려들어가 바닥에 박혔다. 나는 헉 소리와 함께 빗물이 고인 시멘트 바닥에 찌그러진 깡통처럼 쓰러졌다. 숨을 헐떡거리면서 나는 눈앞에서 하늘이 하얗게 연소되어가는 그림을 보았다. 머릿속이 몽롱해지고 가슴속이 무엇인가로 막힌 듯 답답했다. 의식이 가물가물한 속에서도 호루라기 소리가 조금씩 멀어져가는 걸 느낄 수 있었다.

3-5

'거듭 말하지만, 그것은 전혀 예정된 일이 아니었다. 예정한 것이 있다면, 그것은 상황일 것이다'라는 취지의 글을 나는 썼다.

그럴까. 나는 문득 내가 앞에서 쓴 문장을 바꾸고 싶어진다. 나의 은밀한 욕망은, 이제야 갑자기, 내 삶의 예정표를 쥐고 있는 한 큰 존재를 상정하고 싶어한다. 그것은 이 뜻밖의 행운을 기껏해야 우연의 다른 이름에 불과할 상황의 자리로 떨어뜨리고 싶지 않기 때문이다. 보다 확고한 기반 위에 자신의 행운을 올려놓고 싶은 욕망이 신적 초월자를 요청한다. 이 세상과 우리의 삶을 지도처럼 들여다보고 있는 신적인 존재가 특정한 시간과 공간이 만나는 좌표에 나를 보냈다. 내가 여기 이런 모습으로 나타난 것은 그 큰 존재의 배려에 의해서이지 맹목적인 상황에 이끌린 때문이 아니다. 따라서 이 일은 우연히 발생한 것이 아니고, 그러므로 우연히 사라질 수도 없다. 보다 견고하고 확고하고 큰 의지가 작용하고 있다……는 식으로.

내가 쓰고 있는 이 글의 가장 큰 약점은 진부하고 두서없는 허사에 너무 많은 지면을 할애하고 있다는 데 있다. 좀처럼 앞으로 나아가지 않고, 자꾸 멈칫거리는 문장들은 나의 소극적인 의식의 투사이다. 나의 문장들처럼 나의 의식 또한 멈칫거리고 있는 것이다. 그것은 게으름과는 다르다. 그러나 그런 식의 이유를 내세워 변명을 늘어놓고 있을 계제가 아니다. 독자들은 작가의 내면까지 헤아려줄 정도로 관대하지는 않다. 사정이야 어쨌든 나는 너무 오랜 시간 동안 한자리에 머물러 있었다. 시간은 흘러야 하고 문장은 앞으로 나아가야 한다.

나는 어떤 소리인가를 들었다. 바닥에 누운 채로 나의 귀는 한동안 호루라기 소리를 쫓고 있었는데, 그 소리가 점차 멀어져가면서 답답하게 막혔던 가슴이 조금씩 풀려나가는 듯했다. 어디선가 개 짖는 소리가 희미하게 들려왔다. 나는 안도의 한숨을 몰아쉬고 하늘을 올려다보았다. 검은 하늘에는 당연히 별이 없었다. 어떤 음악 소리인가가 들려온 것은 그 순간이었다. 희미한 의식의 그물망 사이로 아주 맑고 고운 피아노 소리가 흘러들어왔다. 나는 하늘에서 별을 찾고 있었는데, 찾는 별은 보이지 않고 느닷없이 피아노 소리가 들려왔다. 나는 그 음악소리를 별이 내는 소리로 착각했다. 순간적이지만 하늘 어딘가에 숨어 있는 별이 신호를 보내온 것처럼 여겨졌다.

나는 귀를 모았다. 어쩌다 한 번씩 건반을 누르는 것 같은 매우 느린 곡조의 음악이 멀지 않은 곳에서 연주되고 있었다. 물론 나는 그 음악이 무슨 곡인지 알지 못했다. 어쩐지 귀에 익은 곡이라는 느낌은 없지 않았지만, 그러나 들은 적이 없는 곡이었다.

귀에 익은 듯하다는 느낌이야말로 음에 대한 나의 둔감함을 실토하는 표현에 다름 아니다. 예컨대 그 느낌은 서양인의 눈에 동양인들의 얼굴이 분간되지 않는 것과 동일한 수준인 것이다. 그들의 눈에 동양인은 그놈이 그놈이고, 나의 귀에 음악들은 그놈이 그놈이다. 지금이나 그때나 음악은 내게 재빨리 스쳐지나가는 일과성의 인상일 뿐이다. 지금까지 살아오면서 수없이 많은 종류의 음악을 의식적으로, 혹은 무심결에 들었다. 그러나 그것들은 내 귀를 빠르게 스쳐지나가고, 그러고 나면 그것으로 끝이다. 내 기억은 그 많은 곡들을 재생하지 못한다. 그 운명과도 같은 날 밤에 들었던 단 하나의 피아노곡을 빼고는.

그 시간의 모든 것들은 너무나 선명하게 내 기억에 박혀서 빠져나가지 않는다. 심지어 음악까지도. 기억 속에 화석처럼 박힌 그것들은 신화로 발효한다. 기억이란 신화의 공간일 것이다. 그 공간 속에 박힌 화석들은 얼마나 신비로운가. 지금 나는 그 화석 가운데 하나를 꺼내어 '신비로운 음악'이라고 발음하고 있다. 그러면 현명한 독자는 혀를 끌끌 차며, 모든 화석들은 어차피 신비로운 것을, 그것이 신비로운 것은 화석이기 때문인 것을, 기억의 공간에서 발효된 신화의 힘 때문인 것을, 하고 지적할 것이다. 그럴 줄 알면서도 나는 고개를 젓고, 고집스럽게 화석 이전의 신비를 이야기한다. 이것은 화석의 신비가 아니라, 신비의 화석이다. 화석이 되어 신비를 시늉하는 것이 아니라 신비가 그대로 화석으로 굳어 오늘에 이른 것이다.

과장이 아니다. 나는 바닥에 누운 채 그 피아노 소리를 들었는데, 그 음악은 너무 깊고 경건하고 신비로웠다. 손이 아니라 영혼으로 건반을 누르는 듯했고, 그 선율 속에는 음이 아니라 혼이 춤을 추고 있는 듯했다. 거의 이 지상의 소리가 아닌 것 같았다고 하면 느낌이 제대로 전달될 수 있을까. 하마터면 무릎을 꿇을 뻔했다. 오래지 않아 몸을 일으키고 피아노 소리가 들려오는 쪽을 향해 최면에 걸린 사람처럼 걸어갔다. 음악은 그때 처음으로 나를 이끌었다. 그랬다. 처음으로, 나는 음악에 이끌렸다. 그 음악소리가 품고 있는 지상적이지 않은 분위기, 그것이 참된 유인의 동기였다.

악기 소리는 희미한 불빛이 새어나오는 안쪽 건물에서 들려오고 있었다. 이 늦은 시간에 피아노 건반을 누르며 저렇게 깊고 경건하고 신비로운 음악을 연주하는 사람이 누구일까. 그 사람이 참으로 궁금했다. 소리가 새어나오는 건물을 향해 걸어가면서 나는 비로소 그 건물 꼭대기에 세워진 십자가를 보았다. 십자가는 검은 하늘을 배경으로 홀로 서서 쏟아지는 비를 상대로 싸우고 있었다. 그 모습이 어쩐지 비감해 보였다.

창가로 다가가 유리창을 통해 안을 들여다보았다. 넓은 실내에 긴 의자들이 나란히 줄을 이루고 있었다. 천장 이곳저곳에 달린 구형球形의 전등들 가운데 앞쪽 두 개에만 불이 들어와 있었다. 피아노는 그 전등 바로 아래 비스듬하게 놓여 있었고, 피아노 앞에는 한 사람이 얌전히 앉아 있었다. 밤색의 헐렁한 스웨터 위로 머리를 길게 늘어뜨린 옆모습이 흡사 그림처럼 보였다. 여자였다. 건반을 두드리는 손의 움직임에 따라 아주 느리게 상체가 좌우로 흔들렸고, 그 가느다랗고 긴 손가락이 움직일 때마다 맑고 그윽한 음악이 꽃처럼 피어났다. 그녀의 손은 아름다운 꽃을 피워올리는 길고 푸른 가지였다. 나는 그곳으로부터 돌연 향기를 맡았다. 향기는 나의 뇌수로 파고들어와 마취시켰다. 나는 넋을 잃고 그 향기에 몰두했다.

그녀는 오랫동안 피아노 앞을 떠나지 않았다. 그녀가 피아노 앞을 떠나지 않았으므로 나 역시 창가를 떠나지 않았다. 그녀는 피아노 건반만 응시할 뿐 뒤도 돌아보지 않았다. 나 역시 한눈을 팔지 않았다. 독특한 분위기를 풍기는 그녀의 피아노곡은 끊이지 않고 이어졌다. 나의 내면 깊은 곳의 선線이 피아노의 음을 따라 민감하게 울리는 걸 나는 느꼈다. 나의 내면에 오랫동안 방치되어 있던, 조율되지 않은, 그러나 언제든 조율되어 함께 울리기를 기다리고 있던 낡은 선이 마침내 제대로 음을 만난 거라고 나는 서둘러 생각했다. 선율은 깊고 그윽했고 탄력이 있었다. 그것들은 무겁게 아래로 깔려 공기들을 받치고 있었다. 나는 그 위에 의식을 누이고 황홀해했다. 그 선율의 탄력적인 움직임은, 이상했다, 나로 하여금 내 방의 깊고 아늑한 어둠 속에 푹 파묻혀 있는 듯한 기분을 느끼게 했다. 그처럼 편안했고, 놀랍고 안락했다. 나는 뜻밖에 만난 감격 때문에 하마터면 눈물을 흘릴 뻔했다.

3-6

어떻게 된 일일까. 그곳으로 들어간 기억이 없는데, 그녀가 피아노 뚜껑을 닫고 일어날 때 나는 예배당의 맨 뒤쪽 긴 의자 하나를 차지하고 앉아 있었다. 조용히 일어선 그녀는 의자를 안으로 밀어넣고 돌아섰다. 그 얼굴은 희미한 불빛 아래서도 너무 희고 깨끗하게 보였다. 그녀가 서 있는 곳에 둥그렇게 운무가 생기고 그녀는 흡사 그 위에 떠 있는 것 같았다. 나의 눈은 그 모습을 보고 있었다. 그러나 귀는 여태 피아노 소리를 듣고 있었다. 피아노의 선율이 만들어낸 편안한 소파 위에 의식을 누이고 나는 긴 시간 내면 깊이 침잠해 있었다.

그녀는 피아노를 지나 옆으로 걸어갔다. 그녀가 다가가는 곳에 조그만 쪽문이 있었다. 그 문 곁에 전등 스위치가 보였다. 그녀의 손이 전등을 끄기 위해 벽을 더듬었다. 나의 눈은 그 모습을 보고 있었다. 나는 그 순간 그녀가 불을 끄기를 바랐을까. 아니면…… 말할 수 없다. 내 속에는 두 가지의 소망이 같이 있었다. 나는 그녀가 불을 끄기 전에 이 뒷좌석에 앉아 있는 내 모습을 보아주기를 바랐다. 그런가 하면 제발 나를 보지 말고 그냥 돌아가주었으면 하는 바람도 있었다. 항상 큰 욕망이 이긴다. 일의 결과는 어떤 욕망이 더 컸는가를 증거한다. 그녀는 한 손으로 벽을 더듬다 말고 문득 고개를 돌려 실내를 둘러보았다. 서서히 움직이던 눈길이 한곳에서 멈추었다. 내가 앉아 있는 쪽이었다. 나는 나도 모르게 목을 움츠렸다. 이 종잡을 수 없는 마음의 움직임을 어쩔 것인가. 나는, 그 순간 어떤 민감한 동물들처럼 주변 색으로 몸의 색깔을 바꿀 수 있다면 그렇게 하고 싶었다.

그녀가 나를 보았을까. 나는 내 주변의 어둠에 도움을 청하고 움직임을 멈췄다. 심상치 않은 기척을 느꼈던 것일까. 그녀는 좀더 주의를 집중하여 이쪽을 살피는 눈치였다. 긴 시간은 아니었다. 그녀는 다시 벽을 더듬어 스위치를 만졌다. 앞쪽 전등이 꺼질 거라는 기대와는 달리 내 머리 위의 전등에 불이 들어왔다. 전등은 잠에서 갑자기 깨어나기가 싫은 듯 몇 차례 깜박거리기를 되풀이하다가 겨우 켜졌다. 나는 갑작스러운 빛의 기습에 놀라 눈을 감았다. 눈을 꼭 감은 채로 움직이지 않고 그 자리에 그대로 앉아 있었다. 땀과 비에 젖은 흉한 몰골을 불빛에 적나라하게 드러낸다는 사실이, 그리고 그녀가 환한 불빛에 드러난 나의 적나라한 모습을 숨김없이 볼 거라는 사실이 나를 부끄럽게 했다. 부끄러움 때문에 나는 움직일 수 없었다. 신체만이 아니라 의식 또한 무엇에 사로잡힌 듯 꼼짝을 하지 않았다.

발소리는 들을 수 없었다. 그러나 나는 이윽고 그녀가 내 곁에 와 섰다는 걸 알아차렸다. 내게로 다가온 것은 어떤 향기였다. 자극적이지 않으면서 사람을 사로잡는, 깨끗하고 순수한 빛깔의 향기를 나는 맡았다. 들판을 달리다가 넘어져 풀꽃에 코를 박고 엎드렸을 때 저런 향내가 났다. 어느 신새벽 산사에서 잠을 설치고 창문을 열었을 때 불어오는 바람 속에 저 향내가 섞여 있었다. 그 향기의 유혹은 얼마나 아득하던지. 얼마나 형언할 수 없는 절망의 심연에 빠뜨리던지. 나는 그때 알았다. 순수야말로 가장 큰 유혹이라는 것을. 순수한 것일수록 참기 힘든 유혹이 된다는 것을. 수도자들은 어떤 사람들인가. 가장 큰 유혹에 매혹당해 작고 사소한 유혹들을 버린 사람들이 아닌가. 유혹과 싸우는 자들이 아니라 유혹에 투항한 자들이 아닌가. 하나의 큰 유혹에 항복함으로써 사소한 여러 유혹들을 일거에 무찌른 자들이 아닌가. 그녀의 향기는 내게 그런 사념들을 불러일으켰다.

향기는 그렇게 내게로 왔다. 곱고 맑은 방울소리를 딸랑거리며 그렇게 내게로 다가왔다. 나는 아주 가까이에서 그 향기를 느꼈다. 그러나 눈을 뜰 수가 없었다. 그녀가 바로 앞에서 나를 내려다보고 있다는 상상만으로 정신이 아득해왔다. 숨이 턱 막혀서 호흡도 제대로 할 수가 없었다. 나는 더 힘을 주어 눈을 질끈 감았다. 눈을 뜨고 싶지 않았다. 설명할 수 없는 평화로움이 나를 감쌌다. 나는 음악과 향기 속에 뒤섞여 혼몽해졌다. 음악과 향기와 자의식의 혼연일체. 어이없게도 나는 그곳에서 신비를 체험했다.

그렇게 잠이 들었던가. 어이가 없다. 내가 다시 눈을 떴을 때, 천장에 달린 전등은 처음 이곳에 들어왔을 때처럼 맨 앞쪽 두 개만 켜져 있었고, 나보다 앞에 있는 의자들에는 사람들이 앉아 조는 듯 머리를 앞뒤로 흔들고 있었다. 이삼십 명쯤 될까. 대부분이 중년 이상의 여성들로 보였지만 남자들도 없지 않았다. 그들은 조는 것이 아니었다. 그들의 입에서 웅얼거리는 소리가 새어나오고 있었다. 그들이 기도를 하고 있다는 걸 알 수 있었다. 뒤늦게 들어와 내 곁을 스쳐지나 앞자리로 나가는 사람도 있었다. 그렇다면 새벽 네시가 지났을 것이고, 통금도 풀렸을 것이다. 나는 기도를 하느라 고개를 숙이고 있는 사람들을 둘러보았다. 한번 휙 스쳐보는 것만으로도 그녀가 없다는 사실을 확인할 수 있었다. 나는 혹 꿈을 꾸었던가, 하고 중얼거려보았다. 그러고는 곧 고개를 세차게 저었다. 꿈이라기엔 그 깊고 신비스러운 분위기의 선율과 아득하고 순수한 향기의 여운이 너무나 선명했다.

4-1

어떤 일의 시작에는 책임질 수 없는 부분이 있다. 누구도 책임질 수 없는, 뻥 뚫린 동굴과 같은 캄캄한 영역이 있다. 그 영역에 발을 들여놓은 적이 있는 사람은 고개를 설레설레 흔들며, 또는 공연히 헛기침을 하며 운명이라고 말한다. 그것은 운명적인 시작이었다고 말한다. 우리들의 운명적인 만남은 그렇게 시작되었던 것이다, 하는 식이다. 운명적이라고 발음하는 순간처럼 운명적으로 보이는 경우가 또 있을까. 문제는 그것이 운명이 아니라, 운명적이라는 데 있다. 우리는 운명을 보여줄 수 없다. 그러나 운명적인 것은 얼마든지 보여줄 수 있다. 운명은 여기 있거나 저기 있는 것이 아니라, 운명이라고 발음하는 그 자리에 있다. 운명으로 인식하는 자리에, 그 순간에 그 사람의 운명이 그야말로 '운명적으로' 깃드는 것이다. 삶은 인식과 해석의 장場인 까닭이다.

사흘을 앓고(약국에서 지은 약은 터무니없이 독해서 밤낮없이 혼몽한 잠 속으로 밀어넣었다. 학교도 이틀 빠졌다. 한나절은 양호실에 누워서 보냈다. 양호 선생은 약도 주지 않고 책상에 앉아 껌을 씹으며 여성지를 뒤적였다. 여성지 표지에는 한참 인기 있는 여자 탤런트가 뇌쇄적으로 웃고 있었고, 그 오른쪽과 왼쪽과 아래에는 잡지에 실린 기사의 제목들이 빨갛고 파랗고 샛노란 색깔의, 굵고 가는, 고딕과 명조체의 글자들로 뽑혀 나와 있었다. 그 가운데 유독 큰 글자로 뽑힌 제목이 눈에 들어왔다. 'LIKE A VIRGIN 첫날밤, 처녀처럼 보이기 위한 테크닉.' 아직 미혼인 양호 선생이 꼭 그 기사를 읽고 있으리라는 법이 없는데도 나는 공연히 얼굴이 붉어졌다. 나는 그녀의 얼굴을 피했다), 다시 밤이 되었을 때 나는 교회당에 있었다. 억제할 수 없는 힘이 내 등을 떠밀었다. 약기운에 떠밀려 나락을 알 수 없는 잠의 벼랑으로 떨어져내리면서도 나는 시종 그 피아노곡을 듣고 있었다. 희고 긴 손가락이 춤추듯 너울거리며 건반을 누르는 모습을 보고 있었다. 나는 그때부터 그곳에 있었다.

예배당 안은 어두웠고 조용했다. 집에서 나올 때 확인한 시간은 아홉시에서 이십 분쯤 지나 있었다. 중간에서 조금 머뭇거리긴 했지만, 아직 열시 전일 것이다. 나는 문 쪽에서 가장 가까운 맨 뒷자리를 차지하고 앉았다. 지난밤에 앉았던 그 자리였다. 어두운 예배당 안의 깊은 정적이 기분을 묘하게 만들었다. 쉽게 설명하긴 어렵지만, 특별한 어떤 공간에 들어선 느낌이었다. 나는 고개를 돌려 내가 들어온 문을 보았다. 육중한 중량감을 지닌 나무문은 앞뒤로 천천히 왔다갔다하더니 이내 움직임을 멈췄다.

그렇게 닫힌 문은 내게 이상스러운 단절감을 불러일으켰다. 그 문은 특별한 하나의 공간을 다른 공간으로부터 차단하는 문이었다. 그 공간에, 나는 내 손으로 직접 문을 열고 들어선 것이다. 그 문을 열고 닫는 순간 나는 일상의 공간으로부터 끊어져나갔음을 의식했다. 의미나 차원이 전혀 다른, 아주 낯선 공간에 들어섰음을 깨달았다. 모든 것이 달라지고 새로워진 듯한 느낌도 가세했다. 그것은 이전에 해본 적이 없는 놀랍고 경이로운 체험이었다.

나는 비로소 성聖의 뜻을 이해할 것 같은 심정이 되었다. 인도인들은 평범한 바윗덩이에 붉은 고리를 걸어놓음으로써 그 바위를 성별聖別시킨다고 한다. 붉은 고리에 무슨 특별한 힘이 있어서는 아니다. 그것은 그저 붉은색의 평범한 고리일 뿐이다. 그러나 그 붉은 고리가 그 바위를 성역이라고 선언함으로, 그 순간부터 그 바위는 거룩한 바위로 화한다. 성은 속俗의 한복판에, 하나의 문으로 구별되어 있었다. 문은 '붉은 고리'와 같다. 문을 열고 들어가면 전혀 다른 세계가 나타나는 것이다.

어둠은 얼마나 성에 가까운가. 낮의 번잡함이 야기하는 세속의 삶과 이 밤의 고요는 얼마나 다른가. 나는 성스러운 어둠 속에 몸을 의지하고 앉아 오랫동안 기다렸다. 앞을 보고 있으면서도 나의 온 신경은 등뒤로 쏠려 있었다. 내가 그런 것처럼, 손으로 저 문을 밀치고 들어설 한 여자를 나는 기다렸다. 그녀는 오랫동안 나타나지 않았다. 통금 사이렌이 울리지 않을까 걱정될 정도로 상당히 많은 시간이 흘렀을 때, 나는 그만 일어나야 하지 않을까 잠시 망설였다. 내 행동이 어처구니없다는 생각도 들었다. 단 한 번, 그것도 우연히 뛰어든 밤늦은 시간의 예배당에서 피아노를 치고 있는 머리가 긴 여자를 보았다. 그 여자를 다시 보기 위해(만나서 어쩌자는 작정도 없이) 한밤중에 예배당으로 달려왔다. 만나서 어쩌자는 거냐는 질문은 차치하고라도, 이 시간에 이곳에 오면 그녀를 만날 수 있을 거라는 기대는 얼마나 황당한가. 그러나 나는 그때 이미 합리주의자가 아니었다. 신비를 체험한 자였고, 성(聖)의 감각을 맛본 자였다. 나는 예배당의 깊은 어둠 속에서 미동도 없이 그녀를 기다렸다.

뒷문은 열리지 않았다. 열린 문은 피아노가 놓여 있는 앞쪽의 작은 문이었다. 나는 가슴이 덜컹 내려앉는 소리를 들었다. 그렇다. 그곳에 문이 있었다. 그녀는 문을 열고 들어오자마자 곧바로 벽을 더듬어 스위치를 올렸다. 전등이 파르르 떨며 깨어났다. 역시 지난번과 마찬가지로 앞쪽에 있는 두 개의 전등에만 불이 들어왔다. 그녀는 제비꽃 빛깔의 드레스를 입고 있었다. 긴 머리와 희고 눈부신 얼굴이 내 호흡을 불안하게 했다. 피아노 앞에 앉은 그녀는 손을 모으고 잠시 움직이지 않았다. 나는 그녀가 눈을 감고 있다고 생각했다. 나는 어둠 속에서 눈을 뜨고 아마 눈을 감고 있을 그녀를 지켜보았다. 그녀는 17세기의 경건한 종교화가가 그린 어떤 그림을 연상시켰다. 그 그림 속에서 막 튀어나와 거기에 앉아 있는 것처럼 느껴졌다. 이 구별된 시간, 이 성별된 공간에 그녀와 단둘이 앉아 있다는 사실이 나를 흥분시켰다. 그녀가 그림 속으로 다시 들어가면서 나를 데려갈 것 같은 느낌, 그것은 아주 벅차고 미묘한 감정이었다.

이윽고 그녀가 피아노를 치기 시작했다. 나는 곧바로 알아차렸다. 지난밤에 내가 들었던 그 경이로운 곡이라는 것을. 그날 이후 약기운에 취해 비몽사몽하면서 낮밤 없이 듣던 곡이었다. 그 음악은 얼마나 그녀와 잘 어울리던지. 그녀는 그 음악의 형상인 듯했고, 음악은 그녀의 신경인 듯했다. 나의 내면은 다시금 그녀의 선율에 따라 조율된 정신으로 춤추기 시작했다.

하나의 다짐 같은 예감이 왔다. 그녀는 이미 내 영혼을 사로잡았다. 나는 그녀의 곁을 절대로 떠나지 못할 것이다.

4-2

그날 이후 나는 밤마다 성스러운 어둠의 전殿을 찾아갔다. 그녀는 어김없이 피아노를 쳤고, 나는 맨 뒷자리에 꼼짝않고 앉아 그녀가 연주하는 음악을 들었다. 그녀가 나타나는 시간은 일정하지 않았다. 어떤 날은 예배당에 들어서기도 전에 그 음악을 듣게 되는 경우도 있었다. 어떤 날은 자정이 다 되어 마음을 졸이고 있다가 이제 그만 일어나야겠다고 작정하는 순간에야 들어오기도 했다. 따라서 그녀가 피아노 앞에서 자리를 뜨는 시간도 일정하지 않았다. 어떤 날은 그녀가 나보다 먼저 일어났고, 어떤 날은 내가 먼저 일어났다. 어떤 날은 그녀와 눈이 마주쳤다. 그러나 그것으로 그만, 그녀는 더는 알은체를 해오지 않았다.

내가 기대한 것은 무엇이었을까. 이 상황의 지속이었을까. 아니면, 어떤 진전? 둘 다였다. 사태의 변화를 바라는 막연한 기대를 무언가가 가로막고 있었다. 그 무언가가 부끄러움, 또는 두려움이라는 사실을 말하지 못할 사정은 없다. 나는 앞으로 나아가려고 하는 성급한 나의 욕망을 향해 물었다. 자, 어디로 가자는 것이냐. 말해봐라. 그녀를 어디로 이끌고 갈 수 있다고 생각하느냐…… 그러고는 타일렀다. 해갈의 물 한 방울도 준비해두지 않고서 목마른 사막으로 나를 끌고 가지 마라. 욕망아, 너는 어쩌면 그렇게 갈증에 허덕이기만 하느냐. 이곳에 머물러라 이것으로 만족해라…… 그리하여 오랫동안, 표면상으로는 아무 일도 일어나지 않았다. 자기 자신을 착오 없이 설명할 수 있는 사람이 얼마나 있으랴. 근거 없는 행동이야 있을 리 없겠지만, 자기 행동의 근거를 똑바로 설명하기는 쉬운 일이 아닐 터, 나는 나를 좀처럼 이해하지 못한다. 그것은 내가 하나의 단순한 내가 아니기 때문이다. 나는 얼마나 많은가, 나는 누구인가, 나의 행동의 근거는 무엇인가, 하고 질문하고 설명하려고 시도하는 나 또한 그 수많은 나 가운데 하나의 나에 불과할 뿐이다.

4-3

도대체 나는 무엇 때문에 밤마다 그곳에 가야 했을까. 그 대답할 수 없는 질문이 외부로부터 왔다. 어느 날 밤이었다. 나는 여느 때처럼 제시간에 예배당의 육중한 문을 열고 들어서서 언제나처럼 맨 뒤에 있는 긴 의자를 차지하고 앉아 있었다. 잠시 후에 문 열리는 소리가 들렸다. 나는 고개를 들어 피아노 옆에 있는 작은 문으로 시선을 주었다. 그러나 그 문은 열리지 않았다. 인기척은 다른 곳에서 들렸다.

고개를 돌리자 내 바로 뒤에 누군가가 서 있었다. 열린 문은 조금 전에 내가 들어온 뒷문이었다. 어둠 속이라 분명하게 확인할 수는 없었지만, 윤곽만으로도 그녀가 아닌 것만은 분명했다. 갑자기 내 얼굴 위로 환한 불빛이 떨어졌다. 나는 기습을 받고 순간적으로 눈을 찌푸렸다. 불빛은 상대방의 손에서 나오고 있었다. 그러나 상대의 얼굴은 확인할 수 없었다. 나는 수치심을 느꼈다.

"웬 놈이냐?"

남자처럼 두꺼웠지만, 여자라는 걸 쉽게 알아들을 수 있는 목소리였다. 나이도 들 만큼 든 것 같았다. 적어도 오십은 되지 않았을까. 작정하고 들어온 듯, 그 목소리에는 날카로운 경계심과 금방이라도 달려들 듯한 사나움이 함께 묻어 있었다. '웬 놈이냐'는 다그침은 '누구세요'라는 질문과 얼마나 다른가. 상대가 '누구세요'를 택하지 않고 '웬 놈이냐'를 택했다는 것은 분명한 사실 한 가지를 시사한다. 자신이 판단한 정황에 대한 자신감이 그것이다. 그렇게 말할 만하니까 그렇게 말하는 것이다. '웬 놈이냐'니, 누구도 자신감 없이는 그렇게 말하지 않는다. 이 여자는 나를 수상하게 생각하고 있다. 이 여자는 나를 비난하고 있다. 나는 갑자기 사악한 범죄라도 저지르다 현장에서 들킨 사람처럼 무서움을 느꼈다.

"웬 놈이기에 밤마다 수상한 짓이냐?"

내가 무슨 대답을 할 수 있었겠는가. 나는 그저 얼굴 위로 떨어지는 전짓불의 눈부심을 피하느라 손바닥을 펴서 눈을 가렸을 뿐이다. 내 모습은 확연히 드러나는데, 나는 상대를 전혀 볼 수가 없었다. 이건 너무 불공정한 게임이다. 그러나 아, 게임이라니. 어떻게 게임이라고 할 수 있겠는가.

"말해라, 이놈. 무슨 짓을 저지르려고 밤마다 우리 교회를 드나드는 거냐? 보아하니 아직 나이도 어린 듯한데, 바른말하지 않으면 당장 파출소로 끌고 갈 테다……"

내가 아무 말도 하지 않자 여자의 위협적인 목소리는 더욱 기세가 등등해졌다. 점점 더 험악한 말들이 튀어나왔고, 위협 투의 목소리도 한층 사나워져갔다. 그런데도 나는 적당한 변명의 말을 꺼내지 못했다. 무언가 잘못을 범한 듯했지만, 지금 나를 다그치고 있는 상대에 대해 무슨 잘못을 했다는 생각은 솔직히 들지 않았다. 나를 야단칠 사람은 따로 있다, 그런 생각이었고, 그 때문에 적당한 말을 찾지 못하고 있었던 게 아닌가 싶다. 그런 내 사정을 배려할 까닭이 없는 상대는 그만 나의 침묵에 질려버린 것일까. 말로는 안 되겠다는 듯 마침내 내 몸을 잡아 일으켜세우려고 했다. 그때에야 겨우 내 입에서 무언가가 튀어나왔는데 그게 또 허름하기 짝이 없는 말이었다.

"피아노 소리를 들으려고, 나는 그저……"

"뭣이 어째. 이거 영 안 되겠는데. 말이 되는 소리를 해야지."

내 대답이 특별히 더 그녀의 화를 돋우게 했다고는 생각하지 않는다. 그보다는 내가 한 말의 뜻이 잘 이해되지 않았을 것이고, 따라서 그녀의 화를 잠재우기에는 모자랐던 것이리라. 나는 그녀에 의해 자리에서 일으켜 세워졌고, 꼼짝없이 뒤쪽으로 끌려나갔다. 여자는 목소리만이 아니라 힘도 남자처럼 셌다. 어떻게 방어해야 할지 모르는 상황 앞에서 내 정신은 한없이 막막했다. 내 입에서는 대책 없는 정신의 노출인 양 의미 없는 단음절의 허사虛辭들만 불규칙적으로 튀어나왔다.

"잠깐만요, 어머니."

다른 목소리가 불쑥 끼어들었다. 이 구원의 소리는 어디서 들려오는 것인가. 나는 전짓불이 흔들리는 틈을 이용해서 소리 나는 쪽을 돌아보았다. 내가 이제껏 힘들게 상대하고 있던 중년의 여자 뒤에 한 사람이 서 있었다. 그녀였다. 방금 나타났을 수도 있고, 어쩌면 처음부터 함께 들어와 곁에 서 있었을 수도 있다. 어느 경우든 사정은 크게 달라지지 않는다. 그녀는 죄다 알고 있다. 나를 위협하는 여자의 확신은 그녀에게서 나온 것이다. 그렇다면 무슨 뜻인가. 나를 수상하게 생각한 사람은 바로 그녀였다. 그녀의 입장에서는 낯선 남자의 수상한 행태가 당연히 의심의 대상이었을 것이다. 그것이 무어가 이상한가. 밤마다 찾아와 한마디 말도 없이 피아노 치는 모습만 지켜보는 남자가 수상하지 않았겠는가. 그럼에도 불구하고 나는 그 사실이 섭섭했다. 그녀가 나를 의심했다니. 그녀가 나를! 내 속의 엉뚱한 배신감을 나는 불안한 심정으로 들여다보았다.

"제가 이야기할게요."

그녀가 재차 이렇게 말했고, 그제야 나의 멱살을 쥐었던 우악스러운 손이 풀려나갔다. 괜찮겠니? 그녀를 향해 근심어린 질문을 던지고, 그리고 나를 향해 한번 더 위협조의 다짐을 해 보인 다음 중년 여인은 뒤로 물러났다.

벽 쪽에 붙은 전등에 불이 들어왔다. 두 사람 중에 누군가가 스위치를 올린 것이리라. 나는 눈을 감았다. 눈을 감고 한동안 뜨지 않았다. 눈을 뜨면 바로 앞에 그녀가 서 있을 것이다. 그 사실이 나를 극도의 흥분 상태로 몰아넣었다. 그녀가 나를 의심했다는 조금 전의 엉뚱한 배신감 따위는 안중에도 없었다. 그녀가 지금, 내 앞에 서 있다는 사실만이 중요하고 의미 있게 여겨졌다. 그것만이 유일한 현실이었다. 그러다가 나는 문득 마음 한 귀퉁이에서 솟구치는 불안을 감지했다. 그 불안은 너무 오랫동안 너무 조용하다는 인식에서 말미암은 것이었다. 그녀가 그만 가버린 것이 아닐까. 상대할 가치도 없다고 판단하고, 나를 여기 두고…… 그런 불안이 급히 눈을 뜨게 했다. 아, 그녀가 눈앞에 서 있었다. 그녀 혼자 내 앞에 우뚝 서 있었다. 나의 얼굴을 빤히 쳐다보며 서 있었다. 나는 다시 눈을 감으려 했다.

"눈을 떠. 눈을 뜨고 여기 좀 앉자."

나는 살며시 눈을 뜨고, 말 잘 듣는 어린아이처럼 그녀가 가리키는 자리에 앉았다. 내가 앉는 걸 기다렸다가 그녀도 내 옆에 앉았다. 신새벽의 공기에서 맑아지는 맑은 향내가 풍겨왔다. 나는 숨을 쉬기가 곤란했다. 어쩐지 내가 그녀의 향기를 흡입하고 있다는 사실을 그녀가 알면 안 될 것 같은 생각이 들었다. 그래서 나는 아주 은밀하고 조심스럽게 숨을 들이쉬었다. 그런 내 모습이 겁을 집어먹은 것처럼 비친 것일까. 그녀가 미소를 띠며 조용히 말했다.

"겁내지 마. 좋은 분이야. 우리 어머니거든. 고개를 들어봐, 겁내지 말고."

나는 그래도 고개를 들지 않았다. 그녀가 다시 살며시 웃었다.

신비스러운 미소가 느껴졌다. 보지 않아도 보는 것 같았다.

"말을 해봐. 너는 벌써 여러 날 밤, 이곳을 찾아왔어. 우리 교회에 다니는 신자 같지도 않았고, 또 기도를 하러 오는 것 같지도 않았어. 내가 너에 대해 궁금해하는 건 자연스럽잖아?"

그녀는 의심이라고 말하지 않고 궁금하다고 말했다.

"말해봐, 무슨 할말이 있는 거지? 학생 같은데, 맞지? 무슨 고민이라도? 신앙생활을 하고 있니?"

아무 말도 하지 않고 있는 내가 답답했는지 그녀는 여러 가지 질문을 한꺼번에 던졌다. 그러고는 나의 얼굴을 빤히 들여다보았다. 보지 않고도 알 수 있었다. 그녀는 내 머릿속에 들어 있는 생각을 읽기라도 하려는 것처럼 주의깊게 보고 있었다. 나는 고개를 저었다. 무슨 말을 어떻게 해야 하는가. 동지, 동질의 원형질, 같은 표적, 연상의 여자에 대한 사랑 예감…… 그런 것들을 어떻게 이야기할 수 있을까. 나는 자신이 없었다. 상대방의 공감을 불러일으키려면, 이런 이야기야말로 논리를 따라 조리 있게 설명해야 하는데, 내게는 그럴 자신이 없었다. 내 말이 상대방의 동의를 얻게 될 거라는 기대도 할 수 없었다. 잘못하다가는 말들이 순서를 잃고 뒤죽박죽이 되어 제멋대로 튀어나올 것 같았다. 나 자신도 이해하지 못할 헛소리가 토막토막 잘려 나오지 말라는 보장이 없었다. 그렇다고 한정없이 입을 다물고 있기만 하는 것도 우스운 일이었다. 나는 긴장으로 얼굴이 붉어지면서 땀이 솟는 걸 느꼈다.

"피아노 소리가 좋아서요."

나는 문득 그렇게 말하고 말았다. 그러고는 스스로 놀라서 입을 다물었다. 말의 내용 때문이라기보다는, 내 입에서 무슨 말이 빠져나왔다는 사실이 나를 놀라게 했다. 그다음으로 나를 놀라게 한 것은 그녀의 침묵이었다. 내 말이 끝난 후 그녀는 곧바로 반응을 보이지 않았다. 아주 짧은 시간이었음에도 불구하고 나는 그녀가 매우 오랫동안 침묵을 지키고 있는 것으로 여겨졌고, 그러자 내가 혹시 말을 잘못한 것은 아닐까, 그래서 혹시 마음이 상하기라도 한 게 아닐까, 갑자기 걱정스러워졌다. 그런 걱정은 엉뚱한 충동을 불러일으켰다. 나의 위태로운 한마디의 말을 보수하기 위해 두서없는 여러 마디의 땜질용 말들이 동원되기에 이른 사태를 다행이라고 해야 할지 불행이라고 해야 할지 모르겠다.

"비가 하루종일 내리던 날 밤, 혹시 기억할지 모르겠는데요, 처음 이곳에 들어왔을 때 우연히 그 피아노 소리를 들었어요. 아니, 우연히는 아니군요. 통금이 지난 시간에, 호루라기 소리를 피해 이곳으로 뛰어들어왔어요. 그때 내 상태는 아주 엉망이었어요. 최악의 경험을 한 날이었거든요. 비를 맞으며 저 문밖 바닥에 누워 있는데 피아노곡이 들려왔어요. 처음 듣는 곡인데도 이상하게 친근한 느낌을 주었어요. 그런 거 있잖아요, 왜. 매혹되는 거요. 첫눈에 반하는 것과 같은, 운명적인, 뭐 그런 느낌요. 잘 설명할 수는 없지만…… 지금도 내 속에서 그 음악이 흘러요. 언제나 흘러다녀요.

그때 참지 못하고, 그 몰골로, 예배당 안에 들어와 어둠 속에 몸을 숨기고 피아노 치는 모습을 훔쳐보았어요. 다른 목적 같은 건 없었어요. 그냥, 그게 전부예요. 음악요. 그뒤로도, 쭉, 다른 뜻은 없었어요. 나는 그냥…… "

다른 뜻이 없다는 반복된 나의 강조는 반어적으로 들렸을지 모른다. 어느 순간 그 점이 염려되었다. 그녀가 내 속마음을 눈치채고 빙긋이 웃고 있는 것은 아닐까. 나는 그녀의 표정이 궁금했다. 고개를 들었다. 그녀의 입술에는 미소가 담겨 있었다. 그 미소는 내가 넘겨짚은 것보다 훨씬 깊은 뜻을 담고 있는 것 같았다. 예컨대 그녀는 내가 한 말의 내용이 아니라, 그 말들의 이면에 감춰진 동기와 내 은밀한 소망까지를 엿보고 있는 것 같았다. 두세 수 앞을 미리 내다본 사람의 표정이 저러려니 싶었다. 그녀의 그런 고수의 표정이 내 입을 막았다. 내 모든 것이 일시에 들통난 것 같은 기분은 참으로 미묘했다. 나는 자리에서 한마디도 더 말을 꺼낼 수가 없었다.

어쩐 일인지(정말로 그녀는 내 마음속의 강렬한 욕망의 정체를 눈치챘을까. 그래서 그랬을까, 아니면 내가 한 말들을 납득할 수 없다는 쪽이었을까), 그녀도 별말이 없었다. '음악을 좋아하는구나'라고 중얼거렸고, 한참을 쉬었다가 학생회 예배는 토요일 오후 다섯시에 있으니까 그때 오라는 말을 덧붙였다. 그 순간에 그녀의 어머니가 다시 나타나지 않았다면, 그녀가 더 무슨 말을 했을까.

장담할 수는 없다. 그러나 시도되지 않은 가능성에 대한 아쉬움은 그만큼 컸다. 그녀의 어머니가 언제부터인지 우리 옆에 서서 지켜보고 있었다. 그리고 그녀는 그쯤에서 이 어울리지 않는 두 사람이 만들어내고 있는 어색한 상황을 종결시켜버리고 싶었던 모양이었다.

"학생은 그만 집에 가야지, 너무 늦었는데. 종단이 너도 그만 들어가자."

4-4

그녀의 이름이 종단임을 알게 되었다는 걸 그날의 소득으로 쳐야 할지. 떠밀려나오면서 나는 많은 생각을 했다. 이름은 내게 중요하지 않았다. 이름은 어떤 사물에 대한 가장 제한적인 정의이다. 사물을 인식할 수 있는 다른 방법을 알지 못할 때 우리는 편의적으로 이름을 붙인다. 이름을 쓰는 것이 인식의 방법이긴 하지만, 그것은 가장 허술한 방법이다. 이름을 붙이는 것은 구별하기 위해서이지 인식하기 위해서가 아니기 때문이다. 구별을 통하지 않고는 인식할 수 없을 때, 사람들은 이름을 사용한다. 그러면 구별할 필요가 없을 때는 어떤가. 구별함 없이도 이미 총체적인 인식에 이르러 있을 경우에 이름을 알고 부른다는 것은 무슨 유익이 있을까. 오히려 그 새로 첨가된 이름이 참된 인식을 방해할 수도 있지 않을까. 내 경우가 그랬다.

나는 그녀를 안다. 적어도 그렇게 생각해왔다. 이제껏 그녀의 이름을 모르고도 전혀 불편을 느끼지 못했다. 보라, 나는 여기까지 오는 동안 '그녀'라는 대명사만으로도 족했다. 그녀라고 발음하는 순간, 수많은 불특정한 그녀들의 숲에서 단 하나의 그녀가 떠오른다. 유일한 '그녀', 그런데 이 이름, 종단은 나의 앎에 어떻게 기여하는가. 어딘지 촌스럽고 막 만들어낸 것 같은 여자의 이름은 내가 인식하고 있는 그녀의 초상에 조금 흠집을 냈다. 다른 이름, 보다 세련되고 고상한 이름을 기대했다는 뜻은 아니다. 설령 그런 이름이 불렸다고 하더라도 내가 느낀 실망감은 다르지 않았을 것이다. 내 말은 아무 이름도 기대하지 않았다는 뜻이다. 어떤 이름도 내가 알고 있는 것처럼 그녀를 드러내지는 못할 것이라는 뜻이다.

—내가 알고 있는 그녀? 그렇다면 그 그녀 또한 참된 '그녀'는 아닌 거지. 단지 '내'가 알고 있는 그녀인 거지. 그 또한 파편인 거지. '그녀'의 파편, 무수한 파편들 가운데 하나……

—하지만 모든 인식은 파편이야. 중요한 것은 그것이 참된 파편이냐 아니냐이지. 그리고 모든 참된 파편들은 참된 인식인 거야. 파편을 쥐지 않고는 실체에 다가갈 수 없어. 내가 꼭 쥐고 있는 나의 파편이 소중한 거야.

그녀는 나에게 단순한 여자가 아니다. 나는 이끌린다. 나를 이끄는 것은 한 여자가 아니다. 나는 다가간다. 내가 다가가는 것은 하나의 여자를 향해서가 아니다. 그녀는 하나의 표적이지 개체가 아니다. 그녀는 하나의, 독립된 세계이다. 내가 나온 곳이고 내가 마침내 가야 할 곳이다. 나의 삶에 있어 선이란 무엇인가. 그것은 그 표적에 가 꽂히는 것이다.

4-5

다음날도 나는 피아노를 연주하고 있는 그녀를 보았다. 내가 도착했을 때 그녀는 피아노의 건반을 누르고 있었다. 나는 여느 때와 다름없이 맨 뒷좌석을 차지하고 앉았다. 설명할 수 없는 평화의 감각이 새롭게 떠오르는 듯했다. 그것은 마치 비행을 하는 느낌과 흡사했다. 내 어깻죽지에 날개가 돋아 하늘을 나는 것 같은 기분이 나를 사로잡았다.

다른 때보다 조금 일찍 피아노 앞을 물러나온 그녀가 뒤를 바라보고 잠깐 멈칫거렸다. 그녀가 내게로 온다면, 만일에 다시 말을 하게 된다면…… 나는 이곳에 오기 전부터 그녀에게 할 말들을 궁리했었다. 내가 느끼고 있는 동지 의식이라는 것을 어떻게 그녀에게 설명할 수 있겠는가. 어렵고 난처했다. 거기다 말들은 또 얼마나 불완전한가. 이 말을 붙잡으면 저 말이 실해 보이고, 그래서 저 말이 낫겠다 싶어 그걸 내보내려고 하면 또다른 말이 불쑥 고개를 쳐드는 식이었다. 궁리를 하면 할수록 이것도 저것도 적절하지 않아 보였다. 완벽한 말을 얻으려는 욕심은 결국 아무 말도 선택하지 못하게 했다. 말을 가지고 무엇을 할 수 있겠는가. 말을 하는 순간 진실은 탈락되고 마는 것을. 나중에는 그런 지경에까지 빠지고 말았다.

따라서 그 자리에 앉아 있는 나는 아무 말도 준비하고 있지 않았다. 그녀가 천천히 내게로 다가와서 내 앞에 가만히 섰다. 그녀의 표정은 불빛을 등지고 있는 탓인지 약간 어두워 보였다. 입가에 짓고 있는 미소에서도 그늘이 느껴졌다. 그 어둠과 그늘은, 나로 하여금 신성의 분위기를 감지하게 했다. 어째서 신성은 늘 어둠을 배경처럼 두르고 있어야 하는 걸까. 나는 무슨 말인가를 하려고 했다. 그러나 말이 잘 나오지 않았고, 그 대신 갑자기 격렬한 기침이 터져나왔다. 목에 걸려 있던 그 수없이 많은 부잡스러운 말들이 한꺼번에 튀어나오려고 다투고 있다는 걸 나는 알아차릴 수 있었다. 나는 당황했다. 그러나 뜻 없이 터져나온 돌발적인 기침은 멈출 생각을 하지 않았다. 나는 의자를 붙잡고 고개를 숙인 채 연방 기침을 해댔다.

"괜찮니?"

겨우 기침을 잠재운 내가 숨을 몰아쉬고 있을 때 그녀가 물었다. 나는 고개를 끄덕였다. 손바닥에는 기침을 할 때 튀긴 침이 묻어 있었고, 입가에도 자국이 남아 있었다. 손등으로 닦을 수도 없고, 그렇다고 달리 어떻게 할 수도 없어서 어정쩡한 자세로 그녀를 올려다보았다.

"이걸로 닦을래?"

그녀가 한쪽 손에 들고 있던 책을 펴더니 그 속에서 손수건을 꺼냈다. 나는 당황한 나머지 손을 저었다.

"괜찮아, 닦아."

그녀가 내 손에 손수건을 쥐여주었다. 국화꽃이 수놓아진 흰 손수건이었다. 나는 그걸 받고도 잠시 머뭇거렸다. 그녀는 빙그레 웃고만 있었다. 나는 머뭇거리면서 손바닥을 닦고 입언저리를 닦았다. 손수건에 묻어 있던 그녀의 순한 향기가 폐부 깊은 곳으로 스며들어와 내 영혼을 흔들었다. 나는 손수건을 만지작거렸다. 그녀가 내 앞으로 손을 내밀었지만 나는 그것조차 의식하지 못했다. 나의 주의를 환기시키려는 듯 그녀가 내 눈앞에서 손을 살랑살랑 흔들었다. 흡사 손이 춤추는 것 같았다. 그제서야 나는 얼굴이 붉어져가지고 손수건을 건넸다. 그녀가 손수건을 책 속으로 다시 집어넣으며 또 웃었다. 그 미소는 내 속을 모조리 들여다보고 있다는 뜻으로 여겨져서 나는 기분이 좋지 않았다.

"이 시간에 교회당에 오는 건 상관은 없지만, 집에서 걱정하시지 않니? 학생일 텐데, 공부도 해야 할 테고…… 그만 돌아가고 토요일에 나오지 그러니? 말했지? 학생들은 토요일에 모임이 있다고……"

"나를 상관하지 않으셔도 돼요. 내가, 방해가 되나요?"

나는 용기를 내서 물었다. 어째서였을까. 나도 의식하지 못한 사이에 조금 퉁명스러운 목소리가 되어버렸다. 아, 내가 하려고 했던 말은 이게 아니었는데, 이게 아니었는데……

"아무래도 신경이 쓰이지. 자, 그만 가거라. 언제 밝을 때 이야기를 좀 했으면 좋겠구나."

그녀는 앞문을 통해 나가고, 나는 뒷문을 통해 나갔다. 앞문을 통해 나간 그녀는 건물의 안쪽으로 들어갔고, 나는 대문을 열고 밖으로 나갔다.

4-6

열정이 무섭게 타올랐다. 내 속에 그런 것이 있었던가. 그것이 무엇보다 나를 놀라게 했다. 내 영혼은 하나의 방향을 잡자 걷잡을 수 없는 속도로 돌진해나갔다. 밤마다 꿈을 꾸었고, 깨어나면 편지를 썼다. 나름대로 간절한 심정이 설익은 채 옮겨진 그 글들 가운데 일부는 나중에 그녀에게 전달되었다. 그러나 그보다 훨씬 많은 양의 편지들은 내 일기장 속에 묵혀 있다가 언제인지 모르게 사라져버렸다.

때로 나는 꿈을 이용하여 대담한 상상을 하기도 했다. 그녀는 의자에 앉아 있고, 나는 그 아래 무릎을 꿇고 앉아 그녀의 맨발에 입술을 대었다. 입술 끝에서 시작되어 타는 듯한 전율이 온몸을 할퀴고 지나갔다. 어떤 때는 역할이 바뀌기도 했다. 그녀의 입술은 부드

럽고 차가웠다. 차가운 입술의 섬뜩한 황홀함이라니. 그런 상상들
속에서 나의 정신은 한없이 아득해지곤 했다. 어둠은 깊어서 나의
부끄러운 의식을 적당히 가려주었다. 반투명의 세계 속에 꿈으로
위장된 욕망의 발현. 이제 알겠다. 나는 사로잡혔다. 나는 그녀에게
서 놓여나지 못할 것이다. 아, 사랑이라는 단어는 얼마나 낯선가.
나는 그 단어가 내쏘는 자장 안에 들어가본 적이 없었다. 그러나 달
리 대치할 말이 없다면, 어쩔 것인가. 사랑이라고 이름할밖에.

5-1

어머니가 다녀갔다. 돼지고기볶음과 한 달 치 돈봉투가 어머니
의 흔적이었다. 그것들을 보자 갑자기 눈물이 나왔다. 나는 처음으
로 돼지고기가 놓인 상 앞에서 울었다. 밥이, 밥을 먹어야 하는 인
간이, 밥을 먹기 위해 비순수로 무장해야 하는 현실이 눈물을 흘리
게 했다. 삶은 얼마나 쓸쓸한가. 얼마나 참혹하게 슬픈가. 그런 식
의 어처구니없는 감상들이 '문학적'으로 솟구쳤다. 나는 숟가락을
들지 못했다.

5-2

토요일 오후의 교회당은 산만했다. 담 밑에 만들어진 벤치와 건

물 복도에는 내 또래의 아이들과 나보다 어린 아이들이 둘씩 셋씩 짝을 지어 종알거리고 있었다. 이제 막 대문을 열고 들어오는 아이들도 있었다. 그들은 서로에게 인사를 건네고 악수를 하고 까르륵거리며 이야기를 나누었다. 그런 모습들은 밝고 경박해 보였다. 내게는 익숙하지 않은 정서였다. 그들은 나를 모르고, 나는 그들을 모른다. 나는 어쩐지 잘못 온 것 같은 생각이 들었다. 그냥 돌아가는 게 낫지 않을까. 그러나 무엇인가 나를 잡아끄는 힘이 있었다. 그것이 무엇인지 나는 알고 있었다. 행동으로 옮기기까지는 많은 망설임이 필요했지만, 그러나 내 마음은 토요일 오후 시간을 정확하게 새겨두고 있었다. 그녀는 나를 그런 식으로 불렀고, 나는 그렇게 받아들였고, 그러므로 그 부름에 불응할 이유가 없었다.

나는 쭈뼛쭈뼛하며 예배당 안으로 들어가려고 했다. 입구에 서 있던 내 또래쯤 되어 보이는 여자애가 싱글거리며 나를 불러 세웠다.

"처음 왔어요? 이층 교육관으로 올라가세요. 학생 예배는 그곳에서 있어요."

그러면서 그녀는 종이 한 장을 내밀었다. 예배 순서가 적힌 주보였다. 나는 그걸 들고 이층으로 올라갔다. 입구에 책상이 놓여 있고, 그 앞에 두 명의 학생이 앉아 있었다. 한 명은 여자였고, 한 명은 남자였다. 남자는 책상에 엎드려 무언가를 쓰고 있었고, 여자는 서랍을 뒤지고 있었다. 나는 그들을 지나쳐 교육관이라고 쓰인

문을 밀고 들어갔다. 아니다, 들어가려고 했다. 들어가려고 했는데, 뒤에서 누군가가 나를 불러 세웠다. 귀에 익은 목소리였다. 그러나 고개를 돌려 그의 얼굴을 확인할 때까지 설마 그곳에서 그를 만날 수 있으리라는 생각은 하지 못했다. 그는 껄껄 웃으며 내게로 다가왔다.

반장이었다. 반장은 내 손을 잡고 과장되게 흔들며, "잘 왔다"는 말을 몇 번이고 반복했다. 그러면서 또 경쾌하게 웃기를 잊지 않았다. 마치 자기 집인 양했다. 그의 그런 태도가 나를 의혹 속으로 몰고 갔다. 이자의 저 눈 같은 밝음의 바탕이 바로 이 종교심이었던가. 이 종교가 작자를 그렇게 늘 시도 때도 없이 쾌활하게 만들었을까. 그의 손에 내 손을 잡혀주고 선 나는 마음이 몹시 불편했다. 그는 나와 다른 세계에 속한 사람이었다. 그는 그가 속한 세계의 대표자였다. 무슨 일이 있어도 그와 같아질 수 없다는 믿음이 오래전부터 나를 지배해왔다. 그것은 내가 그때까지 견지해온 최소한의, 안간힘의 고집이요, 자존심이었다. 그런데 어떻게, 어떻게 '그녀'를 형성한 자리에 그가 있을 수 있는가. 이 종교는 어떻게 그와 그녀를 동시에 형성할 수 있는가. 하나의 믿음이 어떻게 저렇듯 상이한 인격을 포용할 수 있는가. 그녀의 세계에 어떻게 그가 들어와 있을 수 있는가. 이 세계의 실체는 그인가, 그녀인가.

나의 그와 같은 의혹과 혼란은 교육관 안에서 내 또래의, 반장과 비슷한 유의 아이들 속에 묻혀 있는 그녀의 모습을 발견하면서 극대화되었다. 그녀를 둘러싼 풍경이 그녀를 망치고 있었다. 나는 그렇게 느꼈다. 너무 경박하고 지나치게 통속적인 쾌활함들에 둘러싸여 그녀는 신비를 잃고 있었다. 그 사실이 나를 화나게 했다.

반장은 내 팔을 붙잡고 그녀에게 데리고 갔다. 그녀가 미소를 지으며 나를 맞았다.

"우리 반이에요."

"그러니? 몰랐네, 준식이랑 같은 학교에 다니는 줄."

"선생님께서 이 친구를 아세요?"

"그럼, 알고말고. 우리는 벌써 많은 이야기를 나눴는걸, 안 그래?"

반장이 못 믿겠다는 듯 그녀와 나의 표정을 번갈아 바라보았다. 나는 말하지 않았고, 그녀도 미소만 지을 뿐 더 설명하려 하지 않았다.

한참 후에 우연히 뒤를 돌아보았는데, 입구 쪽에서 그녀가 반장과 가까이 서서 이야기를 나누고 있는 모습이 보였다. 공교롭게도 그때 그들은 내 쪽을 보며 무슨 말인가를 주고받고 있었다. 주로 이야기를 하는 쪽은 반장이었고, 그녀는 고개를 끄덕이며 듣고 있었다. 나는 알 수 없는 분노와 수치심으로 얼굴이 붉어졌다. 틀림없이 내 이야기를 하고 있으리라. 나는 의심하지 않았다. 반장이 그녀에게 무슨 말을 지껄이고 있는지 짐작이 되고도 남았다. 내가 그에게 적의를 품고 있다면 그 또한 나에게 그럴 것이다. 그와 나는 다른 종족이다. 그가 내게 다른 것처럼 나도 그에게 그럴 것이다. 그의 기준은 나와 다르다. 나는 다르다. 그와는 다르다. 그가 대체 무슨 말을 할 수 있을까. 얼굴이 붉어지고 맥박이 빨라지며 가슴속이 뜨거워졌다. 하마터면 그에게 달려가 소리를 지를 뻔했던 뜻밖의 충동이 지금도 생생하게 기억난다.

예배가 끝나고 성경 공부를 하는 자리에서 그녀는 둘러앉은 내 또래 아이들에게 나를 소개했다. 나는 일으켜 세워졌다. 그녀가 말했다.

"자, 새로 온 친구예요. 자기소개를 해볼까?"

나는 반장을 쳐다보았다. 그는 예의 그 유들유들한 표정을 내보이며 나를 채근했다. 나는 자리에서 일어났지만, 말을 제대로 하지 못했다. 그러자 반장이 불쑥 일어나서 내 소개를 대신 했다.

"우리 반 친군데요, 대단히 특별한 아이예요. 이름은 박부길이고, 상당히 문학적이죠. 뭐랄까, 좀 과묵하고 진지하고 그리고 좀 반체제적이고, 또…… 사실은 나도 저 아이를 잘 몰라요."

그는 특유의 껄껄거리는 웃음을 지으며 도로 자리에 앉았다. 그는 자기가 할 수 있는 말을 모두 했다. 그의 말이 옳다. 그는 나를 잘 모른다. 어떻게 그가 나를 알 수 있겠는가. 그러면서도 그는 나를 대단히 특별한 아이라고 평했다. 그 말은 이방인이라는 말과 통한다. 그도 인식하고 있었던 것이다. 내가 자기와 다른 세계에 속해 있다는 것을. 문학적이라는 것은 비현실적이라는 말을 비꼰 표현일 테고, 진지함이라든지 반체제적이라는 단어 또한 어딘지 비정상적이라는 의중을 감춘 표현이었을 것이다.

그가 자리에 도로 앉을 때 와 하는 웃음소리가 일어났다. 그 웃음은 나에 대한 것은 아니었다. 그보다는 나를 소개한 반장의 말투에 대한 것이었다. 그러나 그 웃음들은 결국 나를 공격하고 있었다. 나는 호흡이 불규칙해지고 속이 메스꺼워졌다. 박수 소리가 들렸다. 나는 자리에 주저앉았다. 그녀가 일어나서 무슨 말인가를 하기 시작했다. 그것은 거기 모인 학생 모두를 향한 공적인 교훈이었다. 반장이 그녀에게 선생님이라고 불렀던 게 생각났다. 그녀는 선생님이었던 것이다. 그러나 나의 귀에는 아무것도 들려오지 않았다. 그녀는 나에게 선생님이 아니었기 때문이다.

5-3

"다른 세계는 잘 알지 못해. 나는 교회에서만 자랐거든. 앞으로도 지금처럼 살고 싶어……"

성경 공부가 끝나갈 무렵에 그녀의 목소리가 내 혼곤한 청각을 깨웠다. 학생들과 자유롭게 대화를 주고받는 시간이었다. 그녀가 이 교회 목사의 딸일 거라고 막연하게 짐작해왔으므로 나는 별로 놀라지는 않았다.

"······기도를 하고, 피아노를 치고, 꽃병의 물을 갈아주고, 교회
당을 청소하고, 또 너희들과 성경 공부를 하고······"

"하지만 결혼은 하실 거잖아요?"

한 남학생이 짓궂은 표정으로 물었다. 나머지 아이들도 동일한
표정을 지으며 그녀를 빤히 쳐다보았다. 나도 그녀를 올려다보았
다. 그녀는 엉뚱한 질문 앞에서도 별로 당황한 기색을 보이지 않았
다. 잠시 말을 중단하고 슬며시 미소를 지어 보일 뿐이었다. 그녀
의 그런 침착함이 나름대로의 확고한 신념에 의해 밑받침되고 있
음을 어렵지 않게 눈치챌 수 있었다.

"물론 하겠지. 하지만 그 경우에도 내 계획은 변하지 않을 거야.
나는 신학을 공부하고 목회를 한 사람과 결혼할 작정이거든. 아주
오래전부터 그렇게 생각해왔어."

"그런 사람이 있나요?"

이번에는 앞쪽에 앉은 여학생이 물었다.

"그건 아니고······"

그녀는 조금 웃었다.

"결혼에 다른 조건은 없나요? 이를테면 나이라든가 성격이라든
가 용모라든가······"

엉뚱한 쪽으로 화제를 몰고 왔던 맨 처음의 남학생이 다시 물었
다. 아이들이 몸을 이리저리 움직이며 빙글거렸다. 그녀는 뜻밖으
로 진지했다.

"그런 건 중요하지 않아. 사랑에는 국경이 없다잖니? ······그만
하자. 너희들이 일부러 나를 골탕 먹이고 있다는 걸 알고 있다."

그녀는 손을 내젓고 아이들은 유쾌하게 웃었다. 그러나 나는 웃
지 않았다. 웃음이 나오지 않았다.

5-4

독서 토론인가를 준비하느라 어수선한 사이에 그녀가 반장의
머리를 쓰다듬는 장면을 나는 또 우연히 목격했다. 그들은 무슨 말
인가를 주고받고 있었는데, 반장은 시종 쾌활하게 웃으며 내가 앉
아 있는 쪽을 힐끔힐끔 훔쳐보았다. 그때의 그의 우쭐한 표정이라
니. 아무것도 아닌데, 정말이지 아무것도 아닌데, 나는 거기서 그
만 더이상 참아낼 수 없는 상태에 빠지고 말았다. 아마도 자격지심
이었을 것이다.

나는 그들이 이방인을 놀리고 있다고 생각했다. 처음부터 내게
는 어울리지 않는 자리였다. 몸에 맞지 않는 옷을 걸친 것 같은 불
편과 부자유를 참아낼 때 내 속은 굴욕감으로 흐물흐물해지는 듯
했다. 나는 진즉부터 일어나고 싶었다. 충동을 억누르고 인내하게
한 것은 그녀였다. 그러나 그녀는 나를 실망시켰다. 그녀는 나에
게 상처를 주었다. 아, 그녀가 자신의 무심함으로 내 마음을 아프
게 했다는 걸 어떻게 알 수 있을까. 그런데도 내 기분은 몹시 언짢

아졌다.

나는 그 자리에서 벌떡 일어나 달리듯 교회당을 빠져나왔다. 반장이 입구까지 쫓아나와서 내 이름을 불렀다. 나는 뒤돌아서지 않았다. 다시는 너희들의 세계에 나타나지 않을 것이다. 나는 다짐했다. 결국 상처를 입고 말 불가능한 욕망의 언저리를 다시는 기웃거리지 않을 것이다. 다시는…… 다리가 휘청거리고 가슴 한쪽이 으스스 시려왔다.

5-5

—그렇게 쉽게? 어떻게 그럴 수 있지? 그렇게 쉽게 포기될 수 있었다면 숙명론까지 끌어들인 그 무서운 사랑에 대한 예감은 무어지? 알맹이 없는 과대포장? 감정의 허풍? 그럴 수 있는가? 나는 이해하지 못하겠어.

—나도 이해할 수 없기는 마찬가지야. 꼭 그래야 하는 것인지 회의도 있었고. 열정의 낭떠러지에서 떨어져내리면 그곳에 무엇이 있을 것 같아? 그곳에 옹졸한 자아의 어두컴컴한 방이 펼쳐져 있었다고 말하면 해명이 될까? 나는 그 자아의 방 깊숙한 곳으로 몸과 정신을 욱여넣는 길밖에 알지 못했다고 하면?

어머니가 나를 찾아왔다. 그날은 특별한 날이었다. 하교 때까지 나를 기다리고 있을 수가 없었던 듯 어머니는 학교로 찾아왔다. 그 것은 전례가 없는 일이었으므로 나도 놀랐고, 담임을 맡고 있던 생물 선생도 놀랐다. 갑작스러운 호출을 받고 수업중에 교무실로 들어갔을 때, 어머니는 담임과 이야기를 나누고 있었다. 무슨 이야기인지 두 사람 모두 심각한 표정들이었고, 어머니는 한복을 입은데다 상체를 잔뜩 웅크리고 사무용 책상 앞에 앉아 있는 바람에 그렇지 않아도 작은 키가 더욱 작아 보였다. 나는 내가 무슨 잘못을 저질렀는가를 되새겨보았다. 적어도 보호자를 불러야 할 정도의 잘못은 생각나지 않았다. 내가 멈칫멈칫 다가가자 두 사람이 동시에 나를 바라보았다. 교과서를 들고 일어선 담임은 나의 머리를 두어 번 쓰다듬고는 어머니에게 목례를 했다. 어머니도 얼른 자리에서 일어나 여러 차례 인사를 한 다음 나를 앞장세우고 교무실을 나왔다.

"나가자. 두 시간 동안은 수업에 들어가지 않아도 된다."

어머니는 그것이 무슨 대단한 특혜라도 된다는 듯 자랑스럽게 말했다. 교문 밖으로 나온 어머니는 고기를 좀 먹겠느냐고 물었다. 나는 방금 점심을 먹었다고 대답했다. 그럼 무얼 먹겠느냐고 물어왔다. 나는 지금 배가 불러서 아무것도 먹고 싶지 않다고 말했다. 그래도 어머니는 자꾸만 무언가 먹을 걸 사주고 싶어했다. 나는 꼭 그렇다면 빵집에 들어가서 아이스크림을 먹겠다고 말했다.

어머니는 많이 늙었다. 오랜만에 보아서 그런지 얼굴이 주름투성이였다. 입고 온 한복도 후줄근해 보였다. 나는 되도록 어머니의 그런 모습을 보지 않으려고 외면한 채 아이스크림을 아주 천천히 빨았다. 어머니도 한동안 말이 없었다. 슬픈 표정을 짓고, 한없이 죄스러운 얼굴로 아들을 바라보고 있을 어머니의 모습은 보지 않아도 선명했다. 불쌍한 어머니.

"성적이 많이 떨어졌더구나. 이젠 고집부리지 말자."

이윽고 어머니가 입을 열었다. 아, 그 소리로구나. 나는 어머니가 무슨 말을 하고 있는지 금방 알아차렸다. 어머니가 내 성적을 화제로 삼고 있지 않다는 건 너무나 분명했다.

"진열이 아빠도 허락했다. 정말이다. 걱정하지 않아도 된다."

나는 이제 어머니와 나를 연결하고 있는 아주 가느다란 끈조차 끊어버릴 때가 되었음을 인지했다. 이젠 돼지고기볶음 요리도 기대해서는 안 되고, 돈봉투도 더이상 받으면 안 될 때가 가까워져온 것이다. 그것은 벌써부터 키워온 예감이었다. 어쩌면 그 시행일을 자꾸만 늦춰온 것인지 모른다. 아직 성인이 아니라는 것, 마쳐야 할 학업이 남았다는 것, 그런 것들이 유보의 조건이었다.

나는 슬픈 눈으로 그녀를 쳐다보았다. 이미 새로운 두 남매의 어머니이고, 한없이 엄한 경찰공무원의 아내가 되어 있는 어머니에게 나는 너무 오랫동안 짐이 되어 있었다. 어머니는 나를 그 집으로 데리고 가려고 한다. 어머니의 남편이 허락했다고? 어머니는 그렇게 말하고 있다. 그 사람이? 그럴 사람이 어머니가 한 달에 한 번 아들을 만나러 가는 것조차 싫어할까. 그래서 일 년이 다 되도록 얼굴도 보지 못하게 했을까. 나는 안다. 어머니가 말하지 않아도 나는 안다. 한 달에 한 번씩 그녀는 남편 몰래 집을 나와 고속버스를 두 시간이나 타고 나에게로 온다. 그러나 너무 오래 머무를 수는 없기 때문에 그녀는 항상 내 얼굴을 보지 못하고 떠난다. 아, 그녀가 건네주는 그 돈봉투는 또 어떤 멸시와 구박의 틈새로 숨겨내온 것일까. 나는 안다. 어머니의 한숨을 안다. 그녀는 안타까움 때문에, 그리고 습관처럼 붙어버린 죄책감 때문에 아들을 억지로라도 데리고 들어가려고 한다.

"어머니, 어머니는 그곳을 지키십시오. 그곳은 어머니의 집입니다. 어머니는 이미 한 번 어머니의 집을 잃으셨습니다. 또다시 집을 잃으면 안 됩니다. 꼭 붙잡으십시오. 그곳은 어머니의 집입니다. 그러나 나는 아닙니다. 나의 집은 그곳이 아닙니다. 그곳은 내가 갈 곳이 아닙니다. 나는 가지 않습니다. 어서 돌아가십시오. 그리고 이제 오지 마십시오. 오지 않아도 괜찮습니다."

나는 일어섰다. 더 있다가는 눈물을 참기가 어려울 것 같았다. 그러나 눈물을 보인 쪽은 어머니였다. 어머니는 손으로 앉으라는 표시를 했다. 나는 앉지 않았다. 나는 어머니에게 단호한 의지를 보여야 한다고 생각했다. 그래서 제과점의 문을 열고 나갔다. 어머니가 급히 따라나왔다.

"얘야, 선생님이 두 시간은 같이 있으라고 했다. 두 시간은 괜찮다."

"지금 들어가겠어요."

나는 교문 쪽을 향해 걸었다. 어머니의 발걸음이 급해졌다. 후다닥 소리를 내며 쫓아온 어머니는 내 손을 잡고 울음을 쏟아내었다.

"무정한 것, 불쌍한 것……"

그 말 말고는 다른 말을 잊어버린 듯 어머니는 한동안 '무정한 것'과 '불쌍한 것'만을 되뇌었다. 그 두 마디 속에 그녀의 심경이 다 들어 있었다. 끈질기게 자기주장을 되풀이하지 못하고, 나의 거부 의사에 부응하여 자신의 제안을 슬그머니 거둬들일 수밖에 없는 어머니의 안타까운 사정을 모를 리 없었다. 그러나 나는 그럴수록 매정해졌다. 이미 내게는 결심이 서 있었다. 다른 대안이 없지 않느냐는 반문은 이 경우 너무 뻔하게 무익하고 악의적이다. 어머니의 집으로 들어가 그녀의 새로운 가족들과 함께 사는 것은 내 욕망과는 아무 상관이 없는 것이다. 따라서 어머니에게는 안타까움일 테지만, 내게는 아니었다. 끄떡도 하지 않고 완강하게 걸음을 옮겨 디딜 수 있었던 것도 그런 고집 때문이었다. 어머니도 어쩔 수 없다고 생각한 것일까. 어머니는 품속에서 급히 봉투를 꺼내어 내 손에 쥐여주었다. 나는 그 봉투를 들어올렸다. 참았던 눈물이 왈칵 쏟아질 것만 같았다. 나는 눈물을 보이지 않기 위해 어머니를 외면했다.

나는 뛰어서 학교 안으로 들어갔다. 뒤돌아보지 않았지만, 어머니가 눈물을 훔치며 오랫동안 그곳에 서 있으리라는 걸 나는 너무나 잘 알고 있었다.

6-2

그날 밤은 마음이 더할 수 없이 심란했다. 모든 것으로부터 떨어져나간 듯한 극심한 외로움이 안절부절못하게 했다. 학교에서 돌아온 나를 맞이한 것은 돼지고기가 담긴 프라이팬이었다. 어머니의 그 익숙한 흔적이 나를 견딜 수 없게 했다. 쓸쓸하고 슬펐다. 사는 것이 무엇인지 새삼 알 수 없어지면서 내가 하고 있는 모든 일, 특히 학교 공부에 무슨 의미가 있는지 질문하게 했다.

나는 책가방을 던져놓고 곧바로 집을 나왔다. 어디든 쏘다니고 싶었다. 나는 아무 길이나 무작정 걸어다녔다. 되도록 아무 생각도 불러내지 않으려고 했다. 그러나 잡다한 생각들이 여러 통로를 통해서 자꾸 밀어닥쳤다. 들끓는 구더기떼 같은 생각들의 난무로 시종 머릿속이 맑지 못했다. 나는 해가 지는지도 몰랐고, 배가 고픈 것도 의식하지 못했다. 어디를 어떻게 얼마나 걸었는지 알 수 없었고, 또 알고 싶지도 않았으며, 알 필요도 느끼지 않았다. 가끔씩 정신의 공허를 대변하듯 현기증을 느꼈고, 식은땀을 흘렸다. 파김치처럼 지친 다리를 마침내 쉬게 한 곳은 교회당이었다. 처음에 나는 그곳에 갈 계획이 없었다. 따라서 교회당의 긴 의자에 몸을 앉히고 나서 나도 놀랐다.

그곳에는 사람이 없었다. 창문을 뚫고 들어온 희미한 달빛을 받아 피아노의 몸체만이 번들거리고 있을 뿐이었다. 나는 그곳을 노려보다가 다른 발광체 쪽으로 눈길을 돌렸다. 건물의 한가운데 높다랗게 나무 십자가가 걸려 있는 게 보였다. 달빛은 그곳에도 희미한 잔광을 만들고 있었다. 십자가는 언제나 그곳에 있었다. 그러나 나는 이제껏 그것을 주의깊게 본 적이 없었다. 그곳에 그것이 걸려 있다는 사실조차 의식하지 못했었다. 나의 관심은 늘 피아노 쪽이었다. 오늘에야 비로소 그 십자가가 제대로 보였다. 어째서일까. 갑자기 무슨 큰 의미라도 발견한 것 같은 심정으로 나는 눈을 크게 뜨고 그곳을 노려보았다.

그 십자가도 나를 보고 있었다. 내가 그런 것처럼 그것 역시 나 혼자만을 내려다보고 서 있었다. 그곳에 나밖에 없었으니 당연한 일인데도 어쩐 일인지 그 사실이 심상치 않게 여겨졌다. 너무 신경을 쓰고 노려보는 바람에 눈이 아프다고 생각하는 순간, 십자가 주위에 희미하게 광배가 드리워지는 게 보였다. 나는 머리를 흔들었다. 그래도 달무리 같은 광배는 여전히 십자가를 둘러싸고 있었다. 당황스러웠다. 나도 모르게 머리가 숙여졌다. 처음으로 기도를 할 수 있을 것 같은 기분이 들었다. 그것은 너무도 이상하고 갑작스러운 충동이었다. 나는 눈을 감았다. 누군가가 바로 내 앞에 앉아 있는 것 같은 기분이 들었다. 나는 천천히 내 속에 있는 이야기를 꺼내기 시작했다. 처음에는 입속으로만 가만가만 중얼거렸다. 그러다가 조금씩 입술을 움직여 말하기 시작했다. 매우 이해심이 많은 누군가가 아주 가까이에서 참으로 진지하게 내 이야기를 들어주고 있는 것 같은 느낌이 계속 입을 열게 했다.

나는 내 속에 있는 이야기들을 한없이 풀어놓았다. 내 내부에 그렇게 많은 이야기들이 웅크리고 있었던가. 그것은 놀라운 일이었다. 별의별 이야기들이 다 나왔다. 내 속에 그런 게 있었는지 나 자신도 알지 못했던 이야기들, 아무에게도 할 수 없었고 아무에게도 해보려 시도하지 않았던 이야기들이 빠져나왔다. 일찍 세상을 버린 아버지 이야기가 나오고, 그 아버지로 인해 불행해진 어머니 이야기가 나오고, 유년기 때의 교회 전도사 이야기가 나오고, 학교 이야기가 나오고, 반장 이야기가 나오고, '그녀'에 대한 이야기도 나왔다. 나는 내 감정에 복받쳐 흐느끼기도 했다. 마치 고백을 하고 있는 것 같았다. 그리고 그 고백들은 끝이 없었다. 나는 시종 바로 눈앞에서 내 이야기를 진지하게 들어주고 있는 상대를 의식하고 있었다. 그러나 눈을 뜰 수는 없었다. 눈을 뜨면 그 상대가 금세 사라져버릴 것만 같은 안타까운 기분 때문이었다.

아하, 쉼없이 이야기들을 풀어내면서, 나는 깨달았다. 나는 여태 이야기 상대를 찾고 있었던 것이다. 사람들이 왜 기도를 하는지 비로소 알 것 같았다. 그것은 자기 이야기를 마음놓고 솔직하게 늘어놓기 위해서이다. 아무 불평도 하지 않고 한없는 끈기와 인내로 지극히 사적이고 은밀한 이야기들을 들어줄 상대를 찾아서 사람들은 기도처에 모습을 나타내는 것이다. 그 밖에 다른 무슨 뜻이 있을까. 내 이야기를 진지하게 들어줄 상대, 이제까지 나는 그 상대를 찾지 못했었다. 그래서 늘 나의 일상은 불안하고 외롭고 헛헛했던 것이다.

그 어느 순간에(도대체 얼마나 시간이 흐른 것인지 나는 알지 못했다. 그때 시간은 내가 있는 자리를 피해 달아났다. 나는 시간을 초월해 있었다), 나는 내 어깨에 얹히는 따뜻하고 부드러운 손길을 의식했다. 그 손길은 독특한 향기를 가지고 있었다. 나는 그 손길의 임자가 내 기도의 대상이었음을 의심하지 않았다.

"너무 오랫동안 기도를 하는 것 같구나. 벌써 자정이 지났는데."

그녀의 목소리가 내 귓가에서 잔잔하게 부서졌다.

"이제나저제나 기도가 끝나기를 기다렸어. 그런데 끝날 기미가 보이지 않으니…… 그동안 어떻게 지냈는지 궁금했고. 대화를 나누고 싶었는데, 그럴 시간이 없었지?"

그녀가 오래전부터 내 곁에 있었다는 사실은 내게 두 가지 질문을 하게 했다. 실제로 내 곁에 누군가 있어 내 이야기를 진지하게 들어주는 느낌을 제공한 것은 그러면 그녀였던가, 하는 것이 그 하나였고, 그렇다면 그녀가 내 고백을 모두 들어버렸다는 말인가, 하는 것이 다른 하나였다. 그녀의 표정에서 나는 그런 뜻을 읽었다. 그런데도 이상하게 마음이 불편하지 않았다. 나는 수치심도 굴욕감도 느끼지 않았다. 그 이상하게 편안한 기분은 그녀의 다음 행동에 의해 확보되고 증거되었다. 뜻밖에도 그녀 역시 자기 이야기를 하겠다고 나선 것이 그 증거였다. 그 순간 내가 앉아 있는 공간은 세상으로부터 갑자기 떨어져나와 매우 특별한 의미를 지닌 공간으로 변했다. 내 자리에 그녀가 붉은 고리를 건 것이다.

"이번에는 내 이야기를 할게. 내게는 아버지에 대한 기억이 전혀 없어. 내가 너무 어렸을 때 돌아가셨기 때문이지. 어머니는 교회를 전전하면서 나를 키웠어. 우리 어머니가 무얼 하는지 모르지? 교회의 자잘한 일들을 도맡아 하셔. 교회에서는 사찰이라고 하지. 그래서 나는 늘 교회에서 자랐어. 교회는 우리 어머니의 일터고 내 놀이터였어. 어렸을 때부터 친화력이 없었던 나는 사람을 사귈 줄도 몰랐고, 밖으로 나가려고도 하지 않았어. 이곳이 나의 세계야. 다른 세계는 잘 알지 못해. 지금도 그래. 요즘은 어머니를 도와 교회 일을 많이 하지. 그게 내 즐거움이야······"

그녀의 목소리는 매우 깊은 곳에서 우러나오는 것처럼 느껴졌다. 나는 그녀가 내게 속삭이고 있다고 생각했다.

"내가 내 이야기를 한 건, 너에게 용기를 주고 싶어서야. 준식이한테서도 대충 들었지만, 미안해, 아까 기도하는 걸 엿들었어. 용기를 잃지 마. 신앙을 가지고 기도하면서 열심히 살면 하나님이 길을 인도해주실 거야. 자, 우리 같이 기도할까? 내가 기도해주고 싶은데…… 자, 눈감고, 손을 모으고……"

나는 복종했다. 나는 눈을 감고 손을 모았다. 그녀는 내 손 위에 자신의 손을 올려놓았다. 그녀의 손은 부드럽고 따뜻했다. 그 따뜻함과 부드러움은 내 의식의 가장 깊은 곳까지 파고들었다. 나는 숨을 죽였다. 그녀는 입술을 조그맣게 열어 기도의 말을 하기 시작했다.

나는 이미 그녀의 목소리를 듣고 있지 않았다. 절망과 허무의 심연에서 오묘하게도 희망의 싹이 솟아오르는 것 같은 경이로운 그림을 나는 눈앞에서 보고 있었다. 거역할 수 없는 운명이 그 순간 내 손을 덥석 잡았다고 느꼈다. 나는 운명을 피하지 않을 것이다. 운명이 달아나려 하면 내 쪽에서 오히려 운명의 손목을 단단하게 그러쥘 것이다. 나는 그녀가 기도를 마치기도 전에, 그녀를 똑바로 쳐다보고, 사랑한다고 말하는 대신 신학 공부를 하여 목사가 되겠노라고 말했다.

6-3

그리고 나는 이제 무엇을 써야 하나.

낯익은 결말

1

다른 사람 눈에는 더할 나위 없이 심각하고 중대한 결단으로 보이는, 따라서 그 결단을 유발한 동기도 당연히 심각하고 중대할 것으로 판단되는 어떤 일에 대해 정작 당사자는 아주 사소한 이유를 내세우거나 우연의 작용을 들이대어 실소하게 하는 경우가 있다. 하긴 사람에 따라 일의 중량을 재는 저울이 다르다는 것이야 상식이긴 하다. 우리는 이미 우산 장수와 짚신 장수에 대한 비유를 가지고 있다. 한 가지 사실(비가 온다는)에 대한 이 두 사람의 행복과 불행은 대칭이다. 한 사람이 행복할 때 다른 사람은 불행하다. 그러니까 누군가의 행복은 다른 누군가의 불행이 준 선물이다. 그러므로 우산 장수가 짚신 장수에게 나는 행복한데 너는 왜 불행하느냐고 묻거나, 반대로 짚신 장수가 우산 장수에게 나는 웃는데 너는 왜 우느냐고 따지는 것은 옳지 않다. 그러나 그 둘은, 비가 오거나 오지 않는 현상에 자신들의 기대와 좌절을 송두리째 걸고 있다는 점에서 서로 닮았다. 날씨가 그들의 행복과 불행을 좌우한다. 비는 참으로 간절하게 오거나 참으로 간절하게 오지 않아야 한다.

그런데 여기 다른 사람이 있다. 도대체 비 따위는 와도 좋고 오지 않아도 상관없는 사람. 이 사람은 기껏 자신의 기호嗜好나 정황, 또는 그때의 기분에 따라 비가 왔으면 하고 바라거나 비가 오지 않았으면 좋겠다고 중얼거린다. 그뿐이다. 이 사람이 하루의 날씨와 맺고 있는 관계는 앞의 두 사람의 그것과는 사뭇 다르다. 이 사람은 무언가 다른 것에 자신의 행복과 불행을 건다.

그러나 가치의 상대성을 내세우는 것이 능사는 아니다. 그런 식의 상식적인 답변만으로는 어쩐지 미흡하고 충분하지 못한 경우가 있는 법이다. 예컨대 박부길씨의 경우가, 그렇다. 그는 자신의 삶의 방향을 결정적으로 틀어놓고도 남을 젊은 날의 획기적인 결단에 대해 말하면서, 적어도 내가 보기에는 별로 진지하지 않은 동기를 내세웠다. 여자, 그리고 충동, 또는 우연…… 그는 시종 진지하지만, 그리고 그 진지함이 노골적인 이의 제기를 못하게 하지만, 그것만으로 어떻게 그런 결단이 가능할 수 있단 말인가. 나는 믿어지지 않았다기보다 어쩐지 미심쩍었고, 따라서 그 당시를 회고한 고백적인 소설 「지상의 양식」(이 작품은 그가 최초로, 그러니까 소설가라는 공식적인 이름을 얻기 전에 쓴, 미완성의 꽤 긴 소설이다. 그는 무엇 때문인지 아직껏 이 소설을 발표하지 않고 있다. 어쩌면 발표할 생각이 아예 없는 것도 같다. 이 작품의 존재는 나와의 대화 도중 그의 입을 통해 우연치 않게 확인된 것으로, 그는 오래된 애인의 연애편지를 꺼내 보이듯 조심스럽게, 머뭇머뭇거리며 보여주었다. 그는 군이 '완성도 안 되었고 또 물건이 못 되어서'라고 얼버무렸지만, 그런 구실과는 딴판으로 그 작품은 그가 집필할 때 사용하는 책상의 첫번째 서랍에 소중한 물건처럼 보관되어 있었다. 물론 원고지째로였고, 거기 묻혀 오래 견뎌온 세월이 그 원고지를 누렇게 바래놓고 있었다)을 다 읽고 났을 때 내 기분은 많이 허전했다.

그때 마침 근래에 읽다 덮어둔 보르헤스의 단편 가운데 한 구절이 머릿속을 뱅뱅 돌기 시작했다. 그 한 구절은 어쩐 일인지 선명하지가 않았다. 대강의 분위기가 떠오르고 윤곽도 그려지는데 정확한 문장이 도무지 떠오르지 않았다. 무시해도 될 일이라고 할 테지만, 그리고 사실 그래도 될 정도로 대단치 않은 일이긴 하지만, 그럼에도 불구하고, 혹은 그렇기 때문에 더욱, 온 신경이 보르헤스에게 쏠렸다. 보르헤스의 그 문장을 찾아내기까지는 아무 일도 할 수 없을 것 같은 사태를 어쩔 것인가. 나는 갑자기 중요한 과제를 대하는 심정이 되어 책을 찾았다. 읽던 페이지를 책상에 엎은 채 '보르헤스'는 내 오른쪽 손이 닿는 곳에 꾸부정하게 누워 있었다.

나는 급히 책장을 넘겨 문제의 구절을 찾았다. 단편의 제목은 '독일 진혼곡'이었는데, 거기에 이런 글이 씌어져 있었다.

"우리가 우리의 불행을 스스로 선택했다는 생각만큼 교묘한 위안은 없다."

그 구절이 화살처럼 날아와서 내 가슴에 박혔다. 보르헤스가 그 순간의 내 심정을 그대로 대변하고 있는 것처럼 여겨졌다. 박부길 씨는 자신의 삶을 스스로, 그것도 매우 이례적이고 현저하게 남다른 동기에 의해 선택했다고 주장함으로써(소설 속에서나마) 교묘하게 위안을 삼고 있는 것은 아닐까. 그에게는 위안이 필요하다. 그러나 아무도 그를 위로하지 않는다. 그를 위로할 사람은 자신밖에 없다는 것을 누구보다 그 자신이 잘 안다. 그래서 박부길은 스스로를 위로하고자 한다. 그런 생각이 사라지지 않았다.

목사가 되기로 작정한 동기가 순전히 그 여자(그것도 나이가 훨씬 많은)에 대한 사랑(그것도 운명적이라는 포장을 자주 사용하고 있긴 하지만, 어쩐지 충동과 우연의 혐의가 짙은) 때문이라는 그의 주장을 달리 어떻게 이해할 수 있겠는가. 어떻게 여자란 말인가. 어떻게 신에 대한 인식과 믿음이 전무한 한 영혼이 단지 한 여자 때문에, 오직 그 여자를 사랑하기 위해서, 순전히 그 방편으로, 신의 뜻을 지키고 전파하며 살아야 하는 자리로 뛰어들 수 있단 말인가. '소명'이라는 단어가 지시하는 것처럼, 그런 종류의 결단은 좀더 무겁고 진지한 성찰과 고뇌의 결과물이어야 하지 않을까. 무엇보다 자기가 따르고자 하는 그 신과의 상당한 수준의 친교가 바탕에 있어야 하지 않을까. 그리고 그 목적 또한 자기가 신봉하는 그 신에 대한 절대적인 헌신과 봉헌이어야 하지 않을까. 적어도 그렇게 고백해야 하지 않을까. 그것이 없다면 우리가 그 영역을 성聖의 자리로 구별해놓을 까닭이 어디 있다는 말인가.

그런데 그는 그렇게 말하지 않았다. 세상이 전혀 그의 편이 아니라고 줄기차게 고집해온 이 폐쇄적이고 불만투성이인 이상한 고등학교 2학년생은, 단지 한 여자의 사랑을 얻기 위해서, 적어도 그 시점에서는 신에 대한 확고한 믿음이 부재한 상태로, 목사가 되겠다고 결심했다는 것이다.

사랑한다는 고백 대신 그 엉뚱한 결심을 말하면서 그의 소설 「지상의 양식」은 멈춘다. 물론 그의 설명대로 이 작품이 미완성이라는 사실은 충분히 고려되어야 할 것이다. 그는 틀림없이 더 쓸이야기가 있었을 것이고, 마땅히 그래야 했다. 그와 같은 결심을하고 난 이후의 사정이 조금 더 상세하게 기록되었더라면(가령 그의 신학교행에 의미를 부여하는 어떤 영적인 체험이 그사이에 있었다든가 하는 식으로) 어느 정도 이해하기가 용이했을 것이다. 그런데 어쩐 일인지 그는 거기서 기록을 끝내버렸다. 그러고는 다시 쓰지 않았다. 적어도 현재까지는. 다른 글에도 그런 경험에 대한 언급은 나타나지 않는다. 따라서 우리는 그가 멈춘 곳을 겨냥하고 사유의 그물을 던질 수밖에 없다.

2

　나는 이미 그녀의 목소리를 듣고 있지 않았다. 절망과 허무의 심연에서 오묘하게도 희망의 싹이 솟아오르는 것 같은 경이로운 그림을 나는 눈앞에서 보고 있었다. 거역할 수 없는 운명이 그 순간 나의 손을 덥석 잡았다고 느꼈다. 나는 운명을 피하지 않을 것이다. 운명이 달아나려 하면 내 쪽에서 오히려 운명의 손목을 단단하게 그러쥘 것이다. 나는 그녀가 기도를 마치기도 전에, 그녀를 똑바로 쳐다보고, 사랑한다고 말하는 대신 신학 공부를 하여 목사가 되겠노라고 말했다.(「지상의 양식」)

　그의 연보에 의하면, 그는 실제로 고등학교를 마친 후 곧바로 신학생이 되었다. 자신의 신학교행에 한 여자에 대한 사랑이 운명적으로 개입해 있음을 고백한 이 작품이 현실을 어느 정도나 반영하고 있는지가 당연히 나는 궁금했다.

　물론 나는 한 편의 소설을 회고록이나 자서전과 분간 못할 정도의 맹추는 아니다. 그런 뜻이 아니다. 나 역시, 어쭙잖긴 해도 명색 소설가가 아닌가. 하지만 작품과 작가의 삶이 겹치는 부분을 만날 때 독자들은 당연히 호기심을 느낀다. 물론 작가는 자신의 삶을 사실 그대로 베끼지는 않는다. 그러려고 하지 않을 뿐 아니라 그럴 수도 없다. 어떤 작가도 사진사이기를 원치 않고, 또 설령 원한다고 하더라도 사진사가 될 수는 없는 것이다. 사실 그대로 쓴다고? 누가 그럴 수 있을까? 기억되거나 말해진 사실은 결국 발췌된 사실일 뿐이다. 선택과 배제를 통해 '사실'이 구성된다. 거기에 굴절과 왜곡이 끼어든다. 그것이 작품이다.

그런데도 우리에게는 사실, 또는 사실이라고 말해지는 것에 대한 미신이 있다. 어떤 작가의 소설이 사실에 근거해 쓰였다고 하면 구미가 당긴다. 심지어는 소설가가 소설을 쓴 것이 아니라 사실을 썼다고 믿고 싶어하거나 그랬으면 좋겠다고까지 생각한다. 우리는 그다지 치밀하지 않고 현명하지도 않다. 사실을 썼다고 하더라도 소설가가 쓴 것은 결국 소설이다. 백 퍼센트 증류 상태의 사실이란 존재하지 않는다. 더구나 소설 속으로 들어오면 더욱 그렇다. 그런데도 사실, 또는 사실이라고 말해지는 것은 우리를 홀린다. 사실에 대한 우리의 신봉이 소설을 작가의 삶과 겹쳐서 읽게 한다. 지금의 나 또한 예외가 아니다. 나는 박부길의 소설을 박부길의 삶 위에 포개려고 한다. 그가 자신의 삶을 사실 그대로 베꼈으리라는 믿음 때문이 아니다. 그가 자신의 삶을 가지고 만든 소설이라 하더라도 그것은 선택과 배제를 통해 재구성된 것이고, 또한 거기에 굴절과 왜곡이 불가피하게 가해졌으리라는 점을 모르지 않는다. 그렇다면 그의 소설을 그의 삶 위에 포개려는 시도에 무슨 의미가 있을까? 그런 일이 가능하기나 할까? 그럼에도 불구하고 가능하고, 그렇기 때문에 더욱 의미가 있다고 나는 생각한다.

선택과 배제, 그리고 굴절과 왜곡은 그의 선택과 배제이고 그의 굴절과 왜곡이다. 그가 선택하고 배제한다. 그가 굴절하고 왜곡한다. 그렇기 때문에 그의 작품에 나타난 사실은 그가 선택하고 배제하고 그가 굴절하고 왜곡한 사실이다. 우리에게 증류 상태의 '그의' 사실을 알아야 할 필요나 이유가 있을까? 훼손되지 않은 그의 순수한 '사실'을 아는 것이 우리에게 무슨 의미가 있을까? 우리에게 의미가 있는, 그러니까 우리가 알아야 할 필요와 이유가 있는 사실은 그가 선택하고 배제한, 그가 굴절하고 왜곡한 그의 사실이다. 그 사실만이 의미 있는 사실이다. 사실의 선택과 배제, 그리고 굴절과 왜곡의 과정을 통해 그는 자기의 진정한, 의미 있는, 말해질 필요가 있는 사실을 우리에게 말하는 것이다. 거듭 말하지만, 우리에게 의미 있는 것은 그의 '사실'이 아니라 자기의 사실을 선택하고 배제하는, 굴절하고 왜곡하는 '그'이다. 우리는 그의 작품을 통해 바로 그것을 읽는다.

한 작가의 작품은 어떤 식으로든 그 작가인 것이다. 작가는 자신의 삶의 의식, 무의식의 다양한 파편들을 선택과 배제, 굴절과 왜곡이라는 방법을 동원하여 교묘하게 조작함으로써 소설들을 만든다. 삶의 파편들은 때로 소설의 겉으로 드러나 있기도 하고, 더 자주는 눈에 잘 띄지 않게 숨어 있기도 한다. 삶, 즉 사실이 없으면 소설도 없다. 따라서 소설 속에서 우리가 발견해야 하는 것은, 파편들 속에 감추어둔 작가의 내밀한 음성이지 파편들을 꿰맞춘 사실들의 복원이 아니다. 그러나 독자는 책 밖에 있고, 작가가 쓴 글들은 책 속에 갇혀 있다. 독자는 작가를 만나기 위해 책 속으로 들어가야 한다. 독자는 한 작가가 써놓은 소설들을 읽음으로써, 그 각각의 소설들에 드러나 있거나 감춰져 있는 파편들을 찾아내어 자기의 경험과 상상력에 의존하여 조합함으로써 나름대로 한 작가를 만든다. 그런 뜻에서 소설이 없으면 삶, 즉 사실도 없다.

독자에게 중요한 것은 소설 속에 형상화된, 또는 소설 속에서 독자가 발견해낸 작가이지, 현실 속의 작가가 아니다. 그런 것은 중요하지 않다는 뜻이 아니라, 고려할 상황이 아니라는 뜻이다. 그런데도 독자는 흔히 거기서 혼동을 일으킨다. 독자들의 의식 속에서 소설가가 쓴 글들은 너무 쉽게 글쓴이의 현실을 지향한다. 우리는 한 작가의 소설로부터 구성해낸 한 인물의 초상과 그의 삶을 너무 편리하게 현실 속의 작가와 동일시해버리곤 한다. 그래서 소설 이전의 작가의 현실을 복원해보려는 부질없는 꿈을 꾼다. 나쁜 버릇이다. 나쁘지만 불가피하다. 아무리 진지한 독자도 이 버릇으로부터 자유롭지는 못하다. 독자는, 그런 뜻에서 모두 맹추이다. 나역시 그러하다.

"왜요? 그러면 안 됩니까?"

박부길씨는 아주 짧게 그렇게만 말했다. 나는 그가 씁쓸하게 웃고 있는 것 같은 느낌을 받았다. 질문에 대한 대답으로 질문을 택함으로써 처음의 질문을 되돌려주는 이런 대화술에 나는 약하다.

이런 식의 반문은 흔히 처음의 질문 자체를 문제삼음으로써 대답을 마무리해버리기 때문이다. 그것이 되물음의 효용이다. 나는 당황했다. '그러면 안 됩니까'라고 반문함으로써 그는 나의 질문 자체를 무화시키면서 진술의 마이크를 내게로 돌려놓았다. 그의 질문 속에 내포된 뜻이 너무 모호해서 나는 무슨 대답을 해야 할지 얼른 결정하기가 어려웠다. 처음에는 '여자와의 사랑이 신학교행의 동기로 작용하면 안 됩니까?'라는 뜻으로 들렸다. 그러나 곧 다른 음성이 들려왔다. '소설 속에 그런 인물을 창조하면 안 됩니까?'라는 물음이었다.

한 문장 속에 두 가지의 뜻을 담는 이런 식의 중의적 표현에 대처하기 위해서는 화자의 의중이 어느 쪽에 비중을 두고 있는지를 간파해야 한다. 그는 내 질문이 '신학교행'의 동기에 겨냥되어 있다는 걸 이해하고서도 그런 식의 애매한 수사법을 사용함으로써 '소설 속 인물 창조' 쪽으로 대화의 길을 틀려는 의도를 드러냈다. 나는 그렇게 판단했다. 물렁하게 상대할 일이 아니라는 판단이 뒤따랐다. 물론 내가 그의 질문에 대답을 해야 한다면, 두 경우 모두 '안 될 것은 없다'가 될 것이다. 안 될 이유가 무어란 말인가. 하지만 그가 원하는 대로 방향을 틀 수는 없는 일이었다.

"제 의문은, 다른 건 몰라도, 그런 종류의 특별한 결단, 이를테면 자기의 삶을 거는 궁극적 관심과 관련된 결단이라면 그런 동기 말고, 조금은 다른, 그러니까 보다 진지하고 심각한……"

나는 애를 썼다. 그러나 잘되지 않았다. 나는 말더듬이처럼 같은 말을 반복했다. 거기서 그는 다시 그 짧은, 전략적인 되물음을 구사했다.

"왜요? 안 됩니까?"

내가 받은 인상은, 그가 나를 못마땅해하고 있다기보다 이런 투의 화제를 불편해하고 있다는 쪽이었다. 그 점은 그가 생애 최초로 이 소설을 썼으며, 그럼에도 불구하고 완성을 짓지 않았거나 못 지었을 뿐만 아니라 여태까지 발표를 유보해오고 있는 사정과 어떤 연관이 있는지 모르겠다. 그가 이 소설을 쓸 때 그는 아직 소설가의 이름을 얻기 전이었고, 따라서 그는 이 작품을 세상에 공개할 의사가 없었을 것이다. 사정이 그렇다면 이 소설은, 그의 다른 소설들에 비해 상대적으로 '사실'에 가까울 가능성이 높지 않을까. 만일 그가 다른 독자를 염두에 두지 않고 고백을 하듯, 또는 일기를 쓰듯 쓴 것이라면…… 그리고 보니 지나친 자의식의 분출과 감정 과잉의 흔적이 또렷했다는 기억이 있다. 물론 그것은 미숙함의 증거로 이해할 수 있긴 하다. 그 차이는 선명하게 구분되지 않는다.

내가 지금 관심을 기울이는 것은, 그 작품의 문학성이 아니라, 역사성이다. 작가는 되도록 문학성의 영역에서만 논의하기를 원한다. 아니, 아예 논의되지 않기를 바라는 것 같다. 역사적 사실을 문제삼으려는 내 의도를 그는 몹시 거북해하는 눈치다. 문학성과 역사성 사이에서 우리는 겉으로 드러내지 않고 부딪쳤다. 누가 물러나야 하는지는 그도 알고 나도 안다. 원치 않는 거북한 말시킴은 도리가 아니다. 나는 그쯤에서 그를 놓아주어야 한다고 생각했다.

그러면 이 글은 어떻게 하는가. 나는 그의 삶을 그의 문학과 관련해서 재현하는 일을 떠맡았다. 정확하게 말하면, 그가 쓴 소설에서 그의 생애의 그림자를 건져내는 것이 내게 주어진 과제다. 일차적인 자료는 그의 고백이다. 고백이 모든 자료에 우선한다. 그런데 그는 이 대목에서 비협조적이다. 그가 입을 닫으면 나의 글도 닫힌다.

그렇긴 해도 방법이 아주 없는 것은 아니다. 어둠 속에서는 손으로 더듬으면 된다. 나에게는 다른 자료들이 있다. 말이 그의 것인 것과 마찬가지로 글 또한 그의 것이다. 글은 말보다 덜 직접적인 대신 보다 신중하다. 직접적인 것도 미덕이지만, 신중함 또한 미덕임에 틀림없다. 직접성의 미덕을 포기하는 대신 신중함을 택하는 것도 나쁘지 않다. 때로 그 신중함 속에 미묘한 사실의 굴절이 끼어든다고 하더라도 어쩔 수가 없다.

도수가 몹시 높은 안경을 낀 교수가 안경 너머로 쏘아보았다. 부지깽이처럼 까맣고 깡마른 얼굴이었다.

"우리 학교를 택하게 된 동기를 말해보겠나?"

그는 대답하지 못했다. 이상하게 입술이 탔다. 그는 혀로 입술을 핥았다. 그러나 입술의 건기는 사라지지 않았다. 교수는 끈기 있게 그의 대답을 기다리고 있었다. 면접관인 교수의 날카로운 눈빛이 그의 심장을 꿰뚫어보고 있는 것만 같았다. 동기를 말하라고? 교과서 같은 질문이었다. 면접장에 들어오는 사람이 의당 예상하고 있게 마련인 그런 공식적인 질문. 따라서 교과서적인 대답이 있을 것이었다. 그런데 왜 그의 입은 열릴 줄 몰랐을까. 그는 자신이 무슨 대답인가를 빨리 해야 한다는 사실을 잘 알고 있었다. 거짓을 말해서는 안 된다는 것도 명백했다. 그의 앞에는 세 명의 면접관 말고도 큼지막한 십자가가 벽에 매달려 있었다. 십자가야말로 가장 엄격한 면접관이었다. 거기에도 눈이 달려서 그를 매섭게 쏘아보고 있는 것 같았다. 진정으로 그의 입을 바싹바싹 타게 한 것은 바로 그 십자가─십자가의 눈이었는지 모른다.

그가 입술만 빨고 있자 부지깽이 같은 노교수의 옆자리에 앉은, 안경도 끼지 않고 훨씬 젊어 보이는 교수가 얼굴에 웃음을 띠며 재촉하고 나섰다.

"긴장하지 말고…… 괜찮아요. 누가 권했나요? 누구 영향을 받았을 수도 있고, 또 혼자서 어떤 계기로 헌신을 결단했을 수도 있겠지요…… 그걸 물어보는 거예요. 어려워 말고 솔직하게 말해봐요."

그의 눈은 하릴없이 시멘트 바닥을 내려다보고 있었다. 시멘트 바닥은 얼룩덜룩했고, 군데군데 금이 가 있었다. 그의 낡은 신발이 꼼지락거렸다. 그리고 그는 고개를 숙인 채, 달라붙은 입술을 겨우 떼어냈다.

"교회 선생님이…… 권한 것은 아니고요, 굳이 말하자면……"

거기서 그는 다시 말을 멈췄다. 십자가에서 날카롭고 무거운 빛이 쏟아져내려왔다. 등줄기로 후끈 열기가 올라왔다. 그는 이마의 땀을 닦았다. 말이 이어지기를 기다리다 말고 처음의 교수가 다시 물었다. 그의 목소리에는 약간의 짜증이 묻어 있었다.

"무슨 대답이 그런가? 누가 무얼 어떻게 했다는 거지?"

"교회 선생님으로부터 영향을 받았다는 걸 말하려고 했습니다."

"좋아, 좋아."

교수는 더 따져 묻지 않았다. 귀찮다는 듯 손을 내저으며 서류 위에 무엇인가를 적었다.

더 따지고 들었다면 그는 말했을까. 그는 무슨 말을 했을까. 장학금 없이는 공부할 수 없는 딱한 사정을? 교회에서 알게 된 선생의 권면? 그녀로부터 받은 신앙적 감화? 그것이 진실일까? 적어도 거짓은 아니다. 그 선생은 그의 결단에 거의 절대적인 영향력을 행사했다. 그녀는 어떤 식으로든 그의 신학교행에 책임이 있다. 그는 더이상 다른 남자의 아내가 되어버린 어머니의 도움을 받을 수가 없었고(혹은 받고 싶지 않았고), 그렇기 때문에 만일 공부를 계속하고 싶다면 혼자 힘으로 학교에 다녀야 한다는 것도 사실이다. 교회는 가난한 그에게 퍽 관대했다. 그의 결심을 간파한 교회는 그가 신학생이 되면 거처를 제공해주겠노라고 했다. 성경 공부를 가르치던 선생은 그의 강력한 정신적 후원자가 되어 있었다. 그녀는 그의 충동적인 결단이 진지함의 무게를 덧입도록 도와주었다. 그러나 그런 사정을 말했다고 해도 그는 만족스럽지 않았을 것이다.

아니다, 아니다. 그런 것이 아니다. 그런 것들은 표면적인 구실들에 불과하다. 껍데기는 어떻게 말해도 껍데기일 뿐이다. 진실은, 언제나 그렇지만, 보다 내밀하고 한층 사적이다. 그는 그 길이 그녀에게로 갈 수 있는 유일한 길이었기 때문에 그렇게 했다. 그는 그녀가 원하는 일을 하려고 했던 것이지 자신이나 그 어떤 다른 이가 원하는 일을 하려고 했던 것이 아니다. 심지어는 신조차 그의 행동의 동인일 수 없었다.

그는 신에게 투항하기로 오래전에 작정한 터였다. 그 길만이 그녀에게 갈 수 있기 때문이었을 뿐 다른 이유는 없었다. 그는 그녀를 통해서만 신을 이해했고, 그녀를 통해서만 신과 만날 수 있다고 생각해왔다. 그는 그녀를 만나지 않았다면 신에 대해 전혀 알지 못했을 것이라고 믿었고, 어쩌면 그것은 사실이었다. 그런데 또 이상하게도 그녀에게 다가가기 위해서는 신을 통과해야만 했다. 그녀는 신에게 가는 다리였고, 신 또한 그녀에게 가는 다리였다. 그는 신이 원하는 일이라면 무엇이든 할 수 있다고 생각했는데, 그것은 그 신을 잃어버리면 그녀에게 갈 수 없기 때문이었다. 그는 그녀가 원하

.는 일이라면 무엇이든 하지 않을 수 없었는데, 그것은 그녀가 바라는 것을 통해서만 신의 뜻을 이해했기 때문이었다.

그가 면접관에게 그런 말들을 다 할 수 있었을까. 했다면 그들이 그를 이해할 수 있었을까.(「시간의 부역」, 『유형지 일기』, 231쪽)

언제나 표현된 것이 전부는 아니다. 아니, 어차피 전부는 표현될 수 있는 것이 아니다. 우리는 그 사실을 안다. 때로는 감추기 위해서 표현하기도 한다. 그러나 어쨌든 표현된 것들을 통해서만 진실에 이를 수 있다는 것도 사실이다. 우리에게 중요한 것은 진실이지, 사실 자체가 아니다. 크든 작든 모든 역사는 의미와 진실에 대한 기록이지, 일어난 모든 일에 대한 사실적인 기록이 아니다. 입장과 세계관에 따른 선택과 배제, 굴절과 왜곡의 과정을 우리는 해석이라고 부른다. 그리고 말한다. 역사는 결국 해석이다.

이 작품의 작중인물에게 부여한, 저 앙드레 지드의 소설 『좁은문』의 제롬적 캐릭터를 그는 기꺼이 인정한다. 지난 시절의 어둡고 폐쇄적인 골방에서의 게걸스러운 독서 목록에 앙드레 지드가 있었다. 영혼이 행복 말고 더 무엇을 바랄 수 있겠니? 하고 제롬이 격렬하게 외친다. 알리사는, 성스러움……이라고 가만히 중얼거린다. 그러자 제롬은 그녀의 무릎에 얼굴을 파묻고, 슬픔이 아니라 사랑에 복받쳐서 어린애처럼 소리친다.

"네가 없이는 나는 거기에 이르지 못해. 너 없이는 안 돼. 너 없이는 안 돼."

그 문장을 읽으면서 박부길은 소리질렀다.

"너 없이는 안 돼, 너 없이는 안 돼. 네가 없이는 나는 신에게 이르지 못해."

그의 소설 속에서 한 여자에 대한 거의 헌신에 가까운 전적인 몰두를 보여주는 인물의 열정을 엿보게 하는 대목은 이곳 말고도 몇 군데 더 있다. 특이하게도 그의 소설에 등장하는 여자들은 너무 완벽하고 터무니없이 이상화되어 있다. 그 인물들의 비현실적인 신비감, 그것이야말로 젊은 시절 박부길의 내면에 한 여자가 얼마나 견고하게 달라붙어 있었는가를 간접적으로, 그러나 매우 상징적으로 드러낸다. 그 인물은 "감각과 이성 사이에서 절대로 흔들리지 않는 저울추 같은 균형을 잡고"(『벽과의 대화』의 그녀) 있으며, "완벽한 모성, 그리고 한없이 천진한 어린아이의 순진함, 거기에 더하여 현자의 지혜……"(『그대 또한 삶을 속인다』의 미옥)를 겸비한 여성이다. '그녀'에 대한 박부길의 찬미는 거기서 그치지 않는다. 마침내 그녀는 "하늘에 뿌리를 대고 사는, 근원이 다른 식물"(『꿈의 하늘』의 그녀)에 비유된다. 이 '그녀'들은 한 명의 여자이다. 그 이름을 우리는 알고 있다. 김종단이 그녀 이름이다.

3

그녀는 박부길에게, 그의 표현을 빌리면, 운명이었다. 그런데 그녀에게 박부길은 무엇이었을까. 단순히 그녀가 지도하고 있던 교회학교의 여러 학생들 중의 한 명에 불과했을까. 그녀는 그의 내면에서 불타고 있던, 그녀를 향한 열정을 눈치채지 못했을까? 그렇지는 않았던 것 같다. 열정은 사람의 내면에 불을 질러 올바른 판단을 할 수 있는 기관을 검게 태워 없애버리긴 하지만, 그리고 어차피 불길이라 그 속성상 일정한 방향을 잡으면 걷잡을 길 없이 빠르게 달려가긴 하지만, 순전히 일방적이었던 것 같지는 않다. 그가 그녀에게 느낀 그 설명할 수 없는 동질감을 그녀 또한 느꼈음 직하다는 말을 하려고 한다.

실제로 두 사람은 많은 유사점을 가지고 있는데, 그 유사점 가운데 가장 눈에 띄고 분명한 한 가지는 폐쇄성이다. 그는 자아의 투사에 다름 아닌 자신의 어둡고 비좁은 자취방에 스스로를 가둔 채 거기서만 일그러진 안정감을 느껴왔다. 세상의 그 무엇도 그를 위로하지 못했다. 그녀를 만나기까지 모든 사람은 단지 타인이었고, 적이었고, 사물이었고, 지옥이었다.

그녀는 어땠는가? 그녀는 달랐는가? 교회라는 울타리 안에 들어앉아서 그 밖으로는 나간 적도 없고, 나가려 하지도 않았다고 그녀는 고백했다. 앞으로도 그럴 거라는 관측을 스스로 한 바 있다.

교회는 그녀의 폐쇄적인 자아를 감출 수 있는 그럴듯한 테두리에 지나지 않았던 것이 아닐까. 교회가 아니라도, 그녀는 그 무엇으로든 테두리를 만들었을 것이다. 우연히, 또는 불가피하게 교회가 그녀의 울타리가 된 것뿐이다. 박부길의 '골방'이 그런 것처럼 그녀의 '교회' 역시 폐쇄적인 공간이다. 그녀의 '교회'는 그의 '골방'과 똑같다. 교회 안에 있으면서 세상을 향해 열려 있는, 또는 교회의 가르침을 통해 세상을 확보하게 된 대부분의 기독교인들과는 달리 그녀는 할 수 있는 대로 교회의 내부로만 파고들려고 했다. 그녀는 세상을 알지 못했고, 알려고 하지 않았고, 두려워했다. 이미 알고 있는 것처럼 박부길도 마찬가지였다. 그 또한 세상을 두려워했고, 혐오했다. 그들은 서로 다른 곳에 서 있으면서도 얼마나 같은가. 박부길을 홀린 것은 그녀의 믿음이나 성스러움이 아니라 실은 그와 같은, 자기를 닮은 폐쇄적 분위기였던 것이다. 박부길은 그녀가 자기와 같은 종족이라는 것을 쉽게 눈치챘고, 그 점에 매료되었다. 그녀라고 달랐을까.

그녀가 박부길로부터 뜻밖의 고백을 받고 몹시 놀랐다고 하는 것은 별로 강조할 사항이 아니다. 그때 그는 이제 고등학교 2학년이었다. 물론 그는 같은 학년의 아이들에 비해 두 살이 많았다. 그렇다고 하더라도 그녀와의 나이 차는 크게 줄어들지 않는다. 거기다가 그들은 어쨌든 선생과 제자 사이가 아닌가. 어린 제자의 난데없는 사랑 고백을 수용할 자세를 그녀에게 요구한다는 것은 무리이다.

그렇지만 박부길이 곧바로 알아보았던 것처럼 그녀 또한 그가 자기와 같은 부류의 인간임을 오래지 않아 알아차리지 않았을까. 이 질문에 정확한 답을 하는 것은 불가능하다. 우리 앞에는 지금 그녀가 없기 때문이다. 그녀는 없지만 그녀에 대한 자료는 있다. 자료는 이 자리에서도 소중하다. 나는 그가 신학생이 되기 직전에 그녀로부터 받았다는, 지금도 줄줄 외우다시피 하는, 길지 않은 편지 한 통을 인용하려고 한다.

그가 불쑥 엉뚱한 고백을 한 시점으로부터 약 일 년쯤 시간이 흐른 뒤였다. 그 일 년은 그녀가 그를 알아보기에 충분한 시간이었으리라. 편지의 내용은, 그녀 역시 그를 향해 심상치 않은 감정을 내쏟고 있었음을, 그의 무모해 보이는 열정이 전혀 터무니없이 일방적인 것은 아니었음을 유추하게 한다.

'밤에 책을 읽다가 문득 누군가 내 어깨너머로 쳐다보고 있는 것 같은 착각에 빠졌어. 내 목덜미를 부끄럽게 하는 숨소리를 들었지. 나는 책을 덮었어. 이게 무슨 일일까. 내 영역 안으로 누군가 다른 사람이 들어온 적이 없었어. 이런 느낌은, 내게는 퍽 낯설어. 무언지 잘 모르겠어. 그러나 가만히 나 자신을 들여다보면 이 기분이 싫지는 않은 것 같아. 때때로 나는 부길이를 보면서 거울 앞에 앉아 있는 것처럼 느끼거든.

우습게 들리겠지만, 나는 벌써 부길이가 강대상에 서서 심령에 비수를 던지는 것처럼 감동적인 설교를 하는 모습을 눈앞에 그려보곤 해. 그건 아마도 내가 꿈꾸어온, 그러나 내가 이루어낼 수 없는 자화상일 거야. 그런데 어째서 나는 부길이에게서 나의 모습을 보는 것일까. 부담을 주려는 생각은 없지만, 부길이는 틀림없이 좋은 목사가 될 거라고 나는 믿어. 우리들의 공동의 신에게 너를 위해 늘 기도하는 사람이 있다는 걸 기억해.'

이 편지를 받았을 때 박부길은 이미 신학대학 입학이 결정되어 있었다. 그 결정은 물론 그가 자발적으로 내린 것이었다. 처음 그가 사랑을 고백하는 대신 그 말을 꺼냈을 때는, 자신은 인정하고 싶지 않겠지만, 다소간 충동적인 면이 없지 않았었다. 그 충동은 그녀에 의해, 그녀를 향해 촉발된 것이었다. 그리고 그 충동을 구체화시켜준 것도 그녀였다. 당연히 처음에 그녀는 그의 진정성을 의심했다. 그의 경솔을 나무라고 말렸다. 전 생애를 거는 매우 심각한 결단이라는 걸 이해시키려고 노력했다. 사람의 결심이 아니라 위로부터의 부름이어야 한다고 설득하기도 했다. 그러나 그녀는 머지않아 그의 엉뚱한 진지함에 말려들고 말았다. 중요한 것은 여기서도 인간적인 친밀감이다. 그녀는 그에게서 자신의 감춰진 부분을 보고 말았다. 그것이 진짜 동인이다. 그녀는 위험한 줄도 모르고(어떻게 그걸 미리 알 수 있었겠는가? 아니, 그런 우려가 끼어들 여지가 어디 있었겠는가?) 자기를 닮은 것에 이끌려들어 갔다. 몇 차례 반복적인 의견 교환을 거친 후 일 년이 채 되기 전에 그녀는 그의 가장 적극적인 후원자가 되었다. 그녀는 진정으로 그를 목사로 만들고 싶어했다.

그녀가 어느 순간부터 박부길의 사랑에 화답하게 되었는지를 따진다는 것은 가능하지도 않고 또 의미 있는 일도 아니다. 유추해 볼 수 있는 것은, 둘 사이의 대화가 주로 교회 안에서 심야에 이루 어졌다는 점이다. 때로는 예배당 앞의 벤치에 나란히 앉아 달빛을 받기도 했다. 그들은 많은 말을 주고받지는 않았다. 어떤 때는 침묵이 말보다 사람을 더 가깝게 한다.

물론 나직나직 대화를 나누며 밤을 거의 다 새우기도 했다. 그들의 대화는 선생과 학생이라는 신분을 기반으로 이루어졌다. 그러나 그런 조건들이 그다지 힘을 발휘하지 못하는 상황이 생기곤 했다. 우리는 짐작할 수 있다. 심야의 공기가 얼마나 은밀하고 농염한지. 밤의 하늘을 떠도는 공기는 한낮의 그 번잡하고 산만한 공기가 아니다. 어둠이 내려오면서 공기도 바뀐다. 밤에는 왜 통화가 잘되는가. 밤의 특별한 공기 때문이다. 밤에는 웬만해서는 잡음이 섞이지 않는다.

더구나 그들이 앉아 있는 곳이 신성의 기운이 감도는 성전이었다는 사실도 덧붙여 말해질 필요가 있다. 어둠은 성스러움에 농도를 더한다. 어둠에 의해 성은 더욱 성스러워지고 성에 의해 어둠은 더욱 어두워진다. 어둠과 성스러움이 그들을 에워쌌다. 그 어둡고 성스러운 공기 속에 함께 앉아 있는 것만으로도 이상한 일체감에 젖어드는 듯했을 거라는 추측이 가능하다. 무슨 말을 주고받고 있는가는 사실 중요하지 않다. 어떤 말도 상관없고, 아무 말 하지 않아도 나쁘지 않다. 일체감은 말을 통로로 삼지 않는다. 밤공기는 아주 은밀하고 다정하게 공기 속에 노출된 영혼들을 감싼다. 그들은 누구보다 자주 그 특별한 밤공기의 품속에 같이 있었다. 그것만으로 충분하지 않을까.

그래도…… 하고 우리는 묻는다. 그녀가 구체적으로 그에 대한 자신의 범상하지 않은 감정을 표현한 시점은 언제인가. 어느 순간부터 그들은 자신들의 동질성을 입으로 시인하기 시작한 것일까. 거듭 말하지만, 그것을 추적한다는 것은 가능하지도 않고 또 의미 있는 일도 아니다. 하지만 굳이 찾으려고 한다면, 그가 그 편지를 인상 깊게 기억하고 있다는 사실을 근거로 그 시점을 어림짐작할 수 있을 것 같기는 하다. 그 편지에서 그녀는 비로소 선생으로서의 관심이 아니라 애인으로서의 관심을 내비친 것이라고 추측할 수 있다. 적어도 그는 그렇게 읽은 것 같다. 그가 잘못 읽은 것일까. 우리는 그렇게 말하지 못한다. 그 편지에서 다른 어떤 걸 읽어야 한단 말인가. 누가 그럴 수 있을까. 아무도 그럴 수 없다면 박부길만 유독 그렇게 읽어야 할 이유가 무엇이란 말인가. 추측건대 호기심과 연민과 호감의 복잡한 과정을 거치면서 그녀의 감정은 점차 농밀해지고 은밀해졌을 것이다. 그리고 그 미묘하게 다른 색깔을 띠고 있는 각각의 감정들은 헝클어진 실처럼 뒤엉킨 채로 그녀의 마음을 오래도록 지배했을 것이다.

4

신학생이 되자 그는 곧장 기숙사로 들어갔다. 그의 방은 사층이었고, 남향이었다. 아침마다 넓은 유리창을 통해 햇살이 쏟아져들어왔다. 신입생의 기숙사 입사는 의무 조항이었다. 하지만 그런 규정이 없었더라도 그는 기숙사에 들어갔을 것이다. 그에겐 그것 말고 다른 길이 없었다. 이미 다른 사람의 아내이자 그가 알지 못하는 두 아이의 어머니가 되어 있는 어머니로부터 계속해서 한 달에 한 번씩 돈봉투를 받아내는 일은, 슬프고 안쓰러운 당신의 입장을 생각해서 그가 스스로 그만두어야 했다. 그가 원한 것은 그를 둘러싸고 있는 인연으로부터의 완전한 단절이었다. 어머니는 그가 끊어내고자 한 최초이자 최후의 끈이었다.

그 결정은 물론 어머니의 반발을 샀다. 어머니는 사정이 어렵더라도 계속해서 아들에게 생활비를 보내주고 싶어했다. 그렇게 함으로써, 그렇게 해서라도 어머니 됨의 위치를 유지하고 싶어했으리라. 그렇게라도 해야 아들에 대한, 또는 운명에 대한 부채감을 조금이나마 덜어낼 수 있다고 생각하지 않았을까. 그가 어머니의 재정적 지원을 거부하겠다고 나섰을 때, 그녀는 아들의 내면에 어머니인 자신에 대한 불만이나 원한 같은 것이 뒤엉켜 있다고 판단했다. 어머니의 그런 판단이 전적으로 오해는 아니었다. 실제로 그의 내부에는 어머니에 대한 애증이 복잡하게 교차하고 있었고, 그 사실을 '모성 결핍'이라는 표현으로 밝히기도 했으니까. 그러나 그것이 전부는 아니었다. 적어도 그는 어머니를 비난하거나 복수하려는 의도로 그런 결정을 한 것이 아니었다. 그에게 의도가 있었다면 그것은 오직 단절이었다. 그를 둘러싼, 그가 그토록 불편해하는, 그의 의지와 상관없이 그의 운명에 개입해 있는, 보이지 않는 그물 같은, 본능적이고 원시적인 인연으로부터.

인연의 그물에 갇혀 사는 사람을 미개인이라고 부른다. 이 사람의 사는 방식은 본능적이고 비이성적이며 부자유하고 몰가치적이며 무원칙하다. 에고와 에고의 연장에 불과한 가족이 미개인의 세계이다. 문명인의 자유는 무엇보다도 우선 인연으로부터의 자유여야 한다.(「나는 왜 미개인인가」, 산문집 『행복한 마네킹』, 107쪽)

어머니로부터 떨어져나옴으로써 그는, 적어도 심리적으로는 모든 핏줄로부터 해방되었다. 자신의 의사와는 상관없이 인위적으로 둘러쳐진 권위의 간섭으로부터 자유로워졌다. 그는 그렇게 생각했다. 이제 나는 완벽하게 혼자다. 혼자라는 말은 자유라는 말과 같다. 그리고 이 상태야말로 나의 본래 모습이고, 내가 간절히 꿈꾸던 바이다…… 그러나 세상에 부러울 것이 하나도 없다는 이런 고아의 호언장담에서는 어쩐지 속 빈 무의 서걱서걱함이 느껴진다.

그 무렵에 그는 사촌형과 통화를 한 번 했는데, 그를 통해 별 희망 없이 아직 고향땅을 지키고 있는 큰아버지 소식을 들었다. 그는 이젠 기력이 많이 쇠해져서 누워지내는 시간이 많아졌노라고 했다. 자주 박부길의 이름을 부르며 찾곤 한다는 말도 했다. 그 말은 그를 의아하게 만들었다. 조상의 무덤에 불을 지르고 고향을 도망쳐 나온 패륜아를 그분이 용서했다는 게 영 믿어지지 않았다. 그분은 그렇게 말랑말랑한 어른일 수 없었다.

사촌형은, 시간이 되는 대로 한번 내려와 뵈었으면 좋겠다는 의중을 비쳤지만 권면은 끝내 하지 않았다. 말을 꺼내지 않았다고 해서 그 정도 눈치도 못 챌 박부길이 아니었다. 그러나 그는 모른 체했다. 고향으로 가는 길을 영원히 열지 않을 작정을 하고 있는 것은 아니었다. 작정을 해서가 아니라 그냥 그렇게 될 것 같았다. 그렇긴 해도, 그날 사촌형이 통화를 끝내기 직전에 지나가는 말처럼 마지막으로 했던 한마디는 박부길의 팍팍한 가슴에 얼마간의 동요를 불러일으켰다.

"네 소식 듣고 아버님께서 우셨다."

그분이 우셨다니. 영 믿어지지 않았고, 그래서 어안이 벙벙했다. 그렇게까지 약해진 그 어른의 모습이 얼른 떠오르지 않았다. 어린 시절 큰아버지는 권위의 상징이었다. 그분은 너무 크고 높았다. 위엄 있는 목소리와 꼿꼿하고 동작이 큰 걸음걸이. 시대의 요동에 잘 적응하지 못해 심하게 멀미를 하면서 때때로 쓸쓸한 그림자를 드리우기도 했지만, 대체로 당당하고 굽힘이 없던 어른이었다. 기어이 고시에 패스해서 네 아버지가 이루지 못한 꿈을 이루어야 한다며, 몰락한 가문의 부흥에 대한 희망을 어린 조카에게 걸어보려 애쓰던 기억이 생생하다. 그분이 울었다. 그분이 울었다고? 그의 소식을 듣고? 그의 어떤 소식? 박부길은 묻지 않았다. 묻지 않고도 알 수 있는 일이기 때문이었다. 그의 침묵이 답답했던 것일까. 사촌형이 스스로 덧붙이고 나섰다.

"네가 목사 되는 공부를 한다는 소리를 듣고……"

그가 신학대학에 입학했다는 소식이 어째서 그분의 눈에서 눈물을 만들어냈을까. 그 소식이 어째서 그분에게 그렇게 충격이었을까. 그럴 수 있을까. 그는 잠깐 반문했다가 그럴 수 있을 거라고 스스로 답을 내렸다. 그의 어머니도 그의 엉뚱한 결정을 납득하려고 하지 않았다. 하필이면 신학이니? 왜? 그것이 그녀의 반응이었다. 그러나 그녀는 더 따져 묻지 않았다. 그 자리에서도 어머니의 가슴속에 틀고 앉은 자책감이 행세를 한 것일까. 이해할 수 없다는 감정을 실망스러운 표정에 얹어 잠시 바라보긴 했지만, 그것으로 그만이었다. 어머니는 울지 않았다.

그런데 큰아버지는 울었다. 큰아버지의 실망의 크기가 그대로 전달되어오자 그는 좀 허탈해졌다. 권력을 함부로 사용하는 독재자는 용납하기 어렵지만, 몰락한 독재자의 초라하고 비참한 모습 또한 용납되지 않기는 마찬가지라는, 그런 심정이었다. 그분은 그것으로 자신의 소망(자기 대에 무너진 가문을 어떻게 해서든 죽기 전에 일으켜세워보려는, 그래서 저세상에 가서 조상들을 낯 들고 만나려는)이 더이상 가망 없는 꿈이 되고 말았음을 단정하고 만 것이리라. 몰락한 집안을 일으키기 위해선 자손 중 누군가의 고시합격이 유일한 첩경이고, 또 그것이 이 세상에서 최고로 가치 있는 일이라고 믿고 있던 완고하기 짝이 없는 분에게, 믿고 기대했던 조카가 신학 공부를 하여 목사가 되겠다고 결단한 일이야말로 용납할 수 없는 배신이고 추스르기 어려운 슬픔이었을 것이다.

고시 합격에 집착하는 어른의 심리는, 어렵지 않게 짐작해볼 수 있는데, 그것이 곧 권력의 창출과 관련되기 때문이다. 그가 생각하기에 이 세상에서 가장 가치 있고 의미 있는 것은 권력의 소유였다. 그런데 이 듣도 보도 못한 목사는 무엇인가. 그것은 권력과는 전혀 상관없는 자리로 자기 의자를 옮겨 앉겠다는 의사 표현이 아닌가. 그렇게 되면 이 집안은 어떻게 되는가. 조상들은 무슨 낯으로 대하는가. 그렇게 무익하고 의미 없는 결정이 어디 있단 말인가…… 그는 그래서 울었다. 기왕에도 아슬아슬하게 유지되어오던 자신의 기대와 소망이 마침내 스르르 허물어져가는 걸 보면서 그는 자신도 모르게 나오는 눈물을 억제하지 못했다. 그렇게 된 것이었다.

그렇다면 그분은 패륜아에 다름 아닌 조카를 향한 기대를 여태 거두지 않고 있었다는 말인가. 고향을—고향이 상기시키는 모든 인연들을—버리겠다고, 아버지 무덤에 불을 지르고 도망친 망나니를…… 그럼에도 불구하고 지난 시절 어린 조카에게 가했던 자신의 그 집요한 세뇌의 효험을 신뢰하고 있었더란 말인가.

그랬었던 것 같다. 큰아버지는 그가 고시 공부를 할 것이고, 언젠가 합격하게 될 거라고 기대했다. 그리하여 박부길이 조상들 앞에서 자신의 면목을 세워줄 거라고 믿었다. 어쩌면 그분이 참으로 신뢰한 것은 조카의 능력이 아니라 자신의 세뇌와 욕망의 효능이었는지 모른다. 그가 눈물을 흘린 것도 조카가 선택한 뜻밖의 진로에 대한 실망 때문이 아니라 자신의 기대와 욕망이 좌절된 데 대한 허탈감과 절망감 때문이었을 것이다.

솔직히 말하면, 그 순간 박부길은 마음 한 모퉁이를 찔린 듯 뜨끔했었다. 그것은 어떤 식으로든 그가 버리고 도망쳐온 고향에 여전히 의식의 한 끈이 매달려 있다는 증거일 수 있었다. 고향이란, 주지하는 바와 같이 한낱 산천山川이 아니라 사람인 것이다.

그러나 그는 아무 반응도 보이지 않았다. 끈질기게 침묵함으로써 핏줄로부터 떨어져나간 자의 자유를 필사적으로 연기했다.

그는 학교에서는 도서관의 사서 일을 돕고, 일요일에는 교회 일을 거들면서 생활에 필요한 돈을 벌었다. 다행히 교회는 그에게 일자리를 주고 적지 않은 액수의 생활비를 제공했다. 학교에서든 교회에서든 일은 별로 힘들지 않았고, 마음은 뜻밖으로 가벼웠다. 그는 이제 무엇이든 할 수 있을 것 같았다. 어둡고 눅눅한 골방을 떠나 햇빛이 환하게 쏟아져들어오는 기숙사로 그의 거처가 바뀐 것은 하나의 상징이다. 그는 골방에서 신학교로, 어둠에서 빛으로 나왔다. 그 사이에 성스러운 어둠의 공간인 예배당이 있다. 그를 빛으로 이끌어낸 그녀가 있다. 너무나 오랫동안 어둠에 익숙해 있던 박부길에게 신학교의 생뚱한 밝음이 혹시 어떤 생채기를 입히지는 않았을까, 하고 묻는 것은 이상하지 않다. 신학생으로서의 박부길의 모습이 얼른 떠오르지 않기 때문이다.

"그 시절을 생각하면, 기억나는 것이 하나 있어요. 유난스러운 신학생들의 탁구 열기가 그것이에요. 기숙사의 식당 옆에는 넓은 탁구장이 있었어요. 탁구대가 열 개 정도 되었을 겁니다. 그 옆을 지나갈 때면 항상 똑딱똑딱 탁구공 소리를 들을 수 있었지요. 사이사이에 함성 소리도 섞여 들리고요. 그곳은 늘 탁구를 치는 신학생들로 붐볐거든요. 기도 소리는 멈추어도 탁구공 소리는 멈추는 법이 없다고 농담들을 하곤 했지요. 탁구 대회도 자주 열렸던 것 같아요. 무엇 때문인지는 잘 모르겠지만, 참 대단한 탁구 열기였어요. 탁구 라켓을 전혀 만져보지 못한 사람이라 할지라도 기숙사에서 한 학기만 지내다보면 탁구에 일가견을 갖게 된다고들 말하곤 했으니까요. 그런데 나는 기숙사에서 네 학기를 보냈는데도 탁구를 못 배웠어요. 그 이 년 동안 탁구공을 잡아본 적이 한 번도 없어요. 모르긴 해도 그 학교를 다닌 학생 중에 탁구를 배우지 못한 사람은 나 하나밖에 없을 겁니다."

나는 이 글을 쓰기 전에 그가 다녔던 신학대학을 그와 함께 다녀왔다. 새로 개발된 서울의 외곽으로 이전해 있는 그 학교의 교정에도 탁구장이 있었고, 탁구공이 탁구 라켓을 때리는 경쾌한 똑딱 소리는 여전했다. 땀을 흘리면서 환호성을 질러대는 학생들의 모습이 퍽 유쾌하고 건강해 보였다.

나는 그 현상을 분석할 생각이 없다. 또 그럴 필요도 느끼지 않는다. 다만, 아마도 명시적으로든 묵시적으로든 꽤 많은 부정적인 금령들에 둘러싸여 있게 마련인, 또는 지례 전반적으로 너무 엄숙하고 진지한 신학교 분위기에 맞춰 단정함과 경건함을 몸에 익히려 드는 학생들로서는 그 청춘의 활력을 어떤 식으로든 발산해내지 않을 수 없었을 것인데, 그 이상한 탁구 열기가 말하자면 일종의 배출구 기능을 한 것이 아니었을까 상상해볼 뿐이다. 그런 식으로 신학교 분위기를 몸에 익히며 체질화하려 했던 것이 아니었을까.

박부길이 그런 열기에 초연했거나 무관심했다는 것은 무슨 뜻일까. 그가 다른 데 관심을 빼앗기지 않고 단지 공부만 열심히 했다는 뜻으로 탁구 이야기를 꺼낸 것은 아니다. 이 이야기의 초점은 공부를 하기 위해서 탁구를 배우지 않았다는 쪽이 아니다. 거꾸로이다. 그는 다른 것을 하지 못했고 할 줄 아는 것도 없었기 때문에 도서관이나 지키고 있었노라고 말했다. 물론 그는 거의 항상 책을 읽었다. 책을 읽었지만, 짐작할 수 있는 대로, 그 독서가 꼭 학과 공부와 관련되어 있는 것은 아니었다. 책이 곁에 있으면 그는 그것을 읽었다. 그것은 단지 습관일 따름이라고 그는 썼다. "나는 연필이 손에 쥐여 있을 때는 손가락으로 그것을 돌린다. 책상 앞에 앉으면 오른쪽 손바닥으로 턱을 괸다. 무의식중에 그렇게 한다. 책들이 눈에 띄면 무조건 그것을 읽는다."(「지상의 양식」) 그가 지겹다는 느낌 없이 몇 시간이고 한자리에 앉아 할 수 있는 유일한 일이 책 읽기였다. 어떤 사람은 기도실에서 밤을 새우곤 했다. 예컨대 그와 방을 같이 쓰고 있는 선배 가운데 한 사람이 그랬다. 박부길에게는 그곳이 도서관이었다. 그곳에서라면 그도 며칠 밤을 새울 수 있었다.

그는 탁구를 배워야 했고, 다른 학생들처럼 즐겨 탁구장을 찾아야 했다. 그랬더라면 그는 자신의 서원誓願의 촉발자인 '그녀'로부터 독립할 수 있었을 것이다. 그랬더라면 아마 그의 인생은 달라졌을 것이다. 신학생들의 탁구 치기는 적응의 과정이었다. 탁구를 침으로써 그들은 신학생이 되어갔다. 그런데 박부길은 탁구장을 피했다. 그것은 그가 신학교의 분위기에 적응하지 못하고 있었음을, 혹은 그럴 의지가 모자랐음을 증거한다.

그는 특별한 일이 없는 한 늘 도서관에 웅크리고 앉아 책을 읽었다. 도서관에 가면 거의 항상 그를 볼 수 있었다. 근무시간일 때는 도서 대출 창구에서, 근무시간이 아닐 때는 블라인드가 내려진 서편 창가의 외진 자리에서.

그의 게걸스러운 책 읽기의 습관은 세상에 대해 수줍음과 적의를 동시에 키워가던 유년 시절에 형성된 것이었다. 기름진 풀밭을 발견한 양들은 한곳에 붙어서서 께적거리려고 하지 않는다. 그들은 이쪽에서 한입, 저쪽에서 한입, 하는 식으로 풀밭을 뛰어다니기부터 한다. 그 모습은 거기 있는 모든 풀들을 조금씩이라도 맛보고 말겠다 작정하고 설치는 것과 같다. 그 이치이다. 박부길도 그랬다. 도서관이야말로 푸른 초장草場이었다. 눈앞에 널린 책들 앞에서 그는 행복했다. 언제든 꺼내 읽을 책이 얼마든지 있었기 때문에 그는 신학교가 좋았다. 양들이 그런 것처럼 그 또한 도서관의 진열대 사이를 마구 뒤지고 다니며 널린 책들을 먹어치웠다. 하나의 책을 읽다가 마음이 달라지면 꽂아놓고 다른 책을 꺼내 읽었다. 거기 있는 그 모든 책들의 맛이라도 보겠다는 것이 그의 생각이었다. 다른 관심이 생겨날 까닭이 없었으며, 설혹 다른 관심이 생겼다 하더라도 거기에 기울일 시간이 없었다.

6

'시험잘치르세요종단'

이 짧은 문장은 기억될 가치가 있다. 이 문장은 몇 가지 사실을 시사하기 때문에 중요하다. 그 하나는 이 너무나 평범하고 지극히 일상적인 것 같은 인사말이 그때로서는 가장 시급한 통신수단이 었던 전보용지에 적혀 배달되었다는 점에 있다. 그는 무슨 큰 시험 을 치를 일이 있었던가. 이를테면 사법고시나 외무고시 같은? 그 렇지 않았다. 그가 이 전보를 받은 것은 2학년 1학기 기말고사를 앞두고 있을 때였다. 그는 그때 도서관에서 반납받은 도서들을 정 리하고 있었고, 전보가 왔다고 알려준 사람은 룸메이트 가운데 한 사람이었다. 그는 그 전갈을 받고 무의식적으로 벽에 걸린 시계를 보았는데, 시간은 저녁 여덟시를 지나고 있었다.

요즘은 축하 전보라는 것도 생기고 하여 사정이 달라지긴 했지 만, 그때만 해도 전보는 대부분의 사람에게 뜻밖의 변고나 불길함 의 사신使臣처럼 인식되었다. 전보로 알려야 할 정도의 시급한 일 은 대개 좋지 않은 일인 경우가 많았다. 박부길도 예외는 아니었 다. 전보가 왔다는 소식은 그를 당황하게 했다. 문득 그는 누군가, 구체적으로는 어머니의 변고를 예감했었다. 설마하니 다른 사람 이 아닌 그녀가 자신에게 그런 식의 장난기가 묻어나는 전보를 보 내오리라고는 상상도 하지 못했었다. 너무나 뜻밖이어서 전보용지를 받아 읽으면서도 잘 믿어지지 않을 지경이었다.

믿어지지 않음, 이야말로 감격의 조건이다. 믿어지지 않았다는 것은 기대하지 않았다는 뜻이고, 기대하지 않았던 일의 뜻밖의 실현은 사람을 감격의 회오리 속으로 몰아붙이기에 충분하다. 감격의 요인은 실현된 일의 내용(크거나 중요한)에 있는 것이 아니라, 그 일이 실현된 형식에 있다. 갑작스러움과 의외성이 우리를 감격시킨다. 결코 경망스러운 편이 아닌 그녀가 그런 식의 사사로운 인사말을 전보라는 수단을 동원해서 알린 이 의외의 사건은 무엇을 시사하는가. 그녀는 그를 감격시키려고 했던 것일까?

같은 발원지로부터 두 가지의 사실을 도출할 수 있다. 그 하나는 적어도 그녀에게는 그 사사로운 인사말이 결코 사사롭지 않았으리라는 것이고, 따라서 그 타전 행위 역시 사사로운 짓거리라고 판단할 수 없다는 것이다. 그가 '시험을 잘 치르는 것'은 적어도 그녀에게 사사로운 일일 수 없었다. 박부길은 한 소설에서 자기와의 키스를 상품으로 내놓고 애인의 학습욕을 돋우는 한 여자를 등장시킨 적이 있다(『생물학 개론』). 이 여자는 애인을 사랑하는 것이 아니라 '길들인다'. "남자는 여자의 사랑을 얻어내기 위해 책상을 떠나지 않는다." 『생물학 개론』의 여자는 어쩐지 박부길의 그녀를 연상시킨다.

유추해볼 수 있는 또 한 가지는 그가 누린 감격의 선취이다. 그가 전보를 받고 누린 감격은 그녀가 미리 맛본 것에 다름 아닐 것이다. 그녀가 그런 전보를 보내겠다고 작정했을 때 이미 그녀의 내부에 그 감격이 들어가 있었다고 상상하는 것이 가능하다. 그녀는 감격시키기 위해 전보를 친 것이 아니라, 감격 상태에 있었기 때문에 전보를 친 것이다. 그것은 기대도 상상도 할 수 없는 행위였다. 그런 행위를 하게 하는 힘은 무엇이겠는가. 사사롭고 하찮은, 뿐만 아니라 유치하고 우스꽝스럽게까지 보이는 일에 뜻밖의 의미를 부여하여 행하게 하는 힘을 우리는 알고 있다. 그것은 감격인데, 그 감격의 배경에는 사랑이 자리하고 있다. 사랑이 아니라면 무엇이 사사로움에 의미를 부여하겠는가. 사랑이 아니라면 무엇이 상상할 수도 없는 뜻밖의 감격을 우리에게 선물할 수 있겠는가.

그 짧은 문장이 적힌 전보문에서 우리가 발견해야 하는 더 중요한 한 가지 사실은 그녀가 사용하고 있는 존칭어이다. 전보용지에 그녀는 '시험잘치르세요'라고 썼다. 그녀는 '시험잘봐'라고 쓸 수도 있었을 것이고, '시험잘보기를' 또는 '시험잘보기바람'이라고 쓸 수도 있었을 것이다.

그들의 특별한 관계를 고려하지 않더라도, 전보는 글자 수에 따라 요금이 결정되기 때문에 되도록 짧고 간결한 표현을 사용하는 것이 상례이다. '함'과 같은 동사의 명사형, 그리고 '요망' 같은 꼬리 잘린 문장이 전보 용어로 많이 쓰이는 것은 그 때문이다. 웬만해서는 전보 용어로 존칭어를 쓰지 않던 당시의 관행은 역으로 그녀의 존칭어에 의미를 부여하게 만든다. 나이가 한참 아래이고 어쨌거나 자신의 제자이기도 했던 박부길에게 그녀가 언제부터인가 존칭어를 사용했다는 사실이 이로써 드러난 셈이다.

언제부터였을까. 편지글이나 전보문과 같은 문어로만 그런 것이 아니라 일상적인 대화에서도, 물론 두 사람만 있는 자리에서였지만, 그녀는 박부길에게 존칭어를 썼다. 처음에는 두 사람 모두에게 어쩐지 조금 어색했다. 그러나 시간이 지나면서 점차 자연스러워졌다.

이 사실은 우리가 기왕에 확인한 내용을 보다 분명하게 검증시킨다. 그것은 사랑의 역할이다. 사랑은 상상할 수 없는 일을 하게 한다. 사랑은, 그것이 없다면 생각조차 할 수 없는 일을 가능하게 한다. 언제부터였는지 그 시점을 질문하는 것은, 되풀이하지만 부질없다. 우리는 여기서 그녀가 그의 자장 안으로 확실하게 들어왔음을 확인하는 것으로 만족해야 한다. 그 사실이 어째서 중요한가. 그에게 그녀는 유일한 여자였기 때문이다.

7

그에게 여자란 둘밖에 없었다. 하나는 어머니이고, 다른 하나는 그녀이다.

이미 살핀 대로 아버지는 그에게 원죄 같은 기억으로만 남아 있다. 세상의 됨됨이를 의식하기 시작한 순간 그는 자기가 그때까지 아버지로 알고 있었던 사람이 가짜 아버지였다는 사실을 알게 되었다. 아버지는 실은 큰아버지였고, 그에게는 아버지가 없었다. 어떻게 아버지가 없을 수 있을까. 그것은 충격이었고, 그래서 그는 기회만 있으면 아버지를 찾아 나서고자 했다. 그의 시도는 주변에 있는 사람들에 의해 번번이 차단되었다. 그들은 아버지가 어떤 절인가에서 고시 공부를 하고 있다고 반복적으로 일러주면서도 그곳으로 가는 길을 막았다.

그는 알지 못했다. 그의 아버지가 아주 가까운 곳에, 그와 함께 살고 있다는 사실을. 그의 아버지는 감금되어 있었고, 아버지가 감금되어 있는 뒤란의 골방 근처에는 그의 출입이 통제되었다. 그는 상당히 오랫동안 자기에게 금지된 것이 뒤란에 세워져 있는 감나무라고 생각했다. 금령禁令을 내리는 사람은 설명을 하지 않는다. 금기에는 이유나 조건이 없다. 그렇기 때문에 금령이다. 태초의 정원을 거닐던 야훼가 그랬고 박부길의 큰아버지 역시 그랬다. 명령자는 '하지 마라' 또는 '가지 마라'라고 말한다. 수신자는 질문하지 못한다. 금령이 선포되는 통로는 언제나 일방통행이다. 예외는 없다.

그리하여 서럽게 하늘이 맑던 어느 오후에 그는 이 세상에서 가장 불행한 남자, 오이디푸스가 된다. 감금된 남자는 금령을 어기고 몰래 뒤편으로 들어온 그의 앞에 길게 자란 손톱과 발톱을 내밀고, 보아라, 너무 길고 지저분해서 흉하지 않으냐, 깎아야 하지 않겠느냐, 하고 동의를 구하는 눈빛으로 쳐다보았다. 그는 남자의 눈길이 너무 서글퍼 보여서 그가 원하는 대로 큰아버지의 좌식 책상 서랍을 열고 손톱깎이를 가져다주었다. 이튿날 새벽에 식구들 몰래 감나무 열매를 주우러 뒤란으로 돌아간 박부길은 남자의 늘어진 육신과 흥건한 피를 보았다. 남자는 스스로 손목을 긋고 죽었다.

깨달음이란 언제나 너무 빠르거나 너무 늦게 온다. 모든 깨달음이 괴로움을 동반하는 이유이다. 남자의 죽음이 처리되는 과정에서 비로소 가혹한 인식이 그를 찾아왔다. 그러나 그 인식은 이상하게 어렴풋했고 감기약을 먹은 채 영화를 보고 있는 것처럼 실감이 나지 않았다. 깜깜한 영화관에 들어섰을 때 처음에는 흐릿하던 물체들이 시간이 지나가면서 조금씩 제 모습을 드러내는 것과 같은 현상이 그에게 나타났다. 그에게 깨달음은 어둠 속으로 발을 들여놓는 것과 같았다.

살부殺父 인식은, 그러나 시간의 흐름과 함께 점차 또렷해지면서 그를 괴롭혔다. 아버지는 이제 부재가 아니라 원죄였다. 원죄는 시간으로 지우지 못한다. 원죄의 무게 앞에서는 시간도 무력하다. 그는 자주 아버지를 살해하는 꿈을 꾸며 잠을 설치곤 했다. 때때로 아버지에게 그가 살해되는 꿈을 꾸기도 했다. 그러나 그는 그 사실을 누구에게도 밝히지 않았다. 그럴 수가 없었다. 아무도 그의 편이 아니었으므로. 세상은 그와 너무 달랐으므로. 정신이상의 아버지가 집안 어른들에 의해 감금된 것처럼 그 또한 세상으로부터 감금되어 있었으므로. 적어도 그 자신은 그렇게 판단하고 일찍부터 세상에 대해 적의를 품은 채 살아왔으므로.

어머니가 곁에 있었더라면 혹시 모른다. 어머니에게라면 자신의 내면을 드러내 보였을 수 있지 않을까. 어쩌면…… 그러나 그의 어머니는 그때 이미 그의 곁에 없었다. 어머니는 갑자기 마을을 떠났고, 흉흉한 소문만 황사를 날리는 사나운 바람처럼 떠돌아다녔다. 교회의 전도사와 줄행랑을 쳤다는 말을 그는 믿지 않았다. 믿을 수가 없었다. 아버지에게 가는 길을 차단했던 어른들은 이번에는 어머니에게 가는 길을 막았다. 어머니의 사라짐에 대하여 책임 있는 무슨 말인가를 해주어야 할 어른들은 약속이나 한 것처럼 입을 다물어버렸다. 그들로부터 분명한 설명을 기대할 수 없다는 걸 눈치챈 그는 아무것도 캐묻지 않았다. 남편의 정신질환과 가문의 황폐화에 대한 책임을 추궁하는 시댁 어른들의 유언무언의 압력이 그녀를 친정으로 내몰았다는 사실을 그는 나중에야 알았다.

어머니는 어디에도 없었다. 아버지가 그런 것처럼 어머니도 없었다. 어머니가 있었다면, 아, 그랬다면 아버지의 무덤에 불을 지르고 도망치는 짓은 차마 하지 않았을지 모른다. 그랬더라면 어쨌거나 세상이 조금은 그의 편이기도 하다고 느꼈을 터이므로. 하지만 인생에는 가정이라는 것이 없다고 한다. 이미 되어진 일에 대해 가정법을 사용해서 이러쿵저러쿵 말한다는 것은 어리석기 짝이 없는 노릇이다.

다시 찾았을 때 어머니는 달라져 있었다. 어머니는 이미 다른 남자의 아내였고 다른 아이의 어머니였다. 그런 외적 조건보다 더 많이 달라진 것은 박부길 자신의 의식이었는지 모른다. 어머니를 다시 만났는데 어떤 감흥도 일어나지 않더라고 그는 술회했다. 매사에 심드렁하고 감동할 줄 모르는 성격이 이전부터 만들어져 있었노라고 설명을 덧붙이긴 했지만, 몇 년 만에 어머니를 다시 만나고서도, 그를 부여안고 눈물을 쏟아내는 어머니를 빤히 보면서도 아무런 마음의 동요를 느끼지 않았었다는 것은 조금 납득하기가 어렵다. 두 사람이 헤어져 있었던 시간의 틈새로 그리움이나 친화의 감정이 아닌 다른 불편한 감정이 끼어들었음을 우리는 어렵지 않게 눈치챌 수 있다. 예컨대 어머니의 죄책감과 아들의 절망감, 또는 어머니의 원한과 아들의 적대감 같은.

그는 어머니가 불편했다. 세상이 불편한 것처럼 어머니 또한 불편했다. 그리하여 어머니로부터도 떨어져나감으로써 그는 완벽하게 혼자가 되는 데 성공했다. 그리고 그것이야말로 그의 참된 불행이었다. 어머니는 자아의 연장延長이 아니라, 그가 혐오하고 두려워하는 세상의 한 부분이 되었다. 그 때문에 그는, 어머니가 상처를 받는다는 사실을 의식하면서도, 어머니에게 가까이 다가갈 수 없었다. 세상에 대해 느끼는 거리감을 어머니에게서까지 느껴야 하는 현실에 대해서, 그러나 박부길은 그다지 놀라워하지 않았다.

그런 뜻에서 말하자면, 그에게 여자는 하나밖에 없었다. 아니다. 그에게 여자는 하나도 없었다. 그의 어머니는 그에게 여자를 느끼게 해주지 않았고, 김종단은 단순히 여자라고 할 수 없기 때문이다. 모성에 대한 박부길의 굶주림이 나이가 많은 여자인 그녀에게 적극적으로 달려들게 했으리라는 가정은 해봄 직하다. 그리고 그에게 그런 욕망이 아주 없지는 않았을 것이다. 실제로 그는 그녀에게 많은 부분을 의지하려 했고, 놀랍게도 그러면서 편안해했다. 다행인 것은 그녀의 모성적인 면모였다. 기질과는 상관없이 오랜 신앙생활에 의해 습득된 그녀의 교양과 덕성은 박부길의 편협한 자아의 눈에는 일단 관대함과 아량의 표상으로 보였다. 그 때문에 그는 아무에게도 차마 꺼낼 수 없었던 아버지 살해와 관련된 비밀까지도 털어놓을 수 있었다.

그럼에도 불구하고, 이미 여러 차례 말해진 대로 그녀는 그에게 한 명의 여자일 수만은 없었다. 전부는 아니지만, 여러 가지 측면에서 그의 그녀에 대한 묘사에는 에바 부인에 대한 에밀 싱클레어의 숭배의 냄새가 난다. 에바 부인은 여성으로서 사랑의 대상이 된 것이 아니라 거의 신성으로 숭배의 대상이 되지 않던가. 에바 부인을 사랑함으로써 싱클레어는 자신이 신성의 그늘 속으로 들어가고 있음을 깨닫는다. 박부길이 그녀에 대해 맺고 있는 관계가 그러하다. 성의 구별이 무색한 자리에 그녀가 있는 것이다.

박부길의 사랑에 그런 요소가 있다는 것은 축복일까. 아쉽게도 꼭 그렇지는 않은 것 같다. 똑같이 유한한 한 인간을 숭배에 가까운 맹목적인 사랑으로 사랑한다는 것은 벼랑에 맨몸으로 서는 것과 다르지 않다. 저 아래로 뛰어내려보라고 악마가 유혹한다. '네가 뛰어내린다고 해도 너의 사랑이 너를 받아 털끝 하나 다치지 않게 해줄 것이다.' 이 경우 사랑의 맹목성에 빠져든 자에게는 사랑을 시험하지 말라고 악마를 꾸짖을 지혜와 여유가 없다. 자신의 사랑을 과시하기 위해서라도 그는 뛰어내려야 할 것이다. 그러나 안타깝게도 사랑은 그를 받아주지 않는다. 사랑은 벼랑에서 몸을 던지는 무모한 연인을 받아낼 능력이 없거나, (능력이 있다면) 그런 식의 시험 대상이 되고 싶지 않아한다. 어느 경우든 비극이기는 마찬가지다.

특별한 일이 없는 한 그들은 일요일 오후에 시간을 내서 만났다. 처음에는 다른 사람들과 합석하는 경우가 많았는데, 점차 두 사람만 따로 만나는 기회가 잦아졌다. 박부길은 다른 사람들과 여럿이 섞여 만나는 걸 몹시 싫어했고, 어쩌다 그런 자리가 생기면 견디기 어려워했다.

그는 독선적이었다. 바깥에서 바라보는 사람의 눈에 그는 침울하고, 이해할 수 없으며, 폐쇄적이고, 심지어는 괴팍하기까지 한 정신의 소유자로 비쳤다. 신학교는 그의 그런 성격을 더욱 두드러져 보이게 했다. 그는 언제부턴가 그녀에 대한 자신의 독점욕을 감추려 하지 않았고, 오직 그녀와 둘이서만 시간을 보내려고 했다.

그녀는 그의 뜻을 되도록 존중하려고 했지만 그 문제로 다투는 일도 있었다.

그들은 다른 연인들이 그런 것처럼 찻집에 앉아 차를 마시거나 연극을 보러 가거나 공원을 거닐거나 했다. 다른 연인들이 그런 것처럼? 그렇다. 그들은 이미 연인 관계를 맺고 있었다. 그러나 어디까지나 외양상 그러하다. 멀리서 보는 사람의 눈에는 실체가 보이지 않는 법이다. 그리고 진실은 대부분 보이지 않는 곳에 감춰져 있게 마련이다.

그들을 연인이 아니라고 말할 수도 없는 일이긴 하지만, 이들 연인은 어딘가 특별하다. 특별하지 않은 연인이 어디 있느냐고 할 수 있겠으나, 이들의 특별함에는 보다 유별난 부분이 있다. 여자는 언제나 너무 크고 남자는 대체로 너무 어리다. 단순히 남자가 연상의 여자를 사귀고 있다는 뜻에서가 아니다. 남자는 자주 투정을 부리고, 막무가내로 떼를 쓴다. 툭하면 이유가 분명하지 않은 짜증을 부리고 허무맹랑한 상상과 의심으로 상대를 괴롭히기도 한다. 거기다가 여자는 또 누나나 어머니처럼 처신한다. 말하는 방식이 그렇고, 쳐다보는 눈빛이 그렇다. 그 때문에 그녀가 그에게 사용하는 경어가 때로는 썩 잘 어울리지 않는다는 느낌을 주기도 한다.

가령 이런 식이다. 만나기로 한 찻집에 약속 시간보다 일찍 진을 치고 앉아 기다리면서 남자는 안달을 한다. 일 분에 한 번씩 시계를 보고, 공연히 화장실을 들락거리고, 시종 입구 쪽에서 눈을 떼지 못한다. 대체로 여자는 남자의 인내심이 극에 달할 즈음에 이르러서야 문을 열고 나타난다. 여자가 굉장히 늦어서가 아니다. 남자에게 그 시간은 아무리 빨라도 항상 너무 늦다. 남자는 여자의 형편을 조금도 헤아리지 않는다. 그럴 여유가 그에게는 없다. 그는 조급하고 불안하다. 때문에 문을 열고 들어오는 그녀의, 평상시와 같은 얌전하고 차분한 걸음걸이에 씩씩거리고 여느 때와 다름없는 침착한 음성에 화를 낸다.

"늦었어, 또. 왜 빨리 나오지 못해요? 내가 기다리고 있다는 생각을 안 해요?"

"미안해요. 그치만 겨우 오 분 늦었는걸 뭐. 빠져나오느라고 힘들었어요. 알잖아요. 성가대 연습하느라고 그랬어요. 빠질 순 없잖아요."

"빠질 수 없다고? 왜? 내가 중요하지 않다는 뜻인가요? 다른 일이 있으면 나를 만나는 것쯤은 얼마든지 무시할 수 있다는 뜻인가요? 그러니까 나를 만나는 것은 그것 말고는 달리 할일이 없기 때문인가요? 그거예요? 고작 그 정도였어요? 당신에게 내가 그 정도의 의미밖에 아니었어요? 정말로 내가 소중하고, 우리 관계가 중요하다고 생각한다면, 어떤 모임이든 빠질 수 있지 않아요? …… 나는 한 시간도 더 기다렸는데, 뭣 때문에 늦었다고요? 어떻게 그렇게 말할 수 있어요? 그까짓 성가대 안 하면 또 어때요?"

이런 식이다. 얼토당토않은 상상, 엉뚱한 비약, 터무니없는 과잉 반응······ 이 남자의 불같은 집착을 어떻게 할 것인가. 가끔씩은 상대방을 향해 손가락질을 하며 버럭 소리를 지르기도 했다. 그 때문에 막 배달된 커피가 바닥에 쏟아진 적도 여러 번 있었다.

"나는······ 변명 같지만, 사랑을 몰랐어요. 물론 그녀를 사랑했지요. 내 목숨보다 더 사랑했어요. 아니, 사랑한다고 생각했어요. 그녀는 나를 살게 하는 유일한 동인이었으니까요. 그런데 지금 생각해보니 그건 사랑이 아니었어요."

그는 다 식어빠진 한 모금의 커피로 목을 축이고는 쓸쓸하게 웃었다. 그의 쓸쓸한 웃음 뒤로 언뜻 회한 같은 것이 어리는 걸 나는 놓치지 않았다. 가을이 되면 알을 낳기 위해 강 상류로 헤엄쳐 올라온다는 연어처럼 시간을 거슬러올라온 기억이 그의 영혼에 일으키고 있는 파장을 나는 그의 표정에서 읽었다. 나는 그를 재촉할 수 없었다. 그는 한참 동안 쉼표 같은 얼굴을 하고 있었다. 그러다가 또 띄엄띄엄 자기 이야기를 이어갔다. 가끔씩은 고통 때문인지 얼굴을 찡그렸고, 때로는 부끄러움 때문인지 낯을 붉혔다.

"집착, 초조감, 불안, 열등감······ 그런 것들이 조급하게 했던가봐요······"

그녀와 헤어질 때 그는 극구 마다하는데도 그녀의 집 앞, 그러니까 교회 앞까지 바래다주겠다고 고집을 부리곤 했다. 집 근처에 이르러서도 그는 여간해서는 돌아서려 하지 않았다. 그녀는 누가 보면 안 되니 어서 돌아가라고 말했다. 그는 거기서 또 투정을 시작하게 마련이었다. 누가 봐서 안 될 이유가 무엇이냐고, 대체 무엇이 두려운 거냐고, 내가 불편하냐고, 내가 당신에게 부끄러운 애인이냐고, 나를 사랑하지 않는 거냐고 공연한 트집을 잡고 늘어지는 것이었다. 여자는 그런 남자를 달래서 돌려보내려고 애를 썼다. 남자는 조금만 더, 조금만 더…… 하며 그녀 집 주위를 서너 바퀴쯤 돌다가 겨우 돌아갔다. 그런 날은 대개 기숙사의 통금 시간인 열시를 넘기게 마련이었다.

열시가 지난 후의 기숙사 문을 열게 하기 위해서는 여간 공을 들여야 하는 것이 아니었다. 경건 점수가 모자라면 졸업하는 데 지장이 있을 거라는 식의 협박성 잔소리를 들어야 하고, 장문의 사유서와 각서를 함께 써서 제출해야 했다. 그의 애인은 그 사실을 잘 알고 있기 때문에 되도록 빨리 돌려보내려고 하지만 부길은 그런 애인의 노력을 무시했다. 그녀는 억지로 등을 떠밀다시피 하며 그의 손에 택시비를 쥐여주었다. 그 돈은 택시비를 하고도 남는 액수였다. 그런 방법으로 여자는 자주 그에게 용돈을 주었다. 책 사서 봐, 하고 말하기도 하고 보다 직접적으로, 용돈 없지? 하고 묻기도 했다. 그럴 때면 남자는 머뭇거리면서도 결국 그걸 받았다. 마치 내키지 않으면서도 그의 어머니가 내미는 돈봉투를 어쩔 수 없이 받았던 것처럼.

형식이 내용에 끼치는 영향은 무시되어선 안 된다. 대체로 행동은 의식의 사주를 받지만, 의식이 행동에 의해 결정되는 수도 종종 있다. 반복된 행동은 의식의 방향을 틀기도 한다. 이런 관계가 남자의 정신에 표나지 않은 굴욕감 같은 것을 심어주지 않았다고 단정할 수 없다. 이 세상의 모든 연인들이 똑같은 유형으로 만나고 사랑하는 것은 아니다. 어떤 연인들은 오누이처럼 만나고, 어떤 연인들은 친구처럼 산다. 부녀처럼, 또는 모자처럼 지내는 연인도 없지 않다. 애초에 설정된 관계가 다르기 때문이다.

박부길은 여자 앞에서 늘 너무 조급했다. 불안하고 초조해했다. 자신이 없기 때문이었다. 그러다보니 자연 이성을 잃고 흥분하는 일이 잦았다. 그 흥분은 대개 자기 가슴속에서 자체 생산된 것이었다. 흥분하는 사람은 상황을 정확하게 분별하는 기능을 잃어버린다. 그 사람은 자기 자신의 흥분해 있는 가슴만을 본다. 다른 사람의 입장을 도무지 배려하려 하지 않는다. 그럴 여유가 없다. 연인 앞에서 연인은 똑바로 서야 하는데, 그는 그러지 못했다. 이 관계는 불안하다. 그래서 사고가 생긴다.

8

그가 도서관에서 불을 밝히고 있는 시간에 어떤 사람은 기도실에서 불을 죽이고 있었다. 이를테면 그와 방을 같이 쓰는 K선배가 그랬다. 그리고 또다른 부류의 사람도 있었다.

박부길의 소설 가운데 기숙사에서 한방을 쓰는, 각기 다른 유형의 성격을 가진 인물들에 대한 기억이 비교적 선명하게 재현된 작품이 있다. 작가의 의도에 따라 도식화된 느낌이 없지 않지만, 그럼에도 불구하고 그 시절의 박부길을 이해하는 데 이 작품은 매우 소중한 자료인 것처럼 생각된다. 「사막의 밤」이 바로 그 소설이다.

그들은 틈만 나면 언쟁을 벌였다. 언쟁을 유발하는 것은 정치, 또는 정치에 대한 감각의 차이였다. 물론 넓은 의미의 정치였고, 신앙이나 신학의 실천적(윤리적) 측면을 포괄하는 개념이긴 했다.

기억하건대 그 무렵 '정치 신학'이라는 것의 등장이야말로 가장 큰 파문을 일으킨 스캔들 가운데 하나였다. 신학의 장으로 들어온 정치, 그러나 사람들은 별로 당황하지 않은 것 같았다. 모두들 똥을 본 쇠파리떼처럼 윙윙 소리를 내며 주저없이 달려들 뿐이었다. 그것이 내게는 또 이상했다. 그랬다. 내게는 정치란 한낱 똥이었다. 똥개나 쇠파리가 아니라면 달려들어서는 안 되는, 그럴 이유나 필요가 도무지 없는. 그 '똥 같은' 정치의 틈입은, 그러나 우리 시대의 의식의 판도를 완전히 뒤집어버렸다. 나는 불안했고 비참했다. 신학교의 강의실까지 쳐들어온 정치의 거센 물결이 불안했고, 그 물결에 몸을 실을 수 없어서 비참했다.

정치는 어느새 누구도 그 영역 밖으로 빠져나가는 것을 허용치 않는 튼튼한 그물이 되어 있었다. 이 그물은 질기고 촘촘했다. 어둑신한 찻집 귀퉁이나 밤늦은 시간의 기숙사에서 정치는 신학이라는 이름을 달고 신학생들을 사로잡았다. 대체로 소곤거렸지만, 때로는 자기감정을 억제하지 못하고 소리를 지르기도 했다. 정치는 시대가 우리에게 던진 화두였다. 그것을 통해 구원에 이를 수 있다는 환상이 시대를 지배했다. 사람들은 그 화두를 풀려고 필사적으로 매달렸다.

그런데 나는 왜 그런지 그 흐름에 휩쓸릴 수가 없었다. 그들의 노력은 그저 바람을 잡으려는 헛고생으로만 보였다. 그들이 틈만 나면 벌이는, 어차피 평행선을 긋게 마련인 정치적 입장과 신념의 세 겨루기를 나는 도무지 납득할 수 없어했다. 하긴 세상의 모든 일이 아예 바람을 잡으려는 고생으로만 여겨지던 나에게 그것은 너무 당연한 일이었는지 모른다.(「사막의 밤」, 『사막의 밤』, 79쪽)

주로 기숙사에서 언쟁을 벌이는 사람은 L이라는 동급생과 K라는 선배이다. L이라는 동급생과 K라는 선배와 C라는 동료가 화자인 '나'와 함께 기숙사의 방을 쓴다. L과 C와 '나'는 2학년생이다. 이 소설 속에 나타난 표현 그대로 하자면, L의 하나님은 "눌린 자의, 개혁을 요청하는, 정치적 하나님"이고, 그래서 그는 제임스 콘과 몰트만과 구티에레스를 읽는다. K라는 선배는 다른 입장을 보인다. 그의 하나님은 "기도실 속에 있다. 한 번도 지성소 속을 빠져나오지 않는다". 그래서 그는 걸핏하면 기도실에서 밤을 세우고, 오로지 "책 한 권의 사람"이 되겠노라고 호언한다. 그가 말하는 한 권의 책은 당연히 성경이다(그는 성서라고 말하는 것조차 불경하다고 생각하는 사람이다. 그렇게 말하는 사람을 그는 몹시 싫어한다. 왜냐하면 그에게 성경은 많은 책 가운데 한 권의 책이 아니기 때문이다).

C는 엉뚱하게도 문학도이다. 그의 하나님은 "사람들 속에 있다. 이때 사람은 보편적인 의미의 사람이다". 그의 관심은 "사람들의 심령 속에 숨어 있는 하나님을 일깨우는 것이다". 구체적으로 그는 "엔도 슈사쿠의 『침묵』이나 라게르크비스트의 『바라바』 같은 소설을 써서 진리의 끄트머리라도 드러내 보이고 싶다"는 꿈을 가지고 있다. 그는 개개인의 고유한 삶에 주목한다. 영혼으로만 사람을 이해하지 않는다는 점에서 K와 다르고, 집단보다는 개인을 우선한다는 점에서 L과 구별된다. 구조의 개혁에 대해서는 부정적이라기보다 별로 관심을 보이지 않는 편이다. 그렇기 때문에 K와 L이 개인 구원과 사회 구원, 또는 믿음과 행위에 대해 열띤 논쟁을 벌일 때 아무 말도 보태지 않는다. 자신의 입장이 많이 투영된 것으로 판단되는 이 인물 C를 통해 박부길은 K와 L을 첨예하게 대비시킨다.

다른 곳에서 박부길은, 그 시대를 살던 젊은 신학도들의 의식의 지도를 조금 더 구체적으로 그려 보인 바 있다. 이 소설 「사막의 밤」을 잘 이해하기 위해서도 그렇거니와 젊은 박부길의 내면을 엿보기 위해서도 그 글은 참고할 필요가 있을 것 같다.

정치와 종교 사이에 우리는 존재한다. 시대는 우리의 인생을 방치하지 않았다. 우리가 시대를 만든 것이 아니라 시대가 우리를 만들었다. 그리고 그것이 우리 시대가 불행한 이유이다. 시대가 결코 무책임한 방청객이 아니라는 사실을 우리는 이제 안다.

(……)

존재를 위상 지우는 두 개의 큰 좌표는 정치와 종교였다. 그것들은 수직과 수평으로 교차하는 거대한 벽이 되어 그 안에 우리를 가두었다. 어느 벽에 갇히느냐만이 문제였다. 어느 벽에도 갇히지 않을 권리는 우리에게 없었다.

정치적 위상을 가늠하게 하는 선은 왼쪽에서 오른쪽으로 그어져서, 형식과 개혁의 성향을 체크했다. 종교적 위상을 가늠하는 또하나의 선은 위에서 아래로 표시되어 보수와 진보의 수준을 따졌다. 그 두 개의 선은 한 점에서 만나 십자형을 이루었다. 우리는 그 좌표 위의 어느 지점엔가 자신을 위치시켜야 했으며, 늘 그 자리가 떳떳하고 안전한지를 주도면밀하게 검색해야 했다. 검색은 자주 검열이 되었다. 우리 시대는 그런 식으로 우리 삶에 개입했다.

"네 자리가 어디냐, 이 도표에 표시해보아라……"

시대는 독재자처럼 그렇게 호령했다. 우리는 그 목소리로부터 조금도 자유로울 수 없었다. 우리가 머뭇거리면 그 목소리는 스스로 손가락이 되어 도표의 한 점을 짚어 보였다.

"여기다, 여기가 네 자리다……"

대부분의 사람들에게 그 지적은 곤혹스러운 일이었다. 어느 자리도 완전하지 않고, 어느 좌표도 안전하지 않기 때문이었다.

자기들이 견지하고 있는 원칙과 이념에 따르지 않는다는 이유만으로 도덕성에 혐의를 거는 일이 흔했고, 아예 다른 쪽 사람들은 원칙이나 이념 따위도 가지고 있지 않은 형편없는 무뢰한쯤으로 매도하기도 했다. 따라서 어디에 자리를 잡고 있든 언제나 떳떳할 수는 없었다. 한곳에서 치켜세워지는 자는 다른 자리에서 내리깔릴 것을 각오해야 했다. 모든 자리에서 모든 사람으로부터 환영받는다는 것은 있을 수도 없는 일이거니와 그렇게 되기를 바라는 사람도 없었다.

그래서 사람들은 대부분 서둘러 자기 좌표를 만들고, 그 안에 자발적으로 들어앉으려고 했다. 자기를 가두고 있는 벽을 더 높이 더 튼튼하게 세우려는 시도까지 생겨났다. 사람들은 그 벽이 자기를 보호하기 위해서 만들어진 것이 아니라 자기를 가두기 위해서 생겨났다는 것을 미처 이해하지 못하고 있거나 부러 이해하지 못하는 척했다.

그들이 이해하지 못하는 일이 하나 더 있었다. 벽을 세웠기 때문에 구분이 생겨났다. 벽이 없다면 구분도 없고, 감금 또한 없을 것이다. 엄청나게 멀어 보이는 다른 사람의 방은 사실은 벽을 헐면 한 발짝도 되지 않는 곳에 있었다. 그렇지만 벽을 헐어야 한다는 생각

을 하는 사람은 없었다. 벽이 헐리리라는 가정조차 불경스러운 것
이었다.

　모두들 수인이었다. 시대라는 거대한 감옥에 갇힌, 시대가 곧 자
기를 가두고 있는 감옥인지도, 자기가 수인인지도 모르는, 그래서
한층 불쌍한.(「시대의 얼굴」, 산문집『문학을 둘러싸고 있는 것들』,
100~103쪽)

　그는 자신이 신학 공부를 하던 이십대 초반의 시대적 기류를 이
처럼 다소 도식적으로 그려보았다. 그가 그 도표의 한 선을 종교
성, 곧 신과 인간 사이의 관계 설정에 할애한 것은 상당히 흥미롭
다. 물론 그것은 그가 신학을 공부하는 기독교인이었음을 염두에
둘 때 이해할 수 있는 일이기는 하다. 그렇긴 해도 우리는 굳이 좌
표를 십자형으로 만들 필요가 있는지를 묻고 싶어진다. 왜냐하면
종교적 위상과 정치적 입장은 서로 영향을 주고받는 관계에 있기
때문이다. 요컨대 종교적 보수는 정치적 보수로 자연스럽게 연결
되고, 종교적 진보주의와 정치적 진보주의 또한 일란성 쌍생아처
럼 잘 어울린다. 그 이유를 설명하는 건 그렇게 어렵지 않다. 종교
또는 신에 대한 관계의 어떠함은 다름 아닌 삶에 대한 태도의 어
떠함과 상응하는데, 삶의 태도란 곧 윤리 또는 정치에 대한 입장
에 의해 좌우되기 때문이다. 종교적으로는 보수적이면서 정치적
으로는 진보를 표방하거나 종교적으로는 진보를 내세우면서 정치

적으로는 보수를 드러내는 현상은 어쩐지 어색하다. 보수냐, 진보냐를 묻는 하나의 질문만으로 충분하지 않은가. 그런 반문이 있을 수 있다.

그는 그 시대의 현실이 그렇게 단순하지 않았다고 대답한다.

"그것은…… 그처럼 단순한 도표 그리기가 사실상 불가능해진 시대 현실을 드러내기 위해서였어요."

사회 전반에 유신 정치의 그늘이 드리운 암울함이 깊어지면서 시대의 내부에서부터 눈에 띄지 않는 화산의 움직임 같은 것이 조심스럽게 예비되고 있었는데, 그 움직임의 강도와 각도를 인식하고 기대하는 수준에 따른 미묘하고 복잡한 위상 정리의 필요성이 불가피하게 뒤따랐다는 설명이다. 같은 진보라도 다 똑같지 않고, 마찬가지로 보수의 얼굴도 하나만 있는 것은 아니었다. 어느 한편에 편리하게 몸을 의탁해버리기가 곤란한 사람들이 생겨났고, 그들에게도 마땅한 자리가 있어야 했다. 그 무렵 여러 분야에서 일어났던 가장 활발한 논의가 자리 찾기, 또는 자리 만들기의 모색이었음은 이런 상황의 다급함과 불가피함을 대변한다.

자리가 있으면 그 자리의 임자도 생겨나게 마련이다. 길을 만드는 것은 사람이지만, 일단 길이 만들어지면 사람들이 그 길로 몰려드는 것 또한 세상의 이치이다. 자리를 만들어놓으면 그 자리의 진실을 찾아 달려드는 무리가 생겨난다. 처음에는 미미했고, 또 혼란스러웠다. 그러나 오래지 않아 그 안에서 자율적인 움직임이 나타나기 시작했고, 이내 신념과 가치관의 미묘한 차이에 따라 질서 있게 자리들을 잡아나갔다. 개인들이 견지하고 있는 종교 성향과 정치 성향의 편차는 점점 미세해지고, 그에 따라 사람들의 의식은 한층 복잡해졌다.(같은 글, 105쪽)

진보라고 모두 다 같은 진보가 아니며, 보수라고 모두 똑같은 보수가 아니라는 자신의 생각을 드러내기 위해서라고 그는 말한다. 그러나 꼭 그것만은 아닌 것 같다. 다른 요인이 있다. 이 도표는 그의 교류 범위가 신학교 주변에 국한되어 있었음을 쉽게 유추할 수 있게 한다. 말하자면 그의 도표는 그의 시선이 미치는 범주 안에서 그려진 것이다.

9

그의 자리는 어디였을까. 이 질문에 대한 대답은 「사막의 밤」에 어렴풋하게 드러나 있다. 이 소설 속에는 앞서 언급한 대로 몇 사람의 인물이 나온다. 그 인물은 그가 앞서 설정한 좌표들 가운데 어느 한곳을 각각 대표하는 것처럼 보인다. 예컨대 L과 K 선배의 극적 대비는 다분히 그가 그려 보인 '시대의 얼굴'을 표상하는 듯한 느낌을 준다. L은 투사이고(또는 그러기를 원하고), K는 수도승이다(또는 그러기를 바란다). L은 예수를 정치적 메시아(예언자)로 이해하고, K는 예수를 영적 메시아(제사장)로 이해한다. 「시대의 얼굴」에 나타난 도식을 빌려 말하면, L의 자리는 좌하면이고, K의 자리는 우상단이다. 그들은 대칭이다.

그 사이에 C가 있다. 이 인물은, 미리 말한 대로 문학도이다. 피상적으로 볼 때 박부길을 가장 많이 투영한 것처럼 보이는 인물이다. 무엇보다도 문학도라는 점이 그런 연상을 하게 한다. 하지만 그의 회상에 의하면, 문학은 그때까지는 그를 사로잡지 않았다. 다른 많은 것들과 함께 문학 또한 그의 관심 밖에 있었다. 눈앞에 산이 있으면 그 뒤에 있는 산들은 보이지 않는다. 낮은 산도 높은 산을 가릴 수 있다. 산의 높이가 어느 정도 영향을 미치긴 하지만, 눈과의 거리가 미치는 영향만큼은 아니다. 높이에 우선하는 것은 거리이다. 그에게는 하나의 산이 아주 가까이에 있었다. 뒤에 있는 산들이 눈에 들어올 리 만무했다.

이 시절의 박부길을 가장 잘 보여주는 인물은 실은 화자인 '나'이다. '나'는 두 명의 룸메이트가 정치를 주제로 토론을 벌일 때 그들의 열기를 어이없어하는 인물이다. 흔히 '나'는 슬그머니 자리를 비켜 떠나버린다. 그러고는 혼자 있을 수 있는 곳을 찾는다. 기도실과 도서관이 그곳이다. 그중 보다 아늑하고 더 철저하게 고립적인 쪽은 기도실이다. '나'는 기도실의 어둠을 사랑하는 편이다. 그러나 무엇 때문인지 기도실에서 '나'는 오래 있지 못한다. 기도

실은 '나'에게, 술을 즐기지 않는 사람이 갈증 날 때 찾는 맥주 같다. 한 잔은 맛있고 시원하다. 그러나 두번째 잔부터는 쓰고 싫다. '나'는 기도실에 오래 있다보면 공연히 불편해져서 그만 서둘러 일어나버리곤 한다. 그래서 도서관이 언제나 '나'의 자리가 된다.

관찰자의 면모를 한 이 인물 속에 박부길의 모습이 상당 부분 반영되어 있으리라고 추측하게 만드는 객관적 사실들이 몇 있다. 이를테면, 소설 속의 '나' 역시 실제의 박부길처럼 도서관에서 사서 일을 도우며 학비를 번다. 도서관을 단순한 일자리가 아니라 정신의 피난처, 또는 영혼의 골방으로 삼고 있다는 점도 닮았다. 그는 그곳에서 살다시피 한다. 박부길이 그러했다. 그는 자주 학생들이 모두 돌아간 빈 도서관에서 밤늦게까지 책을 읽다가 그대로 잠이 들곤 한다. 박부길이 그러했다. 그는 책을 읽는 일 말고는 다른 곳에서는 아무런 의미도 발견할 수 없다고 말한다(「사막의 밤」, 92쪽). 박부길이 그러했다. 다른 것에 대한 관심이 이 인물에게는 도무지 없다. L과 그 동료들에 의해 강압적으로 의견 표시를 강요당한 자리에서 그는 딱 한 번 자기 속에 있는 말을 꺼낸다.

"정치? 그것은 땅의 놀음이야. 똥이지, 서로의 입에 서로의 똥을 먹이는 일이야. 나에게 그런 걸 요구하지 마. 나는 똥을 좋아하지 않아. 똥개도 아니고 쇠파리도 아니거든…… 이런 이야기가 있어. 몇 년 동안 큰 전쟁이 있었대. 수많은 도시가 파괴되고 무수하게 많은 사람들이 희생되었대. 전쟁이 겨우 끝났는데, 그때까지 지하의 연구소에서 현미경만 들여다보며 실험을 하고 있던 한 과학자가 마침내 연구를 끝내고 밖으로 나와서 그랬대. 그동안 이곳에서 무슨 일이 일어났었느냐고. 정치? 왜 난리들이지? 왜 그런 것에 대해서 한마디씩 하지 않으면 안 되게 되었지? 수생생물의 생태학에 대해서 그런 것처럼, 또 석기시대나 철기시대의 유물 발굴에 대해 그러는 것처럼…… 그렇게……"(같은 글, 121쪽)

L은 안타깝다는 듯 '나'의 어깨를 툭 치면서 보니노나 구티에레스를 읽으라고 권한다. '나'는 벌써 읽었노라고 대답한다. L은 다시 제임스 콘과 몰트만을 이야기한다. '나'는 그것도 이미 읽었노라고 답한다. L은 이번에는 아무래도 이해할 수 없다는 눈빛을 하고 '나'를 쳐다본다. 그런데 어떻게……? 그런 눈빛이다. 그는 도무지 이해할 수 없다는 표정을 짓고 고개를 설레설레 젓는다. '나'는 그 즉시 어떤 대답인가를 하지는 않는다. 한쪽이 말을 그치면 대화는 이어지지 않는다. 논쟁은 더욱 불가능하다.

'나'는 신념이나 의지의 보조 또는 지원 없이도 순수한 과학으로 정치를 취급할 수 있다고 믿는다. 그가 해방신학을 읽고 민중신학을 읽으면서도 아무런 동요를 느끼지 않았다고 말하는 것은 그런 태도의 표현이다. 읽기는 하되 영향받지는 않는다는 것이다. 그럴 수 있을까? 그럴 수 있다는 믿음이야말로 주관적인 신념이고 가장 큰 의지가 아닐까. 사실만을 문제삼는 자연과학적 객관성이 어떻게 의지와 입장을 함께 질문하는 이념의 영역에서까지 유효할 수 있다는 말인가, 하는 질문은 타당하고 자연스럽다. 그러나 그런 질문은 '나'를 설득하지 못한다.

이처럼 완고한 입장은 정치에만 국한된 것이 아니다. '나'는 자기 종교에 대해서까지 이 생각을 유지하는 것처럼 보인다. 종교에 대해 그럴 수 있는 사람이라면 정치에 대해서도 얼마든지 그럴 수 있지 않겠는가.

나에게 종교는, 정치와 마찬가지로, 독서와 탐구의 대상이다. 나의 이런 발언은 확실히 불경하다. 불경이라는 단어의 종교적 성격에 우리는 익숙해 있다. 그 단어가 두르고 있는 위엄이나 두려움은 종교적 분위기에서 파생된 것이다. '무엇에 대한 불경'인가를 밝히지 않은 채 우리는 그냥 그 단어를 쓴다. 그것은 종교가 모든 것의 중심일 때의 언어 습관이다. 하지만 어떤가. 종교 또는 신에 대한 불경을 말하는 것이 자연스럽다면, 학문이나 그 밖의 다른 어떤 것에 대한 불경을 말하는 것도 자연스러워야 하지 않을까. 종교를 학문이라든지 다른 어떤 것에 부역하게 할 때, 그것을 종교에 대한 불경이라고 부른다. 학문을 종교라든지 다른 어떤 것에 부역하게 할 때, 그것은 곧 학문에 대한 불경이 될 것이다. 이제부터 불경은 '~에 대한 불경'이어야 한다…… (같은 글, 109쪽)

정치에 대해서는 혹시 몰라도, 신학 공부를 하는 인물을 내세우면서 종교를 폄하하는 것 같은 발언을 하게 하는 것은 파격이다. 적어도 내게는 그렇게 보인다. 아니, 그는 그렇게 말하지 않는다. 그가 말하는 방법은 한층 교묘하다. 그가 신이나 종교에 관심이 없는 것은 아니다. 그러나 그 관심은 진정한 의미의 '궁극적 관심'과는 거리가 있다. 그의 언어를 따라 말하면, 그것은 '불경한 관심'이다. 이것은 애당초 종교 따위에는 관심을 기울이지 않는다는 쪽보다 훨씬 더 위험한 게 아닐까.

종교는 신념과 믿음의 영역이다. 그 안에 나름대로의 체계가 없는 것은 물론 아니다. 그 무엇보다 정교한 나름의 체계가 마련되어 있다는 것을 안다. 그러나 그 체계는 엄밀하게 말해서 주관적인 것이다. 절대적 신뢰와 전적인 헌신을 전제로 해서 만들어진 것이다. 그것 없이 신앙인이라는 이름을 얻을 수 있는 길을 나는 알지 못한다. 특정한 종교에 몰두한다고 할 때에는, 이 전제가 지켜지고 있다. 요컨대 자신을 바칠 수 있다거나 또는 그럴 수 없다는 차원인 것이다. 그 과정에서 신과 인간, 영혼과 육체, 하늘과 땅 사이에 갈등과 회의가 생기고 반항과 구원의 드라마가 탄생한다.

그런데 박부길의 소설에 등장하는 주인공들은, 신과 인간의 문제를 깊이 천착한 다른 작가의 주인공들과는 달리 회의와 갈등, 반항과 구원의 드라마로부터 자유롭다. 좀더 적확하게 말하면, 이 작가는 아예 그런 것을 문제삼지 않는다. 왜 그럴까? 왜 박부길의 인물들은 종교 안에 있으면서도 그렇게 밋밋하고 건조할까? 그의 신은 왜 그를 흥분시키지 않을까? 어떻게 그럴 수 있을까? ……가능한 대답은, 그가 신에게 가기를 원하면서도(그는 정말로 원했을까?) 신조차 세상(그가 그렇게 혐오하고 적대시하는)의 한 부분으로 이해하고 있기 때문일 것이다.

그는 오로지 자기 자신에게만 관심을 기울인다. 종단이라는 여자는 자기의 분신에 불과하다. 그는 그녀를 통해 골방의 어둠을 벗어나지만, 그가 그녀를 택한 것은 실은 그녀 역시 어둠이기 때문이었다. 그는 그녀 안에서 자기를 보았다. 자기를 비춰주는 거울인 그녀에게, 거울인 그녀에 비친 자기 자신에게 그는 사랑을 퍼부었다. 그러니까 그의 그녀에 대한 몰두는 나르시스의 자기애일 뿐인 것이다.

그는 종종 학자의 자세를 내세우곤 하는데, 학문이란 신념이나 믿음의 영역이 아니다. 합리성과 이성을 유일한 규칙으로 삼는 이 영역은 믿음의 있고 없고를 따지지 않고, 믿음의 내용이 어떠한지만을 해부하려고 한다. 학자는 모든 형태의 믿음에 관심을 보이지만, 그 관심은 해부용 칼을 손에 쥔 의학도의 그것에 다름 아니다. 종교에 체계가 없지 않지만, 그것은 지극히 주관적일 뿐 아니라 신봉하는 자의 절대적 헌신을 전제로 하는 체계이기 때문에, 합리와 이성의 칼날 앞에서는 당황하게 마련이다. 종교에 몰두한 자는 전부를 본다. 전부를 보는 자는 부분의 결함에는 눈을 주지 않는다. 그러나 종교를 해부하는 자는 부분을 본다. 부분을 보는 자는 부분의 결함에 눈이 가면 끝내 전부를 인정하지 못한다. 그리하여 신봉자에게는 모든 것이지만, 해부자에게는 아무것도 아닌 것이 된다.

종교를 탐구와 해부의 대상으로 취급하는 자가 빠지게 되는 함정이 여기에 있다. 그 함정은 깊고 허무해서 여간해서는 빠져나오기가 어렵다. 사람을 해부하면 무엇이 나오는가. 해부된 사람의 내부에는 몇 킬로그램의 기름과 몇 리터의 수분과 몇 미터의 내장, 그리고 똥이 가득 들어 있다. 해부자는 이제 선언한다. 이 사람은 몇 킬로그램의 기름과 몇 리터의 수분과 몇 미터의 내장과 그리고 엄청나게 많은 똥으로 이루어져 있다. 기름과 물과 내장과 똥이 사람이다. 정신이나 영혼은? 그런 것은 일 밀리그램도 없다…… 이것이 진실일까. 해부자의 분석은 물론 틀리지 않지만, 그리고 그 분석에 가치가 아주 없는 것은 아니지만, 그것은 부분적인 진실이고, 부분적인 가치이다. 과학—이성과 합리라는 이름의—이 얻어낼 수 있는 진실이란 언제나 부분적이다. 사람은 해부하지 않고 보아야 한다. 해부된 부분들의 합이 전체가 되는 것은 아니다.

「사막의 밤」의 화자인 '나'가 견지하는 입장의 불안정함은 명약관화하다. 그래서 소설 속의 화자는 중심을 잡지 못하고 자주 흔들린다. 아마도 작가가 은연중에 욕심낸 것은, 그 도표의 어디에도 속하지 않는 초월적인 정신, 그러니까 그 도표를 훌쩍 건너뛰어 존재하는, 그처럼 가볍고 그만큼 공허한 열외의 정신을 설정하는 데 있었는지 모르겠다. 불가능한 욕망이다. 작가의 겨냥은 올바르지만 바람이 너무 거세다. 그는 풍향과 풍속을 고려하는 걸 잊은 것 같다. 그래서 그의 화살은 과녁을 맞히지 못하고 벗어나버린다. 무겁고 경직된 현실은 그 좌표-울타리를 뛰어넘는 가볍고 공허한 자유를 허용하지 않는다. 그 때문에 그의 소설 속 인물은 자아의 동굴 밖으로 나오지 못한다.

그는 자기 동굴을 부수고 거의 나올 뻔했다. 세상을 적으로서가 아니라 친구로 끌어안을 뻔했다. 그런데 현실은 그렇게 만만하지가 않았다. 그는 오히려 더 깊이 동굴을 판다. 그리고 그 동굴에 오만 가지 책들을 숨겨놓고 탐욕스럽게 읽어댄다. 책의 현실은 무겁지도 않고 경직되어 있지도 않다. 책의 현실은 그에게 너의 자리는 어디냐고 추궁하지 않는다. 간섭하지 않고 비난하지도 않는다. 그의 독서의 목적은 책 자체가 아니라 자리잡음에 대한 외부의 압력으로부터 도피하는 데 있었는지 모른다. 하지만 그의 도피는 성공하지 못한다. 동굴 속이 지성소는 아닌 것이다.

박부길의 신학교 시절이 실제로 그러하지 않았을까. 그는 신학교의 강의실과 도서관과 기숙사에 머물면서도 실제로는 여전히 그가 다니던 고등학교 앞의 그 좁고 어두운 골방에서 살고 있었던 것이 아니었을까. 나는 진부한 질문을 던질 때 그 진부함을 감추기 위한 방편으로 흔히 짓게 마련인 어색한 미소를 띠며 가만히 묻는다.

"맞아요?"

그는 부정하지 않는다. 뜻밖에 주저함이 없다.

"지금도 별로 달라지지는 않았지만, 그때는 더욱 어떤 집단의 일원이 된다는 게 미덥지 않았어요. 아무리 정당하고 고상한 명분과 이념으로 치장되어 있어도…… 아니, 미덥고 말고가 아니라, 어쩐 일인지 그게 쑥스럽고 부끄럽게 여겨져서 잘 되지 않았어요. 많이 좋아졌다고 하지만 지금도 마찬가지예요. 지금도 패거리를 이루어 몰려다니는 걸 그다지 좋아하지 않아요. 나는 그걸 신념이나 의지의 표현이나 그것들의 결핍이라기보다 일종의 버릇이나 기질의 탓으로 돌리고 싶어요. 예를 들어 말하자면, 나는 사람들 앞에서 노래를 부르지 못해요. 노래를 썩 잘하는 편은 아니지만, 그렇다고 뭐 아주 음치는 아니에요. 그런데 사람들 앞에서는 그게 잘 안 돼요. 그런 자리에서는 얼굴이 불붙는 것처럼 벌겋게 변하고, 숨이 턱턱 막혀와요. 우리나라 사람들, 둘만 모이면 노래 부르고 시키기를 좋아하잖아요? 자기가 좋아서 부르는 건 뭐 그렇다고 하지만, 싫다는 사람한테까지 억지로 노래를 시키는 건 무슨 경우인지 모르겠어요. 어릴 때부터 사람들 앞에서 노래를 불러야 하는 자리가 곤혹스러웠어요. 그러다보니 자연 사람들이 많이 모이는 자리를 피하게 됩니다······ 아무리 하려고 해도 잘 안 되는 일이 있는 겁니다."

앞에서 잠깐 언급했지만, 이 주제와 관련하여 퍽 의미 있게 생각되는 모티프가 하나 있다. 그것은 어떤 장편소설에 잠깐 나타난 에피소드인데, 거기서 두툼한 안경을 끼고 모차르트의 음악을 즐겨 들으며 키가 멀쑥하게 큰 한정국이라는 이름의 생물학도는, 장학금을 받으면 입술을 허락하겠다는 약속을 애인으로부터 받아낸다. 이 인물은 순전히 애인의 입술을 차지하기 위해서 밤을 밝혀 공부를 하는 것으로 묘사되어 있다. 애인은 그를 제 뜻대로 조종한다. 물론 악의가 있어서는 아니다. 그녀 역시 그를 사랑한다. 그것이 이유이다. 애인에 대한 선한 영향력의 행사, 그것이 그녀가 택한 사랑의 방법이다. 생물학도는 애인으로부터 학내에서 심심찮게 벌어지는 이런저런 시위에는 무슨 일이 있어도 참석하지 말라는 요청을 받는다. 그런 일에 정신이 팔려 돌아다니면 만나주지 않겠다고 경고하기도 한다. 애인의 요청은 그에게는 곧바로 명령이 된다. 하물며 경고야 말해 무엇하랴. 그는, 그녀가 불러주는 대로 각서를 쓴다. 그는 왜 그러느냐고 묻지도 않고 맹목적으로 복종한다. 순전히 사랑을 얻기 위해서이다(『생물학 개론』).

사적인 연애 감정이 한 시대나 사회에 대한 태도를 결정하는 데도 영향을 미칠 수 있다는 전언으로 이 일화는 가치가 있다.

한정국이라는 생물학도가 그런 것처럼 박부길 또한 애인으로부터 시위에 참여하지 말라는 요청을 명령으로 받았을까. 만일 그런 일이 있으면 만나지 않겠다는 경고도 같이? 그녀는 충분히 그럴 수 있는 성격을 가지고 있다. 아마도 그녀는 박부길이 한눈팔지 않고 공부만 열심히 해주기를 바랐을 것이다. 그리하여 실력 있고 신실한 '주의 종'이 되어주기를 소망했을 수 있다. 그가 그녀 앞에서 각서를 썼느냐, 쓰지 않았느냐, 그리고 그녀가 정말로 애인의 학습욕을 높이기 위해 자신의 입술을 경품으로 걸었느냐, 걸지 않았느냐, 하는 문제는 중요하지 않다. 그랬을 수도 있고, 그러지 않았을 수도 있다. 하지만 어쨌거나 그의 행동을 추동한 힘이 무엇인지 찾으려고 할 때, 우리가 그녀를 지목하지 않을 수 없다는 사실은 말할 필요가 있을 듯싶다.

그렇다고 해도 그의 태도가 전적으로 그녀의 영향에 의한 것이라고 말하는 것은 어딘지 신중하지 못하다는 인상을 줄 수 있다. 그녀의 뜻은 곧 그의 뜻이기도 했을 것이다. 그녀의 요구를 받아들이기가 그로서는 어렵거나 부담스럽지 않았을 텐데, 그 이유는 그녀의 요청이 자신 속에 있는 요청과 다르지 않았기 때문일 것이다. 이미 확인한 대로 그녀는 그의 다른 이름이었다. 그는 그녀에게서 다른 누구도 아닌 자기를 보았다. 그런 사정에도 불구하고 그녀가 박부길에게 그와 같은 요구를 한 것이 사실이라면 거기에 의미가 없을 수 없다. 왜 그런가? 그녀의 요구가 없었다면 전적으로 자신의 의지일 뿐이라고 여겼을 테지만, 이제는 그럴 수가 없게 되었다. 그는 사회와 시대를 대하는 자기의 태도가 내부로부터 비롯된 것이라고 생각지 않고(혹은 못하고), 그녀에게서 나온 것이라고 단정한다(혹은 그러고 싶어한다). 자신과 자신의 의지는 자연스럽게 빠져버린다. 그는 순전히 그녀가 요구하기 때문에 행한다(고 생각한다). 사랑은 사랑하는 사람의 말을 듣는 것이다. 그는 그녀를 사랑한다. 그녀의 말을 듣지 않을 이유가 없다. 아니, 그럴 수 없다. 그녀야말로 그의 '주主'이다. 그는 '주'의 명령을 범할 수 없다(고 자신을 타이른다). '주'를 기쁘게 해주는 것이 그의 삶의 이유이고, 그의 행복이다(라고 자신을 세뇌한다).

이러한 사유 안에서, 그의 지반은 그 자신이 아니다. 안타깝게도 신과 같은 어떤 초월적인 존재도 아니다. 그녀이다. 그러면 그녀는, 이 남자로부터 이만한 떠받듦의 대상이 된 그 여자는 행복한가? 그렇게 말하기는 어려울 것 같다. 그에게 그녀는 완벽함의 이데아이다. 그런데 그런 것은 불가능하다. 누가 완벽할 수 있겠는가. 그러니까 그녀는 (이데아가 아니라) 허상일 수 있다. 그가 만든 완벽함의 허상. 그가 보고 바라고 의지하고 꿈꾸는 그녀는 실체가 아니다. 그는 자신의 머릿속에서 창조해낸 완벽한 여자를 그녀에게 투사했을 뿐이다.

이 명제는 매우 중요한 사실 한 가지를 경고한다. 그를 받치고 있는 이 인공의 지반이 허물어져버리면 그의 존재 자체가 위협받게 될지 모른다는 사실이 그것이다. 그의 기대를 충족시켜주기 위

해서 그녀는 완전해져야 한다. 절대자가 되어야 한다. 그런데 그녀
는 그럴 수 없으므로, 완벽함은 그의 꿈이므로, 이 지반은 언제든
허물어질 위험을 안고 있다.

10

우리는 이제 그의 소설 『푸른 의자』를 읽어야 한다. 이 소설은
조금 슬프고 쓸쓸하다. 아마도 작가의 경험이 거의 그대로 복사된
것으로 보이는 이 작품에다 그는, 젊은 시절 자신의 삶을 받치고
있던 그 지반의 위태로움과 불안정함을 드러내고 싶었을까.

이 소설은 "그때 나는 기숙사 식당 창가에 앉아 밥을 먹고 있었
다"로 시작한다. 그녀가 그의 학교를 방문했다. 그는 식당에 앉아
서 그녀가 야트막한 언덕을 천천히 걸어올라오는 모습을 유리창
을 통해 보았다. 처음에 그는 그녀일 리 없다고 생각했다. 그녀가
이런 시간에 이곳에 나타날 까닭이 어디 있단 말인가. 그는 밥 먹
는 것을 중단하고 창문을 열었다. 그녀가 조금 더 가까이 다가왔
다. 틀림없이 그녀였다. 그녀가 나를 만나기 위해 학교로 직접 찾
아오다니…… 그의 가슴은 맹렬하게 뛰기 시작했다. 의아스러움
이나 궁금증은 잠시였다. 예정에 없던 만남이 그저 반갑기만 했
다. 그는 지체하지 않고 자리에서 일어섰다. 걸음이 저절로 빨라지
는 것을 어쩔 수 없었다.

그러다가 문득 걸음을 멈췄다. 어떤 생각인가가 흥분을 가라앉히게 했다. 그녀가 반드시 자기를 만나러 온 것이라고 단정할 수는 없지 않느냐는 의문이 기습처럼 찾아왔다. 자기를 만날 작정이라면, 연락도 하지 않고 무작정 학교로 찾아올 까닭이 없다는 생각이 이어졌다. 다른 용무가 있는 게 아닐까. 나를 만나는 것 말고 이 학교에 용무가 없으란 법이 어디 있겠는가. 그도 그럴 것이 그녀는 그 학교의 졸업생이었다. 생각이 거기에 이르자 그는 막 밀고 나가려던 문 앞에서 몸을 돌렸다.

그 대신 그는 문가에 붙어서서 그녀의 움직임을 살피기로 했다. 그녀는 짙은 회색톤의 투피스를 입고 있었는데, 그것은 그가 좋아하는 옷차림이었다. 손에는 작은 핸드백과 별로 두껍지 않은 책이 한 권 들려 있었다. 바람이 산들거리며 그녀의 긴 머리카락을 허공으로 날려보내곤 했다. 햇살은 그녀의 얼굴에서 눈부시게 부서져 콧잔등에 주름살을 만들어냈다. 그 순간에 문득 한줄기 의혹이 첩자처럼 스며들었다. 그는 그녀를 보고 있는데, 그녀는 그를 보지 못하고 있다는 것, 그가 지켜보고 있다는 사실조차 그녀가 알지 못한다는 것, 그것이 그를 긴장시키고, 또 은밀한 즐거움 속에 빠지게 했다.

그녀가 언덕을 거의 다 올라왔다고 느낄 즈음에 누군가 그녀를 막아서는 모습이 보였다. 4학년 복학생으로 기억되는, 나이 차이가 꽤 많이 나서 그들이 아저씨라고 부르는 남학생이었다. 무슨 이야기를 건네는지 그녀의 얼굴에 미소가 환하게 번졌다. 그는 눈도 깜박하지 않고 주의깊게 살폈다. 남자가 그녀를 한쪽으로 데리고 가려 했다. 그녀는 잠시 망설이는 눈치더니, 기숙사 건물을 한번 힐끔 올려다보았다. 그리고 몇 마디 더 이야기를 나누다가 올라왔던 길을 도로 내려갔다. 어깨를 나란히 하고 천천히 걸어내려가면서 두 사람은 계속 무슨 이야기인가를 주고받았다. 그 뒷모습이 매우 다정하게 보였다.

그들이 다정해 보인다고 느끼는 순간, 그의 가슴속에서 자기도 모르게 불길이 솟았다. 이유를 분명하게 설명할 수 없는 분노가 그의 가슴을 뜨겁게 달궜다. 그는, 그녀가 왜 저 남자와 다정해 보여야 하느냐고, 어떻게 그녀가 자기 아닌 다른 남자와 다정할 수 있느냐고 자신에게 물었다. 그것은 심각한 의문이었다. 그는 정말로 그것을 이해하지 못했다. 그래서 그 남학생에게 화가 났고, 그녀에게 더 화가 났다. 질투였을까. 아마도 그랬을 것이다. 그의 감정은 자기의 애인인 그녀가 다른 남자와 유쾌하게 웃음을 주고받으며 발을 맞춰 걸어가는 모습을 용납하지 않겠다고 뻗장댔다.

식탁으로 다시 돌아왔지만, 식욕은 이미 달아나고 없었다. 밥은 반 이상 남아 있었지만 그는 아무것도 먹을 수 없었다. 그는 꽤 오랫동안 그 자리에 앉아 있다가 방으로 올라가버렸다. 가슴속에는 불길이 여전하고, 맥박은 숨가쁘게 뛰었다. 도대체 무슨 일이 일어났단 말인가. 아무 일도 일어나지 않았다. 언덕을 걸어올라오던 그녀가 아는 사람을 만나서 오던 길을 돌아 내려갔을 뿐이다. 그게 무슨 대단한 일이란 말인가. 대단한 일일 리 없었다. 그러나 그는 심각했다.

책을 펴 들었지만, 좀처럼 읽을 수가 없었다. 읽힐 리 없었다. 이내 침대에 벌렁 드러누웠다. 마음이 안정되지 않아 뒤척거렸다. 나는 금방 도로 일어나서 좁은 방을 왔다갔다했다. 그녀를 찾아가보자고, 그녀는 나를 만나러 온 게 맞을 거라고, 혹시 아닐지도 모르지만 그녀는 아마 교문 앞의 찻집에 있을 거라고, 가보자고, 내 마음 한편에서 가만히 속삭이는 소리가 들렸다. 그러나 다른 목소리가 거칠게 윽박질렀다. 너를 만나러 왔다면 왜 다른 남자와 함께 그렇게 유쾌하게, 그렇게 다정하게 이야기하며 내려갔을까? 그 남자가 너니? 너를 만나러 왔다면, 그녀가 왜 그 남자에게 그런 모습을 보일까? 너는 화도 안 나니? 너는 쪼다니? 너는 자존심도 없니? 그 목소리가 나의 신경을 극도로 예민하게 만들었다. 나는 이불을 뒤집어쓰고 다시 누웠다. 물론 잠을 청할 생각은 아니었다. 청한다고 잠이 찾아와줄 것 같지도 않았다. 나는 그런 자세로 눈을 감고 가슴속의 불길을 다스리려고 했다. 그러나 불길이 다스려질 리 만무였다.

뒤집어쓴 이불 탓도 있었지만, 마음이 하도 어수선하고 흥분되어 있던 터라 복도에 설치된 스피커를 통해 내 이름이 방송되는 소리를 듣지 못했다. 누군가 복도를 지나면서 내 방문을 쾅쾅 두드렸다.

"안에 영길이 없니? 전화 왔대, 전화."

그 목소리는 그렇게 악을 쓰듯 크게 한 번 내지르고는 쿵쿵 발소리를 내며 사라져갔다. 그러지 않으려고 했는데, 나는 이불을 던지고 후다닥 뛰어나갔다. 기숙사 방에 들어와 이불을 뒤집어쓰고 누운 것이 마치 그 방송을 기다리기 위해서인 것처럼 여겨질 정도였다. 나는 나 자신에게 지시했다. 침착해라. 호흡을 가다듬고, 침착해라……

복도 끝에 전화기가 있었다. 전화를 걸 수는 없고, 밖에서 걸려온 걸 받을 수만 있는 수신용 전화기였다. 기숙사 관리실에서 누구누구 씨, 전화 받으세요, 하고 방송을 하면, 그곳으로 달려가서 전화를 받게 되어 있었다. 나는 조심스럽게 전화기를 들었다. 나는 전화를 걸어온 사람이 누구일지 짐작하고 있었다. 그녀일 것이다. 아니, 그녀여야 했다. 그녀가 전화마저 하지 않아버린다면 나는 절망 때문에 자살이라도 하게 될 것만 같았다.

예상대로 수화기 속에서는 그녀의 음성이 나왔다. 나는 짐짓 아무것도 모른 체하려고 했다. 그런데 그것이 쉽지가 않았다. 나는 나의 거친 숨소리가 몹시 신경에 거슬렸다.

"마침 있었네. 다행이에요, 없으면 어떡하나 걱정했는데."

"어쩐 일이에요? 어디예요?"

"어딜 것 같아요?"

그녀는 피식 웃었다. 그 웃음 속에서 나는 자신의 공功을 은밀하게 드러내려는 그녀의 꾸밈없이 순진한 마음을 읽었다. 기분이 나쁘지 않았다. 그 순간 나는 조금 전까지의 격렬한 감정을 잊어버리고 마냥 감격할 준비를 했다. 아, 도대체 나는 어떤 놈일까. 나도 나를 잘 모르겠다.

그녀가 입을 연다.

"학교예요."

"무슨 일이 있어요?"

"아니, 영길이 보려고 왔지. 공부하는 거 검사하려고…… 그러면 안 되나요? 나는 여기까지 와서 혹시 못 만나면 어쩌나 조마조마했는데…… 다행이에요. 어떻게, 나올 수 있겠어요?"

"거기가 어딘데요?"

"여기, 본관 삼층 끝에 있는 휴게실."

"알았어요."

나는 수화기를 내려놓음과 동시에 그녀를 용서했다. 그리고 한순간이나마 그녀를 의심했던 나를 비난했다. 옹졸한 놈. 천하에 못난 놈…… 나는 복도 한편에 마련된 욕실로 들어가 세수를 하고, 거울을 보면서 머리를 빗고, 면도를 했다. 옷도 갈아입었다. 그리고 또 한번 거울을 보았다. 그녀가 왔다. 그녀가 나를 만나러 왔다. 그녀가 나를 만나러 학교로 찾아왔다…… 나는 본관 삼층을 향해 뛰

어갔다. 조금이라도 그녀를 기다리게 하고 싶지 않았다. 조금이라
도 빨리 그녀의 얼굴을 보고 싶었다. 날아갈 듯한 기분이 이런 것일
까? 나의 어깨를 하늘 쪽에서 끌어당기는 듯한, 그것은 매우 특별
한 느낌이었다.(『푸른 의자』, 130~132쪽)

그녀가 그를 만나기 위해 학교로 불쑥 찾아왔다는 사실이 그를
감격시켰다. 신학교의 캠퍼스는 좁다. 그리고 그녀는 그 학교를 졸
업한 지 몇 년 되지 않았다. 아직 그녀의 얼굴을 알아보는 사람이
캠퍼스 곳곳에 있을 것이었다. 당장 교문을 들어서자마자 한 복학
생을 만나지 않았던가. 그런데 '그를 만나기 위해' 그녀가 학교로
찾아왔다는 것은 무슨 뜻일까. 그는, 그들의 비밀스러운 관계를 공
식화하는 단계에 접어들고 있는 것이라고 그녀의 뜻을 예단했다.
그것은 분명히 감격의 이유가 될 만했다.

커피, 우유, 캔 주스 등 간단한 음료수와 빵, 햄버거, 비스킷 따
위를 파는 휴게실에는 테이블이 다섯 개 있었는데, 그중 세 개는
학생들이 차지하고 앉아 있었다. 그 가운데 여자들과 남자들이 섞
여 앉은 한 테이블에는 그가 아는 같은 과 학생이 둘 있었다. 휴게
실 문을 열고 들어서자마자 그는 그들과 눈이 마주쳤고, 약간 우쭐
한 표정으로 눈인사를 교환했다. 그는 그들에게 그녀를 과시하고
싶었다. 그녀의 완벽함을 자랑하고 싶었다.

그러나 그녀의 모습은 보이지 않았다. 그 휴게실 공간은 한눈에

들어올 정도로 좁았다. 따라서 두리번거릴 필요도 없었다. 그런데도 그의 눈은 이쪽저쪽으로 바쁘게 움직였다.

맨 안쪽 테이블에 앉아 커피를 마시며 다른 사람과 유쾌하게 대화를 나누고 있는 남자에게 눈길이 갔다. 그 사람도 고개를 들어 그를 쳐다봤다. 언덕길을 올라오는 그녀를 만나 교문 밖으로 데리고 내려갔던 그 복학생이었다. 혹시나 싶어서 살펴봤지만, 그 남자 앞에도 다른 학생이 있었다. 그럴 필요가 없는데, 그는 공연히 뜨끔해가지고 얼른 눈길을 돌렸다. 그녀는 어디 있단 말인가.

그렇다고 그곳을 떠나버릴 수는 없는 일이었다. 그녀는 틀림없이 본관 삼층 끝에 있는 휴게실에서 만나자고 했다. 그는 거의 반사적으로 커피 자판기를 향해 다가갔다. 아쉽게도 호주머니 속에는 동전이 없었다. 그는 매점 진열대 쪽으로 다가가며 중얼거렸다. 그녀는 어디 있는가? 동전을 바꿔 들고 다시 자판기 쪽으로 향하면서 그는 또 중얼거렸다. 대체 그녀는 삼층 끝의 휴게실에 있지 않고 어디 있는가? 뒤통수가 근질거리는 느낌이 들었다. 아까 그 복학생이 계속해서 자신의 뒤통수를 쏘아보고 있는 것 같아서 기분이 나빴다. 그는 자판기의 뱃속으로부터 종이컵을 꺼내면서 그자를 곁눈질해 보았다. 그 사람은 손짓을 크게 해 보이며 마주앉은 사람과 이야기를 나누고 있었다. 그에게는 아무 관심도 없다는 제스처처럼 보였다. 그런데도 그는 무엇 때문인지 그 사람이 이제껏 쭉 자기를 지켜보고 있었던 것 같은 느낌이 들었다. 어쩌면 앞에 앉은 사람에게 자기 이야기를 하고 있는지 모른다는 의심도 생겼다.

그러자 불쑥 불안이 쳐들어왔다. 가슴이 뜨거워지고, 맥박이 빠르게 뛰기 시작하는 걸 그는 어쩌지 못했다. 그곳의 누구도 그에게 시선을 주지 않았지만, 그는 이상하게도 대중들 앞에 불려나가 놀림을 받고 있는 것 같은 정신의 혼란 속에 빠져들었다. 종이컵을 쥔 손에 저절로 힘이 들어갔다. 맛도 느끼지 못한 채 커피를 한 모금 마셨다. 그리고 또 중얼거렸다. 그녀는 어디 있는가. 왜 여기 없는가.

커피는, 물이 종이컵의 반도 채 채워지지 않은 탓인지 몹시 썼다. 그는 두 모금을 마시다 말고 쓰레기통 속에 컵을 던져버렸다. 휴게실을 둘러보았다. 그를 바라보는 사람은 아무도 없었다. 그런데도 그의 비뚤어진 자의식은 자기가 고개를 돌리는 순간 그들이 일제히 시선의 방향을 바꿔버린 거라고, 그러고서 그에게 관심이 없는 척하고 있는 거라고 고집을 부렸다. 그는 쓸데없이 주변의 시선을 의식하고 있었다. 그러나 그것은 어쩔 수 없는 일이었다.

그는 중얼거렸다. 도대체 그녀는 어디로 가버렸는가. 이곳 말고 다른 휴게실이 있던가. 없었다. 본관에는 삼층 말고는 휴게실이 없었다. 이곳 말고 다른 휴게실은 본관과 구름다리로 연결된 도서관 건물의 지하에 있었다. 그곳은 삼층이 아니고, 본관도 아니었다. 그러므로 착각을 일으킬 수가 없는 일이었다. 그런데 그녀는 어떻게 된 것인가…… 그는 휴게실 복도를 왔다갔다했다.

다음 강의가 시작될 시간이 되자 학생들이 두셋씩 이야기를 나누며 건물 안으로 들어왔다. 그사이에 휴게실의 테이블에 앉아 있던 학생들도 하나둘씩 자리를 떴다. 복학생도 떠나고 없었다. 그 대신 다른 사람들이 들어와 테이블을 채웠다. 그는 시계를 보았다. 푸아. 그는 이상한 소리를 내며 한숨을 뱉었다.

"뭐해? 수업에 안 들어가?"

같은 과 친구 한 명이 지나가면서 바인더로 그의 어깨를 툭 쳤다. 그는 말없이 그냥 웃었다. 친구도 손을 한번 쳐들어 보인 다음 더 묻지 않고 지나쳐갔다. '세계 교회사'를 들어야 할 시간이었다. 매 수업마다 일일이 본인인지를 대조해가며 출석을 부르고, 출석 체크를 한 다음에는 강의실 문을 잠가버리는, 그리고 한 학기에 세 번 이상 결석하면 이유를 불문하고 성적을 내주지 않는다는, 꽤 고지식하고 까다로운 교수의 시간이었다. 그러나 그는 물론 그 강의를 들으러 갈 생각이 없었다. 기숙사 방을 나올 때 그 수업을 빼먹기로 작정한 터였다.

아쉽지 않았다. 그런 결정을 하면서 망설이지도 않았다. 그 과목이 그날의 마지막 수업이었고, 그다음에는 저녁식사 시간 후의 도서관 근무가 예정되어 있을 뿐이었다. 그때부터 여섯시까지 적어도 세 시간은 그녀와 시간을 보낼 수 있을 것이었다. 그럴 리가 없겠지만, 그녀가 원한다면 도서관 근무를 빼먹는 불성실쯤이야

얼마든지 감행할 수 있다고 마음먹고 있었다. 그를 감격시킨 그녀의 '특별한' 방문은 그 정도의 대가를 받기에 충분하다는 것이 그의 생각이었다. 그런데 그녀는 어디로 사라져버린 것일까.

나는 휴게실의 한 자리를 차지하고 앉았다. 갑자기 의욕이 꺾이고, 모든 일이 짜증스러워졌다. 테이블 위에 널려 있는 인쇄물들을 건성으로 읽었다. 타자기의 판촉을 위한 홍보용 카탈로그와 아마도 '요한계시록 연구' 시간에 발표된 듯한 한 대학원생의 소논문이 눈에 띄었다. 나는 그것들을 의식의 동반 없이 눈으로만 띄엄띄엄 읽어나갔다.

타자기의 혁명, 전동 타자기! 이제 필기 문화가 바뀝니다. 묵시 apocalyptic는 '드러냄' '계시'를 의미하는 'apocalypsis'에 그 어원을 두고 있다. 이 개념은 전통적으로 종교사 내의 현상, 즉 독특한 종말론적 사상 체계와 칠성표 전동 타자기는 이런 점이 다릅니다. 첫째, 글씨체가 유려하고 세련되어 귀하의 품격을 높여줍니다. 둘째 묵시 사상의 가장 큰 특징은 종말론적 이원론이다. 묵시 문학은 우리가 살고 있는 현시대는 악하며 타락했고, 악마들의 지배하에 놓여 있다고 본다. 따라서 이 세상은 멸망할 것이며, 또 멸망해야 홍보 기간에 한해서 파격적인 보급가로 공급합니다. 칠성의 기술진이 일본의 나고야마와 손잡고 자신 있게 내놓습니다. BC200년에서 AD200년 사이에 유대교와 원시기독교에서 유래한 문학 양식이다. 유대교는 이방 종교와 헬레니즘의 사상과 표상들을 이제 전동 타자기로 하십시오. 당신의 문서가 가지고 있는 가치를 한층 높여줄 것입니다.

글자들은 의미를 가지지 않는 단순한 기호들에 불과했다. 아니, 기호도 아니었다. 그것들이 기호라면 나에게 어떤 뜻인가를 지시해 보여주어야 했다. 그러나 그것들은 아무것도 보여주지 않았다.

나는 자주 눈을 들어 복도 쪽을 바라보았다. 차라리 그 복도, 수명이 거의 다한 형광등 하나가 푸드덕푸드덕 안간힘을 쓰고 있는 그 길고 곧게 뻗은 복도가 더 지시적이었다. 그 복도는 때때로 강물처럼 출렁이다가 밤처럼 깜깜해지곤 했다. 그녀의 모습은 여전히 보이지 않았다. 시간은 안타깝게 흐르고, 내 속은 심하게 지글거렸다. 나는 내 얼굴이 얼마나 흉하게 일그러져 있을지 충분히 짐작할 수 있었다.

"영길이지?"

청바지를 입은 키가 작은 여자가 내게 다가와 말을 걸 때까지 나는 그 텅 빈 휴게실에 혼자서 족히 사십 분은 앉아 있었다. 나는 그곳을 떠날 수 없었다. 왜냐하면 그녀가 거기서 만나자고 했기 때문이다. 청바지와 티셔츠 차림의 간편한 복장에 길지 않은 머리를 한 가닥으로 단단히 묶은 모양이 제법 고집스러워 보이는 그 여자가 나타나는 걸 나는 보지 못했다. 줄곧 복도를 지키고 있었는데, 이여자는 어디서 나타난 것일까.

"몸이 불편하니? 안색이 안 좋다."

그녀가 다정하게 물었다. 낯이 익은 얼굴이었다. 도서관에서 그녀를 자주 본 기억이 났다. 그녀는 내가 일하고 있는 도서관에서 꽤 자주 매우 많은 책을 대출해가는 학생 가운데 한 명이었다. 그녀는 4학년이었고, 대학원 진학을 준비하고 있다는 말을 들은 적이 있었다.

"그런데요?"

나는 고개를 쳐들었다. 그녀가 웃었다. 그 웃음이 거슬렸다. 그녀는 왜 웃는 걸까?

"김선배를 기다리지? 김영희 선배……"

나는 곧바로 반응을 나타내 보이지 못했다. 그녀의 이름 뒤에 붙은 '선배'라는 호칭이 어쩐지 낯설고 이상했다.

"최기혁 교수님 방에 가봐. 내가 들렀다 오는 길인데, 그곳으로 오라고 그러더라."

"거기 있어요?"

"그래, 교수님하고 이야기를 하고 계셔……"

어쩌자는 것인가. 내 감정은 그 순간 더이상 자제할 수 없는 지경에 이르고 말았다. 가슴속에서 이글거리는 사납고 어두운 정열 때문에 나는 고개를 들 수가 없었다.

휴게실에서 기다리라고 해놓고 자기는 다른 데 가서 무얼 하고 있다는 말인가. 거의 한 시간 가까이 기다리게 하고서 이제야 교수

방으로 오라고? 이게 무슨 경우지? 나는 거칠게 숨을 몰아쉬었다. 그녀는 내게 무례를 범하고 있다. 이래선 안 된다. 이럴 수 없다. 이건, 사랑하는 사람이 사랑하는 사람에게 할 일이 아니다. 그녀가 내게…… 어떻게 이럴 수 있단 말인가. 이건, 용납할 수 없는 일이다…… 나는 그녀가 내게로 와서 정중하게 사과해야 한다고 생각했다. 따라서 그 방으로 그녀를 찾아가지 않겠다고 마음을 정했다. 그녀가 시키는 대로 고분고분 따르는 일에 심한 굴욕감이 느껴졌기 때문이다.

나는 그렇게 했다. 아니, 하지 못했다.

"정말 괜찮니? 너무 안 좋아 보이는데…… 가서 좀 쉬는 게 좋겠다."

나에게 소식을 전해주러 왔던 그 고집스럽게 생긴 여학생이 걱정스러운 표정으로 물었다. 나는 그녀의 그 한결같은 친절에 짜증이 났다.

"나한테 이래라저래라 명령하지 말아요. 내가 알아서 할 거예요. 나를 내버려두라고요."

나는 소리를 지르고 벌떡 일어섰다. 그녀가 움찔 놀라서 뒤로 한 발짝 물러나는 모습이 눈에 들어왔다. 어떤 표정을 지어야 할지 몰라 어리둥절해 있는 그녀를 뒤에 남겨두고 나는 아주 거칠게 그곳을 떠났다. 의자가 비틀거리다가 쓰러지며 쿵 소리를 냈다. 나의 천박한 뒷모습을 어처구니없다는 듯이 바라보는 여러 개의 시선이

따갑게 느껴졌다. 그러나 나는 이미 그런 걸 염두에 둘 입장이 아니었다.

나는 어디로 가려고 했을까? 휴게실을 나와서 나는 어디로 가야 했을까? 마치 말 잘 듣는 어린애처럼 그녀가 지시한 대로 고분고분 최기혁 교수의 방으로 가지는 않겠다는 것이 내 다짐이었다. 그러면 나는 어디로 가야 했을까? 그곳이 아닌 어딘가로 가야 했다. 어쩌면 교문 밖으로 나가버렸어야 했는지 모른다. 그런데 나는 나 스스로에게 한 다짐을 지키지 못했다. 나는 왜 그랬을까?

나는 내 발걸음이 최기혁 교수의 방으로 향하고 있다는 걸 깨달았지만, 말리지 못했다. 나는 왜 그랬을까? 물론 그 방 안으로 들어가지는 않았다. 십 분 이상이나 그 문 앞에서 서성서리기만 했다. 그리고 지금 나는, 그 문 앞에 서서 내 손으로 문을 두드리지는 않았다는 걸 내세우며 그 사실에 의미를 부여하려고 하고 있다. 말하자면 그 어쭙잖은 사실을 내세움으로써 나는 스스로를 위로하고자 안간힘을 쓰고 있는 것이다. 그 차이는 사실 아무것도 아니다. 그러나 때로 아무것도 아닌 일에 목숨을 거는 것이 인간이기도 하다. 우리는 아주 사소한 것으로 절망하기도 하고, 아주 사소한 것으로 위로받기도 한다. 내가 스스로를 위로하기 위해 아주 사소한 차이를 대단한 것으로 부풀렸다고 해서 그게 무슨 허물이 되겠는가.

최교수의 방문이 열린 것은 그 앞에서 십여 분을 서성이고 난 다음이었다. 그녀 얼굴이 먼저 보였다. 나는 얼른 고개를 돌리려고 했다. 그 앞에서 그녀를 기다린 내 모습이 갑자기 측은하게 여겨졌기 때문이다. 그러나 나는 그녀가 이미 내 모습을 보았다는 것을 알아 차렸다. 외면한다는 것은 불가능했다. 나는 고개를 바로 했다. 곧 이어서 쾌활한 목소리와 함께 한 남자의 옆모습이 보였다. 최기혁 교수였다. 그는 한쪽 손으로 문고리를 잡은 채 활짝 웃고 있었다. 그녀는 그런 그를 향해 고개를 꾸벅 숙였다. 최교수가 손을 한 번 들어 보인 후 여전히 웃음을 거두지 않은 채 문을 닫았다.(같은 책, 135~140쪽)

그는 최교수의 쾌활한 웃음, 그 웃음이 품고 있는 일종의 건강 과 여유 앞에서 설명할 수 없는 치욕을 느꼈다. 그 치욕의 내용은 질투였을까? 그는 그 교수를 좋아하지 않았다. 그는 왜 그 교수를 싫어했을까? 그가 가지고 있지 않은 것을 그 교수가 가지고 있기 때문이 아니었을까. 싫어한다는 것은, 그러니까 부러워한다는 뜻 이 아닌가. 어떤 사람이 가장 비난하는 것이 무엇인지를 알면 그 사람이 가장 크게 욕망하는 것이 무엇인지도 저절로 알게 되지 않 던가.

어쨌거나 그 순간에 그가 느낀 것은 치욕이었다. 그녀는 그를 치욕 속으로 몰아넣었다. 그 순간에 그는 그렇게 느꼈다. 그 사실 은 부정될 수 없었다. 그녀는 하지 말아야 할 일을 했다. 그러므로 그녀는 벌을 받아 마땅하다고 그는 생각했다. 그때부터 그의 강박은 엉뚱한 사념에 편집적으로 매달렸다.

문이 닫히는 순간까지 그녀는 최교수를 바라보고 있었다. 그는 헛발질을 하고 계단을 내려갔다. 그의 걸음걸이는 잔뜩 골이 나 있었다. 그녀는 그의 뒷모습에서 그의 얼굴 표정을 읽었다.

"미안해. 휴게실에서 기다리다가 최교수님을 만났어. 실은 그분을 만날 일도 있긴 했거든…… 이야기가 길어지는 바람에…… 그 교수님이 학교 다닐 때부터 나를 유난히 예뻐해주셨거든."

급히 뒤따라오면서 그녀가 빠르고 나지막하게 말했다. 그러나 그는 대꾸하지 않았다. 대꾸할 기분이 아니었다. 그의 얼굴 표정은 그녀가 뒤에서 상상하고 있는 것보다 훨씬 보기 흉하게 일그러져 있었다. 그것은 거의 사람의 표정이 아니었다. 아, 얼굴은 왜 그렇게 단순해서 내부의 감정을 숨기지 못하는 것일까. 어떤 교수와 '노닥거리느라' 한 시간 동안 기다리게 했다고 그녀는 말했다. 거기다가 그녀는 교수가 자기를 전부터 유난히 예뻐했다는 말도 했다. 그 말은 그의 불타오르는 감정에 기름을 부었다. 그녀는 그 말을 하지 말았어야 했다. 그때 그의 내부를 지배하고 있는 것은 이미 이성이 아니었으므로. 최소한의 분별과 판단을 주도할 이성은 그의 내부에서 쫓겨나고 없었다.

그런데도 그녀는 그 속에서 끓고 있는 뜨거운 용암의 온도를 미처 눈치채지 못하고 있었다. 아니, 전혀 눈치채지 못한 것은 아니었다. 그녀가 그동안 그를 조금도 파악하지 못했다고 말하는 것은 옳지 않다. 단지 그녀는 사태의 심각성을 잘못 계산하고 있었을 뿐이다.

이해할 수 있을까. 이 경우 한없이 가파르고 말할 수 없이 극단적으로 치닫게 마련인 폐쇄적인 남자의 강박적인 마음의 움직임을. 그 가파름, 그 극단적 의식이 뚫어내는 변칙적인 공격성의 음침한 쥐구멍을……

생각이 한쪽으로 몰리면 다른 출구들이 닫혀버린다. 이게 아닌데, 이렇게까지 할 필요가 없는데, 하면서도 어쩔 수 없이 그 길로 밀고 나가게 되는 절박한 상황이 있다. 그곳 말고는 달리 길이 보이지 않기 때문에 갈 길이 아닌 줄 알면서도 막무가내로 내달리게 되는. 그리하여 도무지 일어날 법하지 않은 일이 발생한다. 상식은 선 위에 있는 것이고, 그러므로 안전하다. 그러나 그 선을 벗어나면 아무것도 안전을 보장하지 않는다. 상식 밖에서는 상식에게 호소할 수 없다. 그곳에서는 파격이 상식이 된다. 편집적인 생각은 편집적인 길을 뚫는다. 그런 일이 발생하려는 순간에도 자각이 아주 없는 것은 물론 아니다. 어렴풋하지만, 자기가 무슨 일을 하고 있다는(또는 하려 한다는) 걸 인지할 수 있을 뿐만 아니라, 그 힘을 막으려는 희미한 반동도 일어나기는 한다. 그런 뜻에서 술꾼들이 경험하는 '필름이 끊어지는' 상태와 이것은 다르다. 여기서는 필름이 돌아간다. 단지 필름을 중지시키기가 어려울 뿐이다. 그리고 그것이 진짜 문제다. 길이 아닌 곳을 향해 몸을 던지는 난

처한 상황을 빤히 목도하면서도 어쩌지 못하는 상황이 바로 절망이다.

"화났어요? 글쎄, 교수님이 유학 이야기를 자꾸만…… 오래전부터 그 이야기를 했었는데, 이번에는 상당히 구체적으로……"

그녀가 그런 이야기를 꺼낸 의도는 애인의 마음을 가라앉혀보려는 데 있었겠지만, 그것은 그만큼 그 감정의 가파름을 헤아리지 못하고 있다는 증거이기도 했다. 그녀는 아마도 아무 말도 하지 말았어야 했다. 그편이 여러모로 나았을 것이다. 그도 그럴 것이 그녀는 말을 다 끝맺지 못했다.

그녀는 잠깐 몸의 중심을 잡으려고 휘청거리더니 이내 몸을 비스듬하게 틀면서 계단 밑으로 굴러떨어졌다. 바닥에 넘어져서 그녀는 어이없음과 참담함과 치욕스러움과 분노와 당혹감이 엉겨붙은 복잡한 눈빛으로 그를 올려다보고 주변을 둘러보았다. 그녀의 몸에 밴 교양이 표정을 감추려고 했다. 그러나 주지하는 대로 사람의 얼굴은 단순하고 순진해서 그녀의 복잡한 감정의 움직임을 온전히 숨기지는 못했다. 계단을 오르거나 내려가던, 또는 오르거나 내려가려던 남학생과 여학생들이 무슨 일이냐며 몰려들었다. 그들은 거의 짐승의 울부짖음에 가까운 남자의 괴성을 들었고, 그의 오른손이 허공을 가르며 그녀의 뺨을 사정없이 갈기는 모습을 보았다.

웅성거리며 몰려든 사람들은 처음에는 영문을 알 수 없어서인지 선뜻 나서려 하지 않았다. 그녀는 당황하고 어이없어하면서도, 그것보다 몰려드는 사람들의 시선이 더 신경이 쓰이는 듯 서둘러 몸을 일으키려고 했다. 곁에 있던 누군가가 손을 내밀었다. 그녀가 그 사람의 손을 잡았다. 그의 걷잡을 길 없이 치솟은 난폭한 감정은 거기서 멈추지 않았다. 그 사나운 짐승을 통제하는 것은 불가능했다. 그는 누군가의 도움을 받으며 일어서는 그녀를 향해 침을 뱉었다. 그러고는 소리쳤다.

"나를 우롱하지 마. 도대체 나를 뭘로 아는 거야? 대체 뭐가 그렇게 잘났어? 너는, 너는…… 너는 창녀야?"

그는 그 순간에 자기가 하지 말아야 할 짓을 하고 있다는 걸 자각하고 있었다. 그러나 멈출 수가 없었다. 그의 몸속에 악마가 들어 있는 것일까, 하고 질문하는 것은 비겁하고 무책임하다. 그것은 모든 악덕의 책무에서 인간을 구하고 그 짐을 모조리 눈에 보이지 않는 악마라는 추상에게 지우려는 의도로 사람들이 고안해낸 간교한 술수에 지나지 않는다. 악마라면, 그 악마는 인간일 것이다. 인간보다 더 악마다운 악마가 어디 있겠는가.

웅성거림이 더 심해지고, 그를 향해 삿대질을 하거나 욕을 해대는 사람도 있었다. 누군가 앞으로 나와 그의 몸을 틀어잡았다. 그는 빠져나가려고 몸부림을 쳤지만, 꼼짝할 수가 없었다.

그날 밤에 그는 밤을 새워가며 길고 애절한 편지를 썼다. 그가 그녀를 얼마나 간절하고 절실하게 사랑하는지를 표현하기 위해서 가능한 모든 수사를 다 동원했다. 사랑이 그 이해할 수 없는 파렴치한 행동의 동기였다고 그는 썼다. 비웃는 사람도 없지 않겠지만, 그건 어느 정도는 진실이었다. 그는 그녀를 그렇게 사랑했다. 그런 것이 어떻게 사랑이냐고 묻는다면, 그렇다, 그런 것은 사랑이라고 할 수 없다. 하지만, 사랑이 아니라면, 달리 무엇이라고 해야 한단 말인가. 그녀가 없는 상황을 그는 상상할 수 없었다. 편지를 쓰는 동안 그는 그녀가 너무나 보고 싶어서 거의 미칠 지경이었다.

그는 눈물을 펑펑 쏟으면서 어처구니없는 자신의 행동을 용서해달라고 빌었다. 그는 어쩔 수 없이 악마의 이름을 빌려왔다. 자기 몸속에 악마가 들어왔던 모양이라고, 자기가 무슨 짓을 저질렀는지 잘 알고 있다고, 있을 수 없는 일이었다고, 그러나 그것은 자기가 한 짓이 아니었다고. 편지지는 그가 흘린 눈물에 의해 글자를 알아볼 수 없을 정도로 심하게 훼손되었다. 물론 짐작할 수 있는 대로 그런 편지는, 그때가 처음이 아니었고, 또 마지막도 아니었다. 안타깝게도 그는 너무나 자주 그런 종류의 편지를 썼었다. 그만큼 있을 수 없다는 일이 많았다는 뜻이다. 그리고 그것이 그들의 관계를 파국으로 몰고 갔다. 마침내 그녀는 그의 '완벽한 사랑의 이데아' 역을 감당하는 데 지쳤고, 그래서 그 역할을 포기하기로 작정해버렸다.

나의 사랑은 그런 식이었다. 사랑은 평화를 향해 가야 한다고 사람들은 말한다. 이 말은 사랑하는 사람이 감정의 상태에 얽매여선 안 된다는 뜻을 함축하는 것 같다. 감정은 도무지 평화의 상태를 지향하는 법이 없으므로. 그러나 나의 사랑은 평화를 이해하지 못했다. 나의 사랑은 너무 아슬아슬하고 가학적이었다. 그랬다. 나는 사랑을 전쟁처럼 하고 있었다.(「그런 사랑」, 산문집 『이정표』, 209쪽)

11

우리는 어렵지 않게 이 사랑의 불구성不具性을 짐작할 수 있다. 그는 사랑을 받지 못했고, 배우지도 못했다. 사랑도 배워야 하는가. 일찍이 에리히 프롬이 그런 질문을 무색하게 만드는 발언을 했다. 인간은 삶에 필요한 모든 기술을 습득하려고 한다. 예컨대 돈을 벌거나 명성을 얻거나 출세를 하기 위해서는 기술을 배워야 한다고 생각하고 실제로 그렇게 한다. 그런데 왜 사랑에 대해서는 그렇게 하지 않는가. 그것은 사랑에 대한 생각이 잘못되어 있기 때문이다. 대부분의 사람들이 사랑처럼 수월한 것은 없다거나 사랑은 자연 발생적인 것이므로 따로 노력할 필요가 없다는 따위의 안이한 생각에 빠져 있다. 사랑에 실패하는 사람은 많지만, 사랑에 대한 자신의 능력 부족이 실패의 원인이라고 인정하는 사람은 거의 없다. 사랑을 유쾌한 감정놀음이나 우연한 몰입쯤으로 이해하기 때문이다. 사랑을 그렇게 이해하는 한 배우려 하지 않을 것은 당연하다. 하지만 그것은 틀린 생각이다. 사랑에도 기술이 필요하다. 살아가는 데 필요한 기술들을 배우고 익혀야 한다면, 사랑이야말로 그래야 할 것이다. 왜냐하면 사랑보다 더 소중하고 가치 있는 것은 없기 때문이다. 사랑을 배우지 않을 때, 종종 사랑은 흉기가 되어 사람을 상하게 한다.

우리 주인공이 그렇다. 사랑의 기술을 습득할 기회가 없었기 때문에 그는 자기감정을 제대로 통제하지 못한다. 그의 사랑은 감정이라는 바다에 키나 돛도 없이 둥둥 떠다니는 허술한 풍선風船과 같았다. 격랑이 일면 크게 요동을 쳤고, 파도가 잔잔해지면 부드럽게 흔들렸다. 그는 애인을 향한 돌발적인 신경질과 유아적인 투정을 사랑의 표현인 양 오해했다. 그는 집착과 사랑을 구분할 수 없었다. 열정과 사랑의 차이에 대해서도 마찬가지로 무지했다. 그는 사랑이라는 것이 상당한 노력과 의지를 필요로 하는 고도의 기술임을 끝끝내 이해하려고 하지 않았다. 때문에 그는 사랑이 평화의 상태를 지향한다는 사실에도 공감하지 못했다. "나는 사랑을 전쟁처럼 하고 있었다"고 그는 고백한다. 안타깝지만 사실이었다.

시간이 많이 지난 후 그는 그 시절의 위태로운 사랑에 대해 꽤 분석적인 한 편의 글을 썼다.

니그렌이라는 스웨덴의 루터교회 감독은 『아가페와 에로스』라는 희귀하고 소중한 책을 썼는데, 그 책의 앞부분에서 그는 사랑을 아가페와 에로스로 분류하고, 그것의 차이를 선명하게 도식화하였다. 그 가운데 이런 대목이 있다.

"에로스는 그 대상 속에서 가치를 먼저 인식한다. 그래서 그것을 사랑한다. 그러나 아가페는 먼저 사랑한다. 그래서 그 대상 속에 가치를 창조한다."

젊은 시절에 나는 한 여자를 운명적으로 사랑했다. 그녀는 나에게 새 삶을 가져다주었다. 나는 그녀에게 나의 미래까지를 포함하여, 모든 것을 기꺼이 바치려고 했다. 그녀는 그럴 만한 가치가 있다고 믿었다.

그녀는 나에게 세상을 보여주었다. 그녀라는 창을 통해 나는 세상을 보았다. 나는 또 그녀를 통해 신에게 이르고자 했다. 그리고 나의 이 사랑이야말로 가장 순수하고 아름다운 사랑이라고 생각했다. 어떤 사람도 나만큼 사랑할 수는 없다고 장담했다. 왜냐하면 나는 그녀를 숭배했으니까. 숭배야말로 사랑의 최고 형식이라고 믿었고, 나는 그 최고의 사랑을 하고 있었으니까. 가장 아름답고 순수한 사랑에 붙는 이름이 아가페라면 나의 사랑이야말로 아가페여야 했다.

아가페라니? 사람이 사람을, 더구나 남자가 여자를 어떻게 아가페할 수 있단 말인가. 니그렌은 아가페를 신의 사랑이라고 했다. 조건이 없으며 자발적이고, 아래로 내려오는, 자기 자신을 추구하지 않으며 오히려 자기 자신을 내주는, 비동기적이며 넘쳐흐르는……
사랑. 그리하여 마침내 아가페는 "인간에게 이르는 신의 길이다".
그런데 아가페라니.

나는 그녀가 그럴 만한 가치가 있기 때문에 사랑했다는 것을 몰
랐다. 나는 나의 사랑이 나의 "결핍과 필요에 의존해 있는" "소유
하고 얻으려는 욕망"의 위장에 불과하다는 걸 인정하려 하지 않았
다. 나는 나의 사랑이 "고상하게 승화시킨 일종의 자기주장"이라
는 걸 이해하지 않으려고 했다. 내가 진정으로 사랑한 것은 그녀가
아니라 그녀 안에 투영된 나, 그녀를 통해 메우고 채워질 나라는 걸
몰랐다.

그녀를 통해 신에 이르고자 할 정도의 절대적인 사랑에 대해서
도 니그렌으로부터 점잖은 충고를 받았다.

"에로스는 신에 이르려는 인간의 길이다."

내가 이해하지 못한 것은 또 있었다. 나는 에로스가 곧 욕망과 열
정의 다른 이름이라는 사실도 옳게 이해하지 못했다. 사랑의 대상
을 소유하고 취득하고 독점하려는 욕망과 열정, 그녀를 독립된 인
격으로가 아니라, 나의 소유물이나 내게 속한 무엇, 기껏해야 나의
지체肢體처럼 부리려 한…… 그 때문에 나는 자주 심한 감정의 기
복을 경험해야 했고, 그녀와 나는 너무나 빈번하게 상처를 입었다.

나는 좀처럼 그녀에게 관대할 수 없었다. 나는 그녀에게 나 말고
는 그 무엇에도 관심을 기울이지 말라고 요구했다. 너무나 많은 가

치들을 그녀의 목에 주렁주렁 매달아놓고 그녀를 우상처럼 숭배했다. 당연히 나는 그 이상한, 이기적인 기준 때문에 너무 자주 실망했고, 번번이 흥분 상태에 빠졌고, 짜증을 냈다. 금방 후회하고 말 악의적이고 격한 말을 내뱉어서 그녀를 괴롭혔다. 그러면서도 그런 나의 행태를 사랑이라는 이름으로 합리화했다. 나는 사랑이라는 이름으로 사랑하는 사람을 상처 입혔다. 그러면서도 그것이 사랑 때문이라고 믿었다. 어리석고 치졸하게도 큰 상처는 큰 사랑의 증거라고까지 이해했던 것 같다. 나만큼 절대적이고 순수하고 아름답고 모든 것을 바쳐서 사랑하는 사람은 없다고 생각했다.

아, 그녀가 무엇 때문에 그런 걸 원했겠는가. 원한 것은 그녀가 아니라 나였다. 나에게는 이 세상의 어떤 연인보다 그녀를 더 사랑하는 내가 필요했다. 그녀는 완전해야 했고, 나는 그런 그녀를 절대적으로 사랑해야 했다. 그런 관념을 통해 나는 만족을 얻었다. 그렇게밖에 사랑하지 못한, 그것이 나의 불행이었고, 내 사랑의 예정된 비극이었다.(「사랑의 어려움」, 산문집 『행복한 마네킹』, 57~58쪽)

12

그날 이후 박부길은 몹시 우울하고 절망스러운 시간을 보냈다. 그날 이후 그녀가 여느 때와 다르게 행동했기 때문이었다. 정작 모욕을 당하는 자리에서는 별일 아닌 것처럼 몸을 털고 일어나 흥분하는 주변 사람들을 오히려 만류했지만, 당장 그다음날부터 그녀는 태도를 바꿔버렸다. 그녀가 받은 충격이 어지간하지 않았던 모양이었다.

물론 전에도 이와 유사한 일이 없지 않았다. 그녀는 그가 만든 우상이었다. 그는 숭배를 대가로 항상 너무 지나친 걸 요구했다. 그는 때때로 광신자처럼 굴었으며 어린아이처럼 유치해지기도 했고, 그러다가 폭군으로 돌변하기도 했다. 그는 다루기가 매우 까다로운 사람이었다. 그와의 관계는 늘 아슬아슬했다. 그녀를 버티게 한 것은 타고난 성품과 오랜 기독교 신앙을 통해 몸에 밴 교양이었다. 그러나 성품과 교양에도 한계는 있는 법이다. 그녀는 그 한계에 부딪히고 말았다.

그런 일이 잦았다고는 하지만, 그전에는 두 사람만 있는 자리에서 발생했기 때문에, 박부길의 도에 지나친 투정과 신경질은 그녀에게 유난스럽지만 그만큼 깊은 박부길식의 사랑 표현으로 받아들여져 용납되곤 했었다. 하지만 이번 경우는 달랐다. 그는 직접 주먹을 휘둘렀고, 무엇보다도 모교에서 많은 사람들(그 가운데는 그녀를 알고 있는 사람도 있었다!)이 지켜보고 있는 가운데 손찌검을 하고 입에 담지 못할 욕설(그녀더러 '창녀'라니!)로 모욕을 주고, 거기다가 침까지 뱉었다. 그가 아무리 유별난 데가 있다고는 해도 사랑의 한 표현인 질투로 이해할 수준이 아니었다. 몰려서 있던 사람 가운데 그녀를 알아본 한 여학생은 실제로 '저런 미친놈'이라고 흥분했고, 이 학교 학생 가운데 어떻게 저런 놈이 있을 수 있느냐고 따져 묻기까지 했다.

그녀로서는 난생처음 겪은 그 치욕을 이겨내기가 쉽지 않았을 것이다. 타고난 성품과 몸에 밴 교양 뒤에 숨어 있던 그녀의 자의식이 불쑥 몸을 일으켰다. 그녀는 머리를 흔들면서 부질없는 세속의 열정을 한탄했다. 그러자 이제까지 너그럽게 받아들이려고 애써왔던 박부길의 히스테리에 가까운 행태들이, 한꺼번에, 도저히 받아들일 수 없는 광기의 일종으로 인식되었다. 그녀는 이제까지 그 남자의 광기를 무작정 받아내기만 했던 자신의 불필요한 인내심이 갑자기 끔찍하게 여겨졌다. 그 깨달음은 자연스럽게 더이상의 인내는 불가능할 뿐 아니라 무의미하다는 판단으로 이어졌다.

용서를 구하는 박부길의 눈물에 젖은 편지도 그녀의 마음을 움직이지 못했다. 그의 전화는 아예 받지 않았다. 그만큼 그녀가 받은 정신의 타격은 컸다. 물론 그가 받은 충격 또한 그녀가 받은 것에 못지않았다. 아니, 그녀에게 비할 바가 아니었다. 그녀를 모욕하다니…… 그녀에게 침을 뱉다니…… 그녀에게 창녀라고 욕하다니…… 자기가 그런 짓을 했다는 걸 그는 도무지 인정할 수 없었다. 어떻게 그럴 수 있단 말인가. 그러나 그것은 그에 의해 행해진 일이었고, 그러므로 부정할 수 없었다. 그래서 그는 자신 속의 악마를 내세워야 했다. 상식도 없이, 분수도 모르고 터무니없는 행동을 한 자신 속의 악마를 저주하고 또 저주했다.

그는 잘 먹지도 않았고, 책을 읽지도 않았다. 단지 부끄럽고 안타까워서 자기 몸을 물어뜯고 싶었다. 참회의 표시로 자기 옷을 찢었다는 옛날 사람들의 심정을 이해할 수 있을 것 같았다. 그는 실제로 자기 몸을 물어뜯는 대신 자기 옷을 찢었다. 어떻게 해서든 그녀의 마음을 돌려서 두 사람의 관계를 예전과 같은 상태로 바꾸어야 한다는 강박에 시달리며 그는 틈만 나면 전화통을 붙들었고, 밤마다 편지를 썼다. 한 번만 만나달라고 사정했다. 한 번만 더 기회를 달라고 빌었다. 다시 관계가 회복된다면 그런 어리석은 짓을 하지 않을 것이라는 상투적인 다짐을 수십 번도 더 했다. 그러나 그런 기회는 다시 주어지지 않았다.

어느 날 그는 오전 강의를 빼먹고 기숙사를 나섰다. 가슴이 녹아내리는 듯해서 도저히 가만있을 수가 없었기 때문이다. 여러 날 밤을 새우며 고민한 끝에 그는 어쨌든 그녀를 만나러 가야겠다고 생각했다. 그녀로부터 응답이 올 때까지 무작정 앉아서 기다리고 있을 수는 없다는 판단이었다.

그는 그녀의 집 앞에서 전화를 걸었다. 전화를 받은 사람은 그녀의 어머니였는데, 그가 이름을 밝히자 종단이는 없다고 말하고는 얼른 전화를 끊어버렸다. 잠시 후에 그는 다시 전화를 걸었다. 전화 연결음은 한없이 길게 울렸지만 전화를 받는 사람이 없었다.

그는 하는 수 없이 그녀네 집이 붙어 있는 교회당 안으로 쳐들어가기로 했다. 그녀의 어머니가 무턱대고 안으로 들어서는 그를 어이없다는 눈빛으로 바라보았다. 마주 대하기가 거북한 눈빛이었다.

"김선생님을 만나러 왔습니다. 안에 있는 줄 압니다. 만나게 해주십시오. 할말이 있습니다……"

그는 머리를 숙이고 간청했다. 그러나 그녀의 어머니는 고개를 저었다.

"있어도 만나지 않을 테지만, 종단이는 지금 없네."

그녀의 목소리는 매몰차고 무자비하게 들렸다. 문이 쾅 소리를 내며 닫혔다. 안으로 들어가기 전에 그녀는 혼잣말처럼, 그러나 박부길이 들으라는 듯 큰 목소리로 투덜거리는 걸 잊지 않았다.

"그때, 한밤중에 부랑자처럼 쳐들어와 피아노 소리 어쩌고 횡설수설할 때 내쫓아버렸어야 하는 건데. 종난이 이년이 뭐에 눈이 씌었던 건지……"

그녀의 말은 박부길의 정신을 비틀거리게 했다. 무엇인가가 와르르 무너져 그의 몸을 덮치는 것 같았다. 무너진 것들이 그의 몸 위에 쌓이고 쌓여서 산 채로 매장당하는 기분이 들었다. 그는 이제까지 매우 은밀하게 진행되어온 그녀와의 사랑이 매우 일그러진 형태로 제삼자인 그녀의 어머니에게 공개되었음을 직감했다. 그녀는 떳떳하고 자랑스러운 심정으로 자신의 특별한 결단을 내세우는 대신 쓰라린 회한과 상처를 드러내 보이며 자신의 어리석음과 분별없음을 털어놓았을 것이다. 그런 생각이 그를 미칠 것 같은 기분에 빠져들게 했다. 그럴 수는 없는 일이었다. 박부길은 자신을 덮어 누르는 절망감이 너무 무섭고 섬뜩해서 하마터면 그 자리에 주저앉을 뻔했다.

겨우 몸을 움직여서 아무도 없는 예배당 안으로 들어갔다. 우선 흔들리는 정신부터 수습하는 일이 순서였다. 예배당 안에는 그에게 익숙한 어둠이 은은하게 깔려 있었다. 그가 들어서자 구석구석에 포진해 있던 어둠들이 슬그머니 기지개를 켜며 일어나는 게 느껴졌다. 그는 어둠 속에 몸을 앉히고 정면을 응시했다. 어둠 속에서 피아노가 빛을 내며 떠올랐다. 그 빛은 곧 선율이 되었다. 피아노 앞에 그녀가 앉아 있었다. 그의 눈은 그녀를 보고, 그의 귀는 그 음악을 들었다. 그 운명과도 같은 날, 단 한 번 들은 것만으로 그의 영혼 속에 제대로 들어와 박힌, 손가락이 아니라 영혼이 건반을 누르고 있는 것처럼 느껴지던, 단 하나의, 깊고 신비스럽고 경건한, 그녀와 따로 떼어놓고 생각할 수 없는 영혼의 선율. 그때 이후로 그 자리에는 언제나 그녀가 앉아 그 피아노곡을 연주했다. 때때로 그녀는 그를 위해, 오직 그만을 위해 한밤중의 연주회를 열기도 했다. 꿈같이 행복한 시간이었다. 그는 몸을 일으켜 그녀에게 달려가고자 했다. 그러나 두어 번 깜박거린 눈이 피아노 앞에 아무도 앉아 있지 않음을 확인해주었다.

그는 피아노 앞으로 걸어가 앉았다. 그녀가 앉던 자리였다. 그녀의 영혼을 어루만지듯, 그렇게 부드럽고 조심스럽게 피아노 건반을 쓸어보았다. 차갑고 매끄러운 감촉이 느껴졌다. 한 손가락으로 가만히 건반을 눌러보았다. 아주 작고 부드러운 소리가 긴 여운의 꼬리를 늘어뜨리며 어둠 속에 안겼다. 다른 손가락을 눌러보았다. 조금 굵은 소리가 마찬가지로 여운을 거느리고 새어나왔다. 그는 자기도 모르게 중얼거렸다. 이 건반을 누르는 손가락이 그녀의 손가락이었으면……

문득 그녀가 뒤에 서서 지켜보고 있는 것 같은 느낌이 들었다. 그러나 그는 곧바로 뒤를 돌아보지 못했다. 느낌과는 달리 그녀가 서 있지 않을까봐 뒤를 돌아볼 수 없었다. 그는 그녀를 보지 못하고 공허한 어둠만 보게 될 일이 두려웠다. 그 허망함을 이겨낼 수 있을 것 같지가 않았다. 그래서 목에 힘을 주었다. 그러나 결국 뒤를 돌아보지 않을 수 없었다. 두려움보다 그리움이 강했다. 그는 목에서 힘을 빼고 아주 천천히 고개를 돌렸다. 우려한 대로 뒤에는 공허한 어둠만 가득했다. 그녀가 있어야 할 자리에 이렇게 공허한 어둠이 버티고 있다는 걸 그는 받아들일 수 없었다. 그녀는 언제나 가장 가까이에, 어떤 뜻으로는 자신보다 더 가까이에 있었다. 그녀를 자신의 인생에서 지우는 건 불가능했다. 그녀는 그의 내용이었다. 그는 그녀로 가득한 그릇이었다. 그녀가 빠져나가면 그는 아무것도 아니었다. 안 돼! 그는 외마디소리를 외치며 건반 위에 얼굴을 대고 엎드렸다. 콰앙…… 건반들이 일제히 눌리면서 요란하게 소리를 냈다. 그는 건반 위에 얼굴을 묻고 울기 시작했다. 그가 그 곳에 머문 한 시간 삼십 분 동안 아무도 그를 방해하지 않았다.

예배당에서 나온 그는 곧장 기숙사로 가지 않았다. 그럴 수가 없었다. 어딘지도 모르는 곳을 이곳저곳 배회했다. 이름도 기억나지 않는 찻집에 들어가 꽤 긴 시간 동안 있기도 했다. 그러나 마음은 좀처럼 진정되지 않았다. 어디든 가서 꽥꽥 고함이나 좀 지르고 싶었다. 그는 한강으로 가서 강물을 보고 악을 썼다. 짐승의 울부짖음 같은 괴성이 피처럼 강물 속으로 뚝뚝 떨어져나갔다. 그는 풀밭에 등을 대고 누웠다. 하늘이 까마득히 먼 곳에 있었다. 그는 손을 내밀어보았다. 절망이 잘 익은 밤송이처럼 후드득 소리를 내며 떨어져내렸다. 말로 설명할 수 없는 슬픔이 밀어닥쳤다. 그는 소리 내지 않고 울었다.

13

그는 밤마다 편지를 썼다. 눈물로 편지를 썼다. 내 인생에서 당신을 지우면 나는 무無라고 썼다. 당신은 어떤지 모르지만, 나는 당신과 나를 분리해서 생각할 수 없다고 썼다. 그러나 그녀는 답하지 않았다.

그는 틈만 있으면 전화를 걸었다. 전화는 항상 그녀의 어머니가 받았다. 그는 제발 그녀와 통화를 하게 해달라고 사정을 했다. 그러나 전화는 연결되지 않았다. 한숨과 분노와 절망과 회한과 슬픔이 매일 그의 양식이 되었다.

14

그 무렵부터였을까. 대통령의 장기 집권과 권위적인 정치체제에 항의하는 목소리들이 각 방면에서 터져나오기 시작했다. 언제나 그렇지만 대학이 가장 민감했다. 대학은 가장 예민하고, 가장 먼저 발기하는 곳이었다. 규모는 작지만 체제의 개혁을 요구하는 시위가 뜨문뜨문 발생했고, 교내에서 상당히 의식화된 유인물을 제작하다 체포되는 사례도 생겨났다.

기독교계에서도 현실 정치에 밀착된 발언을 하는 일이 잦아졌다. 그들은 구조의 변화를 외면한 개인 구원의 무력함을 지적하고 체제의 개혁을 통한 사회 구원에 초점을 맞추어야 한다고 역설했다. 그러나 그 목소리가 기독교 전체의 목소리는 아니었다. 기독교라는 이름 안에 좌와 우가 함께 들어와 있었다. 신비주의자와 예언자가 모두 기독교도였다. 기독교는 넓고 많았다. 그럼에도 불구하고 그 넓고 많은 기독교는 하나의 기독교였다. 그들은 동일하게 예수의 삶과 정신을 추종하는 자들이었다. 차이가 있다면 예수의 삶과 정신을 어떻게 이해하고 해석하느냐였다. 예수에 대한 이해와 해석의 차이가 그처럼 차별화된 수많은 기독교를 만들어냈다.

박부길이 속해 있는 교단은 비교적 온건한 보수주의의 입장을 견지했다. 그가 그려 보인 바 있는 도표 위에 표시하자면, 중심에서 너무 멀리 떨어지지 않은 우상단쯤이 그 자리가 될 것이었다. 신앙 양식에 있어서나 정치적 이념의 표현에 있어서 극단적이지는 않은 대체적인 보수가 교단의 입장이었다. 그러나 대학의 분위기까지 그런 것은 아니었다. 신학대학 역시 시대라는 거대한 바다 위에 떠 있는 배였다. 시대의 바다에 몰아친 파도는 그 위에 떠 있는 배들을 흔들었다. 교수들 가운데 드물기는 해도 소위 '민중 신학'이나 '정치 신학'에 호의적인 입장을 천명한 사람이 없지 않았고, 학생들에 이르면 그 색깔은 더 다양해졌다. 비유컨대 기도실과 도서관과 운동장은 모두 그 신학교 안에 있었다.

그렇긴 하지만, 그 무렵 분출하기 시작한 현실 정치에 대한 민감한 참여 욕구는 신학교 분위기가 뒤뚱거릴 정도로 규모가 크거나 절대적인 것은 아니었다. 작았고, 은밀했고, 눈에 잘 띄지 않았다. 그러나 규모나 크기가 반드시 영향력과 비례하는 것은 아니다. 눈에 잘 띄지 않는 은밀한 움직임이 대세를 좌우하는 경우는 뜻밖에 흔하다. 그곳을 건드리면 거대한 구조물 자체가 한꺼번에 와해되고 마는 이른바 '급소'라고 할 수 있는 곳은 어디나 있게 마련이다. 다른 부위와는 달리 급소는 단 한 번의 가격만으로도 치명적일 수 있다. 구조물을 지키려는 자들이 다른 곳의 더 크고 광범위한 파손은 방치하더라도 급소에 접근하는 일만은 결사적으로 막으려고 하는 것도 그 때문이다. 체제에 대한 반동의 의지는 은밀했지만 그것을 저지하려는 움직임은 노골적이었다. 사소한 정치적 발언이나 성격이 의심스러운 모임은 허용되지 않았다. 강의실과 심지어 예배실까지 정보원이 사찰하고 있다든지 재학생 가운데 장학금을 받고 그런 일을 맡아 하는 사람이 있다는 소문을 듣지 못한 사람은 없었으며, 그런 소문을 의심하는 사람도 없었다. 급소에 접근하려는 움직임이 은밀해지지 않을 수 없는 까닭이기도 했다.

어느 날, 밤이 늦은 시간에 도서관 일을 마치고 기숙사로 돌아간 박부길은 습관적으로 자기 방 문을 밀었다. 이상하게 문이 열리지 않았다. 열시가 막 지나고 있는 시간이었다.

방문이 잠겨 있는 경우는 거의 없었다. 방을 함께 쓰는 사람들이 모두 밖으로 나갈 때를 제외하고는 문을 잠그지 않고 지내기 때문이었다. 그 시간에 방이 비어 있을 까닭이 없었다. 걸핏하면 기도실에서 밤을 새우는 K선배는 모르지만, 다른 두 사람은 틀림없이 방에 있을 시간이었다. 그는 가만히 귀를 기울여보았다. 아무 소리도 새어나오지 않았다. 이제 고작 열시인데 벌써 잠자리에 들었을까? 잠이 들어버렸다 하더라도 문까지 걸어 잠글 이유가 없었다. 대개 그들은 잠을 잘 때도 문을 잠그지 않았다.

실수로 문이 잠겼을지 모른다는 생각이 들었다. 박부길은 문을 두드렸다. 반응이 없었다. 조금 기다렸다가 한번 더 노크를 하려고 하는데 그제야 문이 빠끔히 열렸다. 룸메이트 가운데 한 사람인 L의 얼굴이 반쯤 보였다. 그는 손짓으로만 어서 들어오라는 시늉을 했다. 박부길이 들어서자 머리를 내밀어 복도를 한번 살피더니 급히 문을 닫고 이내 잠가버렸다.

방안에는 열 명 정도의 학생들이 의자와 책상, 그리고 침대 모퉁이에 걸터앉아 있었다. 아는 얼굴이 대부분이었지만, 생소한 얼굴도 눈에 띄었다. 기숙사에서 생활하는 사람이야 오면가면 낯을 익힐 수 있었지만, 기숙사에 들어와 있지 않은 사람은 그렇지가 못했다. 그는 워낙에 사교성이 없는데다가 타인에게 관심을 기울일 줄 모르는 사람이었다. 갑자기 마주친 낯선 사람들의 시선이 불편할 것은 당연했다. 그는 자기 방에 들어왔으면서도 어찌할 바를 몰라 엉거주춤 서 있었다.

그들은 무언가 긴요한 이야기를 하고 있다가 그가 들어서는 순간 중단한 것 같았다. 하다 만 말의 꼬리가 그들의 입가에 붙어 있었다. 그들은 입을 다물고 일제히 그에게 눈길을 주었다. 그는 그들의 눈길에서 알 수 없는 경계심을 읽었다. 방안의 공기가 심상치 않았다.

"네 침대로 올라갈래?"

또 한 명의 룸메이트인 C가 말했다. 그는 사다리를 디디고 올라가야 하는 이층 침대를 올려다보았다. 그곳은 비어 있었다. 당연한 일인데도 그는 그 사실이 이상하게 여겨졌다. 아래 칸은 K선배의 자리였는데, 예상했던 대로 그의 모습은 보이지 않았다. 방에 없다면 그가 가 있을 곳은 뻔했다. 잦은 외박에도 불구하고 아무도 그를 궁금해하지 않았고, 걱정하지도 않았다. 건너편 침대는 L과 C가 위아래 칸을 나눠 쓰고 있었다. 위 칸은 비어 있고, 아래 칸에는 두 사람이 걸터앉아 있었다. 그 둘 가운데 한 사람은 침대의 주인인 C였다.

박부길은 어떻게 해야 할지 몰라서 쭈뼛거렸다. 방안의 분위기는 그를 밀어내고 있었다. 박부길은 그렇게 느꼈다. 모르긴 해도 방에 모인 사람들 대부분이 그가 들어온 걸 못마땅해하는 것 같았다. 그때 복도에 있는 스피커에서 구원처럼 그의 이름이 불렸다.

"312호 박부길씨, 전화입니다."

누구에게서 걸려온 어떤 전화이든 상관없다고 생각했다. 그는 어색한 분위기를 면하게 된 안도감만으로 그 전화가 반갑고 고마웠다. 그는 밖으로 나가기 전에 벽에 걸린 수건과 치약, 칫솔을 집어들었다. 기왕 나간 김에 씻고 들어올 생각이었다.

전화기가 있는 복도 끝으로 걸어가는데 그의 가슴이 쿵쿵 뛰기 시작했다. 그는 전화를 걸어온 사람이 그녀일 거라고 기대했다. 그녀가 마침내 그의 끈질긴 사과를 받아들인 거라고 생각했다. 그가 자신의 인생에서 그녀를 지울 수 없는 것처럼, 그녀 역시 그를 지울 수 없었을 거라고 상상했다. 그녀가 아니면 대체 누가 이 시간에 그에게 전화를 건단 말인가. 그녀라면, 아 그녀라면, 무슨 말부터 해야 할까.

'여보세요'라고 발음할 때, 그의 목소리는 떨려서 나왔다. 그러나 그 전화는 그녀에게서 온 것이 아니었다. 전화기 너머에는 뜻밖에도 어머니가 있었다. 뜻밖인 것은 몇 차례의 편지와 한 차례의 방문은 있었지만, 이제껏 전화를 걸어온 적이 없었기 때문이다. 어머니의 목소리는 언제나처럼 잔뜩 가라앉아 있었다. 늘 자신 없고 주눅이 들어 있는 목소리, 그것이 어머니였다. 어머니는 언제쯤 그 질긴 자책감에서 벗어날 수 있을까. 아마도 그녀는 죽는 순간까지 짐을 지고 갈 것이다. 그녀는 고통을 자청함으로써 가혹한 운명의 동정심을 구걸하려 한다고 그는 생각했다. 그것으로 사면을 간청하는 어머니의 태도는, 그러나 아들의 공감을 끌어내지 못했다. 안쓰러움도 잠시, 그는 어머니의 가당치 않은 자책감을 접할 때마다 짜증이 났다. 이번이라고 예외일 리 없었다. 그의 목소리는 저절로 퉁명스러워졌다.

"어쩐 일이에요?"

"잘 있니? 별일 없지?"

"그렇죠, 뭐. 별일이랄 게 있나요?"

"……"

"큰아버지가 돌아가셨다는구나."

그는 대답하지 않았다. 그분이 돌아가셨다고? 이상한 일이지만, 그 소식을 듣는 순간 아무런 감흥도 일어나지 않았다. 단지 그냥 좀 멍할 뿐이었다. 그도 그럴 것이 그는 그동안 그분에 대해 전혀 생각을 하지 않고 지냈던 것이다.

한때 사람들의 입에 바쁘게 오르내리다가 무슨 사정으론가 오랫동안 세인들의 관심 밖으로 밀려나버린 바람에 갑자기 전해진 부음 자체가 뜻밖으로 여겨지는 그런 명사들의 죽음이 있다. 그럴 때 우리는 남의 이야기하듯(실제로 남의 이야기니까), 그 사람이 여태 살아 있었던가? 하고 되묻는다. 그러게 말이야. 난 벌써 죽은 줄 알았지, 하고 맞장구를 치면 이 대화는 완성된다. 나는 그와 유사한 기분으로 큰아버지의 사망 소식을 접했다.(「고향의 표정」, 산문집 『행복한 마네킹』, 223쪽)

어머니는 전했다.
"돌아가시기 전에 줄곧 너를 찾았다는구나. 너에게 거는 기대가 얼마나 컸는지…… 마지막까지 미련을 못 버리고……"
"……"
"장례식에라도 가보는 것이 좋을 것 같구나……"
어머니는 말꼬리를 흐리고, 그는 대답하지 않았다.
어머니는 가지 않을 것이다. 박부길은 확신할 수 있었다. 납득할 수 없는 구실을 내세워 자신을 추방한 남편의 가문에 대한 원망 때문은 아닐 것이다. 어머니의 성품으로 미루어 짐작건대, 모르긴 해도 그런 원망이 아직까지 남아 있지도 않을 터였다. 오히려 당신의 개가를 시댁에 대한 큰 허물로 여기고 있을 사람이었다. 어머니는 그런 분이었다. 그녀가 세상에서 가장 잘하는 일은 자신을 책망하는 것이었다. 그녀에게는 오로지 자기만이 만만했다. 자신을 빼놓고는 누구에게도 책임을 돌리거나 원망하려 들지 않았다. 그 바보 같은 자기 비하에 감동하는 사람을 그는 보지 못했다. 하물며 신인들, 운명인들 감동의 눈짓을 보여줄까. 그런 식의 비굴함으로 신이나 혹은 운명의 관용을 얻어낼 수 있다고 생각한단 말인가. 불쌍한 어머니…… 박부길은 코웃음을 쳤다.

"웬만하면 이참에 한번 가보는 것이 어떻겠느냐? 나야 그렇다고 하지만, 발길을 너무 끊고 사는 것 같구나."

"알았어요."

그는 전화기를 내려놓고 그 자리에 꽤 오랫동안 서 있었다. 유년 시절의 삽화들이 퍼즐 조각처럼 떠올랐다. 한사코 뒤란에 감금된 아버지를 그에게 숨기려고 했던, 아버지를 숨기는 대신 그에게서 아버지를 실현하고자 안간힘을 쓰며 고시 합격을 세뇌하던, 고갯마루에 이르러서 선산을 향해 모자를 벗고 오랫동안 고개를 숙이던 그분의 숙연한 모습이 어른거렸다. 그는 서둘러 그림을 지우듯 고개를 저었다. 나는 가지 않을 것이다…… 전화기를 붙들고 어머니가 하는 당부의 말을 들으면서 그는 그렇게 작정을 했다. 아버지의 무덤에 불을 지르고 도망쳐 나올 때 그는 무슨 일이 있어도 고향으로 돌아가지 않겠다고 다짐했었다. 고향은 금기의 땅이었다. 그곳으로 돌아가서는 안 된다고, 그는 스스로에게 금령을 내렸다. 유년 시절의 그에게 큰아버지가 그랬듯이 그는 자기를 향해 금기를 만들었다. 큰아버지는 말했었다. 뒤란으로 돌아가지 마라. 그는 말했다. 고향으로 돌아가지 마라…… 고향은 그에게, 감나무가 서 있던 유년 시절의 뒤란이었다. 금령의 땅이었다. 그리고 지금까지 그는 자신과의 약속을 잘 지켜왔다. 이제 와서 그 약속을 지키지 않을 이유가 어디 있단 말인가.

그는 되도록 느릿느릿 이를 닦고 세수를 하고 발을 씻었다. 방문을 열었을 때 다시 또 자기 얼굴에 집중되는 따가운 시선을 받을 일이 걱정되어서였다. 그러나 마냥 욕실에만 있을 수도 없는 노릇이었다. 자기 방문 앞에 서서 그는 망설였다. 무엇인가가 그를 주저하게 했다. 공연히 도서관에서 나왔다는 생각이 들었다. 도서관으로 다시 돌아갈까? 열람실의 열쇠는 그에게 있었다. 그러나 도서관 건물의 열쇠는 경비원들이 가지고 있었다. 이 밤중에 경비원이 도서관 문을 따줄 리 없었다. 잠시 K선배가 지키고 있을 기도실 생각을 했다. 그곳으로 갈까. 그러나 그 생각은 그를 끌어당기지 못했다. 그는 기도실에서 시간을 보내는 데 익숙하지 않았다.

망설임 끝에 할 수 없이 자기 방을 찾아와 노크를 했다. 그러고는 문이 열릴 때까지 기다렸다. 이번에도 문을 열어준 사람은 L이었다. 아까와 같은 수의 학생들이 아까와 같은 자세로 의자와 침대 모퉁이에 엉덩이를 붙이고 앉아 있었는데, 우연인지, 그가 들어서자마자 부스럭거리며 몸을 일으켰다. 그들 중 몇은 그에게 눈인사를 건넸다. 그럼에도 불구하고 그는 전체적으로 그들의 눈빛이 자기에게 그렇게 우호적이지 않다는 걸 눈치챘다.

"그럼, 그렇게 하는 걸로 하지. 열 명씩만 책임지면 아주 작은 규모는 아닐 거야."

"가만, 최형은 여기서 자지, 뭐. 침대 하나가 비는데. K선배는 오늘밤도 안 들어올 게 뻔하니까."

"그럼 되겠네. 이선배는 우리 방으로 갑시다."

"거기 빈 침대 있어?"

"언제부터 침대 아니면 못 잤나? 바닥에 요 깔고 자면 되지."

"누가 아니래?"

그들은 자기들끼리 인사를 하고, 잡담을 나누며 방을 나갔다. 박부길은 이층에 있는 자기 침대로 올라갔다. L은 사람들을 따라 잠깐 밖으로 나갔다가 조금 후에 들어왔다. 최형이라고 불린 머리가 짧은 학생과 함께였다. 그때 박부길은 이미 이불을 가슴까지 덮고 누운 다음이었다. L은 약간 상기되어 있었다. 침대에 걸터앉으면서 그가 입을 열었다.

"내일 도서관 앞에서 거사를 하기로 했어. 거사라고 해봤자 기껏 유인물 몇 장 뿌리고 반정부 구호나 외치는 수준이지만 우리 학교에서는 처음 시도하는 일이야. 그게 중요하지. 백날 말로만 떠들고 토론을 해봐야 무슨 의미가 있겠어? 행동하지 않을 거면 차라리 떠들지 않는 게 낫지. 행함이 없는 믿음은 죽은 믿음이라는 성경 말씀도 있잖아. 지금은 행동이 필요한 때라는 의견이야. 취지야 설명하는 게 새삼스러울 테고…… 피차 논쟁은 하지 말자고. 아주 마음이 내키지 않으면 몰라도, 그렇지 않다면 함께하도록 해. 그냥 참석하는 것으로 족해. 시위대의 규모가 중요하니까. 보여주어야 한다고. 그래야 깨닫지. 얼마나 많은 사람이 이 체제에 반감을 품고 있는지를…… 은밀하게 소문을 퍼뜨려줘. 가능하면 많은 학생이 모일 수 있게."

박부길에게 말하고 있는 것인지는 분명하지 않았다. 그러나 그에게가 아니라면 누구에게이겠는가. 그곳에 있는 네 사람 가운데 토론에 참여하지 않은 사람은 박부길밖에 없었다. 그렇다면 그가 자기를 동료로 의식하고 있다는 것일까. 박부길은 한 번도 그런 생각을 해본 적이 없었다. 그랬으므로 그의 동료 의식은 어쩐지 난감했다. 어떻게 대답해야 좋을지 얼른 떠오르지 않았다. 그래서 그는 아무 말도 하지 않았다. 하기야 L이라고 무슨 대답을 기다린 것은 아니었다. 그는 곧장 '최형'을 상대로 무슨 이야기인가를 하기 시작했다.

하루종일 제대로 음식물을 공급받지 못한 위장이 꼬르륵 소리를 냈다. 한 귀퉁이가 찌그러진 달이 창문에 걸려 있었고, 비단 보자기 같은 구름이 달의 얼굴을 쓰다듬고 있었다. 한숨이 절로 나왔다. 그는 잠을 잘 수 있었으면, 하고 중얼거렸다. 이불을 뒤집어썼다. 이불을 뒤집어써도 잠들지 못하리라는 걸 그 자신이 가장 잘 알았다.

박부길은 이튿날 첫 강의에 나가지 않았다. 그 무렵에는 흔한 일이었다. 학습에 대한 의욕이 좀처럼 회복되지 않았다. 날이 거의 밝을 즈음에야 겨우 잠이 들었다가 학생들이 웅성거리며 옷을 갈아입고 세수를 하고 밥을 먹고 찬송을 부르고 하는 걸 엷은 귀로 모조리 들으면서 아침 시간을 보냈다. 강의 시작 시간이 되자 기숙사 전체가 돌연 정적 속에 묻혔다. 그는 그 정적 속에서 뒤늦게 조금 잠을 자고 거의 한낮이 다 되어서야 눈을 떴다. 그러고도 그는 곧바로 일어나지 않았다. 침대에 누운 채 딱딱한 빵을 뜯어먹으며 하는 일 없이 시간을 보냈다. 모든 것이 갑자기 흐릿해지는 기분이었다. 오후 세시에 시작되는 강의까지는 시간이 조금 남아 있었다. 내키지 않으면 그 수업도 빼먹을 생각이었다. 기분은 갈수록 참혹해졌고, 무엇에도 전념하기가 어려웠다. 그녀의 모습만 자꾸 눈앞에서 어른거렸다.

세시가 거의 되어갈 무렵에 그는 더이상 흐리멍텅한 자기 자신을 견뎌낼 수가 없어서 몸을 일으켰다. 그동안 먹은 게 부실해서인지 현기증이 느껴졌다. 우선 무얼 좀 먹는 게 좋겠다는 생각이 들었다. 기숙사 식당은 식사를 할 수 있는 시간이 정해져 있었다. 점심시간이 훌쩍 지나 있기 때문에 기숙사 식당에서는 밥을 먹을 수가 없을 것이었다. 그는 교문 앞에 있는 분식점에서 라면을 먹든지 빵을 먹든지 해야겠다고 생각하며 방을 나섰다.

교문을 벗어나기 전에 그는 학교를 향해 줄을 지어 거슬러올라오는 한 무리의 칙칙한 제복들을 만났다. 그들은 중세의 기사들처럼 무장을 하고 있었는데, 걸음을 옮겨 디딜 때마다 그들이 신고 있는 군화에서 위압적인 소리가 났다. 처음에 그는 그 제복들의 움직임이 뜻하는 바를 깨닫지 못했다. 그만큼 주변 정황을 살필 겨를이 없었기 때문이었다. 그는 그 순간까지 지난밤에 L이 했던 말을 생각해내지 못하고 있었다. 그의 방에 모여 있던 그 심각해 보이던 얼굴들도 어쩐 일인지 떠오르지 않았다. 거사가 있을 것이라고 했다. 저들은 그 일과 무관하지 않을 것이었다. 쿵쿵 소리를 내며 그의 곁을 스쳐지나가는 중무장한 제복들이 지난밤 일을 겨우 상기시켜주었다.

그는 언덕을 내려가다가 몸을 돌려세우고 도서관 쪽을 바라보았다. 도서관 앞 광장 이곳저곳에 삼삼오오 모여서 아래쪽을 내려다보고 있는 학생들의 모습이 보였다. 숫자는 그리 많지 않았다. 오히려 제복들의 숫자가 더 많은 것 같았다. 도서관 건물 안에서 유리창에 얼굴을 붙이고 바깥을 내다보는 학생들도 있었다. 그러나 어디에서도 구호를 외치는 소리가 들리지 않았고, 유인물 한 장

날리지 않았다. 그 사실이 되레 의아스러워서 박부길은 한동안 그 자리에 멈춰 서 있었다. 예정된 시위가 벌어지지 않은 것도 이상했고, 시위는 시작도 되지 않았는데 진압경찰들이 교문 안으로 몰려오는 것도 이상했다.

　교문 안으로 들어선 경찰들은 지휘관의 구령에 맞춰 멈춰 섰다. 그들은 무장을 풀지 않은 채 줄을 맞춰 앉았다. 그때 도서관 앞에 띄엄띄엄 모여 있던 무리에 아주 조금씩 균열이 생기기 시작하는 모습을 그는 보았다. 그것은 작지만 또렷한 움직임이었다. 학생들이 한 명씩 슬금슬금 광장을 벗어나고 있었다. 흩어지려는 학생들을 제지하고 사기를 돋우는 지도자가 앞으로 나올 법한데 그런 움직임이 없었다. 뭐 저래……? 엉뚱하게도 박부길의 입에서 그런 말이 새어나왔다. 거사 운운하던 지난밤의 그 심각하고 비장한 각오에 비해 이건 너무 싱겁지 않은가, 그런 생각이었다.

　사태를 낙관한 듯 이내 경찰들이 갑갑하게 뒤집어쓰고 있던 투구를 벗어 땅바닥에 내려놓는 모습을 바라보면서 그는 분식점으로 들어갔다. 그곳에는 몇 명의 학생들이 한 테이블을 차지하고 앉아 음식을 먹고 있었는데, 그들은 마침 그 문제를 화제로 삼고 있었다. 박부길이 그날의 '거사'가 싱겁게 끝날 수밖에 없었던 이유를 알게 된 것은 그들의 대화를 통해서였다. 그다지 길지 않은 그의 중편소설 「우리들의 시대」에서 우리는 그 분식점에서의 대화를 엿들을 수 있다.

"놀랄 일이네. 정확하게 그 친구들만 잡아갔단 말이지? 귀신이 놀라 자빠지겠구먼."

"어젯밤에 기숙사 방에 모였었다며?"

"312호인가? 이창수 방에서 모였다지, 아마? 그 친구가 주도했거든."

"조심하자고. 여기 우리와 같이 국수 그릇에 젓가락을 넣고 있는 사람 가운데 첩자가 있을지도 모르는 일이니까."

"야, 이 친구야. 아무려면 그렇기야……"

"아니면, 어떻게 주동자들만 싹 잡아가? 이 친구, 보기보다 순진하네. 정보원들이 캠퍼스를 누비고 다니는 걸 몰라?"

그는 들었다. 지난밤에 312호에 모여 오늘의 '거사'를 모의한 친구들 대부분이 그날 정오가 되기 전에 모조리 잡혀 들어갔다는 것을. 그들이 여러 날 동안 준비했던 유인물들도 모조리 압수되었다고 했다.(「우리들의 시대」, 『우리들의 시대』, 108쪽)

그것이 도서관 앞의 그 싱거운 풍경의 내막이었다. 시위 계획은 입에서 입으로 은밀히 전해졌을 것이다. 예정된 시간이 되어 학생들은 도서관 앞 광장으로 몰려왔다. 그러나 그들은 군중이었다. 군중은 자발적일 수 없었다. 그들의 의기를 발전發電할 힘이 필요했다. 그런데 주동자가 나타나지 않았다. 그 대신 무장한 진압경찰이

요란하게 군홧발 소리를 내며 교문을 넘어왔다. 그것을 본, 충전되지 않은 군중들은 머뭇거리다가 슬금슬금 흩어졌다. 귀가 밝은 사람들에 의해 주동자 그룹이 모조리 체포되어 들어갔다는 소식도 전해졌을 것이다. 위압을 시위하면서 아무런 제지 없이 교문을 통과해 들어온 경찰 병력이 학생들의 사기를 현저하게 꺾어버렸으리라는 짐작을 어렵지 않게 할 수 있다.

15

"그녀는 떠났다. 나는 이 사실을 받아들일 수가 없다."

그의 소설 「낯익은 결말」은 이렇게 시작한다. 앙드레 지드의 『좁은 문』과 헤르만 헤세의 『데미안』을 연상시키는 이 인상적인 작품은 수년 전에 한 종교 잡지에 발표되었다. 우연한 기회에 알게 된 젊은 수녀에 대한 한없이 안타까운 헌신(그렇다, 사랑이 아니라 헌신이다. 그에게 그녀는 사랑의 대상이 아니라 귀의歸依의 대상이었다. 그가 필요로 한 것은 사랑할 상대가 아니라 숭배할 상대였다. 그녀는, 그러니까 신적 자아였다)의 기록인 이 작품은 주인공 남자의 정밀한 내면 묘사로 가득차 있다. '낯익은 결말'이라는 제목이 암시하는 대로, 당연히(혹은 마땅히) 수녀는 그의 곁에 머무를 수 없었다. 수녀가 그를 떠남으로써 생겨난 상실감은 치명적이다. 그것은 "시위를 떠난 화살이 과녁을 잃고 배회하는 순간의 황당함"(『사람의 길』, 190쪽)으로 묘사되기도 하고, "엉뚱한 곳에 침을 쏘아버린 대가로 삶을 압류당한 벌의 신세"(같은 책, 197쪽)로 비유되기도 한다.

그의 삶은 그 순간 급격하게 회로를 바꾼다. 어떤 충격적인 계기에 의해 전혀 다른 사람으로 변신하게 된다는 이런 설정 역시 낯설지 않다. 헌신의 대상을 잃음으로써 야기된 존재의 연소燃燒, 자아의 파국은 현실 부정으로 나아가고, 마침내 윤리 감각의 실종으로 이어진다. 제어장치가 풀려버린 그는 비가 몹시 사납게 뿌리는 어느 날 밤중에 사창가에서 한 창부를 난자한 엽기범으로 체포된다.

나는 왜 이 소설을 떠올리는가. 이 말을 하기 위해서이다. 그녀는 떠났다. 그리고 그는 그 사실을 받아들일 수가 없었다.

일요일 예배 시간에 마땅히 성가대석에 앉아 있어야 할 그녀의 모습이 보이지 않았다. 박부길은 교회당을 둘러보았다. 어디에도 그녀는 없었다. 이제껏 그녀가 예배에 빠진 적은 없었다. 그녀는, 그가 알고 있는 가장 신실한 신자였다. 그렇다면 그녀에게 무슨 일인가가 생겼다는 뜻이 된다. 무슨 일? 그는 짐작할 수 없었다. 그 때부터 그의 온 신경은 없는 그녀에게 쏠렸다. 성가대의 찬양도 장로의 기도도 목사의 설교도 귀에 들어오지 않았다. 그녀가 없는 교회당은 허전했고, 예배의 순서들은 생기를 잃었다. 그녀가 없는 것은 전부가 없는 것과 같았다. 그는 단지 예배가 빨리 끝나기만을 바랐다. 옥합을 깨뜨려 향유를 부은 여인을 주제로 한 목사의 설교는 진부했고 유난히 더디게 느껴졌다.

그 순간 한 주 전, 그녀가 그에게 했던 말이 불쑥, 무슨 불길한 신호처럼 떠올랐다. 일요일 오후였다. 그는 긴 냉전(그는, 그랬다. 그는 그녀가 오랫동안 도무지 자신을 상대하려 하지 않는 상태를 냉전이라고 해석하려고 했다. 그의 인식은 틀렸다. 그가 사태를 바로 보지 못하고 있다고 단정하는 것은 성급하다. 사실 그는 자신의 인식이 틀렸다는 걸 잘 알고 있었다. 단지 진실을 인정하는 것이 두려울 뿐이었다)에 종지부를 찍을 요량으로, 라기보다는 그랬으면 좋겠다는 희망을 품고 교회당의 한구석으로 그녀를 몰아붙였었다. 그러고는 애원하기 시작했다. 아마도 성가대 연습실이었을 것이다. 마침 다른 사람은 없었다. 점심식사를 하기 위해 서둘러 빠져나가면서 아무렇게나 던져놓은 다른 대원들의 악보들을 정리하던 그녀는 이번에도 그를 피하려고 했다. 자기를 바라보는 그녀의 눈빛에서 불안을 발견하고 그는 움찔했다. 그것은 사랑하는 사람을 바라보는 눈길이 아니었다. 안타깝지만 그는 이미 그녀에게 사랑의 상대가 아니었던 것이다. 절망이 그의 어깨를 눌렀다. 그러나 거기서 물러설 수는 없었다. 더이상은 지옥 같은 침묵의 날들을 견디고 싶지 않았다. 그녀로부터 떨어져나간 지난 몇 주 동안 그는 식욕을 잃었고, 식욕과 함께 왕성하던 독서욕도 잃어버렸다. 가슴이 찢어지는 듯한 통증 때문에 그는 잠도 제대로 자지 못했다. 잠을 자다가 벌떡 일어나 허적허적 여기저기 헤매 다녔다. 그 지옥의 날들을 더는 연장할 수 없다고 되뇌었다.

길은 훤히 보였다. 이 고통은 그녀로부터 떨어져나온 데서 기인한 것이다. 그러므로 다시 그녀와 연합하기만 하면 된다. 길은 그처럼 너무나 훤히 보였지만, 그 길로 들어서는 진입로는 찾을 수 없었다. 그는 다급했다. 그는 그녀에게 매달렸다. 그러나 그녀는 너무나 완강하게 그를 거절했다. 그의 애원은 땅에 떨어졌다. 그녀는 고집스럽게 무표정했다. 차라리 화라도 내주었으면 하고 바랐다. 그렇다면 자기에게 어떤 감정이 남아 있다는 뜻으로 읽을 수 있기 때문에 오히려 반가울 것 같았다. 그러나 그녀는 그런 희망도 주지 않았다. 그의 간절한 소원을 무시한 채 그녀는 차갑고 침착하게 말했다.

"어떻게 생각할지 모르겠는데, 나는 내가 할 수 있는 한도 내에서 최대한 인내했다고 생각해. 너무 빨리 한계에 다다랐다고 나무라지는 마. 더는 무리야. 더는 요구하지 마. 아니, 순전히 부길이에게만 책임이 있다고 말하려는 것은 아니야. 모르겠어. 상대가 내가 아니었다면 부길이도 그런 식은 아니었을 거야. 우리는 언제나 좀 아슬아슬한 사이였지. 어딘가 어울리지 않았어. 하지만 후회는 하지 않아. 부길이는 내게 중요한 남자였어. 그 남자를 사랑했다는 사실을 부정하고 싶지 않아. 이 말만은 하고 싶었어."

그는 그녀의 말을 부정하려고 했다. 부정하고 따지려고 했다.

우리는 어울리지 않는 것이 아니라 너무 잘 어울렸다고, 우리는 거의 한 사람 같았다고, 당신은 나를 비추는 거울이었다고 소리지르려고 했다. 그때 마침 누군가 성가대 연습실의 문을 열고 그녀를 불렀다.

"김선생, 빨리 와요. 다들 기다려요."

성가대 지휘를 하면서 중등부 교사도 맡고 있는 남자 집사였다. 얼굴에 완고한 표정을 짓고, 그를 외면한 채 자기가 할 말을 끝낸 그녀는 그 사람을 따라 서둘러 밖으로 나가버렸다. 마음과는 달리 그는 그녀를 붙잡지 못했다. 마음만 조급하고 불안했다.

그것이 정확히 한 주 전의 일이었다. 이제 생각해보니 그 말을 할 때의 그녀의 표정이 마지막 인사를 하는 것 같았다. 그랬던가. 그랬던가…… 그는 마음이 급했다. 한 주 전의 일이 상기되면서 불길한 기운을 억제할 길이 없어졌다. 어떻게 예배를 드렸는지 몰랐다. 그는 그저 예배가 끝나기만을 기다렸다.

예배가 끝나자마자 그녀의 어머니를 찾았다. 여전히 못마땅한 표정을 감추지 않은 채 그녀의 어머니는 담담하게 말했다.

"종단이는 어제 떠났네. 공부를 계속할 생각이라네. 마침 은사님 가운데 장학금을 주선해준 고마운 분이 계셔서……"

그녀의 어머니는 그 말을 하고 서둘러 자리를 비켰다. 믿어지지 않았다. 아니다. 믿고 싶지가 않았다. 따지고 보면, 그의 무의식은 일찌감치 그 사실을 예감하고 있었는지 모른다. 그 때문에 그렇게 불안하고 조마조마했던 게 아니었을까. 예감하고 있었던 일이라고 해도 그 예감이 현실화되었을 때 그것을 용납할 수 있는가는 또 다른 문제였다.

그녀는 떠났다. 그리고 그는 그 사실을 받아들일 수가 없었다.

16

그는 물론 사창가에 가서 창부를 상대로 엽기적인 범행을 저지르는 짓은 하지 않았다. 그러나 그 극단적인 마지막 사건만 빼면, 수녀를 떠나보낸 「낯익은 결말」의 주인공 모습은 그녀가 외국 유학길에 오른 것을 확인한 후의 박부길의 모습 그대로라고 단정해도 그렇게 틀리지 않다.

그녀가 그를 떠남으로써 생겨난 상실감은 치명적이었다. 그는 "과녁을 잃고 배회하는" 화살처럼 보였고, "엉뚱한 곳에 침을 쏘아버린 대가로 삶을 압류당한 벌"처럼 보이기도 했다. 그깟 일로 사람이 그렇게 형편없이 무너질 수 있단 말인가, 하고 묻는 것은 가능하다. 그러나 온당하지는 않다. 그렇게 물음으로써 질문자는, 그를(혹은 그에게 그녀가 누구였는지를) 전혀 이해하지 못하고 있다는 사실을 드러낼 뿐이다. 그의 삶은 헌신의 대상을 잃음으로써 비스킷처럼 바삭바삭해져버렸다.

아무것도 하지 않고 허송하는 날들이 늘어갔다. 수업은 대부분

빼먹었다. 어쩌다 강의실에 들어가더라도 강의를 주의깊게 듣지 않았다. 그는 그 공간에 그냥 물건처럼 앉아 있다가 유령처럼 살그머니 빠져나오곤 했다. 도서관 일도 그만두었다. 아니, 시간을 지키지 않거나 걸핏하면 예고 없이 근무시간을 빼먹는 그의 갑작스러운 불성실과 무성의가 도서관장의 심기를 건드렸다. 관장은 그렇게 일할 거면 당장 그만두라고 야단을 쳤고, 그는 그 즉시 관장의 말에 따랐다. 모든 일이 심드렁하고 재미없었다. 일순간에 그렇게 되어버렸다. 투우사는 투우의 급소를 찌른다. 그러면 그 큰 덩치의 소는 운동장 바닥에 죽어 널브러진다. 투우에서 중요한 것은 정확한 일격이다. 그는 급소를 찔린 투우였다. 더이상 그를 흥분시킬 수 있는 어떤 종류의 붉은 천도 그의 눈에는 보이지 않았다. 세상의 모든 천들은 색깔을 잃었고 움직임도 멈췄다. 삶이 의미를 잃고 정지했다.

그는 "자신의 타락을 예감했다"고 썼다(「낯익은 결말」). "그의 앞에는 길이 없었다. 뒤에도 길이 없었다. 사방이 수렁이었다. 그는 사람의 수렁에 둘러싸인 섬이었다. 수렁인 줄 알면서도 걸어들어가야 하는 선택 불가의 상황이 있다." 타락에 대한 예감을 그는 그렇게 표현했다.

마침내 그는 교회에도 나가지 않았다. 의욕 상실과 무관심이 그 원인이었지만, 그것이 전부가 아니었다. 애초에 성스러움의 세계는 그녀의 영역이었다. 그녀가 그를 그곳으로 불러들였다. 그곳에 그녀가 없었다면 가지 않았을 것이다. 그런데 그의 인생에서 그녀가 지워지고 나자 그전에 의미 있던 것들이 모두 빛을 잃었다. 목회에 대한 비전도, 신학 공부도 의미가 없어졌다. 그는 그녀를 통해 신에게 이르고자 했다. 이제 그는 신마저 함께 잃어버릴 위기에 처했다. 그는 길이 아닌 수렁 속에서 허우적거렸다.

반쯤 넋이 나가 있는 그를 거꾸로 충격하는 일이 하나 생겼다. 「사막의 밤」에 얼토당토않은 이 사건의 전말이 비교적 상세하게 그려져 있다.

만사가 귀찮고 세상이야 아무래도 상관없다고 여기고 있던 터였지만, 그래도 그들의 윽박지름은 몹시 당혹스러웠다. 나는 나 자신의 결백을 스스로 증명해야 한다는 사실을 깨달았다. 내 편이 되어줄 사람은 아무도 없었던 것이다. 그러나 어떻게? 무엇 때문에? 나는 똥통에 들어가고 싶지 않았다. 똥통에 들어가서 똥이냐 아니냐를 두고 싸우고 싶은 마음은 정말 없었다. 매사가 귀찮고 허망했다. 나는 나에게 씌워진 오해와 누명이 난감하고 당혹스러웠지만, 그러나 겉으로는 이상하게 태연한 모습을 하고 있었다. 그것이 또 그들의 오해를 증폭시킨 모양이었다.

(……)

나는 한순간에 바닥에 나뒹굴었다. 누군지는 알 수 없었다. 애써 나를 가해한 사람이 누구인지 생각하지 않으려고 노력하고 있었다는 쪽이 더 정확할지 모르겠다. 이번에는 누군가의 구둣발이 바닥에 누운 등을 짓이겼다. 나는 얼굴을 시멘트 바닥에 문댔다. 이상하게도 분노나 수치심 같은 것이 일어나지 않았다. 갑자기 백치가 되어버린 듯한 느낌이었다. 나는 아무 말도 하지 않았다. 그저 숨쉬기가 괴로울 뿐이었다. 아무도 나의 목을 누르지 않았다. 그런데도 두툼하고 무시무시한 괴물의 손이 내 목을 꽉 움켜쥐고 있는 것만 같았다. 치사한, 반역사적인, 회색분자, 반동의, 기회주의, 무관심, 졸장부, 그리고 첩자 운운하는 소리들이 화살의 촉이 되어 파상적으로 떨어졌다. 물론 그것들은 나를 겨냥한 것이었다. 나는, 생각하지 않으려는 무의식적인 의지에도 불구하고 그 화살촉 가운데 하나가 L의 것임을 눈치채고 말았다.

내 속으로 드디어 분명하고 되돌릴 수 없는 특별한 성찰이 찾아왔다. 결국은 이곳에서도 나는 적이고 이방인이다. 가능한 유일한 대극은 형식과 개혁, 또는 신과 인간이 아니라, 지상의 세계와 지하의 세계이다. 그대들의 세계와 나의 세계이다. 형식과 개혁, 신과 인간의 문제는 지상에 있는 그대들의 과제일 뿐이다. 지상의 세계에는 그런 갈등들이 존재한다. 그러나 그런 갈등들에도 불구하고, 그대들은 하나의 세계에 속해 있다. 나는 어리석게도 그대들의 세계에 끼어들고자 했다. 그것이 가능하리라고 막연하게 생각했었다. 참으로 가당찮은 욕망이었음을 이제 나는 깨닫는다.(「사막의 밤」, 『사막의 밤』, 139~140쪽)

17

터무니없는 독아론자인 이 이방인은 2학년 2학기 기말고사를 일주일 앞두고 기숙사를 나온다. 가방 두 개에 짐을 챙겨넣고 학교를 떠나면서 그는 아무에게도 알리지 않았다. 아무도 그가 학교를 떠난 걸 몰랐다. 나중에도 그가 학교를 떠난 이유를 궁금해하거나 아쉬워한 사람은 아마 없었을 거라고 그는 쓴웃음을 지으며 말했다. 그의 의식 깊은 곳에서 오래 준비된 그 '예정된' 결단은, 그러나 몹시 허술했다.

"어쩌자는 작정 같은 것은 없었어요. 그냥 그곳에 계속 있는 게 불가능하다고 판단했던 거지요. 괴로웠어요. 내가 있어야 할 자리가 아닌 것 같았거든요. 하지만 딱히 갈 곳이 정해져 있지는 않았어요."

박부길씨를 마지막으로 만났을 때, 우리는 그의 서재에 앉아 있었다. 그는 그가 쓴 글들 가운데서 내가 찾아내 조립해 보인 자신의 젊은 시절에 대해 이렇다저렇다 의견을 내지 않았다. 처음에 전제하고 들어간 것처럼, 그의 머뭇거리는 태도로 말미암아 이 글은 어쩔 수 없이 그의 육성보다 그가 쓴 글들에 더 의존할 수밖에 없었다. 말의 직접성 대신 기록의 신중함 쪽을 택하기로 한 선택은 처음부터 한계를 끌어안은 고육지책이었다. 그래서 이 글은 지나치게 뻣뻣하고 생동감이 없다. 이런저런 살아 있는 일화들의 소개가 애초부터 불가능했거니와 작가의 내면 탐구에도 충실치 못한 감을 지울 수 없다. 실패를 예감하고 출발한 글이긴 하지만 그것이 불만까지 상쇄시키는 것은 아니다.

다행인 것은 박부길씨 자신이 불만을 제기하지는 않았다는 정도이다. 적어도 기록된 사실에 비추어 크게 왜곡한 부분은 없었다는 뜻으로 나는 그의 침묵을 받아들였다. 그제서야 그는 미발표 원고인 「지상의 양식」의 존재를 암시했었다. 그 원고는 그가 최초로 쓴 소설 형식의 창작물이었다. 발표되지는 않았지만, 문학에의 출발이라는 점에서 그 원고는 소중하다. 더욱 중요한 것은 그 작품이 그의 젊은 시절 가운데 아마 가장 불안한 한 시대의 정신의 편력을 흡사 고백이라도 하듯, 아주 세밀하게 그려 보이고 있기 때문이다.

나는 얼마간의 엄살과 성의(?)를 촉구하는 재촉을 통해 그 원고를 확보하는 데 성공했다. 그는 언제 그 소설을 썼을까. 재촉에 못 이겨서 그는 그 원고를 쓸 당시의 상황을 들려주었다.

불쑥 기숙사를 나왔지만, 갈 곳이 따로 있을 리 없었다. 그는 반사적으로 고향을 떠올렸다. 그가 아버지 무덤에 불을 지르고 떠난 고향…… 아, 아버지…… 그는 처음으로 아버지에게로 가고 싶다는 생각을 했다. 감나무가 서 있는 뒤란으로 돌아가서 거기 있는 아버지를 보고 싶었다. 뒤란을 돌아가기만 하면 아버지가 아직 거기 있을 것만 같았다. 그의 기억 속에서 아버지는 언제나 그곳에 있었다. 아직도 그곳을 떠나지 못하고 있었다. 그리고 그곳은 그가 출입하면 안 되는 땅이었다. 그의 아버지는 그의 출입이 금지된 곳에 있었다. 금령을 내린 큰아버지는 이미 이 세상 사람이 아니었다. 그러므로 그 금령을 풀어줄 사람이 없었다. 영원히 출입이 허락되지 않은 금기의 땅, 감나무가 서 있는 뒤란―그곳이 고향이었다. 그는 영원히 고향에 가지 못할 것이었다.

더더구나 스스로 행한 단절의 흔적이 아버지의 무덤에 그대로 남아 있는 터에 그곳으로 돌아갈 수는 없었다. 그 방화의 흔적은 아버지의 무덤에서 지워질지 모르지만 그의 마음속에서는 지워지지 않을 것이었다. 그 불을 자신의 마음속에 질렀기 때문이다. 어머니에게로 가는 길도 없었다. 그 길 역시 그 스스로 없애버렸기 때문이다.

사방이 수렁일 때는 수렁에 빠지는 것이 유일하게 가능한 선택이다. 그의 의식은 그의 어둡고 폐쇄적인 자아가 안락을 느끼던 단 한 곳을 기억해냈다. 고등학생 시절, 그의 어두운 자아를 기꺼이 품어주던 자취방이었다. 그녀가 그의 삶에 끼어들어와 빛의 세상으로 불러내기 전까지 그곳은 그의 성전이었다. 금방이라도 폭삭 주저앉을 듯 낮은 천장, 하루종일 햇빛이 들어올 수 없게 북향으로, 그나마도 벽에 맞대서 뚫린 손바닥만한 창문, 언제나 습기가 배어 눅눅하던 방바닥…… 세상과 사귀지 못하고 늘 불편한 관계를 유지해오던 불만투성이의 어두운 소년은 적의와 슬픔으로 얼룩진 대부분의 시간을 그 방의 어둠 속에서 보냈다.

어둠은 얼마나 아늑한지, 얼마나 아늑하고 편안한지, 꼭 가슴까지 잠기는 푹신한 소파 같았다. 나는 자주 그 소파에 파묻혀 오랫동안 아무 일도 하지 않고 빈둥거리며 지냈다. 시원을 알 수 없는 곳에서 솟아나오는 이러저런 생각들의 수림 속을 헤쳐다니기도 하고, 그런 채로 그냥 잠에 빠져들기도 하고, 그러다가 심란스러운 꿈을 꾸기도 했다. (……) 나는 그때 어둠을 입자로 인식하고 있었던가. 아마도 그랬던 것 같다. 아주 섬세하고 미세한 어둠의 입자들에 둘러싸여, 나는 자주 숨소리조차 죽이고 있었다. 어둠이 해체되는 것은 내가 원하는 바가 아니었으므로. 그렇게 오랫동안 어둠의 입자들 속에 웅크리고 있다보면 어느새 나 자신도 어둠의 일부가 되어버린 듯했다. 그런 상태가 되면 외부의 움직임을 감지할 수 있는 눈과 귀는 저절로 닫히게 마련이었다. 어둠은 내 속으로 들어오고, 나는 어둠 속으로 들어가 섞였다. 신비스러운 합일의 체험, 그 한복판에 들어가 있는 사람에게 세상은 더이상 존재하지 않는다.(「지상의 양식」)

그녀가 그를 불러낼 때까지 그곳은 세상 속으로 섞여들어가지 못한 소극적이고 폐쇄적인 그의 자아의 방이었다. 그에게는 거꾸로 그곳이 참된 세계였다. 그 좁고 어두운 방에서만 그는 평화로울 수 있었다. 아주 작은 자극에도 금세 깨지고 말 얇은 유리막 같은,

그처럼 불안한 평화. 그래서 그는 늘 자기 방을 어둡게 하고 고요하게 했다.

무슨 인연일까. 마치 그를 기다리기라도 한 것처럼 그 방이 비어 있었다. 주인아주머니는, 학생이 나가고 나서 들어오는 사람이 없어 이 년 동안 비어 있었다고 말했다. 몇 차례 방을 보러 오는 사람이 있었지만, 너무 어둡다든지 너무 좁다든지 너무 낡았다든지 너무 습기가 많다든지 하는 이유들을 남기고 돌아섰다. 비좁고 낡은데다가 무엇보다 지하가 아닌데도 대낮부터 불을 밝혀야 할 정도로 어두운 방을 얻어 들어오려는 사람이 있을 리 없었다. 사정이 그렇다보니 주인도 애써서 방을 내줄 생각을 하지 않고 방치해왔노라고 했다.

"임자가 따로 있나보네. 비용도 빠지지 않을 듯싶어 수리도 않고 그냥 방치해둔 건데……"

방 열쇠를 만들어주면서 주인 여자가 한 말이었다.

그는 다시 이 년 전의 박부길이 되어 자기 방에 틀어박혔다. 거의 모든 시간을 그 좁고 어둡고 눅눅한 방 속에 틀어박혀서 지냈다. 그는 어둠과 급속도로 친해졌다. 자신의 몸이 어둠의 일부가 되어버리는 그 신비스러운 합일의 경지가 그가 궁극적으로 바라는 상태였다. 그에게는 그런 신비를 체험한 경험이 있었다. 아는 사람은 알겠지만, 어둠 속에 오랫동안 몸과 의식을 잠근 채 꼼짝하지 않고 있다보면 사물들이 나름대로의 형상을 빚어 스스로 보여주기 시작한다. 그런 뜻에서 어둠도 빛이다. 그는 전에 그 어둠의 빛에 의지하여 책들을 읽었다. 그때 읽었던 『지하생활자의 수기』 는 그의 가방에 아직도 들어 있었다.

몇 날을 방안의 어둠과 친숙해지는 데 소비했다. 이 방에서 보냈던 지난 시절의 행복한 기억들이 파편처럼 쏟아져나왔다. 그는 그것들을 다 주워담을 수가 없었다. 그는 기다렸다. 자신이 어둠의 일부가 되고, 어둠이 자신의 일부가 될 때까지. 오래지 않아 익숙한 피아노 선율이 아주 약하게 방안을 흘러다니기 시작했다. 그는 놀라지 않았다. 신비롭고 깊고 경건한 단 하나의 음악. 그의 영혼의 선을 울린 깊고 그윽하고 탄력 있는 선율, 그는 그 위에 의식을 누이고 황홀해했다. 그 선율은 조금씩 커지더니 나중에는 천둥처럼 요란하게 방안을 흔들었다. 천장이 스피커가 되어 들썩거렸다. 하루종일 그 음악이 그의 영혼을 파도치게 했다. 그의 골방의 어둠은 그 신비스러운 선율이 연주되던 예배당의 어둠을 불러왔다. 그의 방은 예배당의 성스러운 어둠으로 덮였다. 어둠은 빛보다 더 아름다웠다. 예배당의 피아노가 그의 골방에 놓이고, 그녀가 피아노를 쳤다. 그의 눈에는 눈물이 맺혔다. 하나의 이름이 가슴을 꽉 막고 있다는 사실을 그는 머지않아 깨달았다. 가슴을 쥐어뜯었다. 막힌 가슴은 좀처럼 터지지 않았다.

그 어둠의 빛에 의지하여 그가 가장 최근에 읽었던 지드의 산문집 가운데 한 구절이 의식의 수면 위로 떠올랐다 잠행하기를 되풀이했다.

나타나엘이여, 그대를 닮은 것 옆에 머물지 마라. 결코 머물지
마라. 나타나엘이여, 주위가 그대와 흡사하게 되거나 또는 그대가
주위와 흡사하게 되면 거기에는 이미 그대에게 이로울 만한 것이
란 없다. 그곳을 떠나야만 한다. '너의' 집안, '너의' 방, '너의' 과거
보다 더 너에게 위험한 것은 없다.

어느 날부터인가, 어둠이 그와 충분히 친해졌을 때, 박부길은
어둠이 뿜어내는 빛 아래 웅크리고 앉아 충동적으로 글을 쓰기 시
작했다. 지난 중학생 시절의 우스꽝스러운 필화 사건 이후 그는 자
신이 일기 외에 무슨 글을 쓸 수 있으리라는 생각은 하지 못했다.
그런데 가슴을 답답하게 가로막고 있는 그 무겁고 큰 덩어리를 어
떻게든 떨어내고자 하는 욕망 때문이었는지 그의 글은 뜻밖에 속
도가 빨랐다. 몇 장 나가지 않아서 자연스럽게 그 글의 제목이 떠
올랐다. 그는 맨 윗장에, 『좁은 문』을 쓴 작가의 또다른 책명에서
빌려온 제목을 역시 충동적으로 적어넣었다. 닮은 것 옆에 머물지
말라는 충고가 들어 있는 책이다.

'지상의 양식.'

연보를 완성하기 위하여 2

1972년(21세)

전국에 비상계엄령이 내리고 유신헌법이 선포된 해이다. 투표율 91.9퍼센트, 찬성률 91.5퍼센트. 통일주체국민회의는 임기 육년의 제8대 대통령으로 박정희 후보를 선출했다.

신학대학생이 된 그는 기숙사와 강의실과 도서관을 오가며 그 참혹한 시간을 보냈다. 정치는, 세상의 다른 일들이 그런 것처럼 그를 자극하지 않았다. 한 달에 한 번씩 있었던 어머니의 방문과 재정적 지원을 거절함으로써, 그는 모든 혈육과의 온전한 단절에 성공했다. 그는 그렇게 생각했다.

그러나 그에게는 그녀가 있었다. 그녀는 어머니였고, 애인이었고, 친구였고, 스승이었고, 우상이었고, 모든 것이었다. 그와 세계 사이에는 그녀가 있었다. 그는 그녀를 통해서만 세계를 인식했다.

1973년(22세)

'그녀'는 떠났고, 그는 휘몰아치는 시대의 기류를 잘 타지 못했다. 중요한 것은 그 기류에 저항하는 그 자신 내부의 에너지이다. 몸담고 있는, 그가 인정하지 못할 세계에 대한 절망감이 극대화되면서 그는 신앙과 학문을 보듬고 버틸 기력을 잃어버렸다. 그는 종강을 일주일 남기고 무작정 기숙사를 나왔다.

갈 곳이 없었던 그는 그의 정신이 익숙해하는 단 한 곳, 그의 참담했던 고등학교 삼 년을 보듬어준 그 좁고 어둡고 눅눅한 방으로 들어갔다. 그곳에서의 십 개월은 그야말로 칩거였다. 그는 그곳에 머무르는 동안 거의 방문을 열지 않았다. 한번은 주인 여자가 혹시 무슨 일이 생긴 건 아닌가, 걱정이 되어 방문을 열어본 적도 있었다. 그 이후로도 주인 여자는 가끔씩 뒤란으로 돌아와 인기척을 냈는데, 그것은 그에게 사람 소리를 내고 살라는 충고 같은 것이었다. 그녀는 자기 집에서 끔찍한 일이 일어나는 사태를 몹시 두려워했음이 분명하다.

그는 거의 아무것도 하지 않고 지냈다. 심지어 잘 먹지도 않았고, 잠도 잘 자지 않았다. 그 방에서 그가 했던 유일한 일은 「지상의 양식」을 쓴 것이다. 글을 쓸 생각이 처음부터 있었던 것은 물론 아니었다. 중학생 때 이후로 그는 어쩌다 마음이 내키면 끼적이곤 하던 일기 같지 않은 일기를 제외하고는 아무 글도 쓰지 않았다. 그가 아직 신학대학의 기숙사에 있을 때, 방을 같이 쓰던 룸메이트가 소설을 쓴다고 호들갑을 떨어댔지만, 문학은 여전히 그를 충격하지 않았다. 그런데 어쩌자는 충동이었을까. 어둠이 제 몸처럼 익숙해지던 어느 날 그는 갑자기 폭풍처럼 글을 쓰기 시작했다. 일종의 만회에 대한 욕망이 그의 의식 밑바닥에 도사리고 있었던 것은 아닐까, 하고 추측해볼 수는 있다. 말하자면, 이제까지의 실패들을 단숨에 벌충할 수 있는 결정적인 일격, 그것이 그가 은밀하게 노린 확고하고 분명한 표적이 아니었을까. 그런 식의 분출을 기다리기나 했다는 듯 글은 다투어 쏟아져나왔다. 폭풍처럼. 그 시간 동안 그의 방에는 '그녀'의 피아노 선율이 가득 흘렀다. 그의 골방은 피아노가 놓인, 똑같이 어두운 예배당과 구별되지 않았다. 꼭 그 때문만은 아니었지만, 그의 영혼은 '그녀'의 피아노 선율을 처음 대했을 때 이후 가장 경건한 상태를 유지했다. 고해성사에 임하는 것과 흡사한 경험…… 그가 고백한 대로, 그는 다만 자기의 내밀한 이야기를 들어줄 상대만을 원했던 것이다. 사람들은 왜 기도를 하는가. "그것은 자기 이야기를 마음놓고 솔직하게 늘어놓기 위해서이다. 아무 불평도 하지 않고 한없는 끈기와 인내로 지극히 사적이고 은밀한 이야기를 들어줄 상대를 찾아서 사람들은 기도처에 모습을 나타내는 것이다."(「지상의 양식」) 그의 글쓰기는, 그러니까 기도와 같은 것이었다. 기도하듯 털어놓은 내면의 고백, 그것이 「지상의 양식」이었다.

　놀라운 사실이 한 가지 더 있다. 그는 그 글을 쓰는 줄곧 불을 켜지 않았다. 어둠에 눈을 익혀 그 어둠이 뿜어내는 희미한 빛에 의지해서 그 소설 「지상의 양식」을 썼다.

1974년(23세)

그는 대학에 등록하지 않았다. 그러자 국가가 그를 불렀다. 그는 신체검사를 받았고, 소집 통지서를 받았다.

그는 가을에 입대했다. 그로부터 1977년 5월까지 경기도 금촌에 있는 한 보병 부대에서 104 주특기병으로 복무했다. 그의 군대 생활에 대해 알려진 것은 이것밖에 없다. 그는 다른 남성 작가들이 창작의 보고처럼 생각하는 군대 생활을 소재로 해서 단 한 편의 소설도 쓴 적이 없다. 이야깃거리가 없어서 그랬을 리는 없고, 돌이키고 싶지 않아서라는 편이 더 정확할 것이다. 그의 비사교적이고 반사회적인 성격을 염두에 둘 때, 그가 군대라는 특수 집단에 적응하기가 매우 어려웠으리라는 짐작은 너무나 자연스럽다. 추측건대 그의 삼십이 개월은 견딜 수 없는 치욕의 시간이 아니었을까. 그 전형적인 집단의 윤리는 개인의 '남다름'에 유달리 신경질적으로 예민하지 않던가. 확인 안 된 소문이지만, 그는 군 생활 부적응자로 분류되어 삼십이 개월의 복무 기간 중 거의 십육 개월이나 군종과에서 '보호'받았다고 한다.

1976년 가을에 유학을 마치고 돌아온 '그녀'는 이듬해 결혼을 했다. 상대는 같은 신학대학을 같은 해에 함께 졸업한 성실하고 질

좋은 목사였다. 그녀는 '사모님'이라 불렸고, 그다음 학기부터 모교에서 일주일에 한 번씩 '기독교 교육학'을 강의했다. 당연히 그는 그 사실을 알지 못했다.

1977년(26세)

제대와 함께 갈 곳이 없어진 그는 대학 선배인 K가 목회하고 있던 시골의 조그만 교회에서 얼마 동안 머물렀다. 일 년 동안 기숙사에서 같은 방을 썼던 K는 동해안의 작은 마을에서 목회를 하고 있었는데, 그는 우연히 그 선배를 만났다. 그에게는 행운이었다.

제대 후 찾아가 만난 어머니는 많이 늙어 있었다. 그러나 그 불필요한 자책감을 무슨 면죄부처럼 달고 다니는 것은 여전했다. 그는 그녀에 대해 어쩌면 처음으로 연민의 감정을 느꼈다. 그래서 영거북하기만 하던 일을 했다. 그는 어머니의 거친 손을 잡았고, 그 손등을 쓰다듬었다. 그는 자신이 제법 성장했음을 느꼈다. 그것은 세상에 대한 다른 시선의 수용 가능성을 암시했다. 긍정이든 부정이든 그 변화의 조짐은 군대로부터 유입된 것이었다. 어머니는 앞으로 어떻게 하겠느냐고 물었다. 그는 아직 잘 모르겠다고 대답했다. 어머니는 울었다. 익숙한 울음인데도 그는 당황했다. 그는 조용히 손을 놓았고, 아무 약속도 하지 않았다.

K가 있는 교회는 강원도 강릉에서 속초로 가는 해안도로의 한 언덕에 바다를 바라보고 서 있었다. 그곳에 머무르는 동안 선배는

매우 친절했다. 여전히 거의 모든 시간을 기도실에서 보내다시피 하는 K와 달리 그는 바닷가에 나가 오랫동안 바다를 바라보곤 했다. 선배는 그에게 웬만하면 복학할 것을 권했다. 그러나 그는 쉽게 복학을 결심하지 못했다. 군대 경험을 통해 얼마간 신중해진 그는 자신의 진로를 놓고 고민했다.

얼마 후 우연히 학교에 갔다가 '그녀'에 대한 소식을 들었다. 그녀는 일주일에 한 번씩 강의하기 위해 학교에 오는데, 최근에는 임신을 해서 몸이 무겁다는 것이었다. 그는 마침내 복학하지 않기로 결정했다.

그리고 그날부터 여러 날의 무위도식을 끝내고 시골 교회의 한쪽 방에 파묻혀서 글을 쓰기 시작했다. 그는 석 달 동안 중편소설 한 편과 단편소설 두 편을 썼다. 그 가운데 하나가 그의 데뷔작인 「나그네의 집」이다. 중학생 때 국어 선생으로부터 상상력의 위험을 경고받은 바 있는 작문 「아버지」의 세련된 늘이기에 다름 아닌 이 작품을 씀으로써 그는 막혔던 글의 길을 비로소 뚫었는데, 그의 글을 가로막고 있던 것은 지금은 얼굴도 선명하지 않은 국어 선생이나 윤리 선생의 경고가 아니라 아버지에 대한 그의 잠재된 죄의식이었다. 그는 죄의식을 노출하여 공식화함으로써 아버지를 인정하고자 했다. 부재였을 때 아버지는 그를 괴롭혔다. 그는 이해했다. 어떤 몸부림과 부정의 제스처에도 불구하고 결국은 자신의 삶에서 아버지를 떨쳐버릴 수 없다는 것을. 왜냐하면 아버지는 그 안에 살고 있었으므로.

이제 그는 아버지의 엄연한 존재를 시인했고, 그리하여 아버지로 하여금 그에 대해 책임을 지게 했다. 그렇게 함으로써 그는 아버지에 대한 새로운 신화를 쓰고자 했다.

그가 해낸 것은 아버지와의 값싼 화해가 아니다. 그보다 훨씬 교묘한 것이다. 죄의식의 되돌림. 아버지는, 그가 그랬던 것처럼, 그에게 고통당하기 시작한다. 고통을 통해 그는 아버지를 이해하고, 아버지를 껴안는다.

그때부터 지금까지 그의 글쓰기는 감춰진 것의 드러내기이다. 그 드러내기는 그러나 감추기보다 더 교묘하다. 그것은 전략적인 드러냄이다. 말을 바꾸면 감추기 위해서 드러낸다. 그가 읽은 대부분의 신화들이 그런 것처럼.

'나'를 찾아가다가 신화를 만나다

김화영(문학평론가)

"이 아이는 당신의 핏줄이요?

─그렇소.

─그러면 당신 아들이군요?

─그렇게 간단하지 않아요. 그렇게 간단하지 않다고요!"

─알베르 카뮈, 「수수께끼」, 『결혼·여름』

지난해 연말에 편집자로부터 원고 청탁 메일을 받았다. "2024년 6월에 출간되는 이승우 『생의 이면』에 들어갈 해설 원고를 부탁드립니다. 바쁘시겠지만 출간 일정을 위해 마감일을 지켜주셨으면 합니다." 이 소설을 읽은 지 너무 오래되어 그 내용이 잘 기억나지 않았다. 어떤 집 뒤란에 붙은 어둑한 작은 방에 갇혀 있는 남자, 그리고 야간 통행금지에 쫓기는 고등학생과 그가 교회에서 만난 여자. 무엇보다도 어둠 속의 텅 빈 교회에서 들려오는 피아노 소리…… 이런 흐리고 파편적 기억이 전부였다. 아니, 그보다 그 소설은 읽기가 만만치 않았다는 기억이 더 짙게 남아 있었다. 이 작가 특유의 사변적이고 끝없이 미로를 헤매는 듯한 서술 방식에 더하여 독자의 마음을 짓누르는 심리적 어둠의 무게 때문일 것이다. 청탁에 응해야 할지 어떨지 선뜻 마음이 정해지지 않았다. 판단을 위해서는 소설을 다시 읽어보아야 하지 않을까.

우선 책을 찾아야 했다. 그러나 이승우 작가의 작품들이 꽂혀 있는 서가에서 찾아보아도 문제의 책이 보이지 않았다. 나이가 많아지면서 흔히 있는 일이다. 찾기를 포기하고 즉시 인터넷으로 책을 주문했다. 2023년 1월에 나온 2008년판 12쇄 한 부가 곧 도착했다. '제1회 대산문학상 수상작'이라는 삼각형 갈색 표시가 깃발처럼 자랑스럽게 표지의 윗부분에 걸려 있다. 소설을 일차 완독한 뒤에야 작가의 서명이 곁들여진 1994년판 하드커버 증정본을 다른 서가의 이승우 초기 작품들 무더기 속에서 발견했다.

소설의 제목을 소리 내어 읽는다. '생의 이면'. 사람의 삶에 표면과 이면이 있다는 암시. 모든 문학작품이 그렇듯 우리는 소설을 읽으면서 그 내용이 말하는 인물, 사실, 사건, 관계, 상황 들만이 아니라 그 이면에 암시된 그 무엇인가를 해독하려고 노력한다. 과연 소설 속의 화자도 그렇게 말한다. "동전은 앞과 뒤로 나뉘어 있다. 하지만 아무도 그것을 두 개의 동전이라고 말하지 않는다. 그것은 하나의 동전인 것이다."(134쪽) 그러나 그렇게 간단하지 않다.

계간 『작가세계』 2004년 겨울호 이승우 특집 '인터뷰'에서, "오만할 정도로 엄격한 그의 문장과 지루할 정도로 사변적이고 관념적인 그의 내면의 울림들"에 대한 지적에 이어 그에게서 느껴지는 "야누스적 이중성"에 관한 질문을 받자 작가는 즉시 이렇게 반문한다. "단지 그것뿐이에요? 이중성이라니, 참 서운하네, 적어도 다중성은 갖고 있어야 소설가라고 할 수 있지, 어떻게 달랑 이중성일 수가 있어요, 그래가지고 어떻게 살아 있는 생생한 인물을 그려낼 수 있어요."[1] 소설의 작중인물도 같은 말을 한다. "시간은 독하고, 나의 자아는 너무 많은 층으로 둘러싸인 거대한―작은 우주다. 층마다 진실이 있고, 그 진실은 그 층에서만 진실이다. 그 모든 층을 관통하는 작살과 같은 하나의 진실은 없을까? 있다면, 그것은 무엇일까? 가장 깊거나 가장 높은 층에 도달하지 않고는 그 진실이 무엇인지 말할 수 없을 것이다."(128쪽)

그렇다. 이승우의 소설은 다중성, 아니 그것도 그냥 다중성이 아니라 뫼비우스의 띠처럼 앞뒤가 이어지는 가운데 서로를 비추며 생동하는 겹겹의 거울 같은 다중성의 세계다. 그래서 독자는 종종 그 미로에서 길을 잃기 쉽다. 미로라는 표현은 너무 간결하다. 책 말미의 '작가의 말'에서 반복되는 표현을 빌려, 어쩌면 '수렁'이라고 해야 마땅할지도 모른다. 이 소설을 읽는 독자는 점차 어떤 수렁 속에 빠져들고 있다는 느낌을 받는다. 서사의 다중성 때문이다.

---

1) 이승우·은미희, 「낯섦과 낯익음, 이승우의 세상 보기」, 『작가세계』 2004년 겨울호.

다중적 화자들의 목소리

『생의 이면』은 소설을 위한, 소설에 대한, 소설가의 다중적인 서사를 통해 한 인간의 자아를 찾아가는 과정을 그린 성장소설인 동시에 겹겹의 역동적 '메타픽션'이다. 다시 말해서 소설 속에 또 다른 소설의 목소리들이 양파 껍질처럼 다층적으로 겹치고 감싸고 반사하며 하나의 '생'이 생성된다. 서술하는 화자를 기준으로 살펴보면 그 구조는 다음과 같다.

A) "편집자에게 이미 밝힌 바대로, 나는 이 글의 필자로 적합하지 않다"(7쪽)라며 우선은 글쓰기를 주저하지만 실제로는 소설 『생의 이면』을 시작하는 '필자'요 첫번째인 동시에 마지막 화자인 '나'가 있다. 소설의 중반이 지나서 그는 자신도 "어쭙잖긴 해도 명색 소설가"(218쪽)임을 밝힌다.

B) 다음으로 이 화자가 "나는 박부길씨를 잘 모른다"(7쪽)라고 할 때, 장차 화자가 써나갈 글의 대상이 될 소설가 '박부길'이 있다. 그가 '나'라는 일인칭 육성으로 말할 때 그는 두번째 화자가 된다.

C) 그런데 박부길 자신은 소설가인 만큼 여러 편의 소설과 산문들, 특히 '자전적'인 성격의 소설들을 발표했다. 첫번째 화자(A)는 박부길의 소설들을 필요할 때마다 인용하거나 요약 해석한다. 그 '자전적' 소설들 속에도 여럿의 '나'가 화자로 등장한다. 『생의 이면』에서는 이처럼 다중적인 '나'가 보고 느끼고 생각하고 상상하

고 육성으로 말하고 글을 쓴다.

D) 그뿐이 아니다. 우리의 이승우 작가 자신도 책 말미서 두 번에 걸쳐('초판 작가의 말' '개정판 작가의 말') 또다른 '나'의 자격으로 "모든 소설은 어떤 식으로든, 글쓴이의 자전적인 기록이다"(385쪽)라고 밝힘으로써 문제를 더욱 복잡하게 만든다.

이 수다한 '나'의 다층적 서술들을 통합하여 어떤 '자아'의 전체상을 만들어내는 것, 즉 "모든 층을 관통하는 작살과 같은 하나의 진실"(128쪽)인 정체성을 찾아내는 것이 독자의 할일이고 보면 문제가 결코 간단하지 않다.

이 서술의 '수렁'에서 빠져나와서 작가와 함께 전진하기 위하여, 우선 가장 단순한 것부터 시작해보면 어떨까. 이 모든 '나'의 시선이 집중된 박부길의 '생'의 표면을 간단히 요약해보는 일이 그것이다. 왜냐하면 『생의 이면』은 그 서사 구조가 아무리 복잡하다고 해도 작가의 자전적 요소가 강한 일종의 '오토픽션'으로, 다음과 같은 한 문장으로 간단하게 요약할 수 있기 때문이다.

"박부길이 소설가가 되다."

이는 마치 전체 7권, 무려 2,000쪽이 넘는, 전설적 장문으로 서술된 마르셀 프루스트의 『잃어버린 시간을 찾아서』가 '마르셀이 소설가가 되다'라는 한마디로 요약될 수 있는 것과 크게 다르지 않다. 이 간단한 요약은 동시에 이 소설의 독특한 형식이 말해주는 또다른 주제, 즉 '소설이란 무엇인가?'라는 문제와 만난다.

박부길, 소설가가 되다

편집자로부터 박부길 작가의 '문학과 삶'을 조명해달라는 청탁을 받은 첫번째 화자(A)는 '망설임' 끝에 작가의 '성장 배경'을 살펴보고 그의 과거를 재구성한다. 이제 우리도 그 화자의 안내에 따라 박부길의 출생에서부터 소설가가 되기까지의 삶의 역정을 더 간단히 재구성해보기로 한다.

화자는 우선 "남해의 외지고 작고 가난한 바닷가"에서 태어난 박부길이 "열네 살이 되어 고향을 떠나기까지"('그를 이해하기 위하여', 14쪽) 어린 시절을 추적한다. 이 인물의 집안은 일찍부터 삶이 비교적 윤택한 큰댁 뒤채의 방 한 칸을 빌려 살며 "가족 같은 머슴"(32쪽)으로 일했다. 부길의 아버지는 그의 부모가 세상을 뜨자 도회로 나갔다가 돌아온 뒤 다시 머슴으로 일했지만 열병에 걸린 뒤부터 이상한 행동을 거듭하는 위험인물로 변한 나머지 차꼬를 차고 뒷방에 갇혀 사는 신세가 된다. 부길의 어머니는 어느 날 "아들을 버리고 제 살길을 찾아"(45쪽) 집을 나간다. 부길은 결국 큰댁으로 옮겨가서 큰아버지 큰어머니의 밑에서 그들을 부모로 여기며 성장한다. 뒤채의 어두운 방에 갇혀 살던 아버지마저 스스로 목숨을 끊고 사망하자 혼자 남은 부길은 그의 무덤과 선산에 불을 지르고 단신 고향을 떠난다.

열네 살의 소년 박부길은 읍내와 다른 '도회지'를 떠돌며 만화방 점원, 중국 음식점 배달부 등으로 숙식을 해결하며 연명한다. 열다섯 살 때 우연히 어머니와 다시 만나지만 그녀는 지방의 어떤 "경찰공무원의 아내가 된 지 채 육 개월도 지나지 않은"(109쪽) 처지다. 이듬해인 열여섯 살 때 그는 서울로 이주, 중학교 2학년에 편입하고 먼 친척의 판잣집에 기숙한다. 열여덟 살에 중학교를 졸업, 고등학교로 진학하면서 그는 친척집을 나와 학교 근처에 '골방'을 빌려 자취 생활을 시작한다. 어머니는 한 달에 한 번씩 그의 골방을 찾아와 "생활비와 볶은 돼지고기 요리"(121쪽)를 남기고 돌아가지만 그는 그녀를 만나지는 못한다. 열아홉 살 되는 해 어느 날 밤, 야간 통금에 쫓기던 그는 우연히 어떤 교회로 숨어들어가고 그곳에서 연상의 여자 '김종단'을 만난다. 그 만남을 계기로 그녀에 대한 "열정의 분출"에 휘말리면서 그의 "인생에 새로운 길"(123쪽)이 열린다. 그는 그녀에게 "사랑한다고 말하는 대신"(212쪽) 신학교에 입학하여 목사가 되겠다고 약속한다.

신학교에 입학한 그는 도서관 사서 돕기와 교회 일로 생활비를 벌어가며 기숙사에서 생활한다. 여자는 마침내 부길의 "유일한 여자"(249쪽)가 된다. 그러나 "열정의 분출"이 지나쳐 점차 독선적, 폐쇄적이 되고 괴팍해진 부길은 어느 날 질투심과 분노를 이기지 못해 그녀에게 폭력을 휘두른다. 이 충격적 사건 이후 그녀는 스물두 살의 그를 떠났고 그는 신학교를 떠나 지난날의 그 어두운 '골방'으로 되돌아간다. 어둠 속에서 혼자 생각과 잠과 꿈속을 방황

한 끝에 그는 "어둠이 뿜어내는 빛 아래 웅크리고 앉아 충동적으로 글을 쓰기"(344쪽) 시작한다. 이 작품이 『생의 이면』의 중심부에 통째로 인용되고 있는 그의 최초의 미발표 자전소설 「지상의 양식」이다. 그후 그는 군복무를 마친 다음 스물여섯 살, 시골 교회의 한쪽 방에 묻혀서 글을 쓰기 시작한다. 석 달 동안 한 편의 중편소설과 두 편의 단편소설을 완성했다. 그 가운데 하나가 데뷔작인 「나그네의 집」이다. 박부길은 마침내 소설가가 되었다.

이상은 박부길의 생의 '이면'이 아닌 표면만을 연대기적으로 재구성해본 것이다. 이 피상적 요약은 우리가 서사의 '수렁'에서 빠져나오기 위해 잠정적으로 의지해본 가시적 버팀목, 혹은 이해의 길잡이가 되어줄 연대기에 불과하다. 이제는 박부길의 생의 '이면'과 그 드러냄의 과정인 이 소설의 서술 방식을 들여다볼 차례다. 첫번째 화자는 원고 청탁을 받고 애초에는 매우 망설이지만 박부길의 과거를 재구성하는 과정에서 "은근한 호기심"(12쪽)에 사로잡혀 글을 쓰기로 마음먹는다. 이 '호기심'이야말로 『생의 이면』이라는 소설이 존재하게 되는 결정적인 계기라고 할 수 있다. 왜냐하면 그 화자가 기록한 글이 곧 이 소설이기 때문이다. 그러면 그의 호기심을 촉발한 것은 무엇일까? 화자의 설명을 들어보자.

소설 이전의 소설—가족 소설

　지금 나는 좀 심란한 상태다. 도대체 어떤 형식으로 이 글이 풀려나갈지 통 감이 오지 않는다. 소설가는 소설을 쓰기 전에 이미 한 편의 소설을 가지고 있었다고 시작하면 어떨까. 애초의 망설임과는 달리, 그의 과거를 재구성해가는 과정에서 은근한 호기심에 사로잡힌 까닭이 거기 있었음을 고백해야 할 것 같다. 그 호기심은 거의 직업적인 관심에 가까운 것이었는데, 말하자면 어느새 나는 나도 모르는 사이에 박부길씨를 '소설적으로' 바라보고 있었다.(12~13쪽, 강조는 인용자)

　그 자신이 '직업적' 소설가인 화자(A)가 '고백'하는 호기심의 출발은 바로 "소설가는 소설을 쓰기 전에 이미 한 편의 소설을 가지고 있었다"라는 사실이었다. '유년 시절'과 관련된 이 '소설 이전의 소설'에는 프로이트가 말하는 오이디푸스의 그림자가 어른거린다. 과연 화자는 열네 살 소년 박부길이 살아내야 했던 유년의 내적 경험 속에서 그 '신화적' 모티프를 주목한다. 부길은 뒤채의 골방에 갇힌 남자가 자신의 아버지라는 사실을 알지 못한 채 어느 날 남자의 부탁에 따라 '손톱깎이'를 건네준다. 본의 아니게 그것은 그 남자의 죽음의 도구가 된다. 화자는 말한다. "아버지를 살해하는 꿈의 모티프가 그의 작품 속에 빈번하게 등장하는 것은 이상한 일이 아니다. (……) 그에게 오이디푸스는 일찍부터 매우 친숙한 인물이었다. 그것의 깊은 내면 심리는 역설적 애정이다."(103쪽)[2]

부길은 아주 오래전부터 큰댁에서 살았다. 어머니가 집을 나가 사라져버리자 큰아버지가 어린 그를 데려가며 말했다. "큰어머니가 이제부턴 너의 어머니다. 큰어머니에게 어머니라 부르고, 나에게 아버지라고 불러라. 너는 우리와 함께 여기서 산다."(56쪽)[3] 이렇게 하여 부길은 주워온 아이, 즉 '업둥이'로 성장한다. 이 상황은 '소설이란 무엇인가?'라는 질문을 던지는 『생의 이면』 특유의 다중적인 서사 구조와 맞물리면서 우리를 프로이트가 말하는 오이디푸스의 '가족 소설'로 인도한다. 화자가 말하는 '소설 이전의 소설'은 프로이트 정신분석이 '소설적 욕망의 세계' '깨어 있는 상태에서 꾼 꿈' '침묵의 문학의 한 토막' '글자로 쓰여지지 않은 텍스트' 등 다양한 표현을 빌려 지칭하는 어떤 '기본적 허구'에 가닿는

---

2) 문제의 '손톱깎이'는 오이디푸스의 '살부'와 동시에 그에 따른 '거세' 암시로 읽힐 수 있다.

3) "우리 아버지들은 그렇게 두 개의 얼굴을 가지고 살아왔고 지금도 그렇게 살아가고 있다. 아버지라고? 아버지였단 말인가? 그렇다. 박부길씨에게는 큰아버지는 아버지나 마찬가지였다. 그는 한 번도 그렇게 부르지 않았지만, 그 어른은 아버지 역할을 맡아 했다."(63쪽)
"그의 기억 속에는 그래서 아버지가 자리하지 않는다. (……) 아버지는 치욕이다. 아니 아버지는 한 번도 아들의 삶에 참여하지 않는다. '아버지는 없다'가 아니라, 아버지란 있든 없든 상관되지 않는다. (……) 그는 아버지를 용서할 수 없다. 아버지는 내 부끄러움의 뿌리이고, 내 치욕과 증오의 원천이다."(63~64쪽)

다. 과연 『생의 이면』의 화자는 이 '소설 이전의 소설'을 '신화'라는 이름으로 바꾸어 설명하고 있다.

　　사람은 현실에 절망하면 신화에 기대고 싶어한다. 신화는 현실의 반영이 아니라 현실의 부드러운 왜곡이니까. 반영이라면 왜곡의 반영이다. 개별적인 무의식의 꿈을 공식화함으로써 현실을 넘어가려는 욕망, 그것이 신화를 탄생시키고, 신화를 받아들이게 만든다. 현실 속의 아버지를 부정한 박부길이 아버지를 찾아가는 과정을 이렇게 이해하면 모순되지 않는다. 요컨대 현실 속의 아버지를 부정했기 때문에 그는 무극사로 향할 수 있는 것이다. 그에게는 다른 아버지가 필요하다. 그는 무극사행에 나섬으로써 신화 속의 아버지를 완성하려고 한다. 신화는 사실의 영역이 아니라 믿음의 영역에 있다.(92~93쪽)

　　이제 우리는 이 '신화', 혹은 '글자로 쓰여지지 않은 텍스트'를 이해하고 나아가 소설이란 무엇인가에 대한 해답을 찾기 위해, 마르트 로베르의 안내에 따라 '소설적 욕망'의 세계로 우회해보기로 한다.[4]

---

4) Marthe Robert, *Roman des origines et origines du roman*, Tel, Gallimard, 1972. 마르트 로베르, 『기원의 소설, 소설의 기원』(문학과지성사, 1999). 여기서 인용하거나 요약 설명한 이 책의 내용은 인용자의 번역이다. 다만

"〔신경증—인용자〕 환자들의 민담民譚이라고 할 수 있는 일종의 깨어 있는 상태의 몽상으로부터 프로이트는 일종의 문자 이전의 소설, 태어나는 중인 소설을 발견했는데 그 덕분에 사람들은 심리학과 문학의 중간 지점에 실제로 기본적인 허구의 한 형식이 존재한다는 것을 알게 되었다. 이 허구는 어린아이에게는 의식적이고, 정상적인 어른에게는 무의식적이며, 많은 신경증 환자에게서는 집요하게 나타나는 현상으로 너무나도 널리 퍼져 있고 그 내용이 지극히 한결같아서 거의 그 보편적 가치를 인정해도 무방할 정도이다. 단순하지만 완결되어 있고, 그 구조에 있어서나 그 주제들에 있어서 적절한 분석을 통해서만 비로소 분간할 수 있는 수많은 모순된 의도들을 암시적으로 표현하기 좋은 이 이야기 밑그림patron은 경우에 따라 매우 다양한 변주를 보일 수 있고 저마다 상이한 정도의 전개 과정을 보일 수 있지만 그 무대와 등장인물과 주제는 절대로 변하지 않는다. 그것은 그 정서적 색채, 스스로의 존재를 은폐하게 만드는 그 혼란된 욕망을 결코 버리지 않는다."[5]

여기서 말하는 밑그림의 "절대로 변하지 않는" 세 가지 요소 중에서 등장인물과 주제 못지않게 주목되는 것은 이야기의 배경, 즉 무대다. 의식과 무의식의 경계에 위치하는 것 같은 이 무대는 소

독자의 편의를 위해 해당 번역서의 쪽수를 병기한다.

5) 같은 책, 41~42쪽(번역서 38~39쪽), 강조는 인용자.

설 『생의 이면』에서 다양한 변주를 보이지만 그 전체를 관통하는 특징은 한결같다. 처음에 그 무대는 "남해의 외지고 작고 가난한 바닷가"의 고향으로 나타난다. 그 고향은 바닷가임에도 불구하고 "가파른 고개 두 개" 사이에 파묻힌, '물처럼 고인' 분지 형태로 묘사된다.(14~15쪽) 이 공간은 더욱 좁혀져 큰댁 '뒤란'의 "헛간처럼 생긴 작고 어두운 방"(23쪽)으로 한정되면서 출입이 금지된 폐쇄적 장소라는 특징을 드러낸다. 이어 부길이 고등학생 시절에 얻은, "본채의 뒤편에 날림으로 이어붙인 작고 초라한"(119쪽) 자취방으로 모습으로 변하자 그 특징은 더욱 강화된다. "낮은 천장, 하루종일 햇빛이 들어오지 않도록 북향으로, 그나마도 벽에 맞대어 뚫린 손바닥만한 창문" '어둡고 눅눅한' 이 방을 부길은 "자아의 투사"라고 여긴다.(137~139쪽) 끝으로 신학교 기숙사를 나온 뒤 그는 다시 그 "어둡고 폐쇄적인 자아가 안락을 느끼던 단 한 곳"(340쪽)인 그 방으로 돌아온다. 그는 "어둠이 그와 충분히 친해졌을 때" 그 "어둠이 뿜어내는 빛"(344쪽) 아래서 첫번째 미완의 소설 「지상의 양식」을 쓰기 시작한다. 이 좁고도 어두운 '무대'가 바로 가족 소설의 탄생 장소다.

그러면 이제부터 그 '밑그림'의 등장인물과 그들의 관계를 살펴본다. 프로이트는 어린아이가 유년기에 겪어내는 중요한 삶의 "정상적이고 보편적인 경험", 즉 소설 이전의 밑그림을 '가족 소설 Roman familial'이라고 명명했다. 어린아이는 성장하는 과정에 아버지 어머니 그리고 자신이 맺는 삼각관계 속에서 전형적 위기를 만나는데 이를 해결하기 위하여 상상력에 호소하여 어떤 "초보적 이야기"를 지어낸다.[6] 마르트 로베르는 한 걸음 더 나아가 그 근원적 이야기가 곧 소설의 기원이라고 본다. 여러 예술 장르들 가운데서 '소설'은 "단번에 이야기로 만들어진 환상", 즉 "미래의 이야기들의 무궁무진한 저장고"인 동시에 소설이 기꺼이 그 구속을 받아들이는 유일한 규약인 이 '이야기의 밑그림'을 모방한다는 점에서 다른 예술 장르와 구별된다는 것이다.[7]

우리는 소설 『생의 이면』에서 이 '소설 이전의 소설' '침묵의 문학의 한 토막'을 추동하는 두 가지 모순된 욕망을 주목할 필요가 있다. 여기서는 드러내면서 동시에 감추려는 상반된 욕망이 지배적이다.[8] 화자가 박부길에게 그의 아버지 어머니에 대해서는 "아무 이야기도 하지 않고 있다"(36쪽)고 지적하자 그는 혹시 자신의 작품 「내 속의 타인」을 읽어보았는지 묻는다. 부길이 "오래전

---

6) 같은 책, 43쪽, 각주 1(번역서 41쪽, 각주 1).

7) "소설은 가족 소설 시나리오에 내장된 무의식적 욕망의 연장이라고 할 수 있으므로 오직 그 시나리오만이 소설을 규제하는 법이다. 그 결과 그 동기들의 무의식적 내용에 있어서는 절대적으로 결정되어 있지만 그 형식적 변형의 수와 스타일에 있어서는 절대적인 자유를 누린다."(같은 책, 62~64쪽(번역서 59~61쪽) 참조. 강조는 인용자)

8) 이 소설의 결론과도 같은 마지막 문장: 그는 "감추기 위해서 드러낸다. 그가 읽은 대부분의 신화들이 그런 것처럼".

에 쓴〔이—인용자〕중편소설"은 이상하게도 그의 "작품집 어디에
도 실려 있지는 않았다"(37쪽). 게다가 이 작품은 본래 한 계간지
에 실렸었으나 잡지가 "폐간"되었으므로 화자는 그 글을 찾기 위
하여 "사방으로 수소문"하고 "헌책방에도 가보고, 글을 쓰는 친구
들한테도 부탁했지만, 도움이 되지 않았"기 때문에 결국 "졸업 후
거의 발길을 끊고 있던 대학 도서관으로 가서 열람하는 데 성공했
다"(38쪽). "박부길씨가 피로 쓴 우리 시대의 설화" "부끄러움과
그리움의 이율배반적인 존재로서의 모성" 등의 발문이 붙어 있는
이 중편소설이 작품집에 누락된 이유를 화자는 "지나치게 자기 노
출적"이기 때문이라고 설명한다.(같은 쪽) 소설을 발표했으면서
도 고의적으로 감추려고 하는 이율배반적 욕망, 그리고 『생의 이
면』에 무려 19쪽(39~57쪽)에 걸쳐 길게 인용되고 있다는 사실이
주목되는 이 작품은 유년기의 자전적 요소를 골고루 갖춘 일종의
'가족 소설'이라고 할 수 있다.

그에 못지않게 의미심장한 또 한 편의 작품이 있다. 소설 『생의
이면』에서 가장 길게(124~212쪽) 전문이 인용된 「지상의 양식」
이 그것이다. "자전적인 작품"(124쪽)이라고 강조된 이 소설은 그
가 신학교를 나와 '골방'의 어둠 속에서 쓰기 시작한 '첫 작품'인
동시에 "소설가라는 공식적인 이름을 얻기 전에 쓴" 미완의 작품
으로 그가 "무엇 때문인지 아직껏" "발표하지 않고 있"(215쪽)는,
말 그대로 소설 이전의 소설이다.

이제부터 프로이트가 말하는 '가족 소설'을 구체적으로 살펴보자. 이 우화는 어린아이가 성性의 차별을 인식하는 시기를 기준으로 그 전후에 만들어지는 '업둥이'와 '사생아', 두 가지 시나리오로 구분된다.

1) 업둥이

어린아이는 옆에서 자신을 보호해주는 부모의 막강한 힘을 굳게 믿는다. 그들의 사랑과 정성은 그 힘에서 온다. 어린아이는 부모의 절대적인 권능과 무한한 사랑에 완벽함의 옷을 입혀 그들을 어떤 초월적 별세계에 모셔놓는다. 곳곳에 위험이 도사린 세상에서 작고 힘없는 존재인 어린아이에게 이런 이상화에는 상당한 이익이 따른다. 안위의 보증에 더하여 어린 자신의 허약함에 대한 명예로운 설명이 가능해진다. 절대적 존재에 비해 자신이 작고 약하다는 것은 부끄러운 일이 아니다. 또 부모를 신격화하면 자기 자신은 어린아이 신이 되므로 부모 예찬자인 자신이 이상화의 수혜자가 된다. 이런 가족 찬양의 배경인 어린아이의 나르시시즘은 유년 시절 초기의 과장된 세계를 영구화하는 경향을 보인다.

그런데 삶이 이 흐름을 딴 방향으로 틀어버린다. 어린아이가 자라면서 보살핌의 손길이 느슨해지고 사랑은 줄어드는 것 같아진다. 또 새로 나타난 신참자들과 그 사랑을 나누어 가져야 하는 상황에 이르면 배신감과 박탈감이 뒤따른다. 그는 자신이 더이상 유일하게 사랑받는 존재, 완전하고 분할 불가의 특권을 독점한 어린아이 왕, 혹은 작은 신이 아닐 뿐 아니라 동시에 그의 어머니 아버지도 이 세상의 유일무이한 부모가 아님을 깨닫는다. 초년의 사회적 경험을 통해서 그의 부모보다 더 똑똑하고 더 선하고 더 부자이고 더 신분이 높은 부모들이 있다는 사실을 알게 된다. 맹목적인 숭배가 끝난다. 실망과 굴욕감에 이어 그는 비교 관찰을 통해서 무조건의 믿음으로부터 비판 정신으로, 가변적이고 혼란스러운 현실로 이동한다. 이 필연적인 이동에는 당연히 갈등이 따른다. 각성에 의한 현실 인식과 시효가 지난 과거의 믿음에 대한 애착 사이에서 갈등하는 어린아이는 그 이동을 늦춰보려 한다. 성장에 따라 전진해야 하지만 과거의 낙원을 포기할 수도 없는 그는 이 진퇴양난의 내적 고통을 해결할 방법을 모색한다. 방법은 오직 어떤 이상적 세계로 도피하여 꿈을 꾸는 길뿐이다. 소년 박부길은 어두운 골방에서 "시원을 알 수 없는 곳에서 솟아나오는 이런저런 생각들의 수림 속을 헤쳐다니기도 하고, 그런 채로 그냥 잠에 빠져들기도 하고, 그러다가 심란스러운 꿈을 꾸기도 했다"(137쪽). 그는 자신의 상황을 편집하여 이야기를 지어낸다. 운이 없어 잘못 태어나 사랑받지 못한 자신의 납득되지 않는 수치스러움을 설명하기 위해 고안해낸 전기적 우화, 그것이 곧 가족 소설의 첫번째 형태인 업둥이 이야기다. 그는 복잡한 속임수를 쓸 필요가 없다. 까닭을 알 수 없는 내면적 변화를 외적 사실에 떠넘기면 된다. 이제까지 믿어왔던 부모가 너무나 평범한 인간들임에 실망한 나머지 그는 낯설어진 그들을 자신의 진짜 부모라고 인정할 수가 없다. 그들은 분명 부모가 아닌 남으로, 그를 주워다 키웠을 뿐이며 가면이 벗겨진 옛 우상들 곁에 있는 자신은 업둥이요 양자라고 생각한다. 반면에 그의 진짜 가족은 마땅히 왕족이나 귀족, 혹은 어떤 식으로든 유력한 인물들로 어느 날 업둥이 앞에 화려하게 나타나서 그를 본래의 영광된 자리로 되돌려놓을 것이다. 이 우화는 응어리진 복수심을 정당화하고 현재의 부모를 부정하는 이유를 제공한다. 비난과 숨겨진 변명을 동시에 수행하는 이 정교한 편집 덕분에 어린아이는 적어도 마음속으로는, "성장을 거부하면서도 동시에 성숙해진다"는 두 가지의 모순된 임무를 해결할 수 있게 된다.[9]

과연 큰아버지와 큰어머니 댁에서 '양자'로 자라는 어린 박부길에게 그들은 너무나 실망스럽다. 자신을 아버지라 부르라고 하는 큰아버지는 몰락한 양반으로 동생이나 조카의 '고시 합격'을 통해서 옛 영광의 회복을 꿈꿀 뿐이다. 한편 부길의 친아버지인 '뒤채의 남자'는 큰댁의 '머슴'이었고 지금은 수염이 텁수룩하고 여윈 몰골로 차꼬를 찬 수인의 신세다. 그 사실을 받아들일 수 없는 부길은 관계를 부인한다. 그에게 "나는 부길이가 아녜요"(35쪽)라

---

9) Marthe Robert, 같은 책, 44~48쪽(번역서 42~46쪽) 참조.

고 말하며 자신을 부정하면서 죄의식을 느낀다. 아버지를 부정한 것이다.[10] 그의 소설 속 인물은 말한다. "아버지는 내 부끄러움의 뿌리이고, 내 치욕과 증오의 원천이다."

그러나 이 우화 속에서 아버지의 이미지는 둘로 분열된다. "우리 아버지들은 그렇게 두 개의 얼굴을 가지고 살아왔고 지금도 그렇게 살아가고 있다"고 소설은 말한다. 평범하고 실망스러운 아버지는 미래에 높은 신분으로 상승할 잠재력을 지녔다.

그리고 나는 들었다. 어머니는 종종 아버지에 대해 이야기하면서 옷고름으로 눈물을 훔쳤다. 너의 아버지는 먼 곳에 계신단다. 나는 또 들었다. 너의 아버지는 세상이 다 아는 천재란다. 너의 아버지는 조용한 곳에서 공부를 하고 있단다. 너의 아버지는 높은 사람이 되어서 돌아올 거란다. 내 키가 조금 더 컸을 때, 그래서 아버지라는 단어가 가리키는 뜻을 모를 수 없게 되었을 무렵에, 나는 또 들었다. 너의 아버지는 고등고시 공부를 하고 있단다. 그 공부는 하늘의 별을 따는 일만큼 어려운 일이란다. 그래서 오랫동안 집을 나가 있는 거란다. 고등고시에 붙으면 너의 아버지는 판사가 된단다. 판사는 대통령 말고는 세상에서 제일 높은 사람이란다.(39~40쪽)

---

10) "아버지는, 내게, 없다. 아버지는 풍문으로만 떠돌아다닌다. 그는 실체가 없다. 그는 없다./나는 물었다./아버지가 누구입니까?"(39쪽)

그러나 '가족 소설'의 첫 단계인 업둥이는 순전히 자기중심적인 갈등에 머물고 있을 뿐이다. 그 나이의 심리 구조에 좌우되는 아이는 이런 내적 갈등에서 벗어날 능력이 없다. 겉으로는 서로 정반대 되는 것 같은 이 두 쌍의 부부(양부모, 친부모)를 홀로 마주한 채 똑같은 존경과 똑같은 원한의 감정 속에 그들을 한데 싸잡아 인식하는 데 그친다. 다섯 살 부길은 혼자서 아버지를 찾아 무극사로 떠나지만 그의 시도는 즉시 좌절되고 벌을 받는다.(44쪽) 그가 실제로 할 수 있는 일은 아무것도 없다.

2) 사생아

그러나 어린아이는 성장하면서 남녀의 성性 차이를 인식함에 따라 보다 더 살아 있는 세계로 진입한다. 생명이 어떻게 태어나는지에 대한 속사정을 눈치챈 그는 이 발견의 심각한 결과와 대면한다. 앎의 욕구를 채울 수 있는 대상은 아직 그 자신뿐이므로 당연히 그의 호기심은 자기 자신의 탄생의 기원을 향한다.[11] 앞서 인용

---

11) 부길은 어머니를 "화냥년"이라고 놀리는(65쪽) 아이들에게 몸을 던져 항의하지만, 실상 구체적으로 "성"에 눈뜬 것은 판잣집에서 친척 형이 보여주는 『플레이보이』 잡지에서 나체의 여자들을 보고 "야릇한 기분"을 맛보고 처음 몽정을한 16세 무렵으로 보인다.(112쪽) 그리고 자신의 외로움에 "성욕의 냄새"가 나는 것을 느끼고(143쪽) "나보다 나이든 여자와의 사랑을 숙명적인 것으로 예감"하며(150쪽) '헌팅' 장소인 중지도(다리 가운데의 이 섬의 기이한 지리적 위치

된 「내 속의 타인」이 아버지의 이중적인 모습과 관련된 이야기라면 뒤에 전문이 인용된 최초의 자전적 소설 「지상의 양식」은 '성'의 발견과 어머니, 나아가 어머니의 대역인 듯한[12] '연상의 여자'에 초점이 맞춰진 이야기다. "일찍부터 나는 나보다 나이가 많은 어떤 여자와의 사랑을 꿈꾸곤 했다"(124쪽)라는 첫 문장으로 시작하는 이 소설은 그 사랑을 즉시 어떤 "금지된 숙명" "비극" "부정에 대한 징벌로 떨어지는 벼락"(125쪽)에 빗대며 오이디푸스의 운명을 암시하지 않는가?

생명의 태어남에 있어서 부모 양쪽이 같은 역할을 맡는 것은 아니다. 그렇다면 아버지 어머니 자격의 확실성 정도가 같다고 할 수 없다. 한쪽은 언제나 확실하지만 다른 한쪽은 언제나 의심스럽다. 혈통의 불확실성이 오직 부계 쪽에만 있다면, 업둥이 시나리오의 근거인 부모 양쪽의 동시 부인은 불합리하다. 따라서 아이는 어머니의 비천한 자리는 그대로 둔 채 혈연관계가 불확실한 아버지만 귀족으로 승격시키는 쪽으로 우화를 편집한다. 평민 신분의 어머니와 가공의 아버지 왕을 가진 어린아이는 자신이 사생아로 태어

도 '성'과 관련되고 있어 주목된다)로 갔다가 "파격적으로 낯선 경험"인 폭행을 당한다.(158쪽) 그리고 마침내 교회에서 '순수의 유혹'처럼 다가오는 연상의 여자를 만난다.(172쪽)

12) "'나보다 나이 많은 여자와의 사랑'이라는 그 이상한 예감이라는 것도 실은 그와 같은 모성 콤플렉스에 물꼬 하나를 대고 있다고 할 수 있겠다."(151쪽) "그에게 여자란 둘밖에 없었다. 하나는 어머니이고, 다른 하나는 그녀이다."(249쪽)

났다고 선언한다. 아버지는 신분이 높은 만큼 더욱 그 부재가 실감되는, 먼 곳에 존재한다. 박부길의 소설에서 아버지는 부재 그 자체다. 다만 어머니만이 그의 주위를 맴돈다. 이 혼외 출생 시나리오는 예상치 못한 무수한 사건들로 점철된 미래의 이야기들 쪽으로 길을 튼다.[13)]

---

13) 박부길과 어머니의 관계는 가족 소설 속의 관계와 다소 거리를 두고 전개된다. "어머니는 없다. 아니, 아버지가 없는 것처럼 그렇게 없지는 않다. 어머니는, 모든 있는 것들은 없어지게 마련이라는 뜻에서 없다."(45쪽) 중편소설 「내 속의 타인」에 따르면, 본래 부길과 함께 살고 있던 어머니는 부길이 전도사 청년과 함께 읍내에 갔다 돌아온 밤 사라졌다.(53쪽) "어머니는 내게서 떨어져나갔다. 그렇게 나는 어머니를 잃었다. 어머니는 사라졌다."(55쪽) 이 사라짐에 대한 해석은 실로 다양하여 이승우 작가가 강조하는 다중적 서사의 전형이다. '소문'은 "아들을 버리고 제 살길을 찾아간 여자"라는 '추문'을 전한다.(45쪽) 결혼 전의 총각인 마을의 전도사와 어머니가 마을에서 사라진 날이 일치한다는 사실을 두고 마을 사람들은 어머니에게 "수상한 혐의"를 들씌운다.(47쪽) 반면에 그를 위로하는 전도사의 설명은 다르다. "너의 어머니는 너를 버리고 떠난 것이 아니다. 그럴 사람이 아니라는 것쯤은 너도 잘 알 것이다. 어머니는, 말하자면 추방당한 것이다. 어머니는 희생자다."(54~55쪽) 한편 큰아버지와 사촌들은 어머니가 "아버지를 돌보기 위해 아버지 곁으로 떠났다"고 하지만 그 설명은 부길을 "만족시키지 못했다"(64쪽). 한편 교회당 안으로 돌을 던지는 아이들은 어머니가 전도사랑 "뺑소니"친 "화냥년"이라고 소리친다.(65쪽) 끝으로 박부길 자신은 고모의 증언을 근거로 해석을 내린다. 집안 어른들이 어머니를 추방하기로 결정했다. "겉으로는 아버지의 발병 책임이 어머니에게 있음을 선고한 결과이지만, 그 이면에는 다른 뜻이 숨겨져 있었습니다. 어머니의 인생에 대한 배려가 그것입니다. 어머니는 누구랑 도망쳐 간 것이 아니라, 집안 어른들에 의해 친정으로 돌려보내졌던 것입니다."(80쪽) 그후 15세가 되던 해 그는 "경찰공무원의 아내가 된 지 채 육 개월도 지나지 않은 어머니를 전도사를 통해 만

났다"(109쪽). 이 재회는 그에게 "아무런 감동도 주지 않았다"(같은 쪽). 어머니의 남편은 "전남편 소생을 받아들일 준비가" 되어 있지 않았다.(110쪽) 먼 친척의 판잣집에 혼자 기숙하는 그를 어머니는 거의 찾아오지 않고 편지를 보냈다. 그의 어머니는 서른여덟 나이에 아들을 낳았다.(113쪽) 부길이 혼자 자취할 때 어머니는 "한 달에 한 번씩 서울로 올라왔다. 그가 그녀에 대해 기억하는 것은 한 달 생활비와 볶은 돼지고기 요리. 그러나 그는 그녀를 만나지 못했다"(121~122쪽). "나보다 나이든 여자와의 사랑을 숙명적인 것으로 예감하곤 하는 때가 바로 그런 순간"(151쪽) "'나보다 나이 많은 여자와의 사랑'이라는 그 이상한 예감이라는 것도 실은 그와 같은 모성 콤플렉스에 물꼬 하나를 대고 있다고 할 수 있겠다."(같은 쪽) "나는 어머니의 얼굴을 떠올려보려고 했다. 어이없게도 잘 되지 않았다. 어머니의 얼굴이 까마득했다. 볶은 돼지고기 냄새만이 머릿속을 가득 채울 뿐이었다."(152쪽) 그리고 중지도 사건. 성의 충격적 발견이 숙명처럼 부길을 막다른 골목(야간 통행금지)으로 몰아 새로운 '모성'과 만나게 한다. 부길은 "금지된 시간" 속을 걷는다.(163쪽) 사랑에 "나는 사로잡혔다"(194쪽). "어머니가 다녀갔다. 돼지고기볶음과 한 달 치 돈봉투가 어머니의 흔적이었다." 모성은 이제 '흔적'으로 변한다.(같은 쪽) 어머니가 학교로 찾아온다. 그녀는 "이미 새로운 두 남매의 어머니"이다.(204쪽) 어머니와의 마지막 작별. 부길은 말한다. "어서 돌아가십시오. 그리고 이제 오지 마십시오."(205쪽) 이 결정적인 절연 선언은 모성 교체로 이어진다. 즉 "연상의 여자"(185쪽)는 그의 손 위에 "자신의 손을 올려놓았다. 그녀의 손은 부드럽고 따뜻했다"(212쪽). 그는 그녀에게 "사랑한다고 말하는 대신 신학 공부를 하여 목사가 되겠노라고 말했다"(같은 쪽). 새로운 아버지, 즉 절대자를 선택하려는 것이다. '연상의 여자'와의 관계가 단절되자 어머니는 다시 등장하여 큰아버지의 죽음 소식을 알린다.(319쪽) 기숙사를 나와 갈 곳이 없는 그에게 "어머니에게로 가는 길도 없었다"(340쪽). 군복무를 마치고 제대한 뒤 그는 어머니를 찾아가 만나 "손등을 쓰다듬었다"(349쪽). 이 행동은 "세상에 대한 다른 시선의 수용 가능성을 암시"(같은 쪽)한다. 그러나 그는 "조용히 손을 놓았고, 아무 약속도 하지 않았다"(같은 쪽). 그는 가족 소설에서 벗어났다.

이제 부모는 각기 다른 파트너를 맞이할 준비가 된 채 제 갈 길을 간다. 우화의 개편 작업에서 제외된 어머니가 비루한 현실 속으로 복귀하는 바로 그때, 아버지는 현실을 떠난다. 어머니는 가까운 곳의 범속한 인물이고 아버지는 멀리 떨어진 곳에 있는 귀족이다. 어머니와의 근접성은 이제부터 이야기 속에서 유일하게 구체적 관계로 제시되므로 그만큼 더 짙은 내밀함을 느끼게 한다. 반면에 아버지는 어떤 공상 속의 왕국, 가족의 울타리 저 너머의 세계로 멀리 보내진다. 멀어짐은 동시에 존경과 추방의 의미다. 얼굴도 보지 못한 이 왕족 아버지, 영원한 부재자는 아예 존재하지 않을 수도 있다. 그는 어떤 환영이나 죽은 사람일 수 있다.[14] 물론 그

---

14) 부길의 아버지는 뒤채의 골방에 갇혀 있다가 자살한 인물이다. 그러나 「내속의 타인」에서 아버지는 허깨비며 부재자다. "나는 아버지의 얼굴을 모른다. 아니다. 아버지는, 내게, 없다. 아버지는 풍문으로만 떠돌아다닌다. 그는 실체가 없다. 그는 없다."(39쪽) 그는 두 번에 걸쳐 아버지가 있다는 무극사를 향해 떠나지만 두 번 다 만남에 실패한다. (사실 '無極寺'라는 이 사찰의 이름 자체가 부재와 초월적 상상의 세계와 관련되어 있어 매우 의미심장하다.) 첫번째 시도는 불과 다섯 살 때로, 아이는 읍내에서 발견되어 집으로 돌아와 큰아버지에게 체벌을 당한다. 두번째로, 열네 살 부길은 아버지 무덤에 방화하고 고향을 떠나 "오래되고 근거 없는 동경"(92쪽)을 품고 무극사로 향한다. 이 행동을 화자는 "부재가 확실하게 증명된─아버지에 대한 가짜 신화를 추적하는 심리"(같은 쪽)라고 설명하면서 이어 일종의 '가족 소설'론을 전개한다. "사람은 현실에 절망하면 신화에 기대고 싶어한다. (……)"(같은 쪽) 그런데 무극사에서 박부길은 실제로 아버지의 '흔적'과 대면한다. 어느 식당에서 그를 알아본, 지난날 아버지의 옛 고시 공부 동료는 그의 아버지와 '너무나 닮았다'. 부길은 "내가 지워버린 현실 속으

는 숭배의 대상이 될 수도 있지만 부재자인 만큼 다른 존재로 대체될 수도 있다.[15] 부모 두 사람의 '사회적' 불평등은 오이디푸스의 위험한 내면적 상황의 암시다. 환상을 진실로 여기게 만드는 소설, 혹은 '신화'는 바로 이 상황을 말로 드러내는 동시에 은폐하고 나아가 그 상황을 해결하려고 노력한다. 가장 무서운 금지들에도 불구하고 자신이 탐하는 제 어미를 취하기 위하여 제 아비를 죽이는 것, 우리의 어린 오이디푸스는 아마도 그의 가장 내심 깊은 소원이 그것임을 분명히 말하지는 않지만 그 주제를 피해가는 그의 방식이 일종의 고백이다. 비록 그가 암시적으로 이야기하지만 그런 우회적 방식 자체가 내심의 밑바닥을 확실하게 드러낸다. 이렇게 그는 아버지를 죽이는 대신 아주 간단하게 가족의 울타리 밖으로 제거한다. 그러나 어린아이는 그가 그 신분을 가로채기를 바라는 이상적 아버지를 만들어 가짐으로써 자신의 어머니를 뜻대로 하고 그녀의 애정 문제에 끼어들어 그녀의 사랑을 지휘하고 그 아이들의 호적을 바꾼다. 부길의 어머니는 경찰공무원의 아내가 되어 "서른여덟 나이에 아들을 낳았다". 오이디푸스는 자신이 지어

로 불쑥 얼굴을 내미는, 아버지의 뜻하지 않은 출현"에 몹시 당황한다.('아버지의 흔적', 95쪽)

15) "이야기를 만드는 무의식 진행자의 눈에는 모든 접근은 곧 성적인 접근과 같고 모든 부재는 곧 죽음이며 모든 제거는 곧 살인(죽음이 무엇인지 알지 못하는 무의식은 그것을 오직 연장된 부재의 형태로 생각할 뿐이다)에 해당한다."(Marthe Robert, 같은 책, 51쪽(번역서 49쪽))

낸 가족의 삼각형 내부에서 그는 자신이 부인해야 하는 것을 암시하고 그가 피하는 목적을 노출하면서 금지된 정열에 말려들 위험 쪽으로 아슬아슬하게 접근한다. 그러나 그는 교묘한 속임수를 통해서 그 비극적 유혹을 맛보면서도 거기에 넘어가지 않아도 된다. 요컨대 가족 소설은 어린 시절에 겪는 전형적인 갈등의 해결책은 못 된다 해도 궁여책들 중에서 가장 단순하고 가장 기발하고 가장 천재적인 방책을 제시한다.[16]

어머니는 평범한 신분으로로 실추된 덕분에 아이의 근처에 남아 있으므로 그녀를 비천하게 만드는 것은 바로 사랑이고 반면에 미움받는 아버지는 언제나 그의 높은 신분에 맞는 이상의 영역에 머문다. 여왕이었던 어머니가 단번에 평민 신분으로 강등되었는데 이번에는 거기에 더하여 도덕적으로 지탄받는다. 사생아의 우화는 혼외정사를 의미하기 때문이다. 그녀는 자신이 낳은 아이들 수만큼이나 지탄받는다. 이제 그녀는 여왕의 자리와 도덕적 순결성을 한꺼번에 잃고 하녀, 버림받은 여자, 심지어 매춘부의 자리로 추락한다. 어린아이는 숙명적으로 분열된다. 성을 타락과 연결시켰으니 그는 사랑하는 대상을 그녀가 지닌 매력 때문에 비방해야 하고[17] 그가 죽이고 싶을 정도로 증오하는 아버지를 찬미, 모방하

---

16) Marthe Robert, 같은 책, 54쪽(번역서 52쪽) 참조.

17) 질투심에 불타 '연상의 여자'의 뺨을 후려친 부길은 침을 뱉으며 소리친다. "너는…… 너는 창녀야?"(300쪽)

고 나아가 그를 추월해야 한다. 그러나 이토록 애매한 상황 덕분에 그는 자전적 우화를 자기식으로 편집할 수 있다. 어머니가 타락한 여자이기 때문에 그녀는 어린아이에게 그의 "자서전에서 치욕스러운 요소들(보잘것없는 아버지, 영원히 막혀버린 삶, 참을 수 없는 나눔을 의미하는 형제 자매의 존재)을 털어내버릴 자유를 부여한다". 이 천만다행의 간통과 호적상의 약점은 필연적으로 소설의 강점, 그의 야망에 어울리는 왕국을 마침내 차지하고 그의 운명의 절대적 주인으로 군림하기 위해 그가 기대할 수 있는 유일한 강점이다.[18]

창조자—밤의 밑그림에서 대낮의 소설로

그렇지만 사회적인 승리가 오이디푸스의 권력욕 전부는 아니다. 그는 사회적 지위를 넘어 '창조의 절대'를 목표 삼는다. 그는 상상력을 통해서 창조적 능력의 원천(아버지의 남성적인 힘)을 획득하고자 한다. 그 점에 있어서 업둥이의 "신비에 싸인" 출생, 가령 아버지의 고시 합격 같은 것은 아무 소용이 없다. 그는 자식 만들기의 내밀한 과정에 몸소 개입하려 한다. 그는 혈연을 바꾸고 호

---

18) Marthe Robert, 같은 책, 54~57쪽(번역서 52~55쪽) 참조.

적 관계가 생겨나게 하여 발자크Balzac가 말한 대로 "호적부와 경쟁한다". 간단히 말해서 그는 생명의 은밀한 제작에 능동적으로 참여하고 그의 아버지처럼 세상에 사람을 번성하게 하려 한다. 그러나 신이 그러듯 "육체적 제한이 없이" 창조한다. 그는 소설가가 되기 때문이다. 그가 '아버지-남편'으로부터 탐내는 여자를 빼앗은 그가 이번에는 또 '아버지-신'에게서 대표적인 남근 창조력을 훔친다. 이 창조력만이 그의 모델과 맞먹을 수 있게 해준다.[19] 제거되고 도둑맞고 거세되고 부인당한 아버지는 이제 그의 가장 대표적인 기능, 모든 기능 가운데 가장 선망의 적이었던 기능도 모방당한다. 그러나 아버지를 파괴하는 것이나 마찬가지인 그 모방은 또한 늘 그렇듯이 숭배의 행위이며 무엇으로도 흔들거나 손상시키지 못하는 어떤 신앙심의 증거이기도 하다.[20]

사생아는 이제 '자기의 길'을 가기로 결정한다. 박부길은 '연상의 여자'에게 약속한 목사의 길을 포기하고 신학교를 나온다. "그는 반사적으로 고향을 떠올렸다."(339쪽) 그러나 "그는 영원히 고향에 가지 못할 것이다"(340쪽). 그는 폐쇄적인 자아가 안락을 느

---

19) 소설의 대단원에서 화자는 말한다. "왜냐하면 아버지는 그 안에 살고 있었으므로./이제 그는 아버지의 엄연한 존재를 시인했고, 그리하여 아버지로 하여금 그에 대해 책임을 지게 했다. 그렇게 함으로써 그는 아버지에 대한 새로운 신화를 쓰고자 했다."(350~351쪽)

20) Marthe Robert, 같은 책, 57~59쪽(번역서 55~56쪽) 참조.

끼던 단 한 곳"(같은 쪽) 즉 지난날의 어두운 골방으로 돌아간다. 어머니의 모태를 연상시키는 이 "자아의 방"은 그에게 "참된 세계"(341쪽)다. 여기서는 어둠도 '빛'이다. 아니 "어둠은 빛보다 더 아름다웠다"(343쪽). 그는 "어둠에 눈을 익혀 그 어둠이 뿜어내는 희미한 빛에 의지해서"(348쪽) 그의 첫 소설 「지상의 양식」을 썼다. 그는 아버지를 능가하는 창조자가 되려고 한다. 이것이 그가 말한 아버지의 '완성'일 것이다. 어둠이 뿜어내는 빛, 아마도 작가 이승우가 들어선 '이면'의 길은 이 '빛보다 더 아름다운' 어둠의 빛일 것이다. 『생의 이면』은 대단원에 닿는다. 남쪽 바닷가에 위치하되 두 개의 가파른 '고개'에 가로막혀 '고인 물'같이 닫힌 세계였던 고향에서 출발한 박부길은 마침내 다른 바닷가 속초로 가는 "해안 도로의 한 언덕에 바다를 바라보고"(349쪽) 선다. 그는 마침내 어둠의 소설에서 벗어나 대낮의 소설을 쓰는 창조자가 된다.

길이 막혔을 때는 어떻게 하는가. 가장 손쉽고 속 편하기로는 그곳에 멈춰 서는 방법이 있다. 그러나 길을 계속 가야 할 운명이라면 어떻게 해야 하는가. 몸 버릴 각오를 하고 진흙탕 속으로 들어갈 수밖에 없다. 물론 생각 밖으로 그 수렁이 깊을 수 있다. 그 때문에 길을 만들기는커녕 제 몸조차 빠져나오지 못하게 될 가능성도 있다. 그런데도 불구하고 수렁 속으로 발을 집어넣어야 하는 사람의 운명의 가혹함에 대해, 나는 지금 생각한다.

실패를 예감하면서도 써야 하는 글이 있다. 실패에 대한 예감 없이는 쓸 수 없는 글, 자꾸만 연막을 치고 안개를 피우고 변죽을 울리고, 그러다 독백에 그치고 마는, 으레 그럴 줄 알면서도 부쩍 허약해진 소설을 끝끝내 붙잡고 있는 사람이 한 고비를 넘어가는 심정으로 감당해야 하는, 그런 글……

이 소설은, 말하자면 그런 유의 글이다. 나는 끊긴 길 앞에서 주저앉는 대신 수렁에 빠지는 쪽을 택하기로 했다. 길을 포기하지 못하는 이 미련과 집착이 나는 두렵다. 알 수 없는 허무감 같은 것이 나의 영혼을 운무처럼 둘러싸고 있다.

모든 소설은 허구이다. 그러나 진실을 드러내기 위한 허구이다. 혼돈의 삶에 형태를 부여하기 위한 인공의 혼돈. 소설적 진실은 허구의 입을 통해서 말해진다. 소설을 쓰는 즐거움 가운데 중요한 것은 가짜의 인물, 가짜의 역사를 그럴듯하게 창조하여 생명을 불어넣는 데 있다. 그런 뜻에서 이 소설은 지어낸 것이다. 곧 허구이다.

그러나 모든 소설은 결국 자신의 이야기라는 명제를 우리는 또한 기억하고 있다. 모든 소설은, 어떤 식으로든 글쓴이의 자전적인 기록이다. 소설을 읽는 즐거움 가운데 무시할 수 없는 것은 다른 사람의 삶을 들여다보는 은밀함이다. 어떤 '다른 사람?' 그것은 일차적으로는 작가가 창조해낸 가짜 인물이다. 그러나 독자는 그 가짜의 인물, 가짜의 역사를 통해 비밀스러운 기쁨을 가지고 작가의 삶을 들여다본다. 하나의 소설은 독서를 통해 완성되는데, 그 소설은 결국 작가가 원하든 원하지 않든 독자들에 의해 작가 개인의 삶의 이력으로 읽히고 만다. 그런 뜻에서라면, 부인할 필요가 없다. 이 소설은 자전적이다.

앙드레 지드는 내게 말했다.

"그대를 닮은 것 옆에 머물지 마라. 결코 머물지 마라. (······) '너의' 집안, '너의' 방, '너의' 과거보다 더 너에게 위험한 것은 없다."

나는 말한다.

"나는 일찍이 '나의' 집안, '나의' 방, '나의' 과거로부터 떠나고자 하였다. 그러나 위험하지 않은 적은 한 번도 없었다."

내 작품 속에 살아 숨쉬는 인물들에게, 그리고 내 머릿속에서 만들어진 가공의, 그러나 마찬가지로 소중한 인물들에게, 내게 빚지고 내가 빚진 나의 고향에게, 관계의 원천인 모성에게, 이 세상의 모든 드러나 있는 것들에게, 또한 모든 감춰져 있는 것들에게, 모든 살아 있는 생명들에게, 우리들 존재의 심연에 도사린 보이지 않는 더 큰 존재에게.

1992년 11월

이승우

서른 살 무렵에 이 소설을 썼습니다. 1990년대가 막 시작될 때였는데, 나는 그때 세상이 나만 빼놓고 급히 어딘가로 달려가는 것처럼 느꼈습니다. 생각을 모아보면 그런 느낌의 근거나 요인을 유추할 수 없지는 않았겠으나 무엇 때문인지 당시의 나에게는 그럴 여유가 없었습니다. 다만 지난 시기에 획득한 내 자원이 쓸모없어진 것 같은 낭패감에 좀 심하게 시달렸습니다. 버리고 싶었던 무언가가 사라지는 순간 그것이 자기가 가지고 있던 유일한 것이었다는 사실을 깨닫게 되면 난감하지 않을 수 없습니다. 버려진 것이 가지고 있던 무엇이 아니라 자기 자신이라는 걸 인정하지 않을 수 없는 시간이 곧 옵니다. 내가 그랬습니다. 나는 조급해졌고, 다른 글쓰기가 필요하다는 걸 절감했습니다. '수렁에 빠질 각오'가 필요했다는 건 과장이 아닙니다. 나는 그대로 멈추고 싶지 않았고,

멈추고 싶지 않아서 앞에 놓인 것이 수렁이라는 걸 예감하면서도 걸음을 내디뎠습니다.

수렁은 기억들이 뒤엉켜 서로를 숨기고 있는, 곤죽과 같은 장소에 대한 비유였습니다. "혼돈하고 공허하며 흑암이 깊음 위에 있"는 상태. 그런 곳을 건널 때는 아주 세심하고 예민해져야 합니다. 온 신경을 혼돈과 공허와 흑암에 집중하고 최대한 조심스럽게 몸을 움직여야 합니다. 최선을 다해 할 수 있는 모든 기교를 발휘해야 합니다. 그러지 않으면 곤죽이 된 진흙이 입을 벌려 통째로 삼키고 말 것입니다. 거기서 빠져나오려고 애썼습니다. '드러내기, 그러나 감추면서'가 내가 부리려고 애쓴 기교의 이름입니다. 여러 층을 만들고, 문장 위에 문장을 덧쓰고 비틀었습니다. 그래도 어설프고 서툰 건 어쩔 수 없지만, 그 경험을 통해 간절함이 기교를 만든다는 말을 믿게 되었습니다. 그 기교가 만들어내는 효과가 무시할 수 없다는 걸 깨달은 것도 작지 않은 수확입니다.

그렇게 이 책을 타고 건너편으로 겨우 건너올 수 있었습니다. 쓰기를 계속할 힘을 얻었습니다. 나를 건지기 위해 구사한 이 책의 '기교'에 공감하는 이들이 꽤 있다는 사실이 그래서 처음에는 좀 얼떨떨했습니다. 그러나 곧 누구에게나 나름의 수렁이 있다는 것을 알게 되고, 어떤 이들이 나의 이 어설픈 기교를, 내가 그런 것처럼 자신의 고유한 수렁을 건너가는 방편으로 삼기도 한다는 사실을 느리게 받아들이면서 나는 조금 덜 외롭게 되었습니다. 한 책의 독자가 된다는 것은 동지가 되는 것과 같습니다. '혼돈과 공허와 흑암' 속으로 손을 맞잡고, 조심스럽게, 최선을 다한 세심함으로 걸어들어가는 것과 같습니다. 손을 잡아준 이들에게 애틋함을 느낍니다.

그리고 이제, 태어난 지 삼십 년 된 이 책을 다시 읽으며 문장을 손봤습니다. 지나간 시간이 만만치 않은 만큼 손댈 곳이 꽤 있었습니다. 그럼에도 내용은 바꾸지 않았습니다. 완전해서가 아니라 운명과 같아서, 시간과 상관없이 바꿀 수 없는 내용이 있다는 걸 느낍니다. 이 책이 내게는 그렇습니다. 부정, 혹은 배반처럼 여겨지는 그런 일은 앞으로도 하지 못할 것 같습니다.

새책을 내는 것 같은 설렘을 가지고『생의 이면』의 개정판이 세상에 나오는 순간을 기다리고 있습니다. 이런 마음을 선물해준 문학동네에 감사의 마음을 전합니다. 무엇보다 새로 만날 미지의 독자들을 위해 감동적인 해설을 써준 김화영 선생님의 수고에 머리 숙여 감사드립니다. 자주 내가 받는 사랑이 과분하다는 생각을 합니다.

이 책과 함께 다시, 그때 그랬던 것처럼, 새로운, 두려운 시간 속으로 더 걸어가려고 합니다. 어떤 영혼의 작용 같은 것을 기대하는 마음이 여기 있습니다. 이 책이 누군가의 외로움을 향해 조심스럽게 내미는 손이 되었으면 좋겠습니다.

2024년 여름
이승우

이승우

1959년 전남 장흥에서 태어나 서울신학대학을 졸업하고 연세대 연합신학대학원에서 수학했다. 1981년 『한국문학』 신인상에 중편소설 「에리직톤의 초상」이 당선되어 작품 활동을 시작했다. 소설집 『구평목씨의 바퀴벌레』 『일식에 대하여』 『세상 밖으로』 『미궁에 대한 추측』 『목련공원』 『사람들은 자기 집에 무엇이 있는지도 모른다』 『나는 아주 오래 살 것이다』 『심인광고』 『오래된 일기』 『신중한 사람』 『모르는 사람들』 『사랑이 한 일』 『목소리들』, 장편소설 『에리직톤의 초상』 『가시나무 그늘』 『생의 이면』 『내 안에 또 누가 있나』 『사랑의 전설』 『태초에 유혹이 있었다』 『식물들의 사생활』 『끝없이 두 갈래로 갈라지는 길』 『그곳이 어디든』 『한낮의 시선』 『지상의 노래』 『사랑의 생애』 『캉탕』 『이국에서』, 중편소설 『욕조가 놓인 방』, 짧은 소설 『만든 눈물 참은 눈물』 등이 있다. 대산문학상, 동서문학상, 현대문학상, 황순원문학상, 동인문학상, 동리문학상, 오영수문학상, 이상문학상 등을 수상했다.

문학동네 한국문학전집 032

생의 이면
ⓒ이승우 2024

1판 1쇄 2024년 9월 6일
1판 2쇄 2024년 11월 29일

지은이 이승우

펴낸곳 (주)문학동네 | 펴낸이 김소영
출판등록 1993년 10월 22일 제406-2003-000045호
주소 10881 경기도 파주시 회동길 210
전자우편 editor@munhak.com | 대표전화 031) 955-8888 | 팩스 031) 955-8855
문의전화 031) 955-2696(마케팅) 031) 955-2660(편집)
문학동네카페 http://cafe.naver.com/mhdn
인스타그램 @munhakdongne | 트위터 @munhakdongne
북클럽문학동네 http://bookclubmunhak.com

ISBN 979-11-416-0121-8 03810

www.munhak.com